Mark Robson

Das Vermächtnis von Thrandor

Der Pfad der Jägerin

cbj

Mark Robson wurde 1966 in Essex geboren und wuchs in Wales auf. Er ist Pilot bei der Royal Air Force und schreibt in seiner Freizeit Fantasytitel, die bei den Lesern großen Anklang finden.

Weitere Titel der Reihe:
Das Vermächtnis von Thrandor –
Das Schwert aus dem Feuer (Band 1, 40015)
Die silberne Klinge (Band 3, 40017)
Der Auserwählte (Band 4, 40018)

Weitere Titel des Autors bei cbt:
Die Gilde von Shandar –
Die Spionin (Band 1, 30533)
Der Verräter (Band 2, 30534)
Der Jäger (Band 3, 30535)

Mark Robson

Das Vermächtnis von Thrandor

Der Pfad der Jägerin

Aus dem Englischen von
Anne Emmert und Ursula Held

cbj

cbj
ist der Kinder- und Jugendbuchverlag
in der Verlagsgruppe Random House

FSC
Mix
Produktgruppe aus vorbildlich
bewirtschafteten Wäldern und
anderen kontrollierten Herkünften

Zert.-Nr. SGS-COC-001940
www.fsc.org
© 1996 Forest Stewardship Council

Verlagsgruppe Random House FSC-DEU-0100
Das für dieses Buch verwendete FSC-zertifizierte Papier
München Super Extra liefert Arctic Paper Mochenwangen
GmbH.

1. Auflage
Erstmals als cbj Taschenbuch Juli 2010
Gesetzt nach den Regeln der Rechtschreibreform

Die englische Originalausgabe erschien 2000
unter dem Titel »Trail of the Huntress« bei
Sword Publishing, UK.

Übersetzung: Anne Emmert und Ursula Held
Lektorat: Susanne Evans
Umschlaggestaltung: HildenDesign, München,
www.hildendesign.de, unter Verwendung einer
Illustration von Marek Hlavaty
he · Herstellung: AnG
Satz: KompetenzCenter, Mönchengladbach
Druck und Bindung: GGP Media GmbH, Pößneck
ISBN: 978-3-570-40016-6
Printed in Germany

www.cbj-verlag.de

*Für meine Tochter Rachel,
die schon Bücher mag. Allerdings ist die Geschichte nicht so wichtig, Hauptsache, die Bilder sind interessant.*

*Und für meine Patenkinder Anthony und Adam,
denen ich folgenden Rat gebe: Habt stets ein Ziel im Leben, egal, wie klein es auch sein mag. Doch bewahrt euch auch Träume auf, damit ihr euch immer auf etwas freuen könnt, wenn ihr ein Ziel erreicht habt.*

*Mein Dank geht an:
Arnie, der sagte: »Um Himmels willen, tu etwas Nützliches – schreib ein Buch oder so was!«
Jane für ihre beständige Ermunterung,
ihre Begeisterung und ihre unendliche Nachsicht mit meiner grauenhaften Interpunktion.
Nigel und Georgina, ohne deren Fachwissen und Können ich völlig verloren gewesen wäre.*

Zauberturm
Shandar
Palast des inneren Auges
Niederfenn
Shandrim
Vortaff-Gebirge
Sieben Bäume
Stein-grund
Baron Keevans Burg
Der grosse Wald im Westen
Terilla
Klingen-pass
Mistian
Chantiss
Calvyns Dorf
Port Levan
Levansbrück
Levan
Ostmeer
Thrandor
Celadornberge
Fallow
Mantor
Fallowsford
Kortag
Terachim-Wüste

Prolog

»Zum Teufel mit diesen verdammten Rekruten! Was führen sie denn jetzt wieder im Schilde?«

Sergeant Dren schlug mit der Faust so hart auf den Tisch, dass der Federkiel über die Tischplatte hüpfte und zwei der zusammengerollten Pergamente zu Boden fielen. Er sprang auf, stieß den Stuhl zurück und stampfte wütend über den Steinboden zum Fenster. Draußen stoben die Rekruten kreuz und quer über den Waffenübungsplatz. Verwirrte Rufe und lautes Geschrei machten das Durcheinander komplett und brachten Dren vollends in Rage.

Seit Baron Keevan mit dem Großteil seines Heers nach Süden gen Mantor aufgebrochen war, hatte sich Sergeant Dren gemeinsam mit dem völlig unfähigen Hauptmann Risslan darum bemüht, dem Nachwuchs Zucht und Ordnung beizubringen. Das Hauptproblem war, dass die Rekruten nun, da so gut wie alle Soldaten fort waren, Aufgaben bewältigen mussten, für die sie noch nicht bereit waren. Auch die Ausbildungsoffiziere, die sich sonst um die Rekruten kümmerten, waren nach Süden gezogen und hatten den Sergeanten mit einem unerfahrenen Ausbildungsstab zurückgelassen, der die Schwierigkeiten eher noch verschärfte. Trotzdem, dachte Dren wutschnaubend und riss die Tür auf, war das Chaos, das auf der Burg herrschte, unentschuldbar.

»Stillgestanden!«, donnerte er.

Die meisten Rekruten auf der Ostseite der Burg blieben wie angewurzelt stehen. Zwei jedoch überhörten Drens Anweisung geflissentlich und wuselten unbeirrt weiter in Richtung Waffenkammer.

»Seid ihr taub? Ich sagte, still-ge-stan-den«, brüllte Dren die beiden Rekruten an.

»Aber Sergeant …«, setzte der ihm näher stehende junge Mann an und blieb widerstrebend stehen.

»Komm mir nicht mit ›Aber Sergeant‹!«, knurrte Dren. »Wenn ich sage ›Stillgestanden‹, dann meine ich ›Stillgestanden‹. Verstanden?«

»Ja, Sergeant, aber wir werden angegriffen …«, platzte der Rekrut heraus. Dren wollte ihn schon für seine freche Widerrede herunterputzen, da begriff er, was der junge Mann gesagt hatte.

»Angegriffen?«

»Ja, Sergeant. Ein großer Stoßtrupp aus Shandar nähert sich der Ostmauer.«

»Warum wurde kein Alarm ausgelöst, Rekrut?«

»Reldan wollte das Horn blasen, Sergeant, aber er hat keinen Ton herausgebracht. Deshalb ist er losgerannt, um Hauptmann Risslan Bescheid …«

»In Ordnung«, unterbrach ihn Dren. »Ihr«, befahl er und deutete mit dem Finger auf fünf Rekruten, »holt Schwerter aus der Waffenkammer. Du, du und du, ihr bringt so viele Bögen her, wie ihr auftreiben könnt. Ihr vier sucht alle Kammern der Burg ab und sorgt dafür, dass sich jeder – und ich meine wirklich jeder – draußen auf der Burgmauer einfindet. Ihr anderen geht sofort auf die Mauer und macht euch bereit, die Leitern und Eisenhaken des Feindes abzuwehren. Los, los, ihr habt nicht den ganzen Tag Zeit.«

Obwohl Dren vor Wut kochte, war seine Stimme ruhig

und seine Befehle wohlüberlegt, was die kopflosen Rekruten mit neuer Zuversicht erfüllte. Nun, da sie klare Vorgaben hatten, legten die Nachwuchssoldaten eine Zielstrebigkeit an den Tag, die sie bis dahin hatten missen lassen. Wo der Hauptmann sich aufhielt, brauchte der Sergeant nicht zu fragen. Er konnte es sich schon denken.

Energisch marschierte er über den Waffenübungsplatz und eilte, immer zwei Stufen auf einmal nehmend, die Treppe zur Ostmauer hinauf. Oben angekommen sah er Hauptmann Risslan neben dem Wachturm stehen. Die Lippen zu einem dünnen Strich zusammengepresst, ging Sergeant Dren zu dem Hauptmann, der die Rekruten dermaßen in Angst und Schrecken versetzte. Ein Blick über die Mauer verriet Dren, dass der Feind schon in wenigen Minuten angreifen würde. Er musste schnell handeln.

»Hauptmann Risslan«, donnerte er.

Der Hauptmann war so in Panik, dass ihm der Zorn in Drens Stimme völlig entging.

»Sergeant, wir werden angegriffen. Darauf sind wir doch gar nicht eingerichtet. Wir haben ja nicht einmal Soldaten, mit denen wir die Stellung halten könnten …«

»Sir, vergebt mir, wenn ich Euch unterbreche«, warf Dren ein, der nicht willens war, mehr Zeit als nötig an den aufgeregten Hauptmann zu verschwenden. »Ich glaube, es wäre weise, wenn Ihr Euer Pferd für die Schlacht fertig machtet.«

»Mein Pferd?«

»Ja, Sir. Ein Hauptmann sollte gut gerüstet in den Kampf ziehen. Außerdem, wer soll denn den Oberbefehl übernehmen, wenn Ihr auf der Burgmauer umkommt? Immerhin seid Ihr derzeit der einzige Hauptmann auf Burg Keevan. Wenn wir Euch verlieren, sind wir ohne Führung.«

»Großer Tarmin! Das hatte ich gar nicht bedacht!«

»Nun, Sir, dafür habt Ihr ja schließlich Eure Sergeanten. Ich kümmere mich hier oben um alles, Sir, und Ihr dirigiert den Kampf vom Waffenübungsplatz aus, wo Ihr sicher seid. Auf die Art verlieren wir unseren Anführer nicht und Ihr habt das Geschehen vom Pferderücken aus gut im Blick.«

Der Vorschlag war lächerlich, aber etwas Besseres fiel dem Sergeanten in der Eile nicht ein. Der Hauptmann indes fand den Gedanken völlig vernünftig.

»Sehr gut, Sergeant. Ich sattle auf der Stelle mein Pferd.«

»Vielen Dank, Sir.«

Sergeant Dren atmete erleichtert auf, als Hauptmann Risslan zur nächsten Treppe rannte, die zum Innenhof der Burg führte.

»Bei Tarmin, zum Teufel mit diesen Schlappschwänzen«, murmelte Dren.

Dass der Baron den jungen Risslan zurückgelassen hatte, war für Dren nicht sonderlich überraschend gekommen. Erstaunlich hatte er es allerdings gefunden, dass Keevan seine Burg in die Hände dieses unfähigen Hauptmanns gelegt hatte, ohne ihm zumindest einen zweiten Hauptmann an die Seite zu stellen. Doch Hauptleute, zumal gute, waren Mangelware, denn der Nachwuchs wurde nicht etwa aufgrund seiner Führungsqualitäten zum Hauptmann ernannt, sondern aufgrund seiner Herkunft. Nur eine Handvoll Offiziere hatte sich durch die Ränge nach oben gearbeitet und sie schafften es nie in die höheren Offiziersränge. Dren hatte nie begreifen können, warum ein so intelligenter und in vielerlei Hinsicht fortschrittlicher Mann wie der Baron nicht endlich Schluss machte mit dieser unsinnigen Tradition.

Doch Dren hatte keine Zeit, über die Beweggründe des Barons nachzudenken. Er musste den Soldaten ihre Plätze auf der Burgmauer zuweisen. Barsch knurrte er den neu ankommenden Soldaten seine Befehle zu, machte ihnen aber auch mit aufmunternden Worten Mut. Die Rekruten, die er losgeschickt hatte, die Waffen zu holen, kehrten zurück, die Arme voller Bögen, Pfeile und Schwerter, die nun rasch verteilt wurden. Kaum hatte sich Dren ein Schwert genommen, da verkündete lautes Kriegsgebrüll vor der Mauer den Beginn des Kampfes.

»Bogenschützen – fertig!«, brüllte Dren. »Und … Schuss.«

Ein Hagelschauer aus Pfeilen ergoss sich über die Reihen des Feindes. Manche Geschosse fanden ihr Ziel. Dennoch setzte die feindliche Horde ihren Angriff unbeirrt fort.

»Fertig – Schuss.«

Wieder flogen die Pfeile gegen die Feinde aus Shandar. Diesmal allerdings schossen sie zurück und die Bolzen der Armbrüste prasselten gegen die Brustwehr. Ein Schrei aus den Reihen der Verteidiger verriet, dass es auch hier ein erstes Opfer gab. Einer der Rekruten fiel auf den Rücken, beide Hände an dem Bolzen, der sich tief in seine Schulter gebohrt hatte.

Die Horde der shandesischen Angreifer gelangte unten an die Burgmauer, und nun war ein vielstimmiges Klappern zu vernehmen, denn mehrere Dutzend Sturmleitern wurden an die Brustwehr gestellt. Einige der unerfahrenen Verteidiger wollten die Leitern gleich wieder wegstoßen und setzten sich so einem weiteren Beschluss durch feindliche Armbrüste aus.

»Langsam, Leute«, brüllte Dren. »Bogenschützen, schießt, was ihr könnt. Die anderen töten die Angreifer, wenn sie oben an der Leiter ankommen. Hin und wieder könnt ihr auch eine Leiter wegstoßen. Man kann nicht gleichzeitig eine Leiter hochklettern und kämpfen, also nutzt euren Vorteil.«

Trotz der heulenden Rufe der Shandeser war Drens donnernde Stimme bis zum letzten Soldaten auf der Burgmauer zu hören. Die Rekruten befolgten alle Anweisungen genau. Dren eilte zu der Sturmleiter, die ihm am nächsten war, und stieß mit dem Schwert nach dem ersten shandesischen Kämpfer, der vor ihm auftauchte. Mit einem Schrei stürzte der dunkelhäutige Soldat rückwärts von der Leiter. Beim Blick über die Burgmauer gefror Sergeant Dren das Blut in den Adern. Hinter der angreifenden Streitmacht waberte eine gewaltige Wolke aus unnatürlich schwarzem Rauch über dem Feld. Im Bruchteil einer Sekunde erkannte Dren gleich mehrere Dinge, die merkwürdig waren: Erstens gab es zu dem Rauch kein Feuer, zweitens breitete es sich rasant aus und drittens zog er gegen den Wind. In kürzester Zeit würde er unweigerlich die Burgmauer einhüllen.

»Großer Tarmin!«, fluchte Dren. »Die haben einen ihrer verdammten Magier dabei!«

1

»Bringt ihn in die Stadt. Ich kann bei diesem Anblick keinen klaren Gedanken fassen«, befahl König Malo und blickte über den mit Leichen übersäten Abhang.

In der Ferne waren die Rufe der Nomadenverbände zu hören, die, von den vereinten Streitkräften Thrandors vernichtend geschlagen, über den Fluss Fallow flohen. Obwohl die Thrandorier klar in der Unterzahl gewesen waren, hatten sie einen denkwürdigen Sieg errungen. Die ohnehin nur lose Ordnung der Nomadenstämme aus der Terachim-Wüste war vollends zusammengebrochen.

Die Entscheidung hatte das Duell zwischen Demarr, den die Nomaden den Auserwählten nannten, und Calvyn, Sohn des Joran, einem Gefreiten aus Baron Keevans Heer gebracht. Es war ein Titanenkampf gewesen, in dem übernatürliche Kräfte, entfesselt von Calvyns Zauberschwert und Demarrs Silberamulett, gegeneinander gerungen hatten. Er zog die Soldaten beider Heere völlig in seinen Bann und brachte die Schlacht vorübergehend zum Stillstand.

Unmittelbar nach Demarrs Niederlage hatte sich das Blatt zugunsten der Thrandorier gewendet und nun kniete der Anführer der Terachiten als Gefangener vor dem König von Thrandor.

»Übergebt ihn dem Hauptmann der Garde. Er wird entzückt sein, Demarr wieder seine alte Zelle zu zeigen.«

»Jawohl, Eure Majestät«, erwiderte Calvyn mit einer respektvollen Verbeugung vor dem erschöpften Monarchen.

»Und … wie heißt du, Soldat?«, fragte der König. Er hatte

die Stirn leicht in Falten gelegt, als fragte er sich, ob er den Namen schon kennen sollte.

»Gefreiter Calvyn, Eure Majestät. Ich kämpfe für Baron Keevan«, erwiderte Calvyn.

»Sehr gut, Gefreiter Calvyn. Dann richte doch bitte dem Baron aus, dass ich ihn morgen früh bei Hofe erwarte und wünsche, dass du ihn begleitest. Ich will mehr über diesen shandesischen Magier Selkor erfahren und welche Bedrohung er für mein Königreich darstellt. Ich danke dir und will dich für deine Tapferkeit belohnen.«

»Jawohl, Eure Majestät. Habt Dank, Eure Majestät.«

Calvyn und Jenna verbeugten sich. Der König, Baron Anton und die anderen Adligen saßen auf und machten sich auf den Weg zur Fallow-Brücke. Demarr kauerte noch immer teilnahmslos zwischen den Gefreiten. Der besiegte Heerführer starrte mit einem gequälten Blick ins Leere, der Calvyn zutiefst erschütterte.

»Komm schon, Calvyn«, sagte Jenna. »Du hast doch gehört, was der König gesagt hat. Bringen wir ihn in die Stadt. Dafür werden wir schon eine Weile brauchen. Und dann müssen wir ja auch noch unseren Trupp finden und natürlich Baron Keevan. Das wird bestimmt nicht einfach bei dem Durcheinander.«

Calvyn lächelte Jenna schelmisch an. »Wenn wir in die Stadt gehen, muss ich mich ja wohl gleich auf den nächsten Kampf gefasst machen«, sagte er schmunzelnd.

Jenna lachte. Es war gar nicht so lange her, da hatte sie Calvyn damit aufgezogen, dass er sich vor den Frauen von Mantor nicht würde retten können. Jenna kam es vor, als wären seither nicht wenige Tage, sondern Jahre vergangen. Calvyn war nicht mehr der junge Mann, mit dem sie herumgeflachst hatte. Der alte Calvyn war naiv, ja fast noch jungenhaft gewesen. Nun stand vor ihr ein erwachsener

Mann, dazu mit magischen Fähigkeiten, über die Jenna so gut wie nichts wusste, da die Ausübung von Magie in Thrandor unter Strafe verboten war. Trotzdem, Jenna musste Calvyn einfach mögen, obwohl er sein Geheimnis zehn Monate lang geschickt vor ihr verborgen hatte.

»Vielleicht hilft es, wenn du das Schwert wieder in Flammen aufgehen lässt«, erwiderte sie nach einer kurzen Pause und sah ihn vorwurfsvoll an. »Aber mach dir keine Sorgen«, fügte sie mit einem neckischen Lächeln hinzu, »ich bin ja da und beschütze dich, wenn die rehäugigen Schönheiten die Oberhand gewinnen. Aber bevor du die nächste Eroberung machst, liefern wir erst einmal unseren Gefangenen ab, ja?«

»Du hast das Sagen, Jenna«, erwiderte Calvyn augenzwinkernd. Dann wandte er sich seinem Gefangenen zu. »Steh auf, Demarr, beweg dich.«

Demarr antwortete nicht.

»Komm schon, Demarr. Wir müssen los«, wiederholte Calvyn und rüttelte den einstigen Grafen an der Schulter.

Demarr drehte langsam den Kopf, bis sein Blick Calvyns begegnete. Die Verzweiflung im Gesicht seines besiegten Gegners jagte dem Gefreiten einen kalten Schauer über den Rücken.

»Ich … ich … was habe ich getan?«, stammelte Demarr. Aus seinem rechten Auge quoll eine Träne und rann ihm langsam über die Wange. Er machte keine Anstalten, sie wegzuwischen. »Ich habe das nie gewollt … und doch … wollte ich es. Mein Herz suchte Rache und Macht, während meine Seele mich anflehte, damit aufzuhören. Die Liebe, die mich antrieb, habe ich verraten – die Liebe zu Thrandor. Sie hat mich seit meiner Kindheit geleitet. Was, um Tarmins willen, ist nur über mich gekommen?«

»Wir haben jetzt keine Zeit für diesen Unsinn, Demarr. Reue hilft dir jetzt auch nicht mehr. Komm schon. Der

König will, dass wir dich zum Palast bringen. Entweder, du kommst freiwillig mit, oder wir müssen andere Saiten aufziehen. Wie hättest du es gern?«

Demarr nickte langsam und stand kraftlos auf.

Jenna musterte die jämmerliche Gestalt in dem einst blütenweißen Gewand, das ihm nun zerrissen, angesengt und staubig von den schlaffen Schultern hing. Noch immer trat Blut aus kleineren Wunden in Demarrs Körper und befleckte die einteilige Thobe. »Hast du einen Strick, mit dem wir ihm die Hände fesseln können?«, fragte Jenna.

»Nein, aber ich glaube auch nicht, dass er Widerstand leistet. Oder, Demarr?«

»Nein. Die Rechnung ist so schon hoch genug«, erwiderte Demarr leise. Bedächtig führte er die rechte Hand zum Kinn und fuhr sich mit den Fingern durch den gepflegten Spitzbart. »Ich gebe euch mein unmaßgebliches Wort. Einst galt es etwas. Jetzt ...«

»Das reicht«, erklärte Calvyn, dem es im Grunde egal war, ob Demarr es ernst meinte oder nicht. Jenna und er würden sowieso jeden Fluchtversuch vereiteln. Er stellte sich zu Demarrs Linken, Jenna zu seiner Rechten auf und die drei marschierten los.

Der Abhang war mit Leichen übersät, überwiegend Nomaden, die am Vormittag bei einem unbesonnenen Kavallerieangriff von Pfeilen durchbohrt worden waren. Beim Anblick jedes einzelnen Toten, der ihn mit vorwurfsvollem Blick anzustarren schien, zuckte Demarr sichtbar zusammen. Er stolperte durch seinen persönlichen Albtraum des Schmerzes und der Trauer gen Tal und Tränen liefen ihm über die Wangen.

Auch der Anstieg zum Stadttor war von Leichen gesäumt. Wieder handelte es sich in der Mehrzahl um nomadische Krieger, doch der letzte verzweifelte Angriff, mit dem die Thrandorier den erfolglosen Verbänden aus dem Norden hatten beispringen wollen, hatte auch unter ihnen Opfer gefordert. Schon kreisten Aasgeier am Himmel, angelockt von Blut und Tod, und frohlockten kreischend über das anstehende Festmahl.

»Tarmin, vergib mir«, keuchte Demarr.

»Bete lieber darum, dass der König dir vergibt«, murmelte Jenna.

Calvyn warf ihr einen warnenden Blick zu und schüttelte kaum merklich den Kopf. Jenna schürzte die Lippen und wollte schon widersprechen, ließ es dann aber doch lieber sein.

Der leitende Wachhabende wollte zunächst das große Stadttor für nur drei Besucher nicht öffnen. Doch als Calvyn ihm mitteilte, dass er einen Befehl des Königs ausführe und der Gefangene niemand Geringeres sei als der Anführer der Nomaden, löste sich sein Unwillen in Luft auf. Die schweren Metallriegel des riesigen Tors wurden quietschend beiseitegeschoben, und mit einem Ächzen öffnete sich die rechte Hälfte des Tors gerade so weit, dass Calvyn, Demarr und Jenna im Gänsemarsch hindurchgehen konnten.

Calvyn war noch nie in einer größeren Stadt gewesen, und der Anblick, der sich ihm bot, erfüllte ihn mit Ehrfurcht. In Thrandor gab es drei große Städte: die Hauptstadt Mantor, Port Levan und Port Fallow, die jeweils an der Küste lagen. Schon von außen hatte die Stadtmauer von Mantor einen majestätischen Eindruck gemacht. Doch beim Anblick der an den Berg geschmiegten Häuserreihen mit den Geschäften der Händler, den Tavernen, Mietshäusern und Werkstätten kam sich Calvyn unendlich klein und unwichtig vor.

Die Hauptstraße führte gleich hinter der Stadtmauer ringförmig rund um den Stadtkern. Es wimmelte von Menschen, hauptsächlich Frauen, die sich in notdürftig errichteten Lazaretten um die Verwundeten kümmerten, Nachschub in die Waffenkammern brachten, in Garküchen auf offener Straße Essen verteilten oder zahllose andere Aufgaben erledigten, um die Soldaten zu unterstützen, die noch auf der Stadtmauer Wache standen.

Calvyn war verunsichert. Angesichts des Gewimmels in den Straßen und der schieren Größe der Stadt fürchtete er, den Boden unter den Füßen zu verlieren und in diesem Meer aus Menschen und Häusern zu ertrinken.

Jenna spürte seine Beklemmung.

»Könnt Ihr mir bitte sagen, wie wir zum Palast kommen, Sir?«, fragte sie den Wachhabenden mit fester Stimme. »Ich bin seit Jahren nicht mehr in Mantor gewesen. Es sieht alles so fremd aus.«

»Nehmt einfach eine Straße, die nach oben führt«, erwiderte der Hauptmann. »Der Palast liegt auf dem Berg. Wenn ihr immer bergauf geht, könnt ihr euch gar nicht verlaufen. Die Straße da drüben führt euch schon mehr als die Hälfte des Wegs nach oben.«

Der Hauptmann deutete auf eine breite Straße etwa zweihundert Schritt zu ihrer Linken. Jenna bedankte sich und schlängelte sich mit Calvyn durch die Menge der geschäftigen Menschen, wobei sie Demarr hinter sich her zogen.

Niemand beachtete die beiden Soldaten und ihren Gefangenen. Als sie die Ringstraße hinter sich gelassen hatten und den Berg erklommen, war die Straße wie leer gefegt. Nur ein einsamer Spähtrupp, der die Straßen der Innenstadt überwachte, hielt Calvyn, Jenna und Demarr an. Als Calvyn dem Truppführer vom Befehl des Königs berichtete, winkte er sie weiter.

Vom Stadttor bis zum Eingang des Königlichen Palastes

brauchten sie mehr als eine Stunde. Eine hohe Mauer aus behauenen, gelb gestrichenen Steinblöcken umgab das Areal der königlichen Residenz. Garden in schwarzer Uniform, die mit dem Goldwappen des Königshauses geschmückt waren, hielten an mehreren Posten rund um die Residenz Wache und gingen zusätzlich Streife. Nachdem einer dieser Wachleute den erschöpften Gefreiten und ihrem Gefangenen den Weg gewiesen hatte, standen sie endlich vor dem eindrucksvollen Haupttor.

»Ich möchte den Hauptmann der Königlichen Garde sprechen«, erklärte Calvyn dem groß gewachsenen Wachposten, der vor dem reich geschmückten goldenen Tor strammstand.

»Ach ja? Und wen soll ich melden?«, fragte der Wachmann und musterte die drei schmutzigen, blutverschmierten Gestalten mit offenem Misstrauen.

»Ich bin der Gefreite Calvyn und gehöre Baron Keevans Heer aus Nordthrandor an. Das ist die Gefreite Jenna. Uns wurde aufgetragen, dem Hauptmann der Garde den Gefangenen hier zu übergeben«, erwiderte Calvyn, verletzt von dem überheblichen Ton und abschätzigen Blick des Gardisten.

»Was hat der Hauptmann der Garde mit dieser Jammergestalt zu schaffen? Unten in der Stadt gibt es genügend Gefängniszellen, Gefreiter. Nimm gefälligst deinen schmuddeligen Gefangenen wieder mit und sperr ihn dort ein.«

Damit war das Maß an Schikanen für diesen Tag voll. Calvyn hatte nicht die geringste Lust, sich von einem aufgeblasenen Gardisten das Leben schwer machen zu lassen.

»Na gut«, erwiderte er mit gefährlich sanfter Stimme. »Dein Name und dein Rang, bitte?«

»Was geht dich das an, *Gefreiter*? Ich bin Mitglied der Königlichen Garde. Mehr brauchst du nicht zu wissen.«

»Unter normalen Umständen mag das zutreffen«, erwiderte Calvyn mit einem höflichen Lächeln. »Doch morgen werde ich dem König deinen Namen nennen müssen, wenn ich ihm erklären muss, warum ich seiner ausdrücklichen Anordnung, den Mann hier dem Hauptmann *dieser* Garde zu übergeben, nicht Folge leisten konnte. Ich schlage vor, du siehst dir den Gefangenen einmal genauer an. Er ist in eurem Gefängnis kein Fremder.«

Während des Wortwechsels hatte Demarr den Kopf hängen lassen, doch ein Stoß zwischen die Rippen brachte ihn dazu aufzublicken. Der Gardist atmete zischend ein.

»Großer Tarmin! Das ist …«

»Der einstige Graf Demarr«, beendete Calvyn den Satz gelangweilt.

»Entschuldigt vielmals! Ich habe nur nicht gedacht …«

»Nein, gedacht hast du wohl nicht«, unterbrach ihn Jenna kühl. Sie legte die Hand an das Heft ihres Schwerts. »Und jetzt machst du, verdammt noch mal, dass du wegkommst, und holst deinen Hauptmann. Und vielleicht denkst du mal an Folgendes: Während du hier deinen netten kleinen Palast bewacht hast, haben wir anderen gekämpft wie die Löwen, damit dir plündernde Nomaden nicht etwa einen Tritt in deinen hübsch gewandeten Gardistenhintern versetzen. Ich bin müde, durstig und hungrig und ich habe die Nase gestrichen voll von dir und deiner Selbstherrlichkeit. Was meinst du, Calvyn, auf einen Toten mehr oder weniger kommt es doch heute nicht mehr an, oder?«

Der Wachmann wartete Calvyns Antwort nicht ab, sondern rannte zu einem kleinen Gebäude in der Nähe, in dem, wie Calvyn vermutete, die Dienststube des Hauptmanns untergebracht war.

Jenna grinste Calvyn an. »Er hatte so einen verstörten Zug um die Augen. Glaubst du, ich habe übertrieben?«

»Nein, das war völlig angemessen«, erwiderte Calvyn schmunzelnd. »Es hat mir auch schon in den Fingern gejuckt, aber aus deinem Munde war es besonders hübsch.«

»Danke schön.«

»Bitte schön.«

Demarr sah von Jenna zu Calvyn und wieder zu Jenna, doch seine Miene verriet keinerlei Gefühlsregung. Calvyn und Jenna hatten keine Ahnung, ob er den Spaß guthieß oder etwa gar nicht verstand. Der einstige Graf hatte sich mit letzter Kraft den Berg hinaufgeschleppt, und Calvyn war überrascht, dass er sich überhaupt noch auf den Beinen hielt. Es waren nur wenige Stunden vergangen, seit Demarr in einer magischen Explosion das Bewusstsein verloren hatte. Es ist ein Wunder, dass Demarr das überlebt hat, dachte Calvyn. Allerdings würde der König sehr wahrscheinlich seine Hinrichtung anordnen. Einen Augenblick erfasste Calvyn eine Welle des Mitleids mit dem gebrochenen Menschen, der da neben ihm stand. Doch dann kehrten die Erinnerungen an sein Dorf zurück, an die verstümmelten Leichen seiner Eltern und Freunde, die im Namen dieses Mannes ermordet worden waren. Wenn je ein Mensch den Tod verdient hatte, sagte sich Calvyn bitter, so war es Demarr.

Der Hauptmann nahm Calvyn und Jenna ihren Gefangenen nur zu gern ab und ließ ihnen eine Stärkung kommen, ehe sie sich auf die Suche nach Baron Keevan und ihrem Trupp machten. Während sie aßen und tranken, fragte der Hauptmann sie nach der Schlacht aus. Wie es sich herausstellte, hatte er sich seinen hohen Rang auch nicht mit der Bewachung des Palasttors verdient. Als Calvyn und Jenna von den Geschehnissen der letzten beiden Tage berichteten, der Wahl der Taktik und der drohenden Niederlage, nickte er bedächtig mit dem Kopf. Jenna beschrieb den Zweikampf zwischen Calvyn und Demarr und der Hauptmann bedachte den jungen Soldaten mit einem ehrfürchtigen Blick.

»Ich habe Demarr auch schon kämpfen sehen«, sagte er. »Du musst hervorragend mit dem Schwert umzugehen wissen, sonst hättest du ihn nie und nimmer besiegt.«

»Um ehrlich zu sein, Hauptmann, Demarr hätte mich geschlagen, wenn sich nicht rechtzeitig höhere Mächte eingemischt hätten. Aber es zählt das Ergebnis und heute gehört das Schlachtfeld uns. Wollen wir beten, dass sich die Terachiten ganz bis in die Wüste zurückziehen, sonst habt Ihr womöglich noch Gelegenheit, die Klingen mit ihnen zu kreuzen.«

»Ja, das stimmt, Calvyn. Jetzt will ich euch aber nicht länger von euren Pflichten abhalten. Kann ich noch etwas für euch tun?«

»Nein, Sir, habt Dank. Wir müssen wirklich los. Es ist schon später Nachmittag und wir müssen Baron Keevan vor Einbruch der Nacht finden.«

»Der König hat euch aufgetragen, den Baron zu finden?«

»Ja, Sir.«

»Dann bestehe ich darauf, dass ihr Pferde nehmt. Wir haben für die Boten des Königs schnelle Pferde im Stall, und Boten seid ihr, wie mir scheint. Ihr könnt doch reiten?«

Calvin und Jenna nickten strahlend.

Der Hauptmann lachte. »Dann mal los. Du kannst die Pferde morgen zurückbringen, wenn du bei Hofe bist, Calvyn.«

Wenige Minuten später ritten Calvyn und Jenna auf dem Rücken ihrer edlen Pferde durch das Palasttor und den Berg hinunter zum Nordtor der Stadt. Wo sie auch hinkamen, drehten sich die Leute nach ihnen um und fragten sich, wie die beiden Soldaten in der fremden Uniform zu Pferden und Sätteln aus dem königlichen Stall kamen. Es war bestimmt ein ungewohnter Anblick, dachte Calvyn, aber es war ja auch ein ungewöhnlicher Tag.

Sie trafen Baron Keevan in einer Besprechung mit seinen Hauptleuten an. Das thrandorische Heer blieb in Verteidigungsstellung und ließ die Nomaden ungehindert über die Fallow-Brücke abziehen. Hauptmann Tegrani erstattete dem Baron Bericht, als Calvyn und Jenna eintrafen, absaßen und zackig salutierten.

»Gefreite Calvyn und Jenna, Mylord«, teilte Tegrani dem Baron mit. »Beide wurden kürzlich befördert.«

»Ah ja, Tegrani. Ich erinnere mich an Calvyn. Hat er sich nicht einen hervorragenden Kampf mit Bek geliefert, der später Erster Schwertkämpfer wurde?«

»Das stimmt, Mylord. Vor allem aber hat er heute den Zweikampf mit Demarr bestritten. Als ich die beiden hier zurückließ, gab ich ihnen den Befehl, Demarr bis zu meiner Rückkehr zu bewachen. Es scheint so, als hätten sie einiges zu erklären.«

»In der Tat.«

Hauptmann Strexis stellte einen Gefreiten ab, Calvyn und Jenna mit ihren Pferden zu helfen. Die beiden übergaben dem Soldaten die Zügel, stellten sich dann vor dem Baron auf und hoben die Hand erneut zum Salut.

So nahe waren die beiden dem Baron nur auf der Abschlussparade gekommen, doch da hatten sie starr geradeaus geblickt und es auch beim Appell der Gefreiten nicht gewagt, den Baron direkt anzusehen. Baron Keevan war kleiner, als Calvyn ihn in Erinnerung hatte, und sein braunes, mit grauen Strähnen durchsetztes Haar war heute zum Kriegerzopf zurückgebunden. Auf der silbernen Schließe seines Umhangs prangten die Krone und die gekreuzten Schwerter, die den Träger als Baron auswiesen. Zwar trug er die gleichen Farben wie seine Soldaten, doch war seine Uniform aus erheblich teurerem Tuch gefertigt.

Seine volltönende Baritonstimme strahlte Wärme und Freundlichkeit aus, gebot aber auch Achtung.

»Regt euch, Gefreite. Ich nehme an, ihr habt mir einiges zu erzählen. Leider ist die Zeit knapp, also fasst euch bitte kurz. Sagt mir zuerst, wo Demarr ist und wo ihr die Pferde herhabt. Wenn ich mich nicht irre, tragen die Sättel das Wappen des Königshauses.«

Calvyn berichtete rasch, wie es dazu gekommen war, dass der Hauptmann der Königlichen Garde ihnen die Pferde geliehen hatte, und leitete dann die Bitte des Königs weiter, der Baron möge am nächsten Vormittag bei Hofe erscheinen. Es war ihm zwar peinlich, aber er fügte hinzu, dass der König auch Calvyns Anwesenheit wünschte, um Auskunft über den shandesischen Magier Selkor zu erhalten. Immerhin besaß Selkor nun den magischen Talisman, mit dessen Hilfe Demarr das riesige Terachitenheer aufgestellt hatte.

»Ich würde gern mehr darüber erfahren«, sagte der Baron nachdenklich, »aber ich kann mir ja morgen alles anhören. Im Augenblick muss ich mich sowieso um andere Dinge kümmern. Gut gemacht, Gefreite. Kommt morgen früh zur neunten Stunde zu mir. Der Hofstaat des Königs kommt für gewöhnlich zur zehnten Stunde zusammen. Gefreite Jenna, du bist zwar nicht ausdrücklich eingeladen worden, aber ich möchte, dass du Hauptmann Strexis, Calvyn und mich begleitest und die Pferde in den Palaststall zurückbringst. Besorgt euch für den Rückweg Ersatzpferde und reinigt eure Uniformen.«

»Ja, Mylord«, erwiderte Calvyn respektvoll. »Würdet Ihr uns wohl den Weg zu unserer Einheit zeigen, Sir?«, bat er Hauptmann Tegrani. »Nach Erfüllung unserer Aufgaben müssen wir uns bei Korp … äh, Sergeantin Derra melden.«

Hauptmann Tegrani warf dem Baron einen fragenden Blick zu, den dieser mit einem Nicken erwiderte. So entließ er die beiden mit der Anweisung, sich ihrem Trupp in der thrandorischen Gefechtslinie anzuschließen.

Sergeantin Derra hob beim Anblick der herrlichen schwarzen Rösser die eckigen Augenbrauen, verkniff sich aber jeden Kommentar. Stattdessen wies sie Jenna und Calvyn ihre Position in der Verteidigungslinie zu und befahl ihnen während des feindlichen Abzugs völliges Schweigen. Calvyn fand diese Ermahnung überflüssig, begriff dann aber, dass sie den anderen Soldaten ebenso galt wie ihm. Seinen Landsleuten brannten bestimmt mindestens so viele Fragen unter den Nägeln wie ihm. Doch wie er schon in der Ausbildung gelernt hatte, war die Ordnung im Glied erste Pflicht. Wer mit anderen tratschte, war nicht bei der Sache und bot ein einfaches Ziel. Reden sollte nur, wer Befehle erteilte. Auf diese Art gab es auch keine Missverständnisse.

Das Redeverbot hielt Calvyn nicht davon ab, in der Gefechtslinie verstohlen nach Kameraden aus seinem alten Trupp zu suchen, die die grausame Schlacht vom Vormittag überlebt hatten. Tondi war in der Nähe und grinste ihm zu, als sich ihre Blicke trafen. In der Ferne meinte er auch Bek zu erkennen, doch Tyrrak und die anderen konnte er nirgends ausmachen. Bald dämmerte es und Calvyn richtete seine Aufmerksamkeit wieder auf den Rückzug des Feindes.

Am Abend ließen die Hauptleute die Soldaten an Ort und Stelle in einer Linie das Nachtlager aufschlagen und stellten Nachtwachen ab. Calvyn und Jenna unterhielten sich mit Bek und erzählten ihm, dass Matim im Kampf auf dem Hügel gefallen war. Bek wiederum hatte Nachricht von Tyrrak, der verwundet worden war und mehrere Wochen, wenn nicht Monate ausfallen würde. Die Ärzte wussten noch nicht, ob Tyrraks Bein wieder völlig heilen würde, schlossen eine Amputation aber aus.

Bek hatte mehrere kleine Schnittwunden und blaue Flecken, die aber angesichts dessen, dass er im dichtesten Schlachtengetümmel gekämpft hatte, erstaunlich harmlos waren. Mehr als einmal war es Beks schneller Auffassungsgabe, seinem meisterhaften Umgang mit dem Schwert und einer geradezu selbstmörderischen Missachtung der eigenen Sicherheit zu verdanken gewesen, dass der Feind nicht durch die thrandorischen Linien gebrochen war.

Während er dem Bericht seines Freundes lauschte, fiel Calvyn eine Veränderung in Bek auf. Er war selbstbewusster geworden, ohne arrogant zu wirken, und auch seine Körperhaltung hatte sich fast unmerklich gestrafft. Und er bemerkte noch etwas. Er wusste nicht genau, woran es lag, doch sein Freund wirkte innerlich gereift.

Sowohl Bek als auch Calvyn genossen nun die Hochachtung der anderen Soldaten. Sogar die Veteranen bezeugten den beiden eine Wertschätzung, die Calvyn fast peinlich war. Dank ihrer neu erworbenen Stellung konnten sich Calvyn, Jenna und Bek aber auch zurückziehen und in aller Stille um Matim trauern. Den Fragen zu seinem Zweikampf mit Demarr ging Calvyn mit dem Hinweis auf den König und die Audienz am nächsten Morgen aus dem Weg. Damit erntete er ehrfürchtiges Schweigen.

»Demarr hat so viel Schuld auf sich geladen«, sagte Bek, während die drei zusammenkauert vor einem Wachfeuer saßen, »da bleibt dem König gar nichts anderes übrig, als ihn hinrichten zu lassen.«

Jenna murmelte zustimmend, doch Calvyn saß nur schweigend da und dachte an die Toten. Matim war ihm in der Ausbildung ein guter Freund gewesen, treu und hilfsbereit. Sergeant Brett, der in den sechs harten Ausbildungsmonaten für ihn zuständig gewesen war, war zwar ein strenger Zuchtmeister, im Umgang mit den Rekruten aber immer fair gewesen. Calvyn dachte auch an seine Eltern und Freunde aus dem Dorf, die Demarrs Rebellen, wie sie sich genannt hatten, umgebracht hatten. Wenn jemand einen Grund hatte, Vergeltung einzufordern, war er es, und doch … An die Stelle des Hasses, der bei der bloßen Erwähnung von Demarrs Namen in Calvyn hochgekocht war, trat Mitleid, nun, da er wusste, welche Kräfte Herz und Verstand seines Erzfeindes in die Irre geführt hatten. Der Talisman, der die böse Magie des Derrigan Darkweaver in sich barg, hatte diese Katastrophe herbeigeführt. Demarr war nur zur falschen Zeit am falschen Ort gewesen.

Bei dem Gedanken an den Mann, der nun über diese tödliche Macht verfügte, legte sich kalte Angst um Calvyns Herz. Selkor. Er war ein mächtiger Magier. Was mochte er erst mit dem furchtbaren Talisman ausrichten? Oder – und diese Vorstellung war noch schrecklicher – was würde der Talisman mit ihm anstellen?

Diese Fragen verfolgten Calvyn bis in die Träume, und obwohl man ihn nicht zur Wache eingeteilt hatte, war sein Schlaf kurz und unruhig. Müde und abgeschlagen bestieg er am nächsten Morgen sein Pferd. »Wie geht es dir?«, fragte Jenna Calvyn leise. Aus ihrer Stimme sprach Besorgnis.

»Es wird schon, danke«, erwiderte Calvyn und warf ihr ein mattes Lächeln zu. »Schlecht geschlafen, das ist alles.«

Baron Keevan, Calvyn, Jenna und Hauptmann Strexis ritten nebeneinander zum Stadttor. Hauptmann Tegrani war im Lager geblieben, um das Heer des Barons in dessen Abwesenheit zu befehligen.

Calvyn und Jenna, die zwei Handpferde dabeihatten, hielten sich hinter Baron Keevan und Hauptmann Strexis.

In den Gassen hinter der Stadtmauer herrschte trotz des feindlichen Rückzugs geschäftiges Treiben. Die Entschlossenheit, die stille Wut und die Zielstrebigkeit der Menschen waren mit Händen zu greifen – der Krieg hatte die Bürger von Mantor zusammengeschweißt. Ungeachtet ihres sozialen Standes schufteten Händler und Bettler, Edelfrauen, Dirnen und Waschfrauen Seite an Seite. Während er dem Baron und dem Hauptmann durch das Getümmel folgte und dann auf die ruhigeren Straßen abbog, die den Berg hinaufführten, fragte sich Calvyn, wie lange diese Harmonie in Friedenszeiten wohl Bestand haben würde.

Als sie diesmal am Palast ankamen, stand bereits eine Abordnung der Königlichen Garde unter Führung ihres Hauptmanns vor dem weit geöffneten goldenen Tor stramm. Der Hauptmann ordnete sofort mehrere Männer ab, sich um die Pferde zu kümmern, während ein anderer sie in den Palast führte. Calvyn und Jenna folgten dem Baron und dem Hauptmann, die mit großen Schritten vorangingen, in den Palasthof.

Als sich vor Calvyn plötzlich der imposante Palast erhob, blieb ihm einen Augenblick die Luft weg. Durch die Metallgitter hatte er ihn zwar schon gesehen, doch es war etwas völlig anderes, die breiten Stufen zu dem prächtigen, reich verzierten Gebäude hinaufzugehen, das seit Jahrhunderten als Sitz der Könige von Thrandor diente.

»Wahnsinn!«, flüsterte er Jenna zu, der die Begeisterung ebenfalls ins Gesicht geschrieben stand.

Am Kopf der flach ansteigenden Portaltreppe gelangten sie zwischen zwei Säulen zum Haupteingang. Zu beiden Seiten des doppelt mannshohen Tores standen zwei weitere Palastwachen regungslos stramm. Auf der Schwelle erwartete sie der oberste Palastdiener, ein älterer Herr von schmächtiger Statur mit kurzem silbergrauem Haar. Mit dem makellosen dunkelblauen Wams, das zwei Reihen großer Goldknöpfe zierten, und den ebenfalls goldenen Manschettenknöpfen war er vom Scheitel bis zur Sohle der Inbegriff des Gebieters über das königliche Gesinde.

»Baron Keevan, willkommen«, sagte der oberste Palastdiener mit einer tiefen Verbeugung und bedeutete den vieren mit einer ausladenden Geste einzutreten.

»Vielen Dank, Krider. Wir haben uns lange nicht gesehen«, erwiderte der Baron.

»In der Tat, Mylord. Viel zu lange. Bitte folgt mir.«

Der Palastdiener führte sie in die Eingangshalle. Calvyn und Jenna blickten sich in dem riesigen Raum um, bewunderten die Gewölbedecke und die übermannsgroßen Statuen. Schon die schiere Größe der Halle raubte ihnen den Atem.

Webteppiche, die groß genug für eine Mannschaftsunterkunft in Baron Keevans Burg gewesen wären, prangten an den Wänden. Jeder war ein Kunstwerk für sich, dessen Herstellung mit Sicherheit Jahre gedauert hatte. Abgebildet waren Szenen aus der thrandorischen Geschichte und Sagenwelt. Calvyn fiel ein Wandteppich ins Auge, auf dem Derrigan Darkweavers Niederlage dargestellt war. Die Szene aus dieser magischen Schlacht zog ihn im Vorübergehen geradezu in ihren Bann. Er widerstand jedoch der Versuchung, sie sich genauer anzusehen, und folgte stattdessen dem Baron.

Mitten durch die mit Steinplatten geflieste Halle führte ein breiter, flauschiger Läufer im königlichen Purpur. Krider ging eiligen Schrittes voran.

Er führte die vier aus der Eingangshalle hinaus durch mehrere Korridore, bis sie schließlich an ihr Ziel gelangten, einen Raum, dessen große Doppeltür offen stand und aus dem gedämpft Stimmen zu hören waren. Krider fragte nach den Namen des Hauptmanns und der beiden Gefreiten und betrat dann den Raum.

»Baron Keevan und Hauptmann Strexis«, rief er mit dröhnender Stimme, und die beiden Genannten schritten energisch in den Raum. Hinter Calvyn und Jenna trafen weitere Besucher ein, doch ehe sie erkennen konnten, wer oder wie viele es waren, wurden auch sie angekündigt.

»Gefreiter Calvyn, Sohn des Joran, und Jenna, Tochter des Nathan.«

Calvyn und Jenna traten in den großen quadratischen Saal. Der König saß auf seinem Thron, der in der Mitte des Raums auf einem erhöhten Podest stand. Rund um das Podest schlossen sich mehrere aufsteigende Sitzreihen an, wie in einem Amphitheater, dessen Bühne der Königsthron bildete.

Calvyn und Jenna verbeugten sich vor dem König und wurden dann mit dem Baron und dem Hauptmann zu ihren Plätzen geführt. Calvyn setzte sich und musterte die Anwesenden.

»Lord Valdeer und Hauptmann Lobaire«, kündigte der Diener an. Calvyn blickte zum Eingang, wo die vertraute Gestalt des Lords aus Nordthrandor den Thronsaal betrat.

In rascher Folge wurden weitere Namen verlesen und die freien Plätze füllten sich zusehends. Schließlich schlossen sich die Metalltüren mit einem leisen Quietschen, dem ein dumpfer Schlag folgte, und alle Augen waren auf den König gerichtet.

Es folgte eine bedeutungsvolle Pause, in der die Spannung im Thronsaal spürbar stieg. Der König wirkte müde, fand Calvyn. Dunkle Schatten unter den Augen ließen erkennen, dass er in letzter Zeit wenig geschlafen hatte, und aus der zusammengesunkenen Haltung sprach körperliche und seelische Erschöpfung.

Der König atmete tief ein. »Mitbürger von Thrandor. Wir, die Vertreter unseres Volkes, haben uns in diesem Saal versammelt, um über die schwerwiegenden Ereignisse der letzten beiden Wochen zu beraten. Es ist viel geschehen und noch mehr zu tun, bis in unserem Lande wieder Frieden und Ordnung herrschen. Wir haben gestern einen großartigen Sieg errungen, doch er hat viele gute Menschen das Leben gekostet. Der langjährige Friede zwischen Thrandor und den Nomadenstämmen der Terachim-Wüste wurde gebrochen. Bislang wissen wir nicht, wie die Feindseligkeiten zu erklären sind. Es gibt jedoch einen, der die Antwort auf diese Fragen kennt. Er muss sich dafür verantworten, dass er viele Tausend Menschen in den Krieg geführt hat. Wachen, bringt den Gefangenen herein.«

Wieder erfüllte das Quietschen der metallenen Türangeln den Saal, die Doppeltür schwang auf und die gebeugte Gestalt Demarrs wurde von zwei königlichen Wachen in den Raum gestoßen.

Die Besucher auf den Rängen sogen scharf die Luft ein. Viele hatten wohl bis dahin gar nicht gewusst, wer der Anführer des Feindes war.

»Du elender Verräter …«

»Haltet ein, Graf Dreban!«, unterbrach der König den Adligen, der aufgesprungen war, und brachte das Raunen, das sich erhoben hatte, zum Verstummen.

»Demarr wird noch heute zur Verantwortung gezogen, und Ihr werdet zu gegebener Zeit Gelegenheit haben, Eure Anklagepunkte und Fragen vorzubringen. Letztlich obliegt die Entscheidung allerdings mir. Ich will unvoreingenommen richten, auch in einem auf den ersten Blick so eindeutigen Fall wie diesem. Ihm wird Gerechtigkeit widerfahren, dessen seid gewiss. Nun nehmt Platz, damit wir fortfahren können.«

Widerstrebend setzte sich der Graf wieder hin, das Gesicht feuerrot vor unterdrücktem Zorn.

Demarr, noch immer in seiner abgerissenen Thobe, wurde vor den König gezerrt und auf die Knie gestoßen. Ungepflegt und erbärmlich sah er aus, ein Schatten seiner selbst, ein gebrochener Mann.

»Nun, Demarr, zum zweiten Mal kniest du nun vor mir und wieder wirst du des Hochverrats beschuldigt. Was ich jetzt wirklich wissen will, ist Folgendes: Wie kam es dazu, dass du nur drei Jahre nach deiner Verbannung aus Thrandor Oberbefehlshaber der vereinten Stämme von Terachim wurdest? Und warum hast du beschlossen, ausgerechnet in das Land deiner Geburt einzufallen?«

Der König hielt inne und wartete auf eine Antwort. Im Saal war es totenstill. Doch Demarr schwieg, reglos, den Kopf gesenkt.

»Komm schon, Demarr. Erzähl uns deine Geschichte«, wiederholte der König, diesmal energischer.

Ein Wachmann stieß Demarr mit der Spitze seines blitzblank polierten Stiefels leicht an. In Demarr kam Bewegung und er hob langsam den Kopf. Mit glasigen Augen sah er den König an.

»Der Talisman«, krächzte er mit trockener Kehle. Dann, als hätten ihn diese beiden Worte völlig erschöpft, sank ihm der Kopf wieder auf die Brust.

»Bringt ihm Wasser«, befahl der König, ohne den Blick von Demarr zu wenden. Krider eilte davon.

»Was ist mit dem Talisman, Demarr? Du willst doch nicht etwa die Verantwortung für deinen Feldzug auf einen unbelebten Gegenstand schieben? Komm, erzähl uns deine Geschichte.«

Demarr rührte sich nicht. Krider brachte einen Krug Wasser und flößte Demarr einige Schlucke ein, der sich jedoch weiter ausschwieg, nicht willens oder schlicht unfähig, auf die wiederholten Fragen des Königs zu antworten. Schließlich sah der König keine andere Möglichkeit, als ihn vor die Wahl zu stellen. »Demarr, entweder du beantwortest jetzt sofort meine Fragen oder ich bin gezwungen, dich wegen Hochverrats zu verurteilen und im Eilverfahren hinrichten zu lassen.«

Auf diese Erklärung trat eine beklemmende Stille ein. Die Zeit schien zu gefrieren, während die Anwesenden auf die Antwort des einstigen Grafen warteten.

Doch es kam keine.

»Nun denn …«, seufzte der König.

»Haltet ein, Eure Majestät. Ich werde für ihn sprechen.«

2

Als Demarr den Thronsaal des Königs betrat, wurde Calvyn von einem Gefühl ergriffen, das er weder zu beschreiben noch zu beherrschen vermochte. Es war nicht nur Mitleid mit der elenden Gestalt, die da zusammengesunken und mutlos vor ihnen kauerte. Noch war es allein die Tatsache, dass er glaubte, für das, was hier geschah, irgendwie verantwortlich zu sein. Nein, eine völlig andere Regung stieg in ihm auf und steigerte sich zu einer Gewissheit, die ihn zwang, sich zu äußern.

»Ich werde für den ehemaligen Grafen sprechen«, wiederholte Calvyn entschlossen und erhob sich.

»Setz dich, Gefreiter. Sofort«, knurrte Hauptmann Strexis neben ihm.

»Lass ihn gewähren, Hauptmann«, befahl der König mit erhobener Hand. »Ich möchte hören, was der Soldat zu sagen hat. Der gestrige Tag hätte ohne ihn ein böses Ende nehmen können. Wir wären heute nicht hier versammelt und Demarr wäre noch in Freiheit. Sprich, Gefreiter Calvyn. Was hast du zur Verteidigung dieses Mannes zu sagen, der so viel Blutvergießen und Leid über unser Königreich gebracht hat?«

Calvyns Herz begann zu rasen und er spürte einen dicken Kloß im Hals. Er rang nach Worten.

»Eure Majestät«, stammelte er und ordnete die Gedanken, die ihm durch den Kopf jagten. »Ich habe wohl mehr gute Gründe, Vergeltung an diesem Mann zu fordern, als jeder andere hier. In seinem Namen wurden vor drei Jahren meine Eltern, meine Freunde und viele Einwohner meines Dorfes brutal ermordet. Seither plagen mich Albträume, und ich kann nicht vergessen, wie ich mit einem Fremden und den wenigen Überlebenden des Blutbads die Leichen verscharrt habe. Gestern habe ich in der Schlacht noch mehr Freunde und Kameraden verloren – auch das war das Werk dieses Mannes. Ich habe mich mit einer Inbrunst nach diesem Tag der Rache gesehnt, wie vielleicht nur wenige in diesem Raum sie jemals gespürt haben …«

Calvyns Stimme bebte vor Erregung. Er sah kurz zu Boden, räusperte sich und blickte dann dem König in die Augen. »Doch trotz meines Hasses auf diesen Mann und meiner Abscheu vor seinen Taten bin ich wahrscheinlich auch der Einzige, der weiß, was ihn dazu getrieben hat. Deshalb muss ich ihn verteidigen. Eure Majestät. Ich weiß, es klingt unglaublich, doch ich bin davon überzeugt, dass Demarr seine Soldaten nicht aus freiem Willen gegen uns geführt hat, ja, dass er jenes Heer, mit dem er in Euer Reich eingefallen ist, nicht einmal gesammelt hat.«

Im Thronsaal erhob sich ein wütendes Murren, Rufe wurden laut, doch der König gebot mit einer Geste zu schweigen. Die Zuhörer verstummten. Eines war gewiss: Alle Augen hingen nun an Calvyns Lippen. Sogar Demarr sah ihn jetzt an, aber seine Miene war wie versteinert.

Calvyn trat in die Mitte des Saals, wenige Schritte von Demarr entfernt.

»Wer trägt denn deiner Meinung nach die Schuld, wenn nicht Demarr?«, fragte der König. Seine Stimme war ruhig, doch die zusammengepressten Lippen verrieten unterdrückten Zorn.

»Nicht so sehr wer, Eure Majestät, sondern was!«, erwiderte Calvyn mit fester Stimme. »Seit zweihundert Jahren liegt in diesem Lande ein Bann auf jeglicher Magie. Das hat uns gestern fast den Sieg gekostet. Demarr kann für seine Taten nicht zur Verantwortung gezogen werden, weil ein magisches Amulett ihn geistig und körperlich in seiner Gewalt hatte. Dieser Talisman wurde vor langer Zeit von einem Magier hergestellt und getragen. Er war so böse und verderbt, dass sein Name zur Legende wurde: Derrigan Darkweaver.«

»Geschwätz!«, rief ein recht beleibter Adliger abschätzig.

»Genau!«, stimmte ein anderer ihm zu.

»Meine Herren, darf ich fragen, ob Ihr gestern auf dem Schlachtfeld wart?«, fragte Calvyn höflich, aber bestimmt.

Aus den hinteren Reihen war ein verhaltenes Kichern zu hören. Die beiden Adligen blieben die Antwort schuldig.

»Wenn Ihr dort gewesen wärt, so hättet Ihr dies gesehen.« Er zog schwungvoll sein Schwert, murmelte »*Ardeva*« und das Schwert entflammte. Ein Raunen ging durch den Thronsaal.

Calvyn blieb trotzig mit leicht gespreizten Beinen stehen und hielt das Schwert hoch in die Luft, damit jeder es sehen konnte. Blaue Flammen züngelten an der Klinge entlang.

»Ich glaube, das reicht, junger Mann«, übertönte der König mit fester Stimme das Murmeln und Flüstern, das sich im Saal erhoben hatte. »Du hast uns mitgeteilt, was du zu sagen hattest. Doch nun verstößt du gegen ein Gesetz, das seit zwei Jahrhunderten Geltung hat. Hüte dich, Gefreiter Calvyn. Du hast gestern meine Wertschätzung erworben, doch sei dir ihrer nicht allzu sicher.«

»Verzeiht, Eure Majestät«, sagte Calvyn, ließ die Flammen versiegen und steckte das Schwert in die Scheide. »Doch ich spürte, dass mich die werten Anwesenden ohne diese kleine Vorführung wohl für verrückt erklären würden. Ich will damit zum Ausdruck bringen, dass das Verbot der Magie Euer Königreich geschwächt hat, es anfällig gemacht hat für Dunkle Zauberei. Ich gebe zu, Eure Majestät, das Gesetz absichtlich gebrochen zu haben. Doch Demarr kann man diesen Vorwurf nicht machen, denn der Talisman hatte ihn mit seiner bösen Kraft völlig in seiner Gewalt. Ich habe erlebt, wie er reagierte, als die Macht der Magie nachließ. Die Erinnerungen an das, was er unter dem Einfluss des Amuletts getan hat, werden eine schlimmere Strafe für ihn sein, als Ihr sie je aussprechen könntet, dessen bin ich gewiss.«

»Wo ist denn dieser Talisman jetzt, Gefreiter? Ich sehe keinen magischen Gegenstand. Wo ist der Beweis?«, fragte jemand aus einer der höheren Sitzreihen zu Calvyns Linken.

»Der shandesische Magier Selkor hat den Talisman auf dem Schlachtfeld in seinen Besitz gebracht. Er ist ein Magier von großem Wissen und gewaltiger Macht. Mit meinen magischen Fähigkeiten könnte ich nichts gegen ihn ausrichten. Schon das sollte jedem hier im Raum zu denken geben. Ihr habt mit eigenen Augen gesehen, was der Talisman in einem Mann bewirken kann, der nichts über die geheime Kunst weiß. Nun stellt Euch vor, was geschieht, wenn er seinen Einfluss auf einen mächtigen Magier geltend macht.«

»Gefreiter Calvyn«, sagte der König, sichtlich nachdenklich geworden, »hab Geduld mit einem alten Mann, aber all das klingt in meinen Ohren noch recht abenteuerlich. Und doch kann niemand, der deinen Zweikampf gesehen hat, leugnen, dass Magie im Spiel war. Wenn aber der Talisman so mächtig ist, wie du sagst, wie kommt es dann, dass du ihn besiegen konntest, aber gleichzeitig nicht vermochtest, Selkor daran zu hindern, ihn an sich zu nehmen?«

»Der Sieg über den Talisman war reiner Zufall, Eure Majestät. Der alte Heiler, der mich in der Kunst der Magie unterwies, brachte mir bei, mit der Kraft der Erde Beschwerden und Gebrechen zu lindern. Wie man die Magie für den Krieg einsetzt, habe ich nie gelernt. Mein Lehrmeister war ein guter Mensch, der anderen uneigennützig half. Selkor sorgte dafür, dass sich unsere Wege trennten.«

Calvyn erzählte vom Streit zwischen Perdimonn und Selkor und der anschließenden Verfolgungsjagd. Er berichtete, wie Perdimonn und er sich trennten und er als Rekrut zu Baron Keevans Heer stieß. Den alten Mann habe er nie wiedergesehen, Selkor bis zum gestrigen Tag auch nicht. Die Anwesenden hörten ihm gebannt zu.

»Eure Majestät, wenn mein Lehrmeister Selkors Macht nicht standhält, so wird es mir erst recht nicht gelingen. Wie ich schon sagte, haben ich meinen Sieg einem Zufall zu verdanken. Selkor hat mir das bestätigt. Er untersuchte mein Schwert, weil er glaubte, gleich zwei magische Gegenstände gefunden zu haben, die er an sich reißen konnte. Doch dann tat er es als bloßes Kinderspielzeug ab. Egal, ob es ihm gelingt, den Talisman zu beherrschen, oder ob der Talisman ihn beherrscht – wir sind gut beraten, uns auf das Schlimmste gefasst zu machen.«

Calvyn war kaum mit seinem Bericht fertig, als auf dem Korridor vor dem Thronsaal ein Tumult losbrach. Alle Blicke waren auf die Tür gerichtet, hinter der Krider zu hören war, der wohl zu schlichten versuchte. Dann knallte etwas gegen die Tür und am Türknopf wurde heftig gerüttelt. Jemand versuchte, sich mit Gewalt Zugang zum Thronsaal zu verschaffen.

Calvyn und mehrere andere Gäste zogen ihre Schwerter, bereit, den König zu verteidigen.

Da flog die Tür auf und ein Soldat aus Baron Keevans Heer schoss an Krider vorbei in den Thronsaal.

»Was hat das zu bedeuten?«, wollte der König wissen und erhob sich. »Baron Keevan, ist es bei Euch etwa üblich, nach Belieben das Gesetz zu brechen?«

»Verzeiht, Eure Majestät. Ich weiß nicht mehr als Ihr«, entschuldigte sich Keevan. Zu dem Soldaten, der sich aus der Umklammerung Kriders hatte befreien können und, noch keuchend vor Anstrengung, vor ihm strammstand, sagte er: »Ich hoffe für dich, du hast einen guten Grund, Gefreiter.«

»Eure Majestät, Mylord. Hauptmann Tegrani schickt mich, Euch Bericht zu erstatten. Wir haben Nachricht aus dem Norden erhalten, dass die Shandeser die Grenze überschritten haben. Diesmal haben sie Dörfer geplündert und Karawanen ausgeraubt, Mylord.«

»Großer Tarmin! Erst die Terachiten und nun die Shandeser. Wir können doch nicht an zwei Fronten gleichzeitig Krieg führen. Was habe ich den Shandesern nur getan?«, rief der König und sank mit schlaffen Schultern auf den Thron.

»Nichts habt Ihr getan, Eure Majestät. In Nordthrandor erleben wir schon seit Jahren Plünderungen und Überfälle durch die Shandeser. Sie haben nur auf den richtigen Moment gewartet, und nun, da unsere Kräfte hier gebunden sind, nutzen sie ihre Chance«, sagte Baron Keevan.

»Vielleicht müssen wir nicht an zwei Fronten kämpfen, Eure Majestät«, meldete sich die besonnene Stimme Baron Antons zu Wort. »Die Terachiten sind im Rückzug begriffen, und unsere Kundschafter berichten, dass es zwischen den Sippen immer wieder zu Scharmützeln kommt. Nun, da die Nomaden führungslos sind, flammen die Feindseligkeiten zwischen den Stämmen wieder auf. Wir könnten den Rückzug mit einer kleinen Truppe überwachen. Sie würden gar nicht bemerken, dass wir ihnen nicht mit unserer gesamten Streitmacht folgen.«

»Das ist aber sehr gewagt, Anton. Was ist, wenn sie doch umkehren und angreifen?«

»Dann müssen wir uns zurückziehen, wenn nötig, bis nach Mantor. Um offen sein, Eure Majestät: Nur so werden wir denen im Norden helfen können, ohne deren Unterstützung wir jetzt noch um unser Leben kämpfen würden.«

Ein zustimmendes Murmeln ging durch den Raum.

»Eure Majestät, leider gibt es noch mehr schlechte Nachrichten«, fiel der Soldat ein.

»Was denn?«, fragte der König ungläubig.

Der Soldat zögerte.

»Nun spuck es schon aus, Mann.«

»Es heißt, dass die Shandeser magische Kräfte einsetzen, Eure Majestät. Das ist zwar nicht verbürgt …«

»Selkor?«, fragte der König, an Calvyn gewandt.

»Das bezweifle ich, Eure Majestät. Er mag mächtig sein, aber er ist auch ein Mensch. Gestern war er noch in Mantor. Ich bezweifle, dass er an zwei Orten gleichzeitig sein kann.«

»Vielleicht hätte ich deine Warnungen ernster nehmen sollen, Demarr«, sagte der König zu seinem Gefangenen, der noch immer wie ein Häuflein Elend vor ihm kauerte.

»Hätte ich auf dich gehört, müssten wir uns jetzt nicht mit diesem Chaos herumschlagen. Das entschuldigt natürlich nicht dein verräterisches Handeln vor drei Jahren, für das du bereits verurteilt worden bist. Und trotz der mutigen Worte, die der Gefreite Calvyn zu deiner Verteidigung vorgebracht hat, kann ich dir nicht verzeihen, dass du die Terachiten gegen mein Königreich geführt hast. Am liebsten würde ich dem Henker befehlen, dich augenblicklich hinzurichten. Kaum einer in diesem Raum würde das bedauern. Aber ich gehöre nicht zu denen, die es sich leicht machen. Du bist nicht der Einzige, der in den letzten Jahren falsche Entscheidungen getroffen hat. Auch ich habe Fehler gemacht, und dich zu verbannen, war einer davon. Daher will ich jetzt nicht übereilt einen Entschluss fassen, der nicht mehr rückgängig zu machen wäre. Deshalb gebe ich dir eine letzte Chance: Du sollst dem Norden dienen, den du immer so geliebt hast, dass du bereit warst, alles für ihn zu riskieren.«

Der König wandte sich an Baron Keevan. »Keevan, ich gebe Demarr in Eure Hände. Er soll als Gefreiter in Eurem Heer dienen, ohne Aussicht auf Beförderung. Wir werden in den nächsten Monaten alle Schwertkämpfer brauchen, die wir auftreiben können. Wenn er Euch Ärger macht, so habt Ihr mein Einverständnis, ihn zu töten.«

Der Baron zwang sich zu einem Lächeln. »Sehr wohl, Eure Majestät«, erwiderte er steif.

»Die Audienz ist beendet. Anton, Keevan und die Kommandanten aus Nordthrandor bleiben da, um Kriegsrat zu halten«, ordnete der König an. »Gefreiter Calvyn, ich sagte, ich würde dich belohnen, und ich halte mein Wort. Du erhältst hundert Goldstücke und die Zusage, auf Wunsch in der Königlichen Garde zu dienen, solange ich König bin. Was das Verbot der Magie angeht, so räume ich zwar ein, dass es überdacht werden muss, will aber auch in dieser Frage nichts übereilen. Aus diesem Grund bleibt das Gesetz vorerst in Kraft. Ist das klar?«

»Ja, Eure Majestät. Habt Dank, Eure Majestät«, sagte Calvyn überglücklich. Er überlegte bereits, was er mit hundert Goldstücken alles anfangen konnte.

»Ich gebe das Gold dem Baron mit. Sorgst du dafür, dass Demarr zu seiner neuen Einheit kommt?«

»Sofort, Eure Majestät.«

Calvyn verbeugte sich tief. Dann führten Jenna und er, gefolgt von Baron Keevans Boten, Demarr aus dem Thronsaal. Durch die Korridore und die riesige Eingangshalle gingen sie zum Palasttor, wo sie von der Garde aufgehalten wurden.

»Wo bringt ihr den Gefangenen hin, Gefreite?«, fragte der Korporal rechts des Tors.

»Der König hat ihn auf freien Fuß gesetzt, Korporal. Er soll in Baron Keevans Heer dienen und mit uns nach Norden ziehen«, erwiderte Calvyn.

»Das muss ich mir erst bestätigen lassen. Meines Wissens soll er hingerichtet werden.«

»Selbstverständlich, Korporal. Sobald Ihr das getan habt, könntet Ihr bitte einen der Königlichen Gardisten abstellen, uns ins Lager zu begleiten? Andernfalls, fürchte ich, werden wir an jedem Kontrollpunkt aufgehalten.«

Der Hauptmann nickte und eilte davon.

»Ich bin gleich wieder da«, flüsterte Calvyn Jenna zu. »Ich will mir nur den Wandteppich da drüben genauer ansehen, solange wir warten.«

Jenna hob fragend eine Augenbraue, sagte aber nichts. Calvyn durchquerte die Eingangshalle und seine Schritte hallten laut auf dem Steinboden wider.

Als Calvyn vor dem Wandbild stand, das den Sieg über

Darkweaver zeigte, fiel ihm zunächst die unglaubliche Detailfreude auf, mit der der Künstler ans Werk gegangen war. Die Tiefe der Farben gab ihm das Gefühl, direkt in die monumentale Kulisse einzutauchen. Die Schatten, die die Berge im Hintergrund und die Wüstenfelsen warfen, waren sorgfältig eingefangen worden, und jeder der neun Magier, die den dem Untergang geweihten Derrigan Darkweaver umringten, waren in einer anderen dramatischen Pose dargestellt – als wären sie mitten in ihrem Spruch erstarrt. In einigem Abstand standen vier weitere Gestalten, die den magischen Kampf beobachteten. Calvyn hatte keine Ahnung, wen sie darstellen sollten. Es waren drei Männer und eine Frau, und obwohl sie auf dem Wandteppich so klein waren, fiel Calvyn auf, dass einer der drei Männer seinem alten Lehrer Perdimonn ähnlich sah. Vielleicht lag es an der Halbglatze mit dem grauen Haarkranz, vielleicht war es auch die Körperhaltung. Ein kalter Schauer rieselte ihm über den Rücken.

Dann betrachtete er Darkweaver genauer, bezwungen und doch trotzig bis zuletzt.

Calvyn blieb die Luft weg. »Großer Tarmin!«, rief er aus, und seine Stimme wurde von den Wänden der großen Halle zurückgeworfen.

»Was ist denn, Calvyn? Stimmt was nicht?«, rief Jenna und lief zu ihm hin.

»Das kannst du laut sagen«, erwiderte er, den Blick fest auf das Bild des bösen Magiers geheftet. Sein Magen fühlte sich an, als hätte er einen Klumpen Blei verschluckt. »Vielleicht leide ich ja unter Verfolgungswahn, aber der sieht doch aus wie Selkor!«

»Was? Ernsthaft?«

»Ja, aber das alles ergibt doch gar keinen Sinn. Es kann doch nicht …«

»Calvyn, Darkweaver wurde vor zweihundert Jahren getötet. Du glaubst doch nicht ernsthaft, dass Selkor Darkweaver ist?«

»Besiegt, Jenna, nicht getötet. In den Geschichten, die ich kenne, heißt es nicht ausdrücklich, dass Darkweaver zu Tode kam. Aber du hast recht, Selkor kann nicht Darkweaver sein. Sonst hätte er sich anders verhalten, als er in den Besitz des Talismans kam. Doch wenn das eine getreue Darstellung ist, dann sehen sich Selkor und Darkweaver beunruhigend ähnlich. Ich weiß nicht, was es zu bedeuten hat, aber ich finde das ziemlich gruselig.«

»Ich auch. Wir müssen los, Calvyn, der Korporal kommt zurück.«

Der Korporal brachte einen Gardisten mit, der ihnen Pferde aus den Ställen holte und die drei in Keevans Lager begleitete.

Im Lager herrschte rege Betriebsamkeit. Hauptmann Tegrani wollte wissen, was sie am Königshof erfahren hatten. Als er hörte, dass es wieder nach Norden ging, begann er sofort mit den Marschvorbereitungen. Auf die Neuigkeit, dass Demarr als Gefreiter dienen sollte, reagierte der Hauptmann erwartungsgemäß wenig begeistert.

»Nun, Calvyn, du hast ihn für unser Heer gewonnen, also passt du auch auf ihn auf. Ich habe mit Sergeantin Derra gesprochen. Sie möchte, dass du zum Korporal aufsteigst. Der Rang wird dir vorläufig verliehen, aber wenn du ihm gewachsen bist, wird er in wenigen Wochen bestätigt. Melde dich bei Sergeantin Derra. Sie wird dich in deine neuen Aufgaben einführen.«

»Ja, Sir. Danke, Sir«, stammelte Calvyn, der sein Glück kaum fassen konnte.

»Und nun zu dir, Demarr. Wenn du meine Soldaten aufwiegelst, führe ich den Befehl des Königs höchstpersönlich aus, ist das klar?«, fragte der Hauptmann streng.

»Ja, Sir«, erwiderte Demarr. Die Worte klangen aus dem Munde des Mannes, der sein Leben lang Befehle erteilt hatte, hölzern und unnatürlich.

»Gut. Abtreten.«

Calvyn und Jenna führten Demarr zur frisch beförderten Sergeantin Derra, die einen Trupp anwies, auf dem Schlachtfeld die Waffen einzusammeln. Ihre strengen Züge, die vom dunklen Stoppelhaar und den eckigen Augenbrauen unterstrichen wurden, wirkten noch grimmiger als sonst.

»... und wenn ich nach eurer Rückkehr auch nur bei einem von euch etwas anderes als Waffen finde, dann werdet ihr euch wünschen, ihr wärt gestern in der Schlacht gefallen. Habe ich mich klar und deutlich ausgedrückt?«

»Jawohl, Sergeantin.«

»Gut, denn ihr gehört nicht zu dem dreckigen Abschaum, der den lieben langen Tag durch die Landschaft zieht und Tote ausraubt. Nehmt alle brauchbaren Pfeile mit. Wenn wir nicht genügend Pfeile für unsere Bogenschützen auftreiben, könnt ihr euch schon mal darauf einstellen, dass ihr euch nächste Woche jeden Abend mit Schnitzen um die Ohren schlagt.«

Die Soldaten stöhnten.

»Gut, Leute, dann mal los.«

Derra drehte sich um und war flink wie eine Katze bei Calvyn, Jenna und Demarr, die in einiger Entfernung gewartet hatten. Ihre großen braunen Augen wanderten von einem zum anderen und verweilten kurz auf Demarr.

»Berichte«, befahl sie Calvyn.

»Ich komme von Hauptmann Tegrani, Sergeantin. Demarr wird unserer Einheit zugeteilt. Der Hauptmann hat mich auch von meinem neuen Dienstgrad unterrichtet. Vielen Dank, dass Ihr mich vorgeschlagen habt.«

»Bedank dich nicht zu früh, Korporal«, erwiderte Derra und verzog die Mundwinkel zu einem kaum wahrnehmbaren Lächeln. »Bei der vielen Arbeit wirst du mich wahrscheinlich schon bald verfluchen. Gibt es noch etwas, das ich wissen sollte?«

»Ihr habt gehört, was oben im Norden los ist?«, fragte Calvyn.

Derra nickte.

»Der Baron und die anderen Befehlshaber halten gerade Kriegsrat. Ich nehme an, dass wir binnen ein oder zwei Tagen aufbrechen.«

»Gut. Jenna, du kümmerst dich darum, dass Demarr eine Uniform bekommt. Und zeig ihm, wo er heute Nacht schläft. Er kann Calvyns alten Platz haben.«

Sergeantin Derra musterte Demarr.

»Ich vermute, man hat dir mit allen möglichen Strafen gedroht für den Fall, dass du aus der Reihe tanzt?«, fragte sie mit ausdrucksloser Miene.

Demarr nickte argwöhnisch.

»Gut. Dann kann ich mir weitere Ermahnungen sparen. Man hat mir schon viel von dir erzählt, Demarr, nicht nur Schlechtes, falls es dich freut, das zu hören. Du musst dich auf eine harte Zeit gefasst machen, denn viele meiner Soldaten werden nicht verstehen, dass der König dein Leben verschont hat, geschweige denn, dass er dich zu uns geschickt hat. Um ehrlich zu sein, habe ich selbst so meine Schwierigkeiten damit. Aber ich werde keine Disziplinlosigkeit dulden. Wenn sie dir also irgendwelchen Ärger machen, mit dem du allein nicht fertig wirst, gehst du direkt zu deinem Korporal. Wenn er nicht da ist, kommst du zu mir. Verstanden?«

»Ja, Sergeantin … und danke.«

Jenna und Demarr gingen zu den Versorgungswagen. In Calvyn, der ihnen nachsah, mischten sich Freude über seine Beförderung, Vorfreude auf seine neuen Aufgaben, aber auch ein Stich Eifersucht, weil Demarr von nun an mehr mit Jenna zusammen sein würde als er.

Derra bemerkte Calvyns Gesichtsausdruck und musste innerlich lächeln. Ihr war nicht entgangen, das Calvyn und Jenna einander nahestanden, und sie war überrascht, dass sie noch kein offizielles Liebespaar waren. Lange konnte es nicht mehr dauern, dachte sie für sich.

◎ ◎ ◎

»Schläft ein Korporal denn nie?«, fragte Bek mit einem Gähnen, als er Calvyn vor der Feldküche traf.

»Ich glaube nicht. Letzte Nacht habe ich die Augen gerade mal drei Stunden zugemacht«, erwiderte Calvyn und fiel in Beks Gähnen ein.

Calvyn hatte sich gefreut, als er erfuhr, dass sein Freund Bek ebenfalls zum Korporal befördert worden war. Bek hatte in der Schlacht Mut und Führungsqualitäten bewiesen. Seine Beförderung hatte er sich redlich verdient.

»Wen hast du denn in deinem Trupp, Bek? Jemanden, den ich kenne?«, fragte Calvyn, schöpfte sich einen Becher heißen Dahl aus dem Kessel und nickte dem Gefreiten, der Küchendienst hatte, dankbar zu.

»Na ja, da wäre zum Beispiel Kaan«, begann Bek verschmitzt. Sein Grinsen sprach Bände.

»Da ist er bestimmt begeistert«, erwiderte Calvyn lachend.

»Darauf kann du wetten. Ich habe gehört, dass er schnurstracks zu Derra gerannt ist und um Versetzung gebeten hat. Sie hat ihm gesagt, er soll erst mal erwachsen werden.«

Calvyn verschluckte sich und musste kräftig husten. Tränen traten ihm in die vergnügt blitzenden Augen.

»Ach ja, und ich habe Tondi, Geldarian und noch ein paar aus Trupp eins, die ich vom Sehen her kenne. Die anderen sind Gefreite, die schon vor uns da waren. Wie sieht es bei dir aus?«

»Ich habe Jenna, Tyrrak, wenn er wieder gesund ist, Garret und Tamar. Ein paar kenne ich von der Ausbildung, der Rest ist älter.«

»Jenna und Tamar! Da werden beim Waffentraining die Fetzen fliegen!«, schmunzelte Bek.

»Das kann ich mir eigentlich nicht vorstellen. Zugegeben, die beiden sind ehrgeizig, aber ich glaube nicht, dass sie sich in die Haare kriegen werden. Ich mache mir mehr Sorgen um Demarr.«

Beks Lächeln verschwand. »Dazu hast du allen Grund. Du hättest ihn töten sollen, als du die Gelegenheit dazu hattest. Der macht bestimmt Ärger.«

»Um ehrlich zu sein, zuerst dachte ich, ich hätte ihn getötet. Aber als ich merkte, dass er noch lebte, konnte ich ihn doch nicht einfach kaltblütig abstechen, oder?«, fragte Calvyn, nahm einen Schluck Dahl und blickte den Freund über den Rand seiner Tasse an. »Kampf ist Kampf, aber das wäre glatter Mord gewesen.«

»Wahrscheinlich hast du recht«, seufzte Bek schulterzuckend. »Aber man munkelt, dass du ihn vor dem König verteidigt hast. Sag mir, dass das nicht wahr ist.«

Calvyn blickte Bek ernst in die Augen. »Ich fürchte, es ist wahr, Bek. Frag mich bitte nicht, warum. Ich bin selbst noch nicht im Reinen mit mir.«

Bek hielt seinen Blick und grinste Calvyn dann schief an.

»Na ja, ich dich habe nie völlig verstanden, Calvyn, aber deiner Urteilskraft habe ich immer vertraut. Hoffentlich brockt er dir nicht mehr Ärger ein, als er wert ist. Wenn du Hilfe brauchst, gibt mir Bescheid.«

»Danke, Bek. Das weiß ich zu schätzen«, sagte Calvyn und knuffte ihn freundschaftlich. »Und falls dich Kaan ärgert …«, fügte er grinsend hinzu.

»Dann verpasste ich ihm auf dem Übungsplatz eine tüchtige Tracht Prügel«, lachte Beck.

Die beiden Freunde kamen auf ihre neuen Aufgaben zu sprechen und unterhielten sich über die Vorbereitungen auf den bevorstehenden Marsch nach Norden. Unterdessen setzte die Dämmerung ein und die geisterhaften Nebelschwaden über dem Tal lösten sich in den ersten Sonnenstrahlen auf. Mit einem Klaps auf die Schulter und der Bitte, Jenna, Tyrrak und den anderen Grüße auszurichten, ging Bek seine Leute wecken. Calvyn nahm einen letzten Schluck von seinem inzwischen fast kalten Dahl, leerte den Rest in die Wiese, spülte den Becher mit Wasser aus der Feldflasche aus und verstaute ihn dann wieder im Rucksack.

Der frische Morgen entzog Calvyns Körper das letzte bisschen Wärme. Mit klappernden Zähnen machte er sich im Laufschritt auf den Weg zu seinem Trupp, um warm zu werden und den Kreislauf in Gang zu bringen. Sein Weckruf wurde zwar mit Stöhnen und Nörgeln aufgenommen, doch, kaum wach, machten sich seine Leute mit geübter Routine daran, das Lager abzubrechen und sich für den langen Marsch nach Hause zu rüsten.

Als Calvyn eine Stunde nach Sonnenaufgang Sergeantin Derra seinen Trupp zum Morgenappell vorstellte, verspürte er einen gewissen Stolz. Vor ihm standen in drei sauberen Reihen die Gefreiten. Ihre Schwerter funkelten wie neu, und nur die tieferen Einkerbungen, die sich mit dem Wetzstein nicht hatten entfernen lassen, ließen erkennen, dass die Waffen erst jüngst im Einsatz gewesen waren.

Derra begutachtete die Soldaten mit kritischem Blick.

»Rührt euch!«, befahl sie. Ihre Miene verriet weder Anerkennung noch Missbilligung. »Die Hauptleute lassen wissen, dass wir am Mittag losmarschieren. Korporal, sorge dafür, dass dein Trupp am späten Vormittag abmarschbereit ist. Anschließend haben sich alle beim Wagenmeister zu melden, um beim Verladen der gestern sichergestellten Waffen zu helfen.«

»Jawohl, Sergeantin«, erwiderte Calvyn.

»Zack, zack, Leute! Bewegt euch, sonst steht womöglich kein Zuhause mehr, in das wir zurückkehren könnten«, fügte sie hinzu und marschierte weiter zum nächsten Trupp, der bereits auf seinen Appell wartete.

Baron Keevans Soldaten und die Überlebenden aus den anderen Nordeinheiten machten sich marschbereit. Bei der hektischen Betriebsamkeit verging der Morgen wie im Flug. Calvyns Trupp erledigte die von Derra angeordneten Aufgaben fristgerecht, und als die Sonne ihren Zenit erreicht hatte, standen seine Soldaten bereit und warteten auf den Marschbefehl.

Calvyn hatte Demarr an diesem Vormittag besonders im Auge behalten. Wie erwartet rempelten ihn mehrere Truppmitglieder scheinbar unabsichtlich an und ließen abschätzige Bemerkungen fallen. Andere behandelten ihn einfach wie Luft. Demarr ließ sich nichts anmerken.

Allein Jenna war freundlich zu ihm. Als sie ihm half, einen Stoß Pfeile aufzusammeln, den ihm jemand aus dem Arm gestoßen hatte, warf ihr Demarr einen dankbaren Blick zu. Der Vorfall ließ in Calvyn die Alarmglocken schrillen und die Eifersucht traf ihn tief ins Herz.

Solange die Sticheleien der Truppmitglieder nicht ausuferten, so nahm sich Calvyn vor, wollte er sich nicht einmischen. Sollten sie Demarr doch eine Weile das Leben schwer machen. Bei Tarmin, er hatte es schließlich verdient. Allerdings würde Calvyn mit Jenna reden müssen, damit sie nicht zwischen die Fronten geriet.

Doch das Gespräch mit Jenna musste er erst auf den Nachmittag und dann sogar auf den Abend verschieben. Es sickerte durch, dass sich der König Baron Antons Plan zu eigen gemacht hatte. Er schickte jeden Soldaten, den er erübrigen konnte, nach Norden, damit sie die shandesischen Eindringlinge zurückschlugen. Ein kleiner Verband, den er persönlich anführen wollte, sollte den Terachiten nach Kortag folgen. Auch Baron Anton wollte sich diesem Verband anschließen, da es seine Idee gewesen war und er, sollte das Vorhaben fehlschlagen, dem König zur Seite stehen wollte.

König Malo hatte Lord Valdeer zum Oberbefehlshaber der Streitkräfte ernannt, die nach Norden zogen. Baron Keevan wurde zu seinem Stellvertreter bestimmt, und jeder Mann, der auch nur halbwegs mit dem Schwert umgehen konnte, wurde einberufen. Sogar die meisten Palastwachen sollten ins Feld ziehen; sie begleiteten den König nach Süden.

Unter den Veteranen wurden Klagen laut, die zwangsweise einberufenen Soldaten ohne militärische Ausbildung würden ihnen mehr Last als Hilfe sein. Doch im Großen und Ganzen war die Stimmung in den vereinten Streitkräften, die nach Norden marschieren sollten, glänzend.

Calvyn ergriff am nächsten Morgen während ihres gemeinsamen Wachdiensts die Gelegenheit, mit Jenna zu reden. Er warnte sie, ihre Freundlichkeit gegenüber Demarr könne ihr schaden.

»Vielen Dank für den Rat, Korporal Calvyn. Ich bin mir

dessen durchaus bewusst«, gab Jenna hochmütig zurück. »Aber ich dachte, dass wenigstens du das verstehen würdest. Die anderen geben ihm ja keine Chance.«

»Er hat all seine Chancen verspielt«, erwiderte Calvyn kühl.

»Nein, hat er nicht. Du selbst hast ihm eine weitere Chance gegeben, denn du hast ihm in Mantor das Leben gerettet – gleich zweimal, wenn ich mich recht erinnere. War das alles nur Theater, damit du, wenn der König nicht dabei ist, mit ihm abrechnen kannst?«

»Wie ich schon vor dem König gesagt habe, Jenna: Seine Taten werden ihm jeden einzelnen Tag seines Lebens zur Hölle machen. Die Leute im Trupp fügen ihm ja keinen körperlichen Schaden zu …«

»Noch nicht«, unterbrach ihn Jenna wütend. »Aber das kann sich bald ändern, wenn du diesem Treiben ein Ende bereitest.«

Calvyn dachte einen Augenblick nach.

»Demarr weiß sich schon zu wehren …«, sagte er störrisch.

»Gegen einen ganzen Trupp? Ich habe dich immer für einen guten Anführer gehalten, Calvyn. Glaub mir, ich habe mich riesig darüber gefreut, dass du so schnell befördert worden bist, aber ich frage mich allmählich, ob ich mich in dir getäuscht habe. Mach die Augen auf, Korporal. Wenn das mein Trupp wäre, würde ich es nicht dulden, dass ein Keil zwischen meine Leute getrieben wird und sie sich gegenseitig das Leben zur Hölle machen.«

Schweigend und mit leerem Blick dachte Calvyn einen Moment nach. So ungern er es zugab: Jenna hatte recht. Für Rachsucht war hier kein Platz. Der König hatte sein Urteil über Demarr gefällt, und es stand weder ihm noch jemand anderem zu, das Strafmaß zu verschärfen.

Calvyn lächelte Jenna gequält an. »Du hast recht, Jenna. Ich bin in letzter Zeit nicht ganz bei mir. Wahrscheinlich war es die Enttäuschung darüber, dass ich Mantor verlassen muss, ehe ich mich der Horden schöner Frauen erwehren kann.«

Jennas Miene hellte sich bei der Erwähnung des gemeinsamen Scherzes auf. So viel war seither geschehen. Die Freundschaft, die Calvyn und sie vor der Schlacht von Mantor verbunden hatte, war gleich mehrfach auf die Probe gestellt worden. Erst hatte sie herausgefunden, dass Calvyn heimlich Magie gewirkt hatte, und nun trugen sie auch noch unterschiedliche Dienstgrade. Früher hatten sie die ganze Zeit Scherze miteinander getrieben, doch das war zwischen einer Gefreiten und einem Korporal nicht mehr angemessen.

»Ich rede noch vor dem Abmarsch mit den Leuten und versuche, diese Sache in den Griff zu bekommen. Versprich mir nur eins, Jenna.«

»Was denn?«

»Wenn mir mal wieder die richtige Sicht auf die Dinge abhandenkommt, haust du mir dann ordentlich eine runter? Mir sind deine Freundschaft und Aufrichtigkeit wichtig. Ich will sie wegen so etwas nicht verlieren.«

Jenna trat einen Schritt zurück, legte die linke Hand auf die Hüfte und holte mit der rechten Hand aus. »Klar«, sagte sie, und ein Grinsen breitete sich auf ihrem Gesicht aus. »Ich fange schon mal mit dem Training an.«

3

Nach dem Gespräch mit Jenna weckte Calvyn seinen Trupp etwas früher als sonst zum Appell. Als alle angetreten waren, machte er ihnen unmissverständlich klar, dass mit den Beleidigungen und Rempeleien ab sofort Schluss sein müsse.

»Denkt an eure Ausbildung«, ermahnte er sie streng. »Ein Trupp isst zusammen, schläft zusammen und kämpft zusammen. Wenn ihr nicht jedes einzelne Mitglied eures Trupps als euren Waffenbruder achtet, könnt ihr auch nicht erwarten, dass der Trupp für euch da ist, wenn ihr mal Hilfe braucht. Es ist völlig einerlei, ob ihr den Gefreiten Demarr mögt oder nicht. Was er getan hat, ist Vergangenheit. Jetzt zählt nur eins: Ihr müsst gegen einen Feind kämpfen, der besser aufgestellt ist, als die Sippen aus der Wüste Terachim es je sein werden. Demarr ist ein guter Kämpfer, und mir ist ein guter Kämpfer an meiner Seite lieber, als wenn er gegen mich kämpft. Denkt darüber nach.«

Nicht alle Truppmitglieder ließen sich von Calvyns Worten überzeugen. Er merkte sich diejenigen, die zweifelnd dreinblickten, um später noch einmal mit ihnen zu sprechen.

»Abends finden ab sofort immer Schwertübungen statt.«

Ein leises Murren ging durch den Trupp, verstummte jedoch sofort, als Calvyn die Soldaten zum Appell strammstehen ließ. Bald darauf marschierte das gesamte Heer weiter nach Norden.

Am Abend führte der Trupp wie angekündigt ein halbstündiges Waffentraining durch, ehe das Nachtlager aufgeschlagen wurde. Calvyn pickte sich diejenigen heraus, die besonders schlecht auf Demarr zu sprechen waren, und ließ sie einzeln gegen ihn antreten. Demarr war in jedem Zweikampf überlegen und seine Übungspartner gingen mit nachdenklicher Miene davon. Nur bei zweien steigerte die Niederlage ihre Ablehnung, und Calvyn nahm sich vor, sie im Auge zu behalten.

Der Marsch nach Norden schien kein Ende zu nehmen. Als sie nach Mantor gezogen waren, hatte die Aufregung, ja eine Art Vorfreude auf die für Thrandor seit Jahrzehnten erste Schlacht die Soldaten bei Laune gehalten. Mittlerweile hatten sie Blutvergießen, Leid und Tod gesehen und erfahren, was es bedeutete, einem zahlenmäßig überlegenen Heer gegenüberzustehen. Zudem häuften sich Berichte über shandesische Magier, die ihre Künste militärisch einsetzten. Die Aussicht auf neuerliche Kämpfe verbreitete unter den Soldaten daher eine eher gedrückte Stimmung. Die Tage und Meilen krochen im Schneckentempo dahin.

Einen Tagesmarsch von Burg Keevan entfernt gab es die ersten Anzeichen von Scharmützeln. Höfe und Dörfer waren von kleineren Gruppen shandesischer Krieger überfallen worden. Es sah so aus, als seien die Angriffe nicht abgesprochen gewesen, sondern als hätten vielmehr einzelne Spähtrupps die Gelegenheit zum Beutemachen genutzt.

Am Morgen des Tages, an dem das Heer zur Burg zurückkehren sollte, kam es zum ersten Zusammenstoß mit den Shandesern. Zufällig führten gerade die Soldaten des Barons die Marschkolonne an, als die Kundschafter meldeten, eine große Händlerkarawane sei knapp eine Meile vor ihnen überfallen worden. Der Baron und seine Hauptleute verloren keine Zeit. Sie brachten in Erfahrung, wie zahlreich der Feind war und wo der Kampf genau stattfand, riefen Lord Valdeer herbei und schickten nach einer kurzen Beratung den Händlern eine größere Truppe zu Hilfe.

Neben vielen Berittenen aus Lord Valdeers Kavallerie waren auch sämtliche Soldaten Baron Keevans dabei. Die Kavallerie ritt voraus und nach einem Eilmarsch von nur gut zehn Minuten hörte Calvyn bereits die ersten Kampfgeräusche.

Der Weg führte im Bogen um einen Wald herum, der sich zu ihrer Linken über ein großes hügeliges Gebiet erstreckte. Hauptmann Tegrani befahl Keevans Soldaten, den Weg zu verlassen und sich vom Wald aus dem Kampf zu nähern. Auch Calvyn führte seinen Trupp parallel zum Weg zwischen den Bäumen hindurch. Während sie sich möglichst leise der Wagenkolonne näherten, wurde der Schlachtenlärm immer lauter.

Als der Schauplatz der Auseinandersetzung in Sicht kam, sah Calvyn, dass es ein Fehler gewesen war, die Kavallerie vorauszuschicken. Die Wagen der Händler versperrten den engen Weg und die Reiter kamen nur mit Mühe vom Fleck. Damit hatten sie ihren Vorteil verspielt und erlitten schwere Verluste.

»Bogenschützen, fertig machen. Zielt sorgfältig. Wir müssen die feindlichen Reihen ausdünnen, ehe wir in den Nahkampf gehen«, befahl Calvyn seinem Trupp. »Und los.«

Auch andere Trupps näherten sich und gaben die Deckung des Waldes auf.

Jenna legte im Laufen einen Pfeil an. Mit ausholenden Schritten rannte sie vor den anderen her und erreichte als Erste den Waldrand. Dort fiel ihr Blick auf einen Händler, der sich hinter seinem Wagen vor dem Angriff dreier shandesischer Schwertkämpfer verschanzte. Jenna blieb stehen, zielte, schoss und legte den nächsten Pfeil an. Das ging so schnell, dass der erste Pfeil sein Ziel noch nicht erreicht hatte, als der zweite schon durch die Luft sauste. Der dritte Pfeil folgte auf dem Fuß.

Der Händler sah verdutzt innerhalb weniger Herzschläge alle drei Gegner tot zu Boden sinken. Den ersten beiden steckte ein Pfeil im Rücken, dem dritten im Hals. Der Händler blickte auf und sah Jenna, die mit dem vierten Pfeil dorthin zielte, wo der letzte Angreifer soeben zusammengebrochen war.

Nun kamen auch die anderen Soldaten aus dem Wald und mischten sich in den Kampf. Jenna nickte dem Händler, der sich verdattert bei ihr bedankte, kurz zu und lief weiter. Zunächst boten die Shandeser ein leichtes Ziel, doch mit der Zeit waren immer mehr ihrer Kameraden in Zweikämpfe verwickelt, und sie musste aufpassen, nicht einen von ihnen zu treffen.

Nach wenigen Minuten gingen Jenna die Pfeile aus. Sie steckte den Bogen weg und zog das Schwert. Mit einem durchdringenden Schrei sprang sie Calvyn und Demarr bei, die es mit mehreren shandesischen Schwertkämpfern zu tun hatten. Da tauchten wie aus dem Nichts plötzlich Bek und mehrere seiner Männer auf und griffen die Feinde von hinten an. Die shandesischen Kämpfer, von dem heftigen Angriff überrumpelt, waren rasch besiegt.

Es war ein unübersichtlicher Kampf ohne Kampflinie oder Aufstellung, ein wildes Durcheinander aus brüllenden Kriegern und unruhig tänzelnden Pferden. Hier konnten die Thrandorier nur die grundlegendsten Regeln beherzigen – töte den Feind und bleib am Leben.

Als die Shandeser merkten, dass sie sich nicht so einfach zurückziehen konnten, kämpften sie umso erbitterter. Auch Demarr war wie besessen und ließ jegliche Rücksicht auf sein Wohl vermissen. Calvyn traute seinen Augen kaum, als sich Demarr einmal in eine Gruppe aus fünf

Shandesern stürzte, die einen Reiter Lord Valdeers getötet hatten. Geradezu selbstmörderisch griff er mit solcher Wucht an, dass zwei seiner Gegner fast gleichzeitig zu Boden gingen. Wären ihm jedoch Calvyn und Jenna nicht so schnell zu Hilfe geeilt, hätte er wohl nicht lange überlebt, denn nun stand er drei Feinden gegenüber, die sofort zum Gegenangriff übergingen.

Auch Bek wirbelte zwischen den Wagen der Händler umher wie in der Schlacht von Mantor. Der Tod folgte ihm wie ein Schatten, bedacht und gezielt schaltete er seine Feinde aus.

Als der letzte Shandeser besiegt war, rief Hauptmann Tegrani die Soldaten des Barons zusammen und die Trupps stellten sich in Marschordnung auf. Die wenigen Karawanenwächter und Händler, die den Überfall überlebt hatten, dankten Lord Valdeer und Baron Keevan überschwänglich.

Jenna wurde von einem der Feldscher untersucht, die durch die Reihen gingen und kleinere Verletzungen versorgten. Die Schwerverletzten hatte man bereits auf Tragen zum Ende der Marschkolonne gebracht, wo sie auf die Wagen der nachrückenden Einheiten geladen wurden.

Jenna schlug den Waffenrock hoch und zuckte vor Schmerz zusammen, als der Feldarzt begann, den Schnitt im Bauch mit flinken Stichen zu nähen.

»He, vorsichtig!«, stieß sie zwischen zusammengebissenen Zähnen hervor.

»Du willst doch, dass es aufhört zu bluten, oder?«, knurrte der Feldscher. »Also halt still, verdammt noch mal!«

»Ist ja gut«, sagte Jenna. »Aber ich bin keine Decke, ja?«

Der Arzt, schon wieder in seine Arbeit vertieft, antwortete nicht.

»Gefreite Jenna«, kam plötzlich Derras Stimme von der Seite. Jenna zuckte zusammen.

»Aua!«

»Halt doch still«, sagte der Feldscher mitleidslos.

Jenna achtete nicht auf ihn. »Ja, Sergeantin?«

»Der Herr hier hätte gern ein paar Worte mit dir gewechselt.«

»Natürlich, Sergeantin Derra. Allerdings bin ich hier sozusagen unabkömmlich«, sagte sie grinsend.

Jenna erkannte sofort den Händler, dem sie gleich zu Beginn des Kampfes das Leben gerettet hatte. Der Mann kam ihr bekannt vor, und sie zermarterte sich das Gehirn, wo sie ihm schon einmal begegnet war.

»Fertig«, sagte der Feldscher und schnitt mit einem scharfen Messer den Faden ab.

»Gut«, sagte Derra, während Jenna den Hals verdrehte, um sich die Naht anzusehen. »Aber Beeilung bitte. In einer halben Stunde brechen wir auf.«

»Ich halte Jenna nicht lange auf, Sergeantin«, versprach der Händler. »Bitte komm mit mir, Gefreite.«

Jenna zog sich den Waffenrock wieder hinunter und befühlte durch den Stoff die Wunde. Sie tat weh, war aber zum Glück nicht tief und würde gut heilen. Als sie aufblickte, sah sie Calvyn in einiger Entfernung fragend herüberschauen. Sie zuckte mit den Schultern und folgte dem Händler zu seinem Wagen.

Als sie ihn eingeholt hatte, sah er sie von der Seite an und sagte: »Ich heiße Garfeddon.«

»Und ich bin Jenna, Nathans Tochter«, erwiderte sie misstrauisch. »Was kann ich für dich tun?«

»Oh, für heute hast du wahrlich genug für mich getan. Du hast mir das Leben gerettet und ich möchte mich dafür erkenntlich zeigen.«

»Oh nein, Sir! Das ist nicht notwendig. Ich habe nur meine Pflicht getan. Ich glaube auch nicht, dass Sergeantin

Derra damit einverstanden wäre«, sagte Jenna rasch. »Nichts für ungut, aber das verstößt gegen alle Regeln.«

»Sergeantin Derra hat es erlaubt, daher bitte ich dich, mein Geschenk anzunehmen, ehe mein Geiz wieder die Oberhand gewinnt. Immerhin ist es etwas, was dir mit Sicherheit gefallen wird. Und ich weiß jetzt auch, dass es bei dir in guten Händen ist. Du wirst nicht nur gut darauf aufpassen, sondern es auch wirkungsvoll einsetzen.«

Jenna sah den Händler gleichermaßen verwirrt wie neugierig an. Er lachte.

»Ich merke schon, du erinnerst dich nicht an mich«, gluckste er, »aber ich erinnere mich an dich. Das hier ist mein Wagen. Warte einen Moment, ich hole rasch dein Geschenk und erlöse dich aus deinem Elend.«

Garfeddon sprang auf die Ladeklappe seines Wagens und löste die Seile, mit denen die Segeltuchabdeckung befestigt war. Je länger Jenna ihm zusah, desto mehr war sie überzeugt, dass sie ihn kannte, sie wusste nur nicht, woher. Als er schließlich wieder auftauchte, hielt er einen wunderschönen schwarzen Langbogen in der Hand und sofort war die Erinnerung wieder da.

»Du bist das!«, japste Jenna verblüfft. »Der Waffenstand auf dem Markt. Jetzt weiß ich es wieder. Aber ich kann doch nicht …«

»Du kannst und wirst es annehmen, Gefreite Jenna. Ich bestehe darauf«, sagte der Händler bestimmt und sprang vom Wagen. »Hier, mit aufrichtigem Dank.«

»Aber … der ist ein kleines Vermögen wert!«, rief Jenna.

»Für mich hätte er überhaupt keinen Wert mehr, wenn ich vorhin ums Leben gekommen wäre«, erwiderte Garfeddon mit einem Lächeln. »Der verehrte Vandar wäre bestimmt froh, wenn er wüsste, dass sein Bogen im Besitz einer Schützin ist, die auch damit umgehen kann.«

Jenna nahm die ihr dargebotene Waffe fast ehrfürchtig entgegen und fuhr über die seidig glatte Oberfläche des tintenschwarzen Akarholzes. Sie hatte den Langbogen bei ihrer ersten Patrouille mit Calvyn auf dem Markt gesehen. Der Händler hatte damals fünfundzwanzig Goldstücke dafür verlangt, ein angemessener Preis, denn Akarholz war kostbar und die herrliche Waffe war von niemand Geringerem als Vandar gefertigt worden, dem besten Bogner Nordthrandors.

»Sag mir, Gefreite Jenna, als du die drei shandesischen Krieger erschossen hast, hast du da beim dritten auf den Hals gezielt? Ein kühner Schluss. Die Entfernung muss mindestens sechzig Schritt betragen haben.«

Jenna räusperte sich verlegen.

»Um ehrlich zu sein, dachte ich, der Schuss würde danebengehen«, räumte sie mit einem reumütigen Lächeln ein. »Ich habe den Bogen beim Abschuss etwas nach oben verzogen, sodass die Flugbahn höher war als bei den ersten beiden Pfeilen. Deshalb habe ich noch einen Pfeil hinterhergeschickt.«

Garfeddon lachte. »Na, für einen schlechten Schluss war das Ergebnis ziemlich gut. Nutze den Bogen gut, Gefreite Jenna. Möge Ishara deine Pfeile immer ins Ziel leiten.«

»Ich weiß gar nicht, wie ich dir danken soll. Ich werde mich bemühen, Vandars Kunst gerecht zu werden.«

Garfeddon verbeugte sich.

»Geh jetzt«, sagte er, »sonst kommst du noch zu spät.«

Jenna salutierte und eilte zurück zu den anderen Soldaten, die sich schon marschbereit machten.

Als Calvyn der Langbogen ins Auge fiel, sagte er überrascht: »Der war das also. Er kam mir schon so bekannt vor.«

Jenna nickte abwesend und strich sanft über das Holz des wertvollen Bogens.

»Erlaubst du mir, ins Glied zu treten, Korporal?«, fragte sie.

»Erlaubnis erteilt. Und, Jenna«, Calvyn senkte die Stimme zu einem Flüstern, »Tamar wird grün vor Neid, wenn er den zu Gesicht bekommt!«

Jennas Lächeln wurde bei diesem Gedanken noch breiter. »Darauf kannst du wetten«, murmelte sie.

Der Marsch zur Burg Keevan, der die Thrandorier durch eine zunehmend vertraute Landschaft führte, verlief ohne weitere Zwischenfälle. Calvyn nutzte die Gelegenheit, sich unter seinen Trupp zu mischen und die Leute besser kennenzulernen.

Mit Demarr hatte er ein Hühnchen zu rupfen. »Was war denn das, Demarr?«, fragte er und blickte den früheren Grafen unverwandt an.

»Was denn, Korporal?«, fragte Demarr unschuldig.

»Mach mir doch nichts vor, Demarr. Bist du vielleicht lebensmüde? Ich habe nicht erst beim König und dann bei meinem Trupp den Kopf für dich hingehalten, damit du dich in das Schwert des nächstbesten Shandesers wirfst«, erklärte Calvyn.

»Nein, Korporal, ich bin nicht lebensmüde. Aber ich kann auch nicht behaupten, dass ich mich vor dem Tod besonders fürchte. Immerhin habe ich ihm in letzter Zeit mehrmals ins Auge gesehen. Das verschafft mir einen gewissen Vorteil gegenüber denen, die an ihrem Leben hängen. Mir ist es ziemlich egal, ob ich lebe oder sterbe. Ich will nur für das Land kämpfen, das ich liebe.«

»Das ist ja alles gut und schön, Demarr, aber ob es dir gefällt oder nicht, als Gefreiter dieses Trupps trägst du eine Verantwortung. Und das bedeutet auch, dass du dich nicht unnötig umbringen lassen darfst. Du bist ein guter Kämpfer, und wenn du dich an die Regeln hältst, wirst du die Wertschätzung deiner Truppkameraden gewinnen. Im Moment mögen sie dich nicht besonders. Bei Tarmin, mir geht es da nicht anders. Aber ich schätze deine Fähigkeiten und deine Erfahrung. Denk darüber nach. So etwas wie heute will ich jedenfalls nicht mehr sehen, verstanden?«

Demarr starrte Calvyn grimmig an, nickte aber. Er musste die Ermahnung durch einen Korporal als erniedrigend empfinden und würde sie wahrscheinlich auch nicht beherzigen, das war Calvyn klar. Aber er hatte es wenigstens versucht.

Als Burg Keevan endlich in Sichtweite kam, hatte Calvyn zu seiner eigenen Überraschung das Gefühl heimzukehren. Das große graue Kastell mit den niedrigen Außenmauern und dem hohen Bergfried barg für ihn schöne Erinnerungen, und er war froh, wieder da zu sein. Allerdings würde nichts sein, wie es war, und das nicht nur wegen seiner Beförderung.

Da nun jeder von seinen magischen Kräften wusste, würde man ihn genau im Auge behalten. Ungeachtet seiner Verdienste vor Mantor hatte der König keineswegs gutgeheißen, dass Calvyn im Kampf gegen Darkweavers Amulett Magie eingesetzt hatte, sondern es nur geflissentlich übersehen. Magie war auch weiterhin verboten, und man würde ihn hart bestrafen, wenn man ihn in der Burg dabei erwischte. Calvyn war jedoch felsenfest überzeugt: In der Magie lag seine Zukunft.

Als sie zur Burg kamen, öffneten sich die Torflügel und Hauptmann Risslan kam dem Baron und den anderen Hauptleuten entgegen. Calvyn konnte Risslans Worte nicht hören, doch er schien aufgeregt zu sein und sprach sehr schnell. Der Baron schnauzte ihn daraufhin wütend an und Risslan bekam einen hochroten Kopf.

Baron Keevan stieg vom Pferd, stürmte am Hauptmann vorbei durch das Burgtor und überließ es Risslan, sein Pferd hineinzuführen.

»Da stimmt doch was nicht«, murmelte Calvyn.

Jenna, die hinter ihm stand, war zu demselben Schluss gekommen. »Risslan war ja völlig außer sich«, sagte sie.

Bald erfuhren sie auch, warum. Im Burghof angekommen, fiel ihnen auf, dass viele der Soldaten humpelten oder einen Arm in der Schlinge trugen. Auf den Burgmauern taten erheblich weniger Leute Dienst, als es bei Tage sonst üblich war. Es musste heftige Kämpfe gegeben haben. Noch wussten sie nicht, wie hoch die Verluste waren, doch Calvyn vermutete ganz richtig, dass mehr Soldaten gefallen waren als in der Schlacht bei Mantor.

In dieser Nacht waren alle verfügbaren Schlafplätze in der Burg belegt. Zwei Schlafsäle wurden als provisorische Krankenlager genutzt. Sie nahmen die Verwundeten auf, die auf Wagen aus Mantor und von dem Scharmützel mit den Shandesern zurückgebracht worden waren. Dazu kamen die Verletzten der Schlacht um die Burg.

Der Speisesaal war an diesem Abend brechend voll. In der Küche wurde unermüdlich gekocht, nicht nur für die Soldaten auf dem Burggelände, sondern auch für diejenigen, die in den Zelten vor den Burgmauern untergebracht waren. Der Strom der Soldaten, die in den Speisesaal kamen, um sich hinzusetzten und zu essen oder sich etwas in ihre Zelte mitzunehmen, riss nicht ab. So war es kein Wunder, dass die Geschichte von der Schlacht um Burg Keevan rasch die Runde machte.

Calvyn hätte sie wohl für ein Lügenmärchen gehalten, wenn er sie nicht aus dem Munde Sergeant Drens gehört hätte, der nach dem Abendessen die Unteroffiziere zu einer Besprechung zusammenrief.

Drens Bericht war kurz. Die Shandeser hatten mit einer großen Streitmacht angegriffen. Bei den Soldaten, die die Burg verteidigten, handelte es sich überwiegend um Rekruten, die über eine Grundausbildung an den Waffen noch nicht hinausgekommen waren. Dazu kam, dass die Shandeser mindestens dreifach in der Überzahl waren. Als Dren den Magier beschrieb und die magische Rauchwolke, die den Verteidigern auf der Burg die Sicht nahm, richtete sich Calvyn abrupt auf. Er hatte gerüchteweise davon gehört, doch Sergeant Drens Worte bestätigten nun erstmals, dass die Shandeser tatsächlich Magier einsetzten.

Doch etwas an Drens Bericht über die schwarze Wolke erschien Calvyn widersinnig.

»Verzeiht, Sergeant?«

»Ja, Korporal Calvyn, was ist denn?«

»Ich verstehe nicht, was der shandesische Magier mit der Wolke bezweckt hat. Da sie beiden Heeren die Sicht nahm, gewann seine Seite doch nichts dadurch. Die Wolke musste die Angreifer doch sogar noch stärker behindern. Das ergibt doch keinen Sinn.«

»Ja, es hätte keinen Sinn gemacht, wenn die Wolke die Angreifer auch nur im Geringsten gestört hätte. Sie schienen den Rauch gar nicht wahrzunehmen«, antwortete Dren. »Deshalb waren sie innerhalb von Sekunden auf den Leitern. Ohne den berittenen Boten aus dem Dorf Rabenheim wäre es wohl um uns geschehen gewesen. Rabenheim wurde ebenfalls angegriffen, und er war auf dem Weg zur Burg, um Hilfe zu holen. Als er den Magier in einiger Entfernung zur Mauer allein dastehen sah, gelang es ihm, sich unbemerkt heranzuschleichen und ihm einen Pfeil in den Rücken zu schießen.«

Dren blickte ins Leere.

»Es war unglaublich. In der einen Sekunde war alles stockdunkel und wir konnten den Feind nicht auf einen halben Meter Entfernung sehen und in der nächsten war die Luft klar wie ein Bergbach. Zum Glück hatten die Shandeser die Mauer noch nicht vollständig eingenommen. Kaum merkten sie, dass wir sie wieder sehen konnten und ihr Magier ausgeschaltet war, traten sie den Rückzug an. Sie hatten einen leichten Sieg erwartet, und als sie fair gegen uns kämpfen mussten, haben sie sich aus dem Staub gemacht. Sie haben dafür bezahlt. Uns ist es teuer zu stehen gekommen, aber sie haben dafür bezahlt. Unsere Rekruten haben sich wacker geschlagen, aber wenn die Shandeser gemerkt hätten, wie unerfahren unsere Kämpfer waren, hätten sie den Angriff doch noch zu Ende gebracht, dessen bin ich sicher.«

Calvyns Gedanken wanderten zu dem Zauber, den der shandesische Magier vollbracht hatte. Es passte nicht zu dem, was Calvyn über Magie wusste. Wie man das Trugbild einer Wolke heraufbeschwor, war ihm bekannt. Aber wie dieser Magier die Illusion nur gegen seine Feinde gerichtet hatte, obwohl seine eigenen Leute ja mitten unter den Verteidigern der Burg kämpften, war Calvyn völlig schleierhaft. Ein Zauber, der bei einer solchen Masse von Menschen nur auf einen Teil von ihnen wirkte, musste unheimlich kompliziert sein.

Bei dem Versuch, dieses Rätsel zu lösen, wirbelten in seinem Kopf die verschiedensten Runen und Ideen durcheinander. Deshalb hörte Calvyn es zunächst gar nicht, als Sergeant Dren ihm eine Frage stellte.

»Korporal Calvyn?«, fragte Dren spöttisch, weil Calvyn ihn beim ersten Mal nicht gehört hatte. »Bist du bei uns?«

»Äh … Entschuldigung, Sergeant. Ich habe nur über den Magier nachgedacht.«

»Wie ich höre, bist du bei Mantor auch unter die Magier gegangen. Das meiste wurde mir bereits berichtet, aber ich hätte gern deine Geschichte gehört. Wenn wir nicht jüngst selbst Magie erlebt hätten, würde ich sagen, das ist alles an den Haaren herbeigezogen. Bist du denn nun ein Magier?«

»Ich weiß nicht mehr so genau, was ein Magier überhaupt ist, aber ich habe tatsächlich beschränkte magische Fähigkeiten.«

Sergeant Dren stieß einen Pfiff aus. »Na, dann mal los, Junge, raus damit.«

Calvyn hatte die Geschichte schon so oft erzählen müssen, dass er sie mittlerweile schon auswendig kannte. Er berichtete, wie er durch die feindlichen Linien gebrochen und auf Demarr gestoßen war, wie sich der magische Schutzschild aufgebaut hatte und wie der böse Zauber des Silbertalismans, den Demarr trug, gegen Calvyns flammendes Schwert gekämpft hatte. Er erzählte, wie der shandesische Magier Selkor erschienen war und den Talisman an sich genommen hatte – das verschollen geglaubte Amulett des Derrigan Darkweaver. Und er endete mit der Verhandlung gegen Demarr und dem Richtspruch des Königs.

Drens Miene war zunächst interessiert, dann erstaunt und, als Calvyn mit seiner Geschichte zu Ende war, entgeistert.

»Demarr ist also gar kein gewöhnlicher Soldat! Welchem Trupp ist er zugeteilt?«

»Meinem, Sergeant«, erwiderte Calvyn.

»Hm. Das nennt man ausgleichende Gerechtigkeit«, brummte Dren befriedigt. »Pass nur gut auf ihn auf, er könnte Ärger machen. Jedenfalls hätten wir deine magischen Fähigkeiten im Kampf gegen diesen shandesischen Magier gut brauchen können, egal, ob sie nun verboten sind oder nicht. Darf ich dein Schwert einmal sehen?«

Calvyn nickte und zog die wertvolle Waffe aus der Scheide. Er reichte sie Sergeant Dren, der die Klinge hin und her drehte und sorgfältig untersuchte.

»Unheimlich, nicht wahr?«, sagte Derra am anderen Ende des Raums.

»Bei den Göttern! Völlig unbalanciert. Mit so was kann man doch nicht kämpfen! Es sieht ja ganz nett aus, aber es liegt fürchterlich in der Hand.«

»Das liegt daran, dass die Klinge meiner Hand angepasst ist, Sergeant. Bei mir ist sie ausbalanciert und fühlt sich leichter an als jede gewöhnliche Klinge dieser Größe«, erklärte Calvyn. »Die Flammen haben allerdings keinen richtigen Nutzen.«

»Ach ja, die Flammen. Wie muss man sich das vorstellen?«

»Darf ich?«, fragte Calvyn und langte nach dem Schwert.

Dren nickte.

Calvyn hielt das Schwert senkrecht vor den Körper und murmelte leise: »*Ardeva*.«

Schon schossen blaue Flammen aus der Klinge und züngelten bis hinunter zum Heft. Dren sog hörbar die Luft ein. Auch die anderen Anwesenden beobachteten das Schauspiel gebannt.

»Die Flammen sind im Grunde wirkungslos«, sagte Calvyn mit einem Grinsen. »Aber wenn man schon ein Zauberschwert hat, darf es ruhig ein bisschen Eindruck schinden, nicht wahr?«

Dren lachte kurz auf. »Das tut es ohne Zweifel, Calvyn. Es ist auf alle Fälle ziemlich unterhaltsam. Du kannst die Vorstellung jetzt beenden.«

Calvyn ließ die Flammen verschwinden, steckte das Schwert wieder in die Scheide und setzte sich.

»Dann wollen wir zum Wesentlichen zurückkehren. Soweit wir wissen, haben die Shandeser von der Küste bis zum Vortaff-Gebirge Überfälle begangen. Es gibt offenbar keine geschlossene Streitmacht, sondern viele kleine Einheiten, die höchstens aus ein paar Hundert Kämpfern bestehen. Die könnten wir leicht besiegen, doch so gut wie jede Gruppe hat mindestens einen shandesischen Magier dabei, manche sogar mehrere. Uns wurde von verschiedensten übernatürlichen Erscheinungen berichtet: unsichtbaren Soldaten, schrecklichen Monster, die sich, wenn man sie tötet, wieder in Menschen verwandeln, Dorfbewohnern, die bei einem Angriff plötzlich durchdrehen und auf ihresgleichen losgehen, einmal abgesehen von der Rauchwolke, die wir hier erlebt haben. Wir können dem im Moment nichts entgegensetzen.«

Aller Augen richteten sich auf Calvyn, der sich plötzlich unwohl in seiner Haut fühlte. Er blickte in die erwartungsvollen Gesichter und schluckte schwer.

»Ich habe keine Ahnung, wie die Magier diese Dinge vollbringen«, stammelte Calvyn nervös. »Sie übersteigen meine Kunst bei Weitem, und ich habe keine Ahnung, was man dagegen tun kann. Hätte mich noch vor Kurzem jemand gefragt, ob solche Magie überhaupt möglich ist, hätte ich mit Nein geantwortet, denn die von Euch beschriebenen Zauber übersteigen in ihrer Komplexität alles, was ich je erlebt oder gehört habe.«

Noch interessanter fand Calvyn allerdings die Frage, warum sich Magier überhaupt auf so etwas einließen. Perdimonn hatte stets betont, dass Magier unter sich blieben und sich nicht in die Angelegenheiten des gewöhnlichen Volkes einmischten, es sei denn, sie hätten einen Nutzen davon. Was also trieb sie an? Warum halfen sie den shandesischen Einheiten in diesem merkwürdigen Feldzug?

Das Ganze entbehrte jeglicher Logik. Die Shandeser griffen Dörfer an, besetzten sie aber nicht. Sie schienen keine Invasion zu planen, sondern führten Einzelangriffe auf willkürlich ausgesuchte Dörfer und Stellungen entlang der

Grenze zwischen den beiden Königreichen aus. Je mehr Calvyn darüber nachdachte, desto sinnloser erschien es ihm. Er wurde das Gefühl nicht los, dass sie noch nicht alles wussten.

Kurz darauf beendete Sergeant Dren die Unterredung. Lord Valdeer und der Baron, so fügte er hinzu, seien ebenfalls in einer Besprechung und würden am Morgen ihre Befehle ausgeben. Auf dem Rückweg zu seiner alten Unterkunft schwirrte Calvyn der Kopf.

»Korporal Calvyn!« Derras harsche Stimme holte ihn zurück in die Wirklichkeit.

»Ja, Sergeantin?«

»Du und Korporal Bek, ihr bringt eure Sachen in die Korporalsunterkunft. Eure Plätze in der Mannschaftsunterkunft sind bereits anderweitig vergeben. Korporal Beren zeigt euch eure neuen Schlafplätze. Ich werde ihn anweisen, in zehn Minuten am Eingang der Unteroffiziersunterkünfte auf euch zu warten.«

»Geht klar, Sergeantin. Ich bin schon unterwegs.«

Calvyn hatte auf dem Marsch nach Norden ausgiebig über seinen neuen Rang nachgedacht, doch weil seine Beförderung noch nicht endgültig war, wusste er nicht, ob er in die Unterkunft der Korporale umziehen würde. Vielleicht bedeutete das nun, dass Bek und ihm der neue Dienstgrad sicher war, überlegte er. Jedenfalls war es ein gutes Zeichen.

Jenna sah ihm traurig zu, wie er seine wenigen Habseligkeiten aus dem Spind holte. Calvyn unterdrückte nur mit Mühe den Drang, sie in den Arm zu nehmen. Er bemerkte die Tränen in ihren Augen und rang verzweifelt nach tröstenden Worten, brachte aber keinen Ton heraus. Hätte Jenna das Schweigen nicht gebrochen, so hätte er sich wohl mit klopfendem Herzen und schlechtem Gewissen aus dem Staub gemacht.

»Ich werde dich vermissen, Calvyn«, sagte sie sanft, als er gehen wollte.

»Ich bin ja nicht aus der Welt«, erwiderte er mit einem warmen Lächeln. »Wir sehen uns jeden Tag.«

»Ich weiß. Es wird nur nicht dasselbe sein, das ist alles.«

Eine Träne kullerte ihr über die Wange. Jenna wischte sich ungeduldig übers Gesicht und zwinkerte die nächsten Tränen weg.

»Nichts bleibt, wie es ist, Jenna. Aber mit meiner Beförderung ist unsere Freundschaft nicht zu Ende, das verspreche ich dir«, sagte Calvyn. »Natürlich kann ich dich nicht anders behandeln als die anderen im Trupp, aber wenn wir keinen Dienst haben, können wir immer noch etwas zusammen unternehmen, oder?«

»Ja, natürlich«, beeilte sich Jenna zu antworten, noch immer um Fassung ringend.

»Gut. Ich freue mich schon darauf, einfach nur Calvyn zu sein.«

Calvyn legte Jenna die Hand auf die Schulter, wandte sich ab und verließ die Mannschaftsunterkunft.

Demarr, der die Unterhaltung verfolgt hatte, ging zu dem leeren Spind und schüttelte fast unmerklich den Kopf. »Er hat es immer noch nicht begriffen«, sagte er, Jenna den Rücken zugewandt, während er seine sauber zusammengelegten Kleider verstaute. Es waren nur noch zwei weitere Soldaten im Raum, die damit beschäftigt waren, ihre Stiefel, Waffen, Ledergürtel und Schwertscheiden zu putzen. Demarrs Worte mussten ihr gegolten haben.

»Was hat er nicht begriffen?«, fragte sie nach kurzem Zögern.

»Dass du ihn liebst, natürlich«, sagte Demarr, drehte sich zu ihr um und bedachte sie mit einem belustigten Lächeln.

Jenna lief dunkelrot an.

»Sieht so aus, als müsstest du etwas deutlicher werden. Was Frauen angeht, ist er wohl ziemlich unbedarft.«

»Wohingegen du dich mit Frauen bestens auskennst?«, sagte Jenna schnippisch. Ihre Wangen glühten noch immer.

»Oh nein«, sagte Demarr und lachte. »Das wohl kaum. Aber immerhin begreife ich, worum es gerade ging. Du wirst den ersten Schritt machen müssen. Der gute Korporal hat keinen blassen Schimmer, vertrau mir.«

»Dir vertrauen!«, sagte Jenna mit schneidender Stimme.

»War gut gemeint«, sagte Demarr und reichte ihr versöhnlich die Hand.

»Kümmerte dich in Zukunft um deine Angelegenheiten, Demarr. Ich habe dich nicht um Hilfe gebeten. Ist das klar?«

»Glasklar«, sagte Demarr ruhig, schloss den Spind und verließ den Raum, ohne sich noch einmal umzusehen.

Eine nachdenkliche Jenna blickte ihm hinterher.

4

Am nächsten Morgen ließen die Sergeanten Derra und Dren sämtliche Trupps auf dem Übungsplatz antreten. Nachdem der Appell mit dem Befehl »Regt euch!« beendet war, richtete Hauptmann Strexis das Wort an seine Leute.

»Was wir heute tun, verstößt gegen jede Tradition, doch die derzeitige Lage erfordert drastische Maßnahmen. Der Baron will aufgrund der hohen Verluste des letzten Monats die Rekruten auf die Trupps verteilen, damit mehr Leute kampfbereit sind. Ich gebe zu, das wird weder für euch noch für die Rekruten einfach. Ihr müsst Soldaten ohne abgeschlossene Ausbildung mit in die Schlacht nehmen und die Rekruten müssen unvorbereitet in den Kampf ziehen. Ich erwarte von euch allen, dass ihr aus dieser misslichen Lage das Beste macht. Gefreite, helft den Rekruten, wann immer es nötig ist. Wenn uns zu Ohren kommt, dass einer von euch auf den Rekruten herumhackt, werden wir hart durchgreifen, merkt euch das. Die Sergeanten befehligen die Trupps. Sie werden euch in Kürze Genaueres mitteilen. Das war es von meiner Seite. Fahr fort, Sergeant Dren.«

Sergeant Dren salutierte vor dem Hauptmann, der sich in die Unterkünfte der Hauptleute zurückzog. Die Gefreiten wurden entlassen, und Dren teilte den Korporalen mit, welche Rekruten ihrem jeweiligen Trupp zugeordnet wurden. Calvyn erhielt sechs Leute, fünf Männer und eine Frau.

»Und was für eine Frau«, dachte Calvyn, als der Sergeant ihm seine neuen Schützlinge vorstellte.

»Die Rekruten Sten, Marco, Kedreeve, Verne, Fesha und Eloise«, stellte Dren einen nach dem anderen vor.

Calvyn musste sich sehr zusammenreißen, um Eloise nicht anzustarren. Es gab nicht viele Frauen, denen die grüne Rekrutenuniform stand, doch dieses Mädchen hätte sich schon sehr anstrengen müssen, um nicht auch in einem Sack gut auszusehen. Schon auf den ersten Blick fielen Calvyn die schlanke Figur, das rabenschwarze Haar, die grünbraunen Augen, die vollen Lippen, die leicht nach oben geschwungene Nase und die hohen Wangenknochen auf.

Was bewegte eine solche Frau nur dazu, sich zur Kämpferin ausbilden zu lassen?, fragte sich Calvyn, während er schweigend Uniform und Haltung der sechs Rekruten prüfte.

»Bekommen sie eine richtige Uniform, Sergeant, oder sollen sie in Grün kämpfen?«, fragte Calvyn und stellte sich Eloise unwillkürlich im eleganten Blau und Schwarz vor, das die Soldaten des Barons trugen.

»Nein, die bekommen eine Soldatenuniform, Korporal Calvyn. Bring sie so bald wie möglich zum Quartiermeister. Er erwartet sie schon«, erwiderte Dren und lächelte leicht gequält, als er das Strahlen auf den Gesichtern der Rekruten sah. »Aber denkt daran, eine Uniform macht noch keinen Kämpfer«, wandte er sich an die Rekruten.

»Jawohl, Sergeant«, antworteten sie im Chor.

»Dann mal los, Korporal.«

Während Dren die nächsten Rekruten ihrem Trupp zuteilte, schritt Calvyn die Reihe der sechs Neuen ab und blickte ihnen, einen nach dem anderen, in die Augen.

Sten war groß und stämmig, hatte blondes Haar und riesige Hände. Bei dieser Statur hatten seine Schwerthiebe sicher eine gewaltige Wucht. Marco und Kedreeve waren mittelgroß, doch während Marcos braune Augen Freundlichkeit und Wärme ausstrahlten, blitzte aus Kedreeves eisblauen Augen eine nur mühsam beherrschte Heimtücke. Verne war zwar nicht dick, hätte aber gut ein paar Pfund weniger vertragen, wohingegen Fesha drahtig wirkte und einen schelmischen Ausdruck in den Augen hatte.

Als sich Calvyn schließlich zwang, Eloise in die grünbraunen Augen zu sehen, überkam ihn ein mulmiges Gefühl. Eine solche Schönheit im Trupp zu haben, konnte nur Ärger bedeuten.

Eloises Mundwinkel zuckten fast unmerklich nach oben, während sie Calvyns Blick erwiderte. Er konnte nicht das geringste Anzeichen von Befangenheit entdecken.

»Was findest du so lustig, Rekrutin?«, bellte Calvyn sie so

laut an, dass sie kurz zusammenschrak. »Sag es uns, damit wir auch etwas zu lachen haben.«

»Nichts, Korporal, überhaupt nichts«, erwiderte sie mit unbeweglicher Miene. Nur ein leichtes Glitzern in den Augen verriet ihre Belustigung.

»Schade. Ich habe schon länger nichts mehr zu lachen gehabt. Ein guter Witz wäre sehr willkommen gewesen. Hört jetzt genau zu, Leute, denn ich sage es nur einmal. Wenn ihr meint, ich sei für einen Korporal noch sehr jung, so habt ihr recht. Wahrscheinlich bin ich der jüngste hier. Glaubt aber nicht, ich sei deswegen noch grün hinter den Ohren. Ich kenne jeden Rekrutentrick und bei mir kommt ihr damit nicht durch. Ihr werdet allerlei darüber hören, warum man mich so früh befördert hat. Dazu kann ich nur sagen: Glaubt nicht alles, was man euch erzählt. Wenn ihr es genau wissen wollt, fragt die Gefreite Jenna oder den Gefreiten Jez. Wer besonders mutig ist, kann sein Glück auch beim Gefreiten Demarr versuchen.«

Calvyn hielt einen Augenblick inne, damit die Rekruten diesen Namen verdauen konnten. Gerüchte breiteten sich auf Burg Keevan schnell aus, und er wusste nicht, wie viel schon bis zu den Rekruten durchgesickert war. Die sechs ließen sich jedoch nichts anmerken.

»Warum erzählt Ihr es uns nicht, Korporal?«, fragt Sten mit einer dröhnenden Stimme, die zu seiner Statur passte.

»Wenn du mich in einem günstigen Augenblick erwischst, vielleicht. Jetzt wollen wir die knappe Zeit aber dazu nutzen, euch auf die Kämpfe vorzubereiten. Geht zum Quartiermeister, holt eure Uniform ab und bringt sie dann in den zweiten Schlafsaal vor dem Nordende der Mannschaftsunterkünfte. Danach beginnt das Waffentraining. Beeilt euch, ich warte hier. Gibt es Fragen?«

»Nein, Korporal.«

»Gut. Rekruten, stillgestanden! Links um! Marsch!«

Eine halbe Stunde später überquerten die Rekruten in Marschkolonne den Übungsplatz, jeder ein großes Bündel Kleider über dem Arm. Sie verstauten ihre Uniformen in der Unterkunft, gingen schnurstracks wieder nach draußen und marschierten auf Calvyns Befehl um den Waffenübungsplatz. In diesem Moment verschwand die Sonne hinter einer großen Wolke und es wurde spürbar kälter. Calvyn ließ die Rekruten in einer freien Ecke des Platzes Aufstellung nehmen.

Der Rest seiner Leute übte bereits gemeinsam mit mehreren anderen Trupps auf dem Sandplatz. Jenna und Tamar waren damit beschäftigt, sechs anderen Gefreiten beim Bogenschießen auf die Kurzdistanz Hilfestellung zu geben, während zwei der älteren Gefreiten, Trask und Cymon, das Schwerttraining überwachten.

Jenna war wütend. Die Freude, mit ihrem wunderschönen neuen Bogen zu schießen, wurde getrübt von der Unfähigkeit ihrer Schüler. In Sachen Geduld war ihr Tamar eindeutig überlegen. Ihn konnten die mangelhafte Technik und die schlecht gezielten Schüsse der Soldaten, die er ausbildete, nicht erschüttern. Ungerührt zeigte er ihnen wieder und wieder die richtige Haltung, die Atmung und die Schusstechnik des geübten Bogenschützen. Beharrlich verbesserte er mit ruhiger, geradezu hypnotischer Stimme die Ellbogen- und Kopfhaltung seiner Schüler.

Jenna dagegen ärgerte sich dermaßen über die immer gleichen Fehler der Möchtegernbogenschützen, dass sie kaum die Ruhe aufbrachte, ihnen vorzuführen, wie es richtig ging. Nur die Geschmeidigkeit des Akarholzes und die hohe Qualität ihrer herrlichen neuen Waffe hielten sie davon ab, sich lautstark über die stümperhaften Versuche ihrer Schüler auszulassen.

Als sie sah, dass Calvin die Neuzugänge seines Trupps auf den Waffenübungsplatz führte, war sie über die Ablenkung froh – bis ihr Blick auf Eloise fiel.

Jenna hatte in ihrem Leben noch keine Eifersucht verspürt, doch an diesem Vormittag drohte sie geradezu darin zu ertrinken. Calvyn und sie verband eine enge Freundschaft, die nach Jennas Geschmack noch inniger werden durfte. Doch etwas kam immer dazwischen.

Jedes Mal, wenn Jenna zum Training der Rekruten hinübersah, sprach Calvyn gerade mit der dunkelhaarigen jungen Frau oder half ihr beim Führen des Schwertes, und Jenna wurde das Gefühl nicht los, dass die langbeinige Schönheit ihn unablässig mit ihren umwerfenden Augen anschmachtete. Jenna schluckte gerade die Enttäuschung über die Rivalin hinunter, als das Surren eines miserabel abgeschossenen Pfeils an ihr Ohr drang.

»Hast du eigentlich so etwas wie ein Hirn in deinem dicken Schädel?«, keifte sie den Rekruten an. Dieser betrachtete mit hängenden Schultern den Pfeil, der in einem merkwürdigen Winkel am äußersten Rand der Zielscheibe steckte.

»Tut mir leid, Jenna.«

»Tut mir leid!«, äffte sie ihn mit sich überschlagender Stimme nach. »Tut mir leid! Du hast ja keine Ahnung, *wie* leid es dir noch tun wird, wenn das alles ist, was du mit dem Bogen zuwege bringst. Dieses Gemurkse wirst du nicht lange überleben. Wie oft muss ich es dir denn noch sagen? Wenn du den Bogen nicht sauber spannst, landet der Pfeil vor den Füßen deines Feindes. Und wenn du ihn hochreißt, fliegt er ihm über den Kopf hinweg. Wenn du hier auf dem Übungsplatz schon so grob danebenschießt, wie soll das erst in der Schlacht werden?«

In diesem Moment merkte Jenna, dass ihre Kameraden

die Waffen hatten sinken lassen und die wütende Beschimpfung des unglücklichen Bogenschützen aufmerksam verfolgten. Plötzlich kam sie sich furchtbar dumm vor. Als sie sich umsah, begegnete sie Demarrs Blick. Zu ihrer Verärgerung und ihrer Scham spielte ein Lächeln um seine Mundwinkel, das Bände sprach. Er weiß es, dachte sie zerknirscht. Er weiß, was mit mir los ist.

In diesem Moment ertönte das Signal zum Mittagessen. Ohne lange zu überlegen, wirbelte Jenna herum und stürmte zum Speisesaal. Sie hoffte inständig, dass Demarr niemandem etwas sagen würde.

An der Waffenablage überlegte Jenna kurz, ob sie den Bogen dalassen und gleich essen gehen solle. Aus Baron Keevans Heer würde ihn bestimmt niemand stehlen, doch da in der Burg auch für Soldaten anderer Streitkräfte gekocht wurde, hielt sie es für klüger, den Langbogen wegzuräumen. Sie erwog kurz, ihn in die Waffenkammer zu bringen, verwarf diese Idee aber, weil sie dort mit Sicherheit auf Soldaten vom Übungsplatz stoßen würde. Ihr blieb daher nur der Spind übrig. Jenna ging rasch in die leere Mannschaftsunterkunft, schloss die Tür hinter sich und warf sich auf ihr Bett.

Sie schluchzte hemmungslos und hörte weder, dass sich leise die Tür öffnete und wieder schloss, noch, dass sich Schritte näherten.

»Was ist denn los, Jenna?«, fragte Calvyn sanft.

Bei dem unerwarteten Klang seiner Stimme schreckte Jenna zusammen. Beschämt wischte sie sich die Tränen aus dem Gesicht, ehe sie ihn widerstrebend ansah. Von allen Menschen, die sie jetzt sehen wollte, war Calvyn so ziemlich der letzte.

»Es war nicht zu überhören, wie du beim Waffentraining in die Luft gegangen bist. Das sieht dir gar nicht ähnlich. Du warst nicht im Speisesaal, und da habe ich mir schon gedacht, dass ich dich hier finde. Ist alles in Ordnung? Kann ich etwas für dich tun?«

Natürlich!, schrie ihr Herz verzweifelt. Du könntest mich in die Arme nehmen und mich trösten. Doch ihr Verstand verbot ihr, die Worte auszusprechen, und so schüttelte sie nur stumm den Kopf.

»Ist alles gut«, brachte sie mit unsicherer Stimme heraus.

»Aber klar doch«, erwiderte Calvyn und legte ihr die Hand auf die Schulter.

Jenna zuckte bei seiner Berührung zusammen. Calvyn, der diesen Reflex falsch deutete, war verletzt.

»Tut mir leid«, sagte er, unfähig, seine Bitterkeit zu verbergen. »Ich wollte ja nur helfen. Du bist der beste Freund, den ich seit meiner Ankunft auf Burg Keevan habe, und du hast mir immer geholfen, wenn ich in der Patsche saß. Ich habe dich noch nie so gesehen wie vorhin und dachte, ich könnte auch einmal etwas für dich tun. Aber wenn du mich nicht brauchen kannst, dann sag es einfach, dann kann ich ja gehen …«

»Dann geh doch! Die schwarzhaarige Rekrutin, um die du dich so rührend gekümmert hast, wartet bestimmt schon sehnsüchtig auf dich. Verdammt noch mal, es ist ja alles so was von hoffnungslos«, sagte sie, wütend, weil er sie als »Freund« bezeichnet hatte.

»Was denn? Willst du den anderen denn nichts beibringen?«, fragte Calvyn, der den Grund für ihre Unzufriedenheit nicht verstand. »Zufällig habe ich den ganzen Vormittag mit den Rekruten den Schwertkampf geübt. Und ich habe mich bestimmt nicht mehr mit Eloise beschäftigt als mit den anderen.«

Jennas Mut sank. Das Mädchen hatte auch noch einen hübschen Namen. Jenna klammerte sich an Calvyns Frage wie an einen Rettungsring.

»Ja, ich finde es zermürbend, lauter Idioten zu unterrichten! Tamar hat eine Engelsgeduld, aber ich bin nicht dafür gemacht. Sie lernen einfach nicht dazu, und mich bringt es zur Weißglut, dass sie immer wieder dieselben Fehler machen, egal was ich tue oder sage.«

Calvyn dachte einen Augenblick nach, ehe er antwortete. »Du täuschst dich«, sagt er vorsichtig. »Sie lernen schon etwas. Eure Schüler machen riesige Fortschritte. Aber wenn es dich so unglücklich macht, dann soll das jemand anders übernehmen. Immerhin muss meine Erste Bogenschützin gut in Form sein, wenn wir gegen die Shandeser kämpfen.«

Jenna zuckte zusammen, als Calvyn den Titel erwähnte, den sie im Abschlussturnier ihrer Ausbildungszeit errungen hatte.

»Und was ist das für ein Quatsch mit Eloise? Hat sie dir etwas getan?«, fuhr Calvyn fort.

»Nein, nein. Im Moment braucht die Erste Bogenschützin einfach ein bisschen Zeit, um über ihr Leben nachzudenken«, sagte sie und holte ein Tuch aus dem Spind, um sich die Nase zu putzen. Nachdem sie sich Wangen und Augen trocken gewischt hatte, drehte sie sich zu Calvyn um und sah ihn unbewegt an.

»Danke, dass du nach mir gesehen hast, Korporal. Ich weiß das zu schätzen. Der Zeitpunkt ist jetzt einfach nicht so günstig. Bitte lass mich jetzt allein.«

»Ich weiß wirklich nicht, was in dich gefahren ist, Jenna. Wenn du es dir anders überlegst und darüber reden willst, dann komm. Das ist das Mindeste, was ich für einen Freund wie dich tun kann.«

Jenna war froh, dass Calvyn bei diesen letzten Worten verlegen seine Fußspitzen anstarrte, denn so fiel ihm nicht auf, wie sie bei dem Wort »Freund« erneut zusammenzuckte. Als er sie ansah, hatte sie sich wieder gefangen.

»Dann gehe ich mal«, sagte Calvyn traurig. »Ich hole mir noch etwas zu essen, bevor die Meute alles verputzt hat.«

Jenna nickte, drehte ihm den Rücken zu und lauschte mit rasendem Herzen, wie sich seine Schritte entfernten. Als sie die Tür ins Schloss fallen hörte, sah sie sich um, ob Calvyn auch wirklich weg war, und brach dann erneut in Tränen aus. Sie hatte ein schlechtes Gewissen, weil sie den Mann, den sie liebte, so vor den Kopf gestoßen hatte. »Warum bringe ich nicht den Mut auf, ihm meine Gefühle zu gestehen?«, stöhnte sie, am Boden zerstört. »Ist doch klar: Weil ich es nicht ertragen könnte, abgewiesen zu werden.«

Je mehr sie im Laufe des Tages darüber nachdachte, desto schlimmer erschien ihr das Ganze. In der folgenden Nacht machte sie fast kein Auge zu. Unablässig grübelte sie darüber nach, was sie hätte sagen sollen. Und wenn sie dann doch einnickte, träumte sie schlecht.

Diejenigen, die nicht als Kundschafter für die von Baron Keevan und Lord Valdeer angeordneten Spähkommandos abgestellt waren, nahmen am nächsten Tag die Waffenübungen wieder auf. Jenna war von ihren Trainingsaufgaben entbunden worden mit der Auflage, ihre Fertigkeiten am Schwert zu verbessern. Sie sollte daher mit den Rekruten den Schwertkampf üben. Dort hatte sie es nicht mit Calvyn zu tun, der einen der Spähtrupps leitete, sondern mit Bek, und der ordnete Jenna für das Zweikampftraining ausgerechnet Eloise zu.

Jenna merkte bald, dass Eloise nicht nur unglaublich attraktiv war, sondern auch hervorragend mit der Klinge umgehen konnte. Die beiden Frauen passten folglich als Trainingspartner sehr gut zusammen. Jenna war entschlossen, Eloise eine Lektion zu erteilen, doch die Rekrutin bewegte sich mit einer Eleganz und einem Gespür, die ihren Mangel an Ausbildung und Erfahrung Lügen straften. Egal, wie Jenna sich auch bemühte, sie aus dem Gleichgewicht zu bringen – Eloise konterte stets mit Gegenangriffen, die Jenna nur mit größter Mühe abwehren konnte.

Nach dem Training war Jenna froh, mit einem blauen Auge davongekommen zu sein. Bek war keine Hilfe gewesen, denn er hatte Eloises Stil und Technik ausgiebig gelobt und Jenna musste mit ansehen, wie er und die anderen Männer um den Neuzugang herumscharwenzelten.

Die beiden Frauen gingen nach dem Training miteinander zum Mittagessen. »Guter Kampf, Jenna. Danke«, sagte Eloise. Ihre aufrichtige Anerkennung brachte Jenna zur Weißglut.

»Bitte schön, Eloise. Gern geschehen«, erwiderte sie und versuchte vergeblich, ihre Stimme freundlich klingen zu lassen.

»Habe ich dir was getan, Jenna? Wenn ja, dann versichere ich dir, dass es keine Absicht war.«

Jenna biss die Zähne zusammen. Ist das unfair, dachte sie, sie ist auch noch richtig nett.

»Nein, Eloise, hast du nicht«, erwiderte sie, um Fassung ringend. »Aber sag mir eins: Was hältst du von Korporal Calvyn?«

»Ach, der ist nett. Ganz natürlich und … Moment mal!« Eloise blieb wie angewurzelt stehen und Jenna mit ihr.

»Du glaubst doch nicht etwa, dass ich mich an den Korporal heranmache?«, fragte Eloise empört.

Jenna errötete, und ihr schwante, dass sie den nächsten Bock geschossen hatte. Sie hob beschwichtigend die Hand.

»Entschuldige, Eloise, wenn ich mich getäuscht habe. Es hat nur gestern so ausgesehen. Wenn dir an Calvyn nichts liegt, dann vergib mir bitte meine blühende Fantasie.«

»Vergeben«, erwiderte Eloise kurz. »Aber ehrlich gesagt, wusste ich gar nicht, dass du und Calvyn …«

»Sind wir auch nicht«, murmelte Jenna verlegen und sah sich rasch um, ob jemand sie hören konnte. »Ich will es mal so sagen: Ich würde meine Freundschaft zu Calvyn gerne etwas vertiefen, aber er ist ein bisschen langsam von Begriff, was das betrifft.«

Eloise lachte. »Aha, dann ist er wohl von der unschuldigen Sorte. Keine Sorge, Jenna, ich habe es nicht eilig, mir einen Mann zu angeln. Calvyn ist im Moment vor mir sicher. Allerdings kann ich nicht versprechen, dass es immer so sein wird. Wer weiß, was die Zukunft für uns bereithält? Aber hier gäbe es ja wahrlich genug fesche Männer, falls ich auf so etwas aus wäre«, sagte sie und nickte zu Bek hinüber, der in ein Gespräch mit seinen Freunden vertieft war. »Calvyn ist natürlich besonders knackig …«, fügte sie mit einem verschmitzten Lächeln hinzu.

Jenna knurrte scherzhaft und knuffte Eloise in die Rippen. »Weißt du, Eloise, das Leben ist manchmal einfach ungerecht.«

»Ach ja? Und warum?«

»Ich bin jetzt seit über einem Jahr mit Calvyn befreundet, und er hat mich noch nie so angesehen, wie er dich gestern angesehen hat.«

Eloise blitzte sie mit ihren grünbraunen Augen schelmisch von der Seite an und antwortete: »Jaja, die Götter haben es zweifellos gut mit mir gemeint. Sie haben schon dafür gesorgt, dass ich auffalle«, sagte sie, klimperte mit den langen Wimpern und hob spöttisch eine Augenbraue.

Jenna musste lachen.

»Aber es ist gar nicht so angenehm aufzufallen, sondern eher ärgerlich. Ich bin doch hier, um zu kämpfen, nicht, um den Jungs die Köpfe zu verdrehen – die Art Zweikampf interessiert mich wirklich nicht. Ich will von meinen Ausbildern etwas lernen, aber die haben oft etwas ganz anderes vor!«

Jenna lachte prustend und legte sich schnell die Hand auf den Mund, um so zu tun, als müsste sie husten. Die Offenherzigkeit der schwarzhaarigen Schönen amüsierte Jenna, und obwohl Calvyn sie offenbar bewunderte, konnte sie nicht umhin, Eloise zu mögen.

»Wenn du meinen Rat hören willst, Jenna«, sagte Eloise, »dann sag ihm einfach, was du für ihn empfindest. Denn wenn du es nicht tust, wird es dich innerlich zerfressen.«

Jenna nickte. »Zu dem Schluss bin ich nach einer schlaflosen Nacht auch gekommen«, sagte sie. »Aber danke für den Ratschlag.«

»Gern geschehen.«

»Ich finde übrigens, du kannst schon sehr gut mit dem Schwert umgehen«, wechselte Jenna zu einem angenehmeren Thema über. »Ich bin natürlich nicht in derselben Klasse wie Bek oder Calvyn, aber du hast mir vorhin ganz schön Druck gemacht. Deine Bewegungen sind natürlicher und fließender, als sie es bei mir je sein werden.«

»Glaubst du wirklich? Ich dachte, Calvyn und Bek sagen das nur so dahin. Das ist das Problem, weißt du. Ich weiß nie, ob das, was ich so zu hören bekomme, ernst gemeint ist.«

Jenna begriff plötzlich, wie schwierig es für eine so schöne Frau war, in einem Männerberuf ihren Weg zu finden.

»Aber nein, du hast ganz offensichtlich Talent. Wenn du richtig gut werden willst, musst du zusätzlich zu deiner Geschmeidigkeit noch Schnelligkeit entwickeln. Hast du Sergeantin Derra schon kämpfen sehen?«

Eloise schüttelte den Kopf.

»Sieh ihr doch mal beim Training zu. Derra ist die Einzige, die ich Bek mit der Klinge habe besiegen sehen. Ich weiß nicht, ob es ihr noch einmal gelingen würde, denn Bek hat seither erheblich an Schnelligkeit, Ausdauer und Erfahrung zugelegt. Aber sie ist eine fantastische Kämpferin und zeigt beim Schwertkampf eine Geschmeidigkeit, die der deinen durchaus ähnlich ist. Sie ist nur etwas schneller und entschlossener.«

»Das mache ich, danke«, sagte Eloise nachdenklich. »Und wie ich höre, sollte man das Bogenschießen bei dir lernen …«

»Besser nicht. Tamar ist der bessere Lehrer.«

»Da hat man mir aber etwas anderes erzählt. Na ja, mit dem Schwert komme ich ja halbwegs zurecht, aber ich weiß kaum, wie man einen Bogen richtig hält, geschweige denn einen geraden Schuss abgibt!«

»Du musst bloß darauf achten, dass die Pfeilspitze von dir wegzeigt«, erwiderte Jenna mit ihrem typisch unbewegten Gesicht.

Eloise sah Jenna einen Moment nur an, dann brach sie in Gelächter aus. »Ich werd dran denken«, gluckste sie.

Beim Mittagessen schnatterten und lachten die beiden jungen Frauen weiter und anschließend gingen sie wieder zum Waffentraining. Jenna übernahm ihre Aufgabe als Trainerin wieder, als sei am Vortag nichts geschehen. Tamar hob eine Augenbraue, das Höchstmaß an Überraschung, das er sich je anmerken ließ, sagte aber nichts.

Geduldig brachte Jenna Eloise, Marco und Fesha die Grundlagen des Bogenschießens bei, während Tamar Sten, Kedreeve und Verne unterrichtete. Obwohl sie ein schlechtes Gewissen hatte, stellte Jenna mit heimlicher Genugtuung fest, dass Eloise am Bogen etwa so schlecht war, wie sie behauptet hatte. Fesha war noch unbegabter, Marco dagegen ein Naturtalent. Er hatte eine ruhige Hand und ein gutes Auge und atmete genau richtig, regelmäßig und tief.

Jenna schloss Marco und den ungestümen Fesha rasch ins Herz. Fesha nahm seine Unfähigkeit am Bogen mit derselben Leichtigkeit hin, mit der er seine Kameraden aufzog. Einmal brachte er alle zum Lachen, als er den Langbogen ablegte und den Pfeil wie einen Speer auf die Zielscheibe warf. Sogar Tamar verzog das Gesicht zu einem kaum sichtbaren Lächeln, als der Pfeil näher am Mittelpunkt der Zielscheibe stecken blieb als jeder seiner Pfeile zuvor. Allerdings fiel er sehr bald wieder herunter.

»Nicht schlecht, Fesha«, beglückwünschte ihn Jenna. »Allerdings wirst du an der Wucht noch arbeiten müssen, sonst kannst du keiner Ratte etwas anhaben!«

»Mmm, stimmt, da habe ich etwas Besseres«, erwiderte Fesha, zog ein Messer aus dem Stiefel und warf es dem Pfeil hinterher. Zitternd blieb es in der Mitte der Zielscheibe stecken.

»Wer braucht schon einen Bogen?«

»Beeindruckend«, pflichtete Jenna ihm bei. »Wie viele Wurfmesser hast du denn dabei?«

»Drei.«

»Solange du dein Arsenal nicht auf mindestens zwanzig aufstocken kannst, schlage ich vor, du übst weiter das Bogenschießen. Glaube mir, die Messer werden dir in der Schlacht gegen die Shandeser schnell ausgehen.«

Fesha zog eine gequälte Grimasse und nahm pflichtschuldig den Bogen wieder auf. Seufzend zog er einen Pfeil aus dem Köcher und legte ihn ein.

»In Momenten wie diesem wünschte ich mir immer, ich hätte auf meine Mutter gehört«, sagte er, spannte den Bogen und peilte sein Ziel an.

Jenna beobachtete, wie er den Pfeil abschoss, der die Zielscheibe im rechten oberen Viertel traf.

»Warum? Was hat sie dir denn geraten?«, fragte Jenna.

Fesha sah sie mit einem verschmitzten Lächeln an und zuckte die Schultern. »Weiß ich nicht, ich habe ihr ja nie zugehört«, sagte er und holte kichernd den nächsten Pfeil aus dem Köcher.

Während Fesha unbekümmert zielte, lachte Jenna gemeinsam mit den anderen, fragte sich innerlich aber doch, ob er wohl je etwas ernst nehmen würde. Sie konnte es ohnehin kaum fassen, dass diese sechs Rekruten die allen Berichten zufolge erbitterte Schlacht gegen die Shandeser überlebt hatten, ja, dass sie sogar so gut wie unverletzt daraus hervorgegangen waren. Viele der anderen Rekruten hatten weniger Glück gehabt, und Jenna fragte sich, wie sie ohne anständige Ausbildung zurechtgekommen wäre. Irgendwas müssen diese sechs haben und sei es nur Glück, dachte sie.

Am späten Nachmittag brach vor dem Tor plötzlich ein Tumult los. Spätestens, als der Wachmann auf dem Nordwestturm anfing, den Wachen am Turm des Haupttores wie wild Zeichen zu geben, war allen klar, dass etwas Ungewöhnliches im Gange war. Ein Bote lief über den Waffenübungsplatz zu Sergeant Drens Dienststube, der kurz darauf mit grimmigem Gesicht herauskam und mit großen Schritten zum Burgtor ging.

Jenna tat alles, die Rekruten zu beschäftigen, merkte aber schnell, dass die Aufmerksamkeit dahin war.

Dann sah sie, dass verwundete Soldaten in die Krankenräume an der Südostecke des Waffenübungsplatz gebracht wurden.

»Sieht so aus, als hätte der Spähtrupp etwas abbekommen«, sagte Marco, mehr zu sich selbst. »Ich frage mich, welcher es war.«

Sie beobachteten schweigend, wie die Verwundeten zu den wartenden Feldärzten getragen oder geführt wurden.

»Das werden wir bald erfahren«, sagte Jenna schließlich. »Kommt, Leute. Das zeigt uns nur einmal mehr, wie wichtig das Training ist. Lasst uns weitermachen, wir haben nicht viel Zeit. Wir werden bestimmt bald alles erfahren.«

Das Letzte, was Jenna jetzt brauchte, waren die Waffenübungen, und sie musste sich zusammenreißen, um nicht loszurennen und in Erfahrung zu bringen, was mit Calvyn war. Das schlechte Gewissen wegen ihrer harschen Worte vom Vortag hing wie eine dunkle Gewitterwolke über ihr, und wieder stritten ihr Verstand und ihr Herz heftig darüber, was zu tun sei.

Wenn Calvyn nun etwas zugestoßen war, weil er abgelenkt gewesen war, nachdem sie ihn so grausam behandelt hatte? Oder schlimmer noch, wenn er … Nein! Jenna wollte nicht einmal daran denken, dass Calvyn umgekommen sein könnte. So grausam konnten die Götter nicht sein.

Wahrscheinlich war es nicht einmal sein Spähtrupp. Gleich nach dem Training gehe ich ihn suchen und beichte ihm alles, nahm sie sich vor. Auch wenn er mir einen Korb gibt, geht es mir dann besser.

Wie immer, wenn man etwas entgegenfiebert, zog sich der restliche Nachmittag endlos hin. Sehnsüchtig wartete sie auf das Signal zum Abendessen, und als es dann endlich so weit war, schickte sie ihre Schüler in die Waffenkammer, wo sie ihre Bogen abgeben sollten, und eilte zwischen dem Bergfried und der Südmauer hindurch zu dem Gebäudetrakt, in dem die Feldscher die Verwundeten behandelten.

Ein Hauptmann an der Tür verweigerte ihr den Einlass. Jenna kannte ihn nicht und er wollte ihr keine Auskunft über die Verletzten geben.

»Genaueres erfahrt ihr von den Offizieren«, sagte er kurz angebunden.

Niedergeschlagen, voller Angst und Wut kehrte Jenna in die Mannschaftsunterkunft zurück und verstaute ihren Bogen im Spind, ehe sie sich auf den Weg in den Speisesaal machte, um zu Abend zu essen. Sicher wusste dort jemand etwas. So war es immer beim Militär: Geheime Informationen blieben nicht lange geheim.

Im Speisesaal angekommen, hörte Jenna wilde Mutmaßungen, doch niemand schien etwas Genaues zu wissen. Von Calvyn, Dren, Derra, Bek und den anderen Sergeanten und Hauptleuten, die Jenna kannte, war niemand zu sehen.

»Unsichtbare Krieger, heißt es«, sagte ein Gefreiter, der Jenna gegenübersaß, zu seinen Freunden.

»Unsichtbar? So ein Quatsch«, spottete ein anderer ein paar Plätze weiter.

»Die haben wahrscheinlich nicht aufgepasst und sind in eine Falle getappt«, sagte ein Dritter.

»Und was ist mit den shandesischen Magiern?«, fragte der Erste. »Willst du vielleicht behaupten, dass es sie gar nicht gibt?«

»Pah! Magier! Die Shandeser losen wahrscheinlich aus, wer von ihnen sich in einen dieser lächerlichen schwarzen Umhänge hüllt, um Einfaltspinsel wie dich zu erschrecken«, gab der Zweifler zurück.

Jenna aß schweigend. Von allen Seiten drangen Gesprächsfetzen zu ihr, in denen es um Magie und Magier ging. Eines ging daraus sicher hervor: Es war Zauberei im Spiel gewesen.

Nachdem Jenna die Mahlzeit beendet hatte, stellte sie Teller und Besteck zurück und machte sich erneut auf die Suche nach Calvyn. Als sie den Übungsplatz betrat, sah sie auf der anderen Seite das kurze rotblonde Haar des Gefreiten Jez leuchten, der, den Arm in der Schlinge, aus der Krankenstube kam.

Jenna lief über den Platz, um ihn abzufangen.

»Jez«, rief sie ihm zu, »warte einen Moment.«

Jez blieb stehen und erblasste, als er Jenna auf sich zukommen sah.

»Hallo, Jez. Ich brauche dich wohl nicht zu fragen, was du angestellt hast. Ist es schlimm?«, sagte Jenna. Sie fürchtete sich, die Frage zu stellen, die ihr eigentlich unter den Nägeln brannte.

»Nicht allzu schlimm, Jenna. Die Feldscher machen immer viel zu viel Wirbel, wenn du mich fragst. Es war kaum mehr als ein Kratzer«, antwortete er.

»Da bin ich aber froh«, sagte sie und nahm dann einen tiefen Atemzug. »Warst du heute Morgen mit Calvyn auf Patrouille?« Die Worte purzelten ihr geradezu aus dem Mund.

Jez nickte vorsichtig.

»Ich habe ihn heute Nachmittag nur noch nicht gesehen und wollte etwas Wichtiges mit ihm besprechen …« Jenna versagte die Stimme, als sie Jez' Blick sah. »Er ist doch nicht … tot, oder?«, fragte sie und fürchtete sich gleichzeitig vor der Antwort.

»Nein … zumindest … glauben wir das nicht«, erwiderte Jez. Dann blickte er sich rasch um, ob jemand sie hören konnte. »Wahrscheinlich darf ich dir das gar nicht sagen, denn man hat uns zu Schweigen verpflichtet. Bei dem Überfall heute Morgen wurden diejenigen von uns, die überlebt haben, in alle vier Winde zerstreut. Wir sind zu dem verabredeten Treffpunkt gegangen, aber Calvyn ist nicht gekommen. Wir dachten erst, er sei tot, aber als diejenigen, die noch kampfbereit waren, später zum Ort des Überfalls zurückkehrten, fanden sie die Leichen aller Vermissten, bis auf Calvyns. Das Einzige, was sie von ihm gefunden haben, war sein Schwert. Er scheint dem Feind in die Hände gefallen zu sein.«

5

Wenn Edovar ein besonders aufwendiges Schmuckstück auf der Werkbank hatte, kam es ihm immer so vor, als setze die Dämmerung früher und schneller ein als sonst. Von einer Minute auf die andere war das Licht so schlecht, dass er den Ring oder den Anhänger nicht mehr richtig sehen konnte.

Vorbei waren die Tage, da Edovar bis spät in den Abend beim Licht seiner Öllampen arbeitete. Die vielen Jahre filigraner Silberschmiedearbeiten hatten seine Augen angegriffen und Schmuck stellte er nur noch bei besten Lichtbedingungen her. An trüben Tagen, wenn die Sonne nicht durch den Nebel drang oder Regenwolken den Himmel verdunkelten, begnügte er sich damit, die Arbeit vorzubereiten, Schmuckformen zu fertigen und grobe Arbeiten zu erledigen.

Mit einem Seufzer legte Edovar den silbernen Servierteller zur Seite. Das herrliche Stück, auf dessen Rand er Lindwürmer und Feuerdrachen graviert hatte, war eines Meisters seiner Zunft durchaus würdig. Edovar würde es nicht leichtfallen, es dem Gesandten des Kaisers zu übergeben. Doch ihm war der Lohn für seinen Auftrag wichtiger als der Teller, brachte er ihn doch dem Ziel näher, bald kürzer zu treten und seinen Augen die vielen Arbeitsstunden zu ersparen. Hoffentlich wusste der Kaiser die kunstvolle Darstellung der Tiere, die einander in einem endlosen Kreislauf sinnloser Kampfeslust verfolgten, zu schätzen.

Doch seine Werkstatt würde noch manch detailfreudiges und fantasievolles Stück verlassen, dachte er traurig.

Keiner der vielen Lehrlinge, die er in den vergangenen zwanzig Jahren ausgebildet hatte, war zu einem wahren Meister aufgestiegen. Das ärgerte Edovar besonders. War er ein so schlechter Lehrer gewesen? Oder hatte er kein Auge für wahres Talent, weil er zu sehr mit seiner Arbeit beschäftigt war? Egal, es war nicht mehr zu ändern.

Draußen auf der Straße waren die Jungen mit Leiter, Ölkännchen, Kienspan und Fackel unterwegs und zündeten die Straßenlaternen an. An mehreren Stellen flackerte es bereits gelb durch die einsetzende Abenddämmerung.

Edovar rieb sich die Augen, sah aus dem großen Fenster auf die Straße und freute sich an der hügeligen Landschaft, die sich als Silhouette gegen den dunkler werdenden Himmel abhob. Er hatte es immer als Gnade empfunden, dass seine Schmiede am oberen Rand des Dorfes stand, dort, wo die Dorfstraße eine Kurve beschrieb und den Blick auf die Berge freigab. Abgesehen von der herrlichen Aussicht konnte Edovar, häufiger jedoch einer seiner Lehrlinge, die gern verträumt aus dem Fenster starrten, die Kunden schon von Weitem den Berg heraufkommen sehen. So konnte ihnen Edovar die fertigen Auftragsarbeiten zeigen, sobald sie die Schmiede betraten.

Der Silberschmied sammelte die Stichel ein, die auf dem Tisch herumlagen, und verteilte sie mit sicherer Hand in die Fächer einer langen Ledertasche, die er zusammenrollte, mit einer Schnur zuband und in eine Schublade legte.

Eine Schicht aus Metallspänen und Staub überzog den Tisch, den Boden, ja, alle Flächen in der Schmiede.

»Ob ich die Lehrlinge jemals dazu bringen werde, sauber zu machen?«, murmelte Edovar vor sich hin und ging mit dem Silberteller zur Vitrine.

Er öffnete die Tür, ließ sich wie immer Zeit, sein jüngstes Werk noch einmal ausgiebig zu bewundern, und legte es behutsam in das dafür vorbereitete Fach. Hier, an dem einzigen Ort, an dem absolute Sauberkeit herrschte, lagen noch weitere Stücke, deren Wert den meisten Menschen wohl den Schlaf geraubt hätte, weil sie sich vor Einbrechern gefürchtet hätten.

Nicht so Edovar.

Er hatte für die Vitrine einen stolzen Preis bezahlen müssen. Eine magische Formel schützte sie gegen jeden, der ihren Inhalt stehlen wollte. Das Holz, aus dem sie gemacht war, ließ sich mit keiner Axt spalten, das Schloss an der Tür mit keinem Meißel zerstören. Der einzige Schlüssel, mit dem sich die Vitrine öffnen ließ, befand sich in Edovars Gewahrsam und funktionierte nur gemeinsam mit den richtigen Zauberworten. Die Vitrine und der Spruch waren jeden Heller wert, den Edovar dafür bezahlt hatte.

Trotzdem mochte Edovar die Zauberei nicht und hatte es in den meisten Fällen abgelehnt, magische Gegenstände herzustellen – abgesehen von einigen wenigen Ausnahmen, die lange zurücklagen und die Edovar geflissentlich aus seinem Gedächtnis gestrichen hatte.

Nachdem er den Teller weggeschlossen hatte, ließ der Silberschmied sanft die Schultern kreisen, um die steifen Muskeln zu lösen. Er wollte sich in seine kleine Wohnung im ersten Stock zurückziehen, ging aber, einem plötzlichen Impuls folgend, noch einmal zum Fenster. Er streckte sich und verzog das Gesicht, als er seine Gelenke knacken hörte. Der Teller würde morgen fertig sein, doch der Abgesandte des Kaisers sollte erst in einer Woche kommen, um ihn zu holen. Vielleicht sollte ich die Zeit nutzen, um einmal richtig sauber zu machen, dachte er und holte einen kleinen, gekräuselten Silberspan unter einem Fingernagel hervor. Dann könnte ich den Abgesandten guten Gewissens in die Schmiede führen.

»So ein Blödsinn«, schimpfte er murmelnd. Der Abgesandte würde ohnehin nur Augen für den Teller haben. Egal, wie blitzblank die Schmiede war, er würde nur so lange bleiben, wie er brauchte, den Teller zu begutachten und die Arbeit zu bezahlen.

Edovar blickte noch einmal durch das Fenster in die Abenddämmerung. Er wollte gerade die Läden schließen, als eine Bewegung auf der Straße seine Aufmerksamkeit auf sich zog.

Die Straßenlaternen brannten schon, und die dunkle Gestalt, die den Berg hinaufritt, nahmen sogar Edovars schwache Augen war. Dieser Tage waren Reisende in Ostshandar ein seltener Anblick, denn die Soldaten des Kaisers, die in jeder Kleinstadt stationiert waren, hatten den Befehl, die Straßen freizuhalten, und nahmen ihren Auftrag sehr ernst. Sie ließen nur jene durch, die einen guten Grund für ihre Reise vorbringen konnten.

Edovar spürte instinktiv, dass der Fremde da draußen auf dem Weg zu ihm war, und ihm stellten sich unwillkürlich die Nackenhaare auf. Der Abgesandte des Kaisers konnte es noch nicht sein. Er würde auch nicht allein kommen, sondern mit einer kleinen Eskorte. Ob es ein Kunde war? Dann musste es sich um eine bedeutende Persönlichkeit handeln, wenn er sich frei durchs Land bewegen durfte. Aber wenn er von Rang und Namen war, warum war er dann allein unterwegs?

Edovar spielte all diese Möglichkeiten fieberhaft in Gedanken durch, während die dunkle Gestalt im Schritt auf die Schmiede zuritt. Das Hufgeklapper war auf dem Kopfsteinpflaster bereits zu hören.

Vor der Tür hielt der Reiter das Tier an, warf erschöpft seinen langen Umhang zur Seite, saß ab und kam schwer mit seinen hohen Stiefeln auf dem Boden auf. Edovar, der den Mann im Dämmerlicht nicht genau erkennen konnte, spürte, dass er ihn kannte. Mit einer Beklemmung, die er sich nicht recht erklären konnte, ging der alte Silberschmied zur Tür, da klopfte der Fremde schon mit drei donnernden Schlägen an die Tür.

»Wer ist da? Die Schmiede ist geschlossen«, rief Edovar.

»Komm schon, Eddi. Das meinst du doch wohl nicht im Ernst. Schon vergessen? Für mich ist deine Tür immer offen!«

»Bei Maleks Amboss!«, murmelte Edovar entgeistert. »Einen Moment!«, rief er laut und atmete einmal tief ein.

Mit zitternden Händen entriegelte Edovar die Tür und hob die Stange, mit der die beiden Türflügel verschlossen wurden. In der Tür stand ein Mann, von dem er nicht erwartet hatte, ihn jemals wiederzusehen.

»Guten Abend, Selkor. Was führt dich denn in diesen Teil der Welt?«

»Was denn? Kein ›Schön, dich wiederzusehen‹? Kein ›Wie geht es dir‹?«, fragte Selkor mit samtener Stimme, und hinter seinem ironischen Lächeln blitzten blendend weiße Zähne. »Das verletzt mich aber wirklich, Eddie. Willst du mich nicht hereinbitten?«

Edovars Mut sank, als er darüber nachdachte, was seinen unwillkommenen Besucher wohl an seine Tür geführt haben mochte. Dennoch ging er einen Schritt zurück und bedeutete Selkor schweigend einzutreten. Es war nicht ratsam, einen so mächtigen Magier zu verärgern.

Selkor glitt mit katzenhaften Bewegungen in die Schmiede, die so gar nicht zu seiner sichtlichen Erschöpfung passte. Der Mann ist ein Rätsel, dachte Edovar. Immer wenn man denkt, man hätte ihn durchschaut, tut er etwas völlig Unerwartetes. Deshalb übte sich der alte Schmied in Geduld. Der Magier würde ihm den Zweck seines Besuches schon noch verraten.

Als habe er Edovars Gedanken gelesen, ging Selkor geradewegs zur Werkbank und kam ohne weitere Umschweife zur Sache.

»Ich will deine Zeit nicht vergeuden, Eddie, und hoffe, du weißt das zu schätzen. Ich möchte etwas ausbessern lassen, ein Silberamulett. Es ist keine besonders schwierige Arbeit, aber ich möchte, dass sie gut gemacht wird. Die Kette, an der das Amulett hängt, ist zerbrochen.«

»Na schön, Selkor. Leg das Amulett und die Kette auf den Tisch. Ich mache das gleich morgen früh«, sagte Edovar rasch und mit hörbarer Erleichterung.

»Ich fürchte, das geht nicht, Eddie. Ich lasse das Amulett nicht aus den Augen. Nicht einmal bei dir, alter Mann«, erwiderte Selkor mit einem höhnischen Lächeln.

»Ist es denn so kostbar?«, fragte Edovar.

»Kostbarer, als du dir vorstellen kannst …«, sagte Selkor leise, und sein Blick verlor sich in der Ferne. »Aber für mich liegt sein Wert woanders«, fuhr er unvermittelt fort und funkelte den alten Mann plötzlich an, als wäre er sein ärgster Feind.

Bei der Erkenntnis, worum es sich bei dem Stück zweifellos handelte, musste Edovar schlucken.

»Ein magischer Gegenstand, nehme ich an?«, fragte er scheinbar beiläufig.

Selkor nickte. Im Schein der Öllampe warfen die dichten Brauen Schatten, die aus den dunkelbraunen Augen abgrundtiefe schwarze Seen machten.

»Deshalb bin ich zu dir gekommen, alter Freund. Ich werde nie vergessen, wie gut du vor vielen Jahren die Sache mit dem Ring erledigt hast. Deshalb habe ich gleich an dich gedacht, als ich dieses neueste Stück hier erwarb.«

Edovar ging langsam zur Werkbank. Mutlos ließ er die

Schultern hängen. Ihm gefiel nicht, welche Richtung dieses Gespräch nahm.

»Ich bin alt, Selkor, und nicht mehr so stark wie früher. Das Ausbessern magischer Gegenstände ist nicht einfach. Warum fragst du nicht den jungen Filaun drüben an der Kreuzung? Er will sich einen Ruf als Schmiedemeister aufbauen und könnte …«

»Nein«, unterbrach ihn Selkor in einem Tonfall, der Edovar unmissverständlich klarmachte, dass jede Widerrede zwecklos war. »Du musst es machen, Eddi. Ich werde keinen unerfahrenen Welpen an dieses Stück heranlassen.«

»Filaun ist kein ›unerfahrener Welpe‹! Aber wenn du darauf bestehst, dann bring mir das Stück am Morgen und ich werde es mir ansehen.«

Selkors Augen bohrten sich in Edovars Gesicht. »Nein, nicht morgen. Sofort.«

»Aber das Schmiedefeuer ist erloschen und ich brauche mindestens einen meiner Assistenten …«

»Hör mir jetzt gut zu, Edovar, Sohn des Mandon. Deine Lehrlinge haben mit diesem Stück nichts zu schaffen. Du, du allein musst diese Arbeit erledigen. Niemand darf davon erfahren, hörst du? Niemand. Das musst du mir schwören, bevor du anfängst. Außerdem musst du es heute Abend noch machen, alter Mann. Wenn du Hilfe brauchst, wirst du dich mit mir begnügen müssen. Ein Nein werde ich nicht hinnehmen.«

Edovar wusste, wollte er seinen Ruhestand noch erleben, müsste er Selkors Anweisungen bis ins Kleinste befolgen. Mit dem Magier war noch nie zu spaßen gewesen, doch so unerbittlich wie an diesem Abend hatte ihn Edovar noch nie erlebt. Bei dem Gedanken daran, das mit magischer Energie durchdrungene Silber neu zu formen, krampfte sich Angst um sein Herz. Wenn das Amulett auch nur halb so viel Macht hatte, wie er vermutete, würde er die Kräfte, die ihn bei der Arbeit durchströmten, womöglich nicht überleben.

»Verdammt bin ich so oder so«, dachte er. »Was ist nur in mich gefahren, mich überhaupt mit magischen Gegenständen einzulassen?«

Die Antwort auf diese Frage kannte er natürlich auch. In jungen Jahren war es Edovar nicht anders gegangen als Filaun heute: Er wollte sein Können unter Beweis stellen und sich einen Namen machen. In seinem Ehrgeiz versuchte er sich auch an Arbeiten, die andere vor ihm das Leben gekostet hatten. Nun holte ihn die dumme Jagd nach Ruhm wieder ein. Ja, er erhielt lukrative Aufträge vom Kaiser, aber waren Ruhm und Geld das Wagnis wert, das er jetzt eingehen musste? Bestimmt nicht, dachte er bitter, aber an seiner Vergangenheit konnte er nichts mehr ändern.

»Na gut, Selkor, da du mir keine Wahl lässt, zeig mir das Amulett, das ich herrichten soll«, sagte Edovar barsch, streckte die Hand aus und wappnete sich innerlich gegen die Berührung mit dem gefürchteten Gegenstand.

Selkor griff mit der rechten Hand in einen großen Lederbeutel, der an seinem Gürtel hing. Als seine Finger auf den gesuchten Gegenstand trafen, zögerte er kurz und sein Mund verzog sich zu einem sonderbaren Lächeln, das Edovar einen kalten Schauer über den Rücken jagte. Selkor legte ihm das Silberamulett in die geöffnete Hand.

Bei der Berührung sprang Edovar einen Schritt zurück, musste husten und spucken und spürte einen sauren Geschmack im Mund.

»Blutsilber!«, stammelte er und spuckte noch einmal aus. »Bist du verrückt? Das brauche ich nicht einmal anzufassen, um zu wissen, wer es gemacht hat. Wenn ich das instand setze, kommt nichts Gutes dabei heraus, Selkor. Sogar du musst doch erkennen, dass es böse ist.«

»Sogar ich?«, zischte Selkor gehässig und legte das Amulett zurück in den Lederbeutel. »Pass auf, alter Mann, du bewegst dich auf dünnem Eis. Können wir jetzt anfangen oder muss ich erst die Beherrschung verlieren?«

»Ich werde diesem Monstrum mein Blut nicht geben, Selkor. Wenn du deine Seele daran binden willst, so überstell dich der Hölle, die sich darin verbirgt. Ich will damit nichts zu tun haben.«

Selkors atmete ein, als wollte er seinem Zorn freien Lauf lassen, doch zu Edovars Überraschung riss er sich zusammen und stieß die Luft langsam wieder aus.

Eine Weile herrschte Stille. Selkor schien seine Gedanken zu ordnen. Edovar verschränkte die Arme vor der Brust. Die Zunge lag ihm dick und schwer im trockenen Mund.

»Na gut, Edovar. Du bist im Vorteil«, gab Selkor schließlich nach. »Ich weiß nicht genau, was du meinst, aber ich sehe ein, dass eine gewisse Vorsicht vonnöten ist. Von Blutsilber habe ich bislang nichts gehört, und ich habe nicht vor, meine Seele welcher Hölle auch immer zu überantworten. Erzähl mir, was du über das Amulett weißt, und ich werde noch einmal darüber nachdenken.«

Edovar überraschte auch diese Antwort Selkors. Einen solchen Gesinnungswandel hatte der Schmied nicht erwartet. Ihn überkam eine Welle der Erleichterung darüber, dass ihm die qualvolle Arbeit an dem magischen Amulett vielleicht doch noch erspart bleiben könnte. Wenn er Selkor von den Gefahren des entsetzlichen Metalls überzeugen konnte, würde der Magier vielleicht einen Rückzieher machen und Edovar in Ruhe lassen.

»Wo soll ich anfangen?«, überlegte Edovar laut, zog sich

einen Schemel unter der Werkbank hervor und ließ sich daraufsinken.

»Mit dem Anfang, würde ich vorschlagen«, sagte Selkor spöttisch.

»Mit dem Anfang?« Edovar musste nun doch lachen. »Da müsste ich schon sehr weit zurückgehen. Blutsilber gab es schon lange vor Darkweaver. Ich nehme doch an, das Amulett stammt von ihm?«

»Ich glaube schon«, nickte Selkor, dessen Neugier nun geweckt war.

»Das würde einiges erklären«, sagte der alte Silberschmied. »Die Schreibweise der Runen stimmt mit der vor zweihundert Jahren überein, und soweit ich weiß, sind seither keine ähnlichen Stücke gefertigt worden. Es gibt nicht viele, die bereit sind, sich in ein derart vermessenes Abenteuer zu stürzen. In den Tagen der alten Magier, vor den Götterkriegen, sollen viele Magier mit Blutsilber gearbeitet haben. Aus den ältesten erhaltenen Annalen der Silberschmiede geht hervor, dass die Meister, die dieses Metall verarbeiteten, meist auch Magier waren. Wie viele es waren und was sie genau herstellten, ist nicht überliefert. Sehr wohl überliefert ist aber, dass sich jeder, der Blutsilber verarbeitete, in den folgenden Kriegen mit den Göttern des Bösen verbündete. Das gehört zu den ersten Dingen, die ein Silberschmied in seiner Lehrzeit lernt. Blutsilber verdirbt den Menschen von innen wie ein bösartiges Geschwür. Es frisst die Seele, bis alles verfault ist.«

Selkors Mund hatte sich bei den Worten des alten Mannes langsam zu einem höhnischen Grinsen verzogen.

»Altweibergewäsch«, blaffte er. »Glaubst du wirklich, du kannst mich mit so einem Gefasel beeindrucken, Eddie? Was hast du für Beweise? Kannst du historische Tatsachen nennen oder Namen, die mir ein Begriff sind? Mir kommt es höchst merkwürdig vor, dass die Silberschmiede Überlieferungen haben sollen, von denen die Chronisten der Magier nichts wissen.«

Edovar seufzte tief. Sein Mut sank, denn es sah ganz danach aus, als wolle Selkor die Augen vor dem düsteren Los verschließen, das ihm drohte. Entmutigt schüttelte der Silberschmied den Kopf.

»Ich kann dir keinen greifbaren Beweis liefern, Selkor. Aber ich flehe dich an, darüber nachzudenken. Vielen Altweibermärchen liegt ein Körnchen Wahrheit zugrunde. Das Amulett wurde aus Blutsilber geschmiedet, daran habe ich keinen Zweifel. Ich spüre in jeder Faser meines Körpers die böse Macht, die es in sich trägt. Mir ist schleierhaft, wie du es bei dir tragen kannst, ohne das zu spüren. Vielleicht haben die Chronisten der Magier ja alle Aufzeichnungen vernichtetet, damit die Magier nicht von der dunklen Macht in Versuchung geführt werden? Ich bitte dich inständig: Handle nicht überstürzt, sondern forsche erst nach, ob an meinen Worten etwas Wahres dran ist. Wenn du das Amulett dann immer noch ausbessern lassen willst, habe ich, wie du weißt, keine andere Wahl, als dir zu helfen.«

Einen kurzen Moment lang hoffte Edovar erneut, er habe den Magier überzeugt. Doch wie die Flut Spuren im Sand wegschwemmt, so verschwanden die Zweifel, die Edovar geweckt hatte, aus Selkors Gesicht, das nun einen entschlossenen Ausdruck annahm.

»Nein, Edovar, ich habe nicht die Zeit, kreuz und quer durchs Land zu reisen, um modrige alte Dokumente zu durchforsten. Die Umstände erfordern es, dass ich sofort handle, ehe es zu spät ist. Anders geht es nicht. Es wird heute Abend geschehen. Such zusammen, was du brauchst. Ich helfe dir, wenn nötig.«

Edovar nickte, die Lippen aufeinandergepresst, und gab Kohle auf die Esse.

Es dauerte eine Weile, bis das Feuer die richtige Temperatur hatte. Selkor war wütend, denn er mutmaßte, dass der alte Mann Zeit schinden wollte. Als er dem Schmiedemeister jedoch Vorwürfe machte, lächelte der alte Mann nur belustigt.

»Blutsilber ist kein gewöhnliches Metall«, sagte er. »Es ist nicht so weich wie normales Silber. Du könntest mit dem schwersten Hammer meiner Werkstatt auf die Kette eindreschen und würdest nicht die kleinste Delle hinterlassen. Versuch es, wenn du …«

»Wenn du glaubst, du kannst mich dazu bringen, den Schaden noch größer zu machen, Edovar, dann hast du dich getäuscht. Ich warne dich …«

Er ließ die Drohung in der Luft hängen.

»Pah«, stieß der Silberschmied voller Verachtung hervor und betätigte den Blasebalg mit einer Kraft, die sein Alter Lügen strafte. »Du kannst mit deiner Körperkraft nichts ausrichten, Selkor. Und wenn du das Schmiedefeuer bis zur Weißglut erhitzt und das Amulett hineinwirfst, kann ihm die Hitze nichts anhaben.«

»Wofür brauchst du dann das Feuer überhaupt?«, fragte Selkor zornig.

»Die Hitze macht das Metall weicher, allerdings nur, wenn es vorher mit einer speziellen Flüssigkeit eingestrichen wurde.«

Selkor blickte Edovar erwartungsvoll an, doch der alte Silberschmied setzte seine Vorbereitungen ungerührt fort. Schon bald konnte Selkor seine Neugier nicht mehr im Zaum halten.

»Und welche?«, fragte er schließlich.

»Bitte?«

»Welche Flüssigkeit. Ich nehme an, du hast sie hier?«

Edovar lachte erneut. Er fürchtete sich nicht mehr vor dem Magier. Selkor brauchte seine Hilfe, daher war er mindestens so lange in Sicherheit, bis das Amulett instand gesetzt war, und was danach geschah – nun, daran wollte Edovar jetzt nicht denken.

»Natürlich! Hast du mir denn nicht zugehört? Das Metall braucht Blut, damit man es schmelzen kann. Nur mit Blut und großer Hitze kann man Blutsilber bearbeiten. Ich bin erstaunt, dass die Kette überhaupt zerbrochen ist. Die Kette wurde in jüngster Zeit zerrissen oder ich will kein Meisterschmied sein, doch ich frage mich, wer das Wissen und die Willenskraft haben könnte, einen Gegenstand aus Blutsilber zu beschädigen.«

Selkor gab nur ein Brummen von sich, wusste er doch, dass es reine Glückssache gewesen war. Perdimonns Lehrling konnte schließlich nichts von Hitze und Blut wissen, als er sich sein Schwert schmieden ließ. Dazu kam, dass die Klinge nie so heiß geworden wäre, wenn sie nicht so viel magische Energie aus dem Amulett aufgenommen hätte. Sicher war vom Kampf auch Blut auf der Klinge gewesen – nicht mehr als ein Zufall also.

Beim Gedanken an das Zauberschwert fragte er sich erneut, warum er es nicht behalten, sondern dem Jungen zurückgegeben hatte. Natürlich konnte er es als Ausdruck seiner Macht rechtfertigen, und darüber hinaus hatte sich das Schwert in seiner Hand schlecht ausbalanciert angefüllt. Dennoch: Er hatte einen magischen Gegenstand in Händen gehalten, und statt ihn an sich zu nehmen, hatte er ihn dem Lehrling eines seiner größten Gegner zurückgegeben. Damals war ihm diese Entscheidung richtig vorgekommen. Nun, im Rückblick, begriff er nicht, was über ihn gekommen war.

»Na ja«, murmelte er, »ich kann es mir ja jederzeit holen.«

»Wie? Was hast du gesagt?«, fragte Edovar und stellte das Pumpen des Blasebalgs vorübergehend ein.

»Nichts, Eddie, ich habe nur laut gedacht. Mach weiter. Es hat nichts mit dir zu tun.«

»Pff!«, machte der Alte. Der Schweiß rann ihm vom Haaransatz übers ganze Gesicht.

Er begann wieder zu pumpen und die Kohle glühte.

Immerhin, dachte Selkor, während er dem alten Mann zusah, und ein schwaches Lächeln erhellte seine Miene, könnte so ein Schwert eines Tages recht nützlich sein. Er beschloss, es bei nächster Gelegenheit an sich zu bringen, und wandte sich dann wieder der Schmiedearbeit zu. Ungeduldig knirschte er mit den Zähnen, während der alte Silberschmied das Feuer weiteranheizte.

»Bei Tarmin, ist es denn immer noch nicht heiß genug, Mann?«, fragte er schließlich.

»Willst du die Wahrheit wissen?«, fragte der Alte mit einem Grinsen. »Ich habe keinen blassen Schimmer!«

Edovar ließ den Blasebalg ruhen und wischte sich mit dem Hemdsärmel die Stirn ab.

»Meines Wissens hat seit zweihundert Jahren niemand mehr Blutsilber bearbeitet, deshalb kann ich mich nicht auf Erfahrungen stützen. Ich kenne aber die Grundlagen. Übernimm du den Blasebalg, dann hole ich das Werkzeug. Mach das Schmiedefeuer einfach so heiß wie möglich.«

Edovar ging rasch durch die Werkstatt und nahm sich, was er brauchte: Zangen, Hammer, Feilen, einen Stichel, einen Pinsel und eine winzige Porzellanschale. Dann bedeutete er Selkor, mit dem Pumpen aufzuhören.

»Ich habe alles, bis auf eins.«

»Halt mich jetzt nicht weiter auf, Eddi, was brauchst

du?«, wollte Selkor mit gefährlich blitzenden Augen wissen.

»Gib mir etwas von deinem Blut in dieses Schälchen, und schon können wir anfangen. Brauchst du ein Messer? Du kannst meins nehmen, wenn du möchtest«, sagte Edovar und griff nach dem kleinen Messer an seinem Gürtel.

»Warum mein Blut?«, fragte Selkor argwöhnisch. »Deines ist doch mindestens so rot wie meines.«

»Selkor, ich habe dir doch gesagt, dass ich mich nicht an dieses Amulett binden will. Wenn ich das Amulett mit meinem Blut schmiede, ist seine Macht mein. Ich glaube nicht, dass dir das recht wäre. Nur wer an das Amulett gebunden ist, kann seine Magie ausschöpfen. Andernfalls würde das Amulett die Person, die es trägt, für seine Zwecke missbrauchen.«

»Ein lebloser Gegenstand soll einen Zweck verfolgen?«, fragte Selkor verächtlich. »Das ist doch lachhaft.«

»Im Gegenteil«, erwiderte Edovar. »Das Blut verleiht ihm unabhängige Lebenskraft. In gewisser Weise ist Blutsilber eine lebendige Kreatur. Hier, ich gebe dir etwas, mit dem du den Schnitt verbinden kannst.«

Edovar öffnete eine Schublade in einem seiner Wandschränke und holte einen zusammengerollten Leinenstreifen heraus, der mit einer Nadel zusammengehalten war.

»Woher weißt du das alles, alter Mann?«, fragte Selkor argwöhnisch.

»Altweibergeschwätz«, erwiderte Edovar grinsend. »Du hast die Wahl, Selkor. Gib mir dein Blut oder töte mich jetzt, denn ich werde dem Amulett meine Seele nicht schenken.«

Selkor zögerte einen Moment, nahm aber dann das ihm angebotene Schälchen und den Verband entgegen.

»Ich nehme mein eigenes Messer, danke«, sagte er kalt. »Wie viel brauchst du?«

»Nicht viel. Zehn oder zwölf Tropfen müssten reichen.«

»Na gut.«

Selkor stellte das Schälchen auf den Amboss, zückte das Messer und schnitt sich in den linken Handballen. Er zuckte leicht, doch schon quoll das Blut. Selkor drehte die Hand ein wenig und ließ es in das Schälchen tropfen.

Als der Silberschmied ihm mit einem Nicken bedeutete, dass es genug sei, zog Selkor mit den Zähnen die Nadel aus dem Verband und wickelte ihn rasch um die Hand. Er spukte die Nadel ins Feuer, riss das Ende des Verbands mit der rechten Hand und den Zähnen entzwei und machte auf dieselbe Art einen Knoten.

»Das Amulett, bitte«, sagte Edovar. Seine Miene war unbewegt, doch er fürchtete sich schon vor der Berührung mit dem Talisman. Dann, nach kurzem Nachdenken, fügte er hinzu: »Leg es auf den Amboss.«

Selkor fasste in den Beutel, der ihm am Gürtel hing, und holte Darkweavers Amulett heraus. Behutsam legte er es samt Kette auf den Amboss.

Edovar, der das Metall möglichst wenig anfassen wollte, beugte sich darüber und untersuchte Amulett und Kette genau. Hier war ein wahrer Meister am Werk gewesen, dachte er bewundernd. Das Amulett war mit einem runden Ring, der durch eins der Glieder lief, an der Kette befestigt. Die Glieder waren dagegen weder rund noch oval, sondern an den Längsseiten etwas gebogen und an den schmalen Enden leicht verengt, sodass das nächste Glied wie in einer Nut darin eingeschlossen war. Dank dieser Machart hatte sich das gebrochene Glied nicht vom Rest der Kette gelöst, sondern wurde von der Nut des Nachbarglieds noch gehalten. Edovar überlegte, wie er es ausbessern könne, und fand, dass er im Großen und Ganzen Glück gehabt hatte. Das kaputte Glied war recht groß. Er konnte die Arbeit daher nur mit der Zange durchführen, ohne die Kette anzufassen.

Edovar vergeudete keine Zeit, da das Blut des Magiers rasch trocknen würde. Mit der Zange in der behandschuhten linken Hand nahm er das Amulett nahe am kaputten Glied auf und warf es ins weiß glühende Schmiedefeuer. Er wies Selkor an, den Blasebalg noch einmal zu betätigen, hielt die Kette mit der linken Hand in die Glut und tauchte den Stichel mit der rechten in das Blutschälchen.

Mit einer schnellen Bewegung zog der Silberschmied das Amulett aus der Glut und fuhr mit dem blutigen Stichel über das zerbrochene Kettenglied. Obwohl das Metall direkt aus der glühend heißen Esse kam, lief das Blut über das Silber, als sei es kalt wie Stein.

Edovar legte den Stichel beiseite, nahm den Pinsel zur Hand und verteilte das Blut gleichmäßig über die metallene Oberfläche. Mit einer besonders feinen Schmiedezange bog er das intakte Kettenglied um das zerbrochene. Dann warf er die Kette für weitere zehn Sekunden in die Glut.

Als er die Kette diesmal aus dem Feuer nahm, glühte das Glied mit einer unnatürlichen Kraft. Edovar achtete nicht darauf, legte die Kette rasch auf den Amboss und begann, das Glied mit größter Sorgfalt in Form zu schlagen.

Noch zweimal bestrich Edovar das Glied mit Blut und gab es zurück in die Glut. Selkor konnte sich über das Geschick des alten Mannes nur wundern, denn jedes Mal, wenn der Silberschmied die Kette auf den Amboss legte, gelang es ihm, in den wenigen Sekunden, die er es bearbeiten konnte, eine geradezu wundersame Veränderung herbeizuführen. Nach dem dritten Mal unterschied sich das Glied, abgesehen von einer feinen Linie an der Stelle, an der es einst zerbrochen war, nicht von den anderen.

»Schnell«, stieß Edovar hervor, dem der saure Geschmack

im Mund mittlerweile die Kehle zuschnürte. Trotz aller Vorsichtsmaßnahmen und obwohl er das Amulett nicht berührt hatte, hatte die bösartige Magie eine zerstörerische Wirkung auf ihn. »Den letzten Bluttropfen.«

Selkor ließ den Blasebalg los und nahm das Keramikschälchen zur Hand. Edovar hielt die Kette mit der Zange über die Esse, während Selkor mit zusammengebissenen Zähnen das Blut auf das wiederhergestellte Glied tropfte.

Was nun geschah, war überraschend und entsetzlich zugleich.

Es gab einen blendenden Lichtblitz und einen ohrenbetäubenden Knall, sodass der Boden bebte und Fenster und Türen klapperten.

Selkor zuckte zurück und schloss die Augen, um sie vor dem grellen Licht zu schützen. Als er sie einen Moment später öffnete, tanzten gelbe Lichtpunkte auf seiner Iris und seine Ohren dröhnten. Zu seiner Verwirrung war Edovar verschwunden.

Selkor blickte sich suchend im Raum um, bis sein Blick gut vier Schritt von der Stelle entfernt, an der Edovar gestanden hatte, auf den alten Mann fiel, der offenbar durch die Werkstatt geschleudert worden war und nun wie ein Häuflein Elend auf dem Boden neben dem Wandschrank kauerte. Als Selkor, dem kein Härchen gekrümmt worden war, das Amulett am Boden liegen sah, war es ihm einerlei, ob der Alte lebte oder tot war. Eine Welle der Kraft und der Magie durchströmte ihn, als er die Kette umlegte und den Talisman auf seiner Brust spürte. Jubelnd warf Selkor den Kopf in den Nacken und brach in Gelächter aus. Sein schreckliches Lachen ließ den Dorfbewohnern, die sich wegen des Lärms vor der Schmiede einfanden, das Blut in den Adern gefrieren.

Ohne sich noch einmal nach dem reglosen Silberschmied

umzuschauen, schritt Selkor durch die Tür der Werkstatt, bestieg sein Pferd und ritt hinaus in die Nacht.

Später wussten die Dorfbewohner nur noch, dass sie wie gelähmt waren, als die schwarz gekleidete Gestalt durch die Tür kam. Diejenigen, die der Tür am nächsten gewesen waren, schworen, der Mann habe nicht nur ein Silberamulett getragen, sondern seine Augen hätten auch silbern geleuchtet.

Der alte Silberschmied, der noch immer halb sitzend, halb liegend an den Wandschrank gelehnt war, machte plötzlich einen rasselnden Atemzug. Es folgte eine lange Pause. Dann atmete Edovar röchelnd weiter.

6

Jenna konnte nicht schlafen.

Drei Nächte waren vergangen, seit Calvin bei dem Überfall auf den Spähtrupp verschwunden war, und noch immer gab es keinerlei Hinweise, wo er sein könnte. In der ersten Nacht hatte Jenna die Erinnerung an die harschen und ungerechten Worte geplagt, die bei ihrer letzten Begegnung gefallen waren. Wenn sie sich das Gespräch Wort für Wort in Erinnerung rief, war ihr die Brust wie zugeschnürt.

»Hätte ich ihm doch nur gesagt, was ich für ihn empfinde«, warf sie sich immer wieder vor. »Hätte ich doch, hätte ich doch …«

Sie wälzte sich von einer Seite auf die andere und fragte sich, wo er wohl war und wie es ihm ging. Seit Jez ihr von

Calvyns Verschwinden erzählt hatte, war Jenna tief in ihrem Innern überzeugt, dass er nicht tot war – in tödlicher Gefahr vielleicht, aber nicht tot. Woher sie diese Gewissheit nahm, vermochte sie nicht zu sagen, doch so wurde sie wenigstens nicht vom Kummer zerfressen.

Sie hatte Sergeantin Derra gebeten, eine Suchmannschaft loszuschicken. Derra hatte sie mit einem Mitgefühl angeblickt, das Jenna in ihrem sonst harten und abweisenden Gesicht noch nie gesehen hatte.

»Wo sollten wir die denn hinschicken?«, fragte sie. »Wie viele Kämpfer sollen wir zur Rettung Korporal Calvyns abstellen? Wir wissen nicht, wo er ist, ja, wir können nicht einmal sagen, ob der Feind ihn überhaupt verschleppt hat. Kein Befehlshaber, der etwas taugt, würde seinen Leuten so einen Befehl erteilen. Es tut mir leid, Jenna. Uns sind die Hände gebunden.«

Das war nicht die Antwort, die Jenna hatte hören wollen, doch sogar sie hatte Verständnis dafür. Solange sie nicht mehr darüber wussten, was nach dem Überfall mit Calvyn geschehen war, gab es keine Aussicht auf Rettung. Und selbst wenn sie etwas erfuhren, würden der Baron oder seine Hauptleute wohl nicht weitere Soldaten mit einer tollkühnen Befreiungsaktion in Gefahr bringen.

Jenna wusste, warum sie so ein schlechtes Gewissen hatte – da sie Calvyn liebte, waren solche Gefühle völlig normal. Was Jenna allerdings nicht ansatzweise begriff, war der Traum, der sie seit Neuestem plagten.

Träume von Calvyn, wie sie sie in der ersten furchtbaren Nacht nach seinem Verschwinden gehabt hatte, hätte sie wohl mittlerweile als willkommene Abwechslung von der wiederkehrenden und unerklärlichen nächtlichen Vision empfunden, die sie seither heimsuchte. Jedes Mal, wenn Jenna die Augen schloss und sich zu entspannen versuchte, begann die Stimme nach ihr zu rufen. Besonders verwirrend war, dass Jenna sie nicht kannte, der Rufer aber wusste, wer sie war. Es war die Stimme eines Mannes, eines älteren Mannes, überlegte sie, bevor sie wieder in den Traum hinabgezogen wurde.

»Jenna, komm. Jenna, ich brauche deine Hilfe«, rief die körperlose Stimme eindringlich.

Die Stimme wiederholte diese Worte wieder und wieder, und dann hatte Jenna das Gefühl, als erhebe sich ihr Geist aus ihrem Körper und entschwebe in die kühle Nachtluft. Immer höher stieg sie auf über der Burg, drehte ab und flog mit zunehmender Geschwindigkeit über die dunkle Landschaft.

Wälder und Hügel rasten nur so unter Jenna dahin, während sie im Traum Einzelheiten wahrnahm, die normalerweise kein menschliches Auge im Licht des Halbmondes hätte sehen können: Kühe, die auf den Feldern friedlich grasten, eine Händlerkarawane, die an einem Nebenweg rastete und deren Wachen sich im flackernden Licht des Feuers schweigend die Zeit mit einem Würfelspiel vertrieben, einen Fuchs, der um einen Hühnerstall schlich und nach einem Loch in der Bretterwand suchte. Jedes Mal, wenn sie auf dem schaurig lautlosen Flug war, fielen ihr andere Einzelheiten ins Auge: Mal war es eine Schleiereule, die auf eine Wühlmaus niederstieß, mal ein Pferd, das an einer Hecke plötzlich vor einem Marder scheute und über die Wiese davonjagte.

Die Richtung änderte sich von West nach Nord, Jenna stieg noch höher und flog ins Vortaff-Gebirge hinein.

»Jenna, komm. Jenna, ich brauche deine Hilfe.«

Die Stimme zog sie unablässig einen Bergpass entlang, den sie mit ihrem unnatürlich scharfen Blick deutlich unter sich sehen konnte. Die Stelle, an der sie von der Route des

Passes abwich, war ihr mittlerweile ebenso vertraut wie der letzte Aufstieg zum Gipfel des Berges.

»Jenna, komm. Jenna, ich brauche deine Hilfe.«

Dort, auf dem merkwürdig schalenförmigen Berggipfel, stand einsam und eindrucksvoll ein riesiger Felsmonolith.

»Jenna, komm. Jenna, ich brauche deine Hilfe.«

Jenna glitt sanft zum Gipfel hinab, kam auf den Füßen zu stehen und ging auf den großen Felsen zu, der stolz dastand wie ein Monument aus längst vergessenen Tagen. Die Stimme schien nun näher zu sein und war dennoch weit weg. Jenna forschte ohne Erfolg nach ihrem Ursprung. »Wo bist du? Was willst du von mir?«, rief sie.

»Jenna, komm. Jenna, ich brauche deine Hilfe.«

Gleich, wo Jenna suchte, sie konnte den Sprecher nicht finden. Es war entsetzlich und doch musste er hier irgendwo sein. Wenigstens wusste sie nun, wie sie den Traum beenden konnte. Wenn sie die Hände auf den grauen Fels legte, war sie bisher noch jedes Mal aufgewacht. Sie tat es allerdings nur widerwillig, wollte sie doch herausfinden, wer der Mann war, der so unbeirrt nach ihr rief.

»Bitte«, rief sie, »zeig dich doch. Wie soll ich dir helfen, wenn ich nicht weiß, wo du bist?«

Doch wie die Male zuvor gab ihr die Stimme keine Antwort, sondern wiederholte nur immer wieder ihre Bitte. Die Stimme klang nicht ängstlich, noch war Bosheit darin, sie war einfach nur beharrlich und geduldig. Jenna meinte allerdings einen Anflug von Verzweiflung herauszuhören, der in der Nacht zuvor noch nicht da gewesen war.

Da sie nicht wusste, was sie tun sollte, stellte sich Jenna schließlich vor den Monolithen. Ein letztes Mal sah sie sich um und rief: »Ich weiß nicht, wer du bist, und ich weiß nicht, wobei ich dir helfen soll. Wenn du es mir nicht sagen willst, dann lass mich bitte in Ruhe.«

Damit legte sie die Handflächen auf den Stein und wachte in der Mannschaftsunterkunft auf.

Dreimal in der Nacht zuvor und zweimal in dieser hatte Jenna die Traumreise gemacht. Jedes Mal hatte der Traum sie dieselbe Strecke entlanggeführt und war mit der Berührung des Felsens zu Ende gewesen. Doch es waren die kaum wahrnehmbaren Veränderungen, die Jenna beunruhigten. Dazu kam, dass der Traum nichts, aber auch gar nichts mit ihren Problemen zu tun hatte. Jenna fand einfach keine Erklärung dafür.

Schaudernd setzte sich Jenna auf und blickte sich in dem Saal um, in dem die anderen Truppmitglieder tief schliefen. Da sie die Augen nicht schließen und den Traum noch einmal durchleben wollte, nahm sie sich vor, wach zu bleiben.

Zweimal nickte Jenna in dieser Nacht ein, immer mit demselben Ergebnis. Als das Wecksignal ertönte, war Jenna am Ende ihrer Kräfte.

»Bei Tarmins Zähnen, Jenna, du siehst ja furchtbar aus«, sagte Demarr mitleidig, als er von seinem Stockbett kletterte. »Ich muss dich wohl nicht fragen, wie du geschlafen hast. Willst du nicht in die Krankenstube gehen und dir einen Schlaftrunk geben lassen? So kann es doch nicht weitergehen.«

Jenna nickte. Mit müden, blutunterlaufenen Augen und aschfahlem Gesicht zog sie sich die Uniform an. Es war zwecklos, Demarr zu erklären, dass nicht Calvyns Verschwinden ihr den Schlaf raubte. Er hätte es ihr sowieso nicht geglaubt. Mit der mechanischen Genauigkeit, die sich in Monaten der Wiederholung einstellt, zog sie ihr Bett ab und legte Laken und Decke zu einem sauberen Stapel zusammen. Dann kämmte sie sich das Haar zurück und band es zu einem strengen Pferdeschwanz zusammen.

Kurz darauf erschien Korporalin Alana zum Morgenappell und verteilte die Aufgaben für den Tag. Demarr war wohl ebenso überrascht wie der Rest des Trupps, als er den Auftrag erhielt, seine Kameraden im Schwertkampf anzuleiten. Alana befahl allen, die keine andere Order erhalten hatten, darunter Jenna, an den Waffen zu trainieren und die Rekruten nach Kräften zu unterstützen.

Jenna gefiel Korporalin Alana. Da es nicht viele weibliche Unteroffiziere gab, war es ungewöhnlich, in der Befehlskette einen weiblichen Korporal und einen weiblichen Sergeanten über sich zu haben. Viele ihrer männlichen Kameraden, so vermutete Jenna, hätten allerdings wohl Calvyn vorgezogen.

Korporalin Alana war den meisten Truppmitgliedern noch unbekannt, denn sie hatte in den vorangegangenen Jahren nicht auf Burg Keevan gedient. Jenna hatte den Blondschopf auf dem langen Marsch nach Mantor und auf dem Rückweg hin und wieder im Lager gesehen, aber nie etwas mit ihr zu tun gehabt. Nach allem, was sie in den vergangenen drei Tagen gesehen und gehört hatte, pflegte Alana ein harmonisches Verhältnis zum Trupp.

Es wäre für Alana ein Leichtes gewesen, gleich alles nach ihren Vorstellungen umzukrempeln. Stattdessen hatte sie jedoch Calvyns Führungsstil fortgeführt und sich zunächst darauf beschränkt, Stärken und Schwächen der Truppmitglieder festzustellen.

Dass sie nun Demarr das Schwerttraining überließ, war Alanas erste unabhängige Entscheidung als Truppführerin. Bei den Kameraden kam das möglicherweise nicht gut an, überlegte Jenna, spiegelte aber Demarrs Fähigkeiten angemessen wider.

Als Jenna den Schlafsaal verließ, nahm Korporalin Alana sie an der Tür beiseite.

»Jenna, du siehst erschöpft aus. Geh noch heute in die

Krankenstube und lass dir ein Schlafmittel geben«, sagte Alana ruhig.

Jenna wollte zunächst etwas erwidern, nickte dann aber. »Ja, Korporalin.«

Alana, bald zehn Zentimeter kleiner als Jenna, musterte die Gefreite aufmerksam und lächelte sie dann freundlich an.

»Du frisst deinen Kummer zu sehr in dich hinein, Jenna. Du musst ihn auch einmal loswerden. Wenn du mit jemandem reden willst, kannst du gern zu mir kommen. Aber das Wichtigste ist Schlaf, sonst bist du im Kampf völlig nutzlos.«

Jenna hielt ihrem Blick einen Moment stand. Es ärgerte sie, dass beiden Menschen, mit denen sie sich an diesem Morgen unterhalten hatte, ihre Müdigkeit aufgefallen war. Doch sie hatte Alana nichts entgegenzusetzen.

»Ich werde mich bemühen, Korporalin. Danke«, erwiderte sie und schloss sich dann dem Rest des Trupps an, der sich bereits aufgestellt hatte, um zum Frühstück zu gehen.

An diesem Morgen übte Jenna wieder den Schwertkampf mit Eloise. Obwohl sie immer wieder gähnen musste, beteiligte sie sich in der Mittagspause an der Unterhaltung mit ihr und den anderen Rekruten. Beim Bogentraining am Nachmittag jedoch zeigten ihre schlaflosen Nächte eine unerwartete Wirkung.

Trotz ihrer Müdigkeit gelang es Jenna, einen Pfeil nach dem anderen ins Schwarze zu schießen. Doch jedes Mal, wenn sie die Atmung verlangsamte, sich entspannte und innerlich von ihrer Umgebung löste, hörte sie wieder die Stimme hartnäckig nach ihr rufen.

Als sie in diesem Zustand den nächsten Pfeil abschoss, geschah es: Sie spürte, wie ihr Geist ihren Körper verließ. Es war seltsam, hinabzusehen auf die aufgeregten Menschen, die sich um ihren zusammengesackten Körper kümmerten. Doch sie hatte keine Zeit, darüber nachzudenken, denn schon raste ihr Geist auf der vertrauten Route übers Land.

Obwohl es helllichter Tag war, verlief die Reise wie gehabt, mit einer kleinen Ausnahme: Der Tonfall des Alten hatte sich verändert.

»Jenna, komm. Jenna, ich brauche deine Hilfe.«

Die Verzweiflung, ja ein Anflug von Panik war deutlich herauszuhören. Die Person, die Jenna rief, war jetzt in tiefer Sorge.

Dann, als Jenna auf den einsamen Berggipfel zuflog, sagte die Stimme plötzlich etwas Neues.

»Jenna, komm. Jenna, ich brauche deine Hilfe. Calvyn ist in Gefahr.«

Jenna landete auf dem Gipfel und schrie aus voller Kehle der körperlosen Stimme zu: »Ich bin hier. Was soll ich tun? Ich bin hier, ich bin hier.«

Schluchzend rannte sie zu dem großen Fels und blieb wie angewurzelt stehen, als im Grau des Monolithen schemenhaft das Gesicht eines alten Mannes sichtbar wurde.

»Ah! Da bist du ja. Komm zu mir, Jenna, das ist unsere einzige Hoffnung. Zusammen können wir Calvyn vielleicht das Leben retten. Er ist ernsthaft in Gefahr.«

»Wer bist du?«, japste Jenna ungläubig.

»Es hat mich ungeheuer viel Kraft gekostet, dich zu rufen. Ich bin erschöpft. Du weißt, was zu tun ist. Wirst du es tun?«

»Um Calvyn zu helfen, würde ich alles tun. Sag mir, was es ist«, rief sie außer sich, denn das Bild des Alten verblasste zusehends.

Es war zu spät. Das Gesicht war verschwunden, und in der Ferne hallte es nur noch wie ein Echo: »Jenna, komm. Jenna, ich brauche deine Hilfe.«

»Nein!«, schrie sie. »Komm zurück!«

Doch sie erhielt keine Antwort. Der düstere Berggipfel und das bedrohliche Panorama schwiegen. Kein Raunen des Windes war mehr zu hören und auch die Wolken drifteten völlig geräuschlos an Jennas einsamer Seele vorbei. Am Rande einer großen vorbeiziehenden Wolke blitzte die Sonne hindurch, doch auch ihre warmen Strahlen konnten die Schwermut, die sich über Jenna gesenkt hatte, nicht lindern.

Wie soll ich nur je wieder herfinden?, fragte sie sich wie betäubt. Außerdem kann ich doch Baron Keevans Heer jetzt nicht verlassen. Die Thrandorier kämpfen in einem unerklärlichen Krieg, und das auch noch in der Unterzahl. Da kann ich meine Vorgesetzten doch nicht bitten, mich in die Berge gehen zu lassen, damit ich einen Ort aufsuche, den es vielleicht nur in meinen Träumen gibt! Das war Wahnsinn. Doch eines war klar: Sie würde alles tun, egal, wie verrückt es war, wenn sie nur Calvyn retten konnte.

Entschlossen ging sie zum Fels und sprach den Alten ein letztes Mal an.

»Gut, alter Mann, ich versuche herzukommen. Ich versuche es, hörst du?«

Mit diesen Worten legte Jenna die Handflächen auf den Stein, dort, wo noch wenige Augenblicke zuvor die Züge des Alten zu sehen gewesen waren, und wachte nach Atem ringend auf dem Boden des Waffenübungsplatzes auf.

»Ist alles in Ordnung?«

»Was ist denn geschehen?«

»Kannst du uns hören?«

Jenna blickte verständnislos in das verschwommene Meer aus Gesichtern. Dann merkte sie, dass sich die Menschen um sie herum verhielten, als seien erst wenige Sekunden vergangen, seit ihr Geist seinen traumähnlichen Flug angetreten hatte. Ehe sie ihre Gedanken sammeln und jemandem antworten konnte, drang eine weitere Stimme an ihr Ohr.

»Bitte alle zurücktreten. Macht Platz.«

Die harsche Stimme von Sergeantin Derra durchschnitt das Stimmengewirr. Die Umstehenden folgten ihrem Befehl und Derras vertrautes Gesicht tauchte über Jenna auf. Die eckigen Augenbrauen missbilligend nach oben gezogen, berührte sie sanft Jennas Stirn.

»Du hast kein Fieber, aber du wirkst verstört. Ruhig, Jenna. Wir bringen dich gleich in die Krankenstube.«

»Ich glaube, ich brauche keinen Arzt, Sergeantin«, erwiderte Jenna. »Aber ich möchte so bald wie möglich unter vier Augen mit Euch sprechen.«

»Unsinn, Gefreite. Du bist leichenblass. Bist du verletzt? Soll ich eine Trage kommen lassen, oder kannst du laufen?«

»Ich kann laufen, Sergeantin.«

Jenna nahm Derras ausgestreckte Hand und ließ sich auf die Füße ziehen. Als sie stand, klopfte sie sich Sand und Staub von der Uniform. Fesha reichte ihr den Bogen, den er aufgehoben hatte, damit niemand versehentlich drauftrat.

»Gut, zurück an die Arbeit, die Vorstellung ist vorbei«, befahl Derra mit fester Stimme.

Das ließ sich niemand zweimal sagen. Der kleine Auflauf löste sich auf. Die Soldaten kehrten zu ihrem jeweiligen Übungsplatz zurück und nahmen das Training wieder auf, während Derra Jenna in die Krankenstube begleitete.

»Sergeantin Derra, ich …«

»Nicht jetzt, Jenna. Das kann warten. Lass erst den Arzt seine Arbeit tun. Wir können uns später unterhalten. Wenn du aus der Krankenstube entlassen wirst, melde dich sofort bei mir. Solange dein Kopf nicht wieder klar ist, lasse ich mich auf keine Diskussion ein. Verstanden?«

»Verstanden, Sergeantin.«

Der diensthabende Arzt war keine große Hilfe. Es wäre völlig sinnlos gewesen, ihm von ihrem wiederkehrenden Traum zu berichten, überlegte Jenna später, als sie auf dem Weg zu Sergeantin Derra war. Seine erste Frage hatte gelautet, ob sie zum Essen auch regelmäßig Schwarze Tollkirsche eingenommen habe. Der Mann führte offenbar sämtliche Beschwerden weiblicher Kämpfer auf Schwangerschaft und Verhütung zurück und Jenna wehrte sich heftig gegen seine Unterstellungen. Da die Küche des Barons zu allen Mahlzeiten Tollkirschen anbot, die nachweislich eine Schwangerschaft verhinderten, galt es als unverantwortlich, das Verhütungsmittel nicht zu nehmen. In der Frage des Arztes schwang daher der Vorwurf mit, Jennas Pflichtbewusstsein ließe zu wünschen übrig. Nach dem Wortschwall, den er damit ausgelöst hatte, war er auch noch so unvorsichtig gewesen, Jenna zu fragen, ob es »die gewisse Zeit des Monats« sei.

Jenna verließ die Krankenstube mit einem Fläschchen Schlaftrunk und der Genugtuung, ihrer aufgestauten Wut Luft gemacht zu haben. Der Besuch war also keine reine Zeitverschwendung gewesen. Wenn allerdings die Begegnung auf dem Gipfel mehr als ein Traum gewesen war, hatten ihre Schlafprobleme wahrscheinlich ohnehin ein Ende. Nun musste Jenna nur noch Sergeantin Derra überzeugen, sie ziehen zu lassen.

Derra war noch immer auf dem Waffenübungsplatz. Als sie Jenna sah, bedeutete sie ihr mit einem kurzen Blick, ihr zu folgen. Ohne sich noch einmal umzusehen, ging sie geradewegs in ihre Dienststube, die sie nach Sergeant Bretts Tod bezogen hatte. Jenna war neu, dass Derra zur offiziellen Ausbilderin ernannt worden war, hielt sie für diese Aufgabe aber hervorragend geeignet.

Derra hielt Jenna die Tür auf. Jenna blieb kurz stehen und hob die Hand zum Salut, ehe sie in den spärlich eingerichteten Raum trat. Quer vor der hinteren linken Ecke stand ein großer, schwerer Holztisch mit einem hochlehnigen Stuhl, an der rechten Wand eine lange Holzbank. Darüber hinaus ließen keinerlei Möbelstücke oder persönliche Gegenstände darauf schließen, dass dies Derras Dienststube war.

»Setzt dich auf die Bank, Jenna«, sagte Derra und ließ Jennas Dienstrang ausnahmsweise weg.

Als Derra die Tür schloss, schwächte sich das Klirren des Schwerttrainings zu einem gedämpften Hintergrundgeräusch ab.

»So ist es doch gleich viel besser. Wenigstens müssen wir jetzt nicht mehr schreien, um uns zu verständigen«, sagte Derra mit einem Grinsen, das Jenna fast so bedrohlich fand wie den gewohnten missbilligenden Blick.

Zu Jennas Überraschung setzte sich Derra nicht hinter ihren Schreibtisch, sondern nahm auf der Bank neben ihr Platz. Jenna verwirrte die unerwartete freundliche Geste.

Jenna schlug das rechte Bein über das linke, dann das linke über das rechte, faltete die Hände auf dem Schoß und legte sie dann flach auf die Knie. Derra gab vor, ihre Nervosität nicht zu bemerken.

»Wie ich sehe, hast du in der Krankenstube etwas Passendes bekommen«, sagte sie. »Hatte denn dein Schwächeanfall etwas mit dem zu tun, worüber du mit mir reden willst?«

»Nein, Sergeantin … oder, ja, gewissermaßen«, stotterte Jenna, die nicht recht wusste, wo sie anfangen sollte.

Doch dann beichtete sie ihr alles und sparte dabei auch nicht ihr letztes Gespräch mit Calvyn und ihrer Gefühle für ihn aus. Sergeantin Derra hörte erst höflich, dann aufmerksam zu und bei Jennas Bericht von ihrem letzten Flug zum Berggipfel lehnte sie sich gespannt vor. Als Jenna fertig war, zog sie die Augenbrauen nach oben, stieß einen kurzen Pfiff aus und lehnte sich wieder an die Wand.

»Tja, entweder hast du deine blühende Fantasie und dein Talent, wilde Geschichten zu erzählen, im letzten Jahr gut versteckt oder du hast in den vergangenen Tagen tatsächlich Erstaunliches erlebt«, sagte Derra nachdenklich. »Als du vorhin gesagt hast, dass du mit mir sprechen möchtest, und dann angefangen hast, mir deine Geschichte zu erzählen, dachte ich, du wolltest mich auf die Schippe nehmen.«

»Wie bitte, Sergeant?«

»Auf den Arm nehmen, veräppeln, an der Nase herumführen«, sagte Derra und fuhr sich mit den Fingern durchs kurze Haar. »Aber eine innere Stimme sagt mir, dass du wirklich an diese unfassbare Geschichte glaubst. Nach allem, was bei Mantor geschehen ist, würde es mich auch nicht überraschen, wenn Magie oder Übernatürliches im Spiel wäre.«

»Verzeiht, Sergeantin Derra, glaubt Ihr wirklich, ich würde mich trauen, mir einen Spaß mit Euch zu erlauben?«, fragte Jenna verblüfft.

»Oh, ich hab keine Sekunde angenommen, dass es deine Idee war, Jenna. Seit ich bei Mantor zur Sergeantin ernannt wurde, warte ich darauf, dass mir die anderen Sergeanten und Korporale einen Streich spielen. Das ist so eine Art Tradition, aber behalte das bitte für dich. Kein Wort, verstanden?«

»Selbstverständlich, Sergeant.«

»Es ist ja auch kein Scherz, oder?«, fragte Derra mit gefährlich blitzenden Augen.

Niemand, der auch nur den Ansatz eines Selbsterhaltungstriebs besaß, hätte es gewagt, in dieses Gesicht zu lügen, und Derra wusste sehr gut um ihre Wirkung. Denn als Jenna sanft den Kopf schüttelte, nickte sie kurz und das Thema war erledigt.

»Darf ich also …«, begann Jenna.

»Auf keinen Fall«, unterbrach sie Derra.

»Aber ich …«

»Jenna, du wirst nicht freigestellt, um dich auf eine wahnwitzige Reise zu einem Ort zu begeben, den es vielleicht nicht einmal gibt. Dein Können und dein Geschick sind hier gefordert. Muss ich dich daran erinnern, dass du vertraglich noch ein Jahr an das Heer des Barons gebunden bist, ehe du auf Wunsch aus dem Dienst ausscheiden kannst?«

Jenna schüttelte verzweifelt den Kopf.

»So groß mein Mitgefühl für deinen Verlust ist, muss ich dir doch sagen, dass die Botschaft des letzten Traums sehr vage war. Es könnte auch ein Trick sein, dich zu einer Zeit wegzulocken, da du hier gebraucht wirst. Die wirkungsvollsten Waffen gegen die Shandeser waren bislang unsere Langbogen, und du bist einer unserer besten Schützen, wenn nicht der beste. Der Baron, seine Hauptleute oder ich können deiner Entlassung unmöglich zustimmen.«

Jennas Mut sank. Die Antwort bestätigte ihre Befürchtungen. Es würde nicht einfach werden wegzukommen.

»Wenn du erwägst wegzulaufen, vergiss es«, sagte Derra, als habe sie ihre Gedanken gelesen. »Der Baron würde dich als Deserteurin brandmarken und du wärst geächtet. Wenn man dich in diesem Teil der Welt schnappen würde, wäre dein Leben nichts mehr wert.«

Jenna seufzte traurig. Schon seit Monaten hatte sie das Gefühl, dass ihr Schicksal sich zusehends ihrer Kontrolle entzog. Vor dem kurzen Krieg gegen die Nomaden, der das militärische und politische Machtgleichgewicht in Thrandor verschoben hatte, war alles so einfach gewesen. Doch nun schienen sich die Wellen, die Demarr mit seiner Machtübernahme in der Wüste Terachim geschlagen hatte, zu einer gewaltigen Woge aufzubauen, die ihr Leben mit sich zu reißen drohte, ohne dass sie etwas dagegen tun konnte.

Dann kam Jenna ein Gedanke. Eigentlich war es mehr eine Erinnerung. Was hatte die Wahrsagerin ihr damals auf dem Markt noch gesagt? Hatte sie ihr nicht angekündigt, dass sie auf eine lange Reise gehen würde?

»Sergeantin, wisst Ihr noch, als Ihr Calvyn und mich mit zur Wahrsagerin genommen habt? Ihre Vorhersagen für Euch und auch für Calvyn sind doch eingetroffen«, begann Jenna zögernd.

An Derras zusammengekniffenen Augen war deutlich abzulesen, dass sie die Erinnerung daran immer noch mit Zorn erfüllte. Die wahnsinnige Alte hätte Calvyn damals fast mit einem Dolch getötet. Doch vorher hatte sie ihnen allen drei die Zukunft vorausgesagt. Derras Prophezeiung hatte schlicht und einfach Beförderung und Krieg gelautet. Beides war bereits eingetreten. Calvyn hatte sie vorhergesagt, dass er auf den Auserwählten treffen würde. Auch dies war in Mantor geschehen, als Calvyn im Zweikampf mit Demarr die Schlacht zugunsten der Thrandorier entschieden hatte. Aber was war mit Jennas Prophezeiung?

»Mir hat sie gesagt, ich würde auf eine lange Reise gehen …«

»Und das hast du getan – nach Mantor und zurück«, unterbrach Derra.

»Zugegeben, Sergeant, das war ein weiter Weg. Aber wenn das damit gemeint war, warum hat sie es dann nicht in allen Vorhersagen erwähnt? Wir sind doch alle nach Mantor gegangen.«

»Das war ein verrücktes altes Weib, Jenna. Es war ein Fehler, dich und Calvyn mitzunehmen. Wer kann schon sagen, warum sie diese Dinge gesagt hat? Ich nicht, und mittlerweile ist es mir auch egal. Ich will nicht, dass du auf ihre kranken Wahnvorstellungen hörst, und damit basta. Schlag dir deine Traumflüge aus dem Kopf und konzentriere dich auf die wirkliche Welt. Wie entwickeln sich denn die Rekruten in deinem Trupp? Glaubst du, sie werden im Kampf zusammenhalten?«

Jenna hielt dem Blick ihrer Vorgesetzten kurz stand, doch Derra war wie immer die Stärkere. Jenna berichtete daher pflichtschuldig von ihrem ersten Eindruck.

Ehe Derra sie aus dem Gespräch entließ, gab sie ihr noch eine letzte Warnung mit auf den Weg.

»Von deinen Träumen wird nichts aus diesem Raum dringen, Jenna. Auf der Burg dürfen nicht noch mehr Gerüchte über Magie und übernatürliche Kräfte umherschwirren. Du hast in letzter Zeit nicht gut geschlafen und bist aus Erschöpfung bewusstlos geworden, so lautet die offizielle Version. Ich will nichts von geheimnisvollen Stimmen und entlegenen Berggipfeln hören, ist das klar?«, knurrte Derra drohend.

»Glasklar«, erwiderte Jenna mit demütig geneigtem Kopf, während ihr das Herz in der Brust hämmerte, der Trotz ungestüm durch ihre Adern schoss und sie am liebsten aus voller Kehle gebrüllt hätte: »Geh zur Hölle!« Doch damit hätte sie sich nur weiteren Ärger eingehandelt, wahrscheinlich eine Kerkerstrafe, die sie jetzt wahrlich nicht gebrauchen konnte. So salutierte sie nur und verließ die Dienststube. Als Jenna in der Spätnachmittagssonne den Waffenübungsplatz betrat, den das Klirren und Krachen der Schwerter erfüllte, wusste sie, dass es weise gewesen war, ihrem Impuls nicht zu folgen.

Beim Abendessen und später in der Unterkunft wurde Jenna mit Fragen gelöchert, die sie so beantwortete, wie

Sergeantin Derra es verlangt hatte. Als Beweis zeigte sie das Schlafmittel vor. Vor dem Einschlafen, bereits müde von dem Elixier, das sie vor dem Löschen der Lichter eingenommen hatte, kehrte Jenna noch einmal zu der Begegnung mit dem Alten zurück. Ehe sie sich erleichtert dem Schlaf überantwortete, war ihr letzter Gedanke, dass sie sich auf den Weg machen würde, um Calvyn zu helfen – egal wie.

7

Als Calvyn aus seiner Ohnmacht erwachte, überwältigte ihn die Panik. Nur mit Mühe konnte er sich dazu bringen, stillzuhalten, zunächst seine Lage zu erfassen und darauf zu warten, dass sich sein rasender Puls beruhigte.

Calvyn war an Händen und Füßen gefesselt und hatte einen Sack über dem Kopf, unter dem ihm das Atmen schwerfiel. Zunächst fürchtete er zu ersticken, doch bald kam er zu dem Schluss, dass er schon nicht mehr am Leben wäre, wenn die Luft unter dem Sack nicht ausgereicht hätte.

An seine Ohren drangen Geräusche, die er nicht einordnen konnte, und in willkürlichen Abständen wurde sein Körper durchgerüttelt. Calvyn zwang sich, erst einmal festzustellen, welche Verletzungen er hatte und wie schwer sie waren.

Er hatte rasende Kopfschmerzen – das war einfach, etwas hatte ihn hart am Hinterkopf getroffen. Wann oder wie, daran konnte er sich nicht erinnern. Doch unter dem Sack trug er eine Augenbinde, deren Knoten genau an der Stelle lag, an der der Schmerz seinen Ursprung hatte. Das quälende Pochen, das von der Wunde ausging, wurde mit jedem Gedanken daran schlimmer.

Mit der Willenskraft und Selbstbeherrschung, die er monatelang trainiert hatte, gelang es Calvyn, die Schmerzen auszublenden und seine Gedanken zu ordnen. Die Anstrengung war ungeheuer, und obwohl er sich keinen Haarbreit bewegte, spürte er Schweißtropfen auf der Stirn.

Calvyn ging ein Körperteil nach dem anderen durch, spannte vorsichtig eine Muskelgruppe an und entspannte sie wieder. Für den Fall, dass ihn jemand beobachtete, vermied er jede sichtbare Bewegung. Abgesehen von der Kopfverletzung und etwas am rechten Oberarm, das sich wie getrocknetes Blut anfühlte, war er wohl unversehrt. Das geronnene Blut verriet ihm, dass er eine ganze Weile bewusstlos gewesen sein musste. Die Wunde, aus der das Blut getreten war, war nicht tief oder aber behandelt worden; vielleicht war es auch gar nicht sein Blut. Welche dieser drei Möglichkeiten zutraf, konnte er nicht entscheiden.

Wieder erschütterten Stöße seinen Körper. Ein Wagen! Er lag auf dem Boden eines Pferdewagens. Die Geräusche, die er hörte, waren Hufgetrappel und das Poltern von Wagenrädern auf einem steinigen Weg.

Und Stimmen.

Neben dem Wagen war leises Gemurmel zu vernehmen. Dann drangen, diesmal aus nächster Nähe, zwei Stimmen an sein Ohr, die seltsamerweise von oben kamen. Wahrscheinlich vom Kutschersitz, dachte Calvyn und richtete seine Aufmerksamkeit auf die Unterhaltung.

Zunächst konnte er kaum etwas verstehen, da die beiden leise und mit einem fremdartigen Akzent sprachen. Nach einigen Minuten jedoch konnte Calvyn einzelne Worte ausmachen, und nach und nach gelang es ihm, dem Gespräch zu folgen.

Die eine Stimme konnte er besser hören als die andere, nicht weil sie lauter oder höher war, sondern weil sie merkwürdig widerhallte. Als sich Calvyns Ohren einmal daran gewöhnt hatten, erklangen die Worte des Mannes wie ein Echo in seinen Kopf. Um der anderen Stimme zu folgen, die dünn und tonlos war, musste er sich jedoch angestrengt konzentrieren.

Die Unterhaltung hatte sich um die Überfälle und den Erfolg ihrer Taktik gedreht, so viel hatte Calvyn verstanden. Nun gelang es ihm, mit dem Geist aufzunehmen, was seinen Ohren entging.

»Ah!«, rief die volle Stimme gerade. »Unser junger Gefangener ist endlich aufgewacht.«

»Was? Woher weißt du das? Er hat sich doch gar nicht bewegt«, sagte das Stimmchen. »Der hat sich kein bisschen bewegt, seit wir ihn auf den Wagen geworfen haben.«

»Das verstehst du nicht. Glaub mir, er ist wach. Ich spüre, dass sein Geist uns zuhört.«

»Ihr meint, er hat dieselben Fähigkeiten wie Ihr, Mylord? Ist das möglich?«

»Nicht dieselben, aber ähnliche. Deshalb bringen wir ihn ja nach Shellia. Die Lords des Inneren Auges werden entscheiden, was mit ihm geschehen soll. Es wird sie erstaunen, dass nicht alle Thrandorier ohne Macht sind.«

»Die Lords des Inneren Auges!« Angst und Ehrfurcht klangen aus diesen Worten. »Ist er denn so mächtig?«

»Unsinn! Aber bedenke, was geschieht, wenn Thrandor erst Magier und Zauberer gegen unsere Überfälle einsetzt.«

Der andere wollte wohl gerade antworten, wurde jedoch unterbrochen: »Schweig still. Wir wollen ihm nicht zu viel verraten.«

Calvyns Gedanken rasten. Nach und nach kam die Erinnerung zurück. Der Spähtrupp, der Überfall, die unsichtbaren Gegner, die seine Männer niederstreckten. Als er das Schwert zog, glühte es, ein sicheres Zeichen dafür, dass böse Kräfte am Werk waren.

Er entzündete sein Schwert mit dem magischen Wort und sah durch die Flammen schemenhaft die Gestalten, die seine Soldaten angriffen. Mit einem Hechtsprung stürzte er sich auf einen der Schatten und durchbohrte ihn mit tödlicher Wucht. Sofort umzingelten ihn von allen Seiten unheimliche Gegner, schimmernde Trugbilder, körperlos und gespenstergleich. Die blutige Zerstörung, die sie anrichteten, war jedoch grausame Realität. Calvyn kämpfte um sein Leben.

In dem Augenblick, als er den Rückzugsbefehl brüllte, sah Calvyn eine Gestalt im dunklen Kapuzenmantel mit dem Finger auf ihn zeigen. Zuerst dachte er, es sei Selkor, aber die Gestalt war kleiner und kräftiger. Da spürte Calvyn einen rasenden Schmerz im Hinterkopf und fiel zu Boden … fiel in ein tiefes Meer des Schmerzes, der ihn in einer Woge der Dunkelheit verschlang.

Was immer ihn am Kopf getroffen hatte, war keine Magie gewesen, sondern etwas sehr Handfestes, überlegte Calvyn, denn die Beule, die unter dem Knoten der Augenbinde so unangenehm pochte, war unzweifelhaft echt.

»Ich kümmere mich um unseren neugierigen jungen Freund«, sagte die volle Stimme dann.

Instinktiv spannte sich Calvyn an und biss die Zähne zusammen, um sich für den, wie er meinte, unvermeidlichen Schlag zu wappnen. Doch stattdessen dröhnten plötzlich die Worte *»Du musst schlafen«* durch seinen Geist, gefolgt von einem tiefen Lachen, obwohl seine Ohren nur das Poltern der Wagenräder hörten.

Dann nahm ein Bild vor Calvyns innerem Auge Gestalt an. Er stand an einem Sandstrand und blickte hinaus aufs Meer. Die Wellen brachen sich am Strand und in gleichmäßigem Rhythmus folgten dem dunklen graugrünen Wellenkamm weiße Schleier aus Schaum. Da erhob sich in der Ferne eine gewaltige Woge und brauste mit Macht über das Meer auf ihn zu. Wachsende Panik schnürte Calvyns Brust ein, jede Faser seines Körpers hieß ihn, kehrtzumachen und schnellstens zu fliehen. Doch seine Beine versagten ihm den Dienst, und so konnte er nur gebannt und entsetzt beobachten, wie die Welle mit tödlicher Geschwindigkeit auf ihn zutoste.

Mit einem schmatzenden Zischen sog die Riesenwelle kurz vor dem Strand das Wasser ein und türmte sich zu einer haushohen Wand auf. Es schien, als wollte sie sich am Strand nicht brechen, denn sie rollte unerbittlich landeinwärts. Das Letzte, was Calvyn wahrnahm, während er den Atem anhielt und auf die Bewusstlosigkeit wartete, war das gesichtslose Lachen, das mit seinem Unglück Spott trieb.

◎ ◎ ◎

»Verdammt, Anton! Wir haben diese vermaledeiten Nomaden fast da, wo sie hingehören. Ich kann doch nicht klein beigeben und ihnen Kortag überlassen. Ja, Kortag ist ein staubiges, flohverseuchtes Kaff, aber ich könnte es in meiner Rolle als Landesvater nicht rechtfertigen, wenn ich es aufgäbe. Ob es uns gefällt oder nicht, es gehört zu Thrandor. Wir haben nur nicht genügend Soldaten, um die Stadt jetzt zu stürmen. Was sollen wir nur machen? Gibt es Nachricht aus dem Norden? Glaubst du, man würde uns Unterstützung schicken?«

Baron Anton blickte am König vorbei auf die Sandsteinmauern der befestigten Stadt. Er war genauso enttäuscht wie sein alter Weggefährte, sah aber im Moment keinen Ausweg. Die Ereignisse hatten sich gegen sie verschworen. Wahrscheinlich würde es ihnen nicht einmal gelingen, die Nomadenstämme aus der eroberten Stadt zu vertreiben, wenn sie die gesamte Streitkraft aus dem Norden zurückholten.

»Darüber, was im Norden geschieht, weiß ich nicht mehr als Ihr, Eure Majestät. Aus dem wenigen, was ich gehört habe, scheint es mir aber nicht weise, Einheiten wieder nach Süden zu verlegen. Die Lage im Norden ist undurchschaubar. Ich verstehe nicht, warum die Shandeser so eine sinnlose Katz-und-Maus-Taktik verfolgen. Sie haben damit nur erreicht, dass wir den Großteil unserer Einheiten an ihrer Türschwelle zusammengezogen haben. Was versprechen sie sich davon? Mir ist die ganze Sache schleierhaft.«

Der König nickte. Er fuhr sich mit der Zunge über die trockenen Lippen, hustete und spukte zur Seite aus.

»Vermaledeiter Staub!«, murmelte er unwirsch und ließ den Blick über das ordentliche Lager seines Heers schweifen. »Ich bin offen für jeden Vorschlag, Anton. Ohne Hilfe aus dem Norden können wir die Stadt nicht stürmen, aber wir können auch nicht einfach hier herumsitzen.«

»Im Gegenteil, Eure Majestät. Genau das können wir tun … und vielleicht gelingt es uns auf diese Art sogar, die Nomaden ohne Kampf in die Wüste Terachim zurückzudrängen.«

Der König hob überrascht eine Augenbraue. »Willst du damit etwa sagen, wir sollen Kortag mit unseren paar Männern belagern, Anton?«, fragte er.

»Nicht belagern, Eure Majestät. Aber wir könnten die Versorgung der Stadt wahrscheinlich lange genug unterbrechen, um die Stadt in den Augen der Feinde deutlich an

Reiz verlieren zu lassen. Wir müssten nur unseren eigenen Nachschub sorgfältig planen und unsere Truppen aufteilen, damit wir an mehreren Stellen zuschlagen können. Auf die Art sollte es uns gelingen, den Nomaden lästig zu werden. Ich bin heilfroh, dass nur wenige Sippen in der Stadt geblieben sind. Wenn sie besser zusammengehalten hätten, würden wir sie wohl nie wieder los.«

Der König drehte sich zu den Mauern der Stadt Kortag um und kratzte sich nachdenklich das Kinn. Es ärgerte ihn, dass er der Handvoll Nomadensippen mit wenigen Tausend Männern nur »lästig« werden konnte, aber mehr war eben nicht möglich. Er konnte schon froh sein, dass er die erste Schlacht vor Mantor trotz Unterlegenheit hatte gewinnen können. Dafür war, in der Person Calvyns mit seiner verbotenen Magie, ein kleines Wunder nötig gewesen. Hier, so schien es, bedurfte es wieder eines Wunders, doch König Malo konnte sich beim besten Willen nicht vorstellen, wie das aussehen sollte.

»Ein Jammer, dass die Nomaden auf dem Weg nach Mantor die Verteidigungsanlagen von Kortag nicht stärker beschädigt haben«, bemerkte der König ironisch. »Wenn Teile der Mauer zerstört wären, könnten wir uns das jetzt zunutze machen.«

»Durchaus, Eure Majestät. Aber leider haben sie nur die Tore gestürmt und die Stadt im Handstreich eingenommen. Große Teile der Innenstadt sind, soweit ich weiß, vom Feuer zerstört worden, aber es steht wohl noch genügend, dass sie die Stadt halten wollen.«

»Aber was machen wir, Anton, wenn sie unseren Störversuchen mit einem Angriff begegnen?«

»Dann ziehen wir uns zurück, Eure Majestät. Stolz und Heldenmut sind hier völlig fehl am Platze. Wir machen ihnen das Leben so schwer, dass Kortag für sie uninteressant wird. Das geschieht natürlich nicht über Nacht. Es kann Wochen, vielleicht sogar Monate dauern. Mit Umsicht und ein bisschen Glück könnte es uns aber gelingen, in dieser Zeit unsere Einheiten schrittweise aufzustocken. Am Ende können wir sie dann vielleicht aus der Stadt vertreiben.«

»Dann lass uns beten, dass sie nicht allzu viel Geduld haben.«

Anton lächelte. »Dazu kann ich nur ›Amen‹ sagen!«

◎ ◎ ◎

»Los, steh auf.«

Jemand packte Calvyn am Kragen und zog ihn auf die Beine. Er bemühte sich zu stehen, doch seine Beine waren vom Liegen steif und er fühlte sich schwach, weil er lange nichts mehr zu sich genommen hatte. Der Wachmann schleppte Calvyn, in einem unverständlichen Dialekt der Gemeinsprache vor sich hin fluchend, quer durch den Raum zu einer Türöffnung.

Seit seiner Gefangennahme hatte Calvyn ständig die Augenbinde getragen und den Sack über dem Kopf gehabt. Die Hände waren ihm auf den Rücken gefesselt. Nachdem ihm der Schlag auf den Hinterkopf das Bewusstsein geraubt hatte, war ihm in der ständigen Dunkelheit jedes Zeitgefühl abhandengekommen. Und die Ohnmacht, die der Fremde, diesmal mit magischen Mitteln, ausgelöst hatte, hatte seine innere Uhr noch einmal aus dem Takt gebracht. Er konnte seit mehreren Tagen oder auch Wochen in Gefangenschaft sein. Einen Anhaltspunkt gaben ihm lediglich sein leerer Magen und seine schmerzenden Glieder, beides keine besonders verlässlichen Zeitmesser.

Als er durch die Tür stolperte, packte ihn ein zweites Paar Hände und die Tür quietschte leise, ehe sie hinter ihnen ins Schloss fiel. Es folgte ein rasselndes Geräusch und der Wachmann fluchte lauthals. Soweit Calvyn dem Wortschwall entnehmen konnte, klemmten wohl die Riegel der Türen, sodass sich die Wachleute beim Schließen regelmäßig die Knöchel aufschürften.

Der zweite Wachmann machte sich über die Ungeschicklichkeit des ersten lustig. Bald schon verstummten jedoch beide und führten ihren noch immer blinden Gefangenen durch Flure und über Treppen.

Calvyn hatte keine Ahnung, wohin man ihn brachte und zu welchem Zweck. Schließlich führten ihn die Wachleute ein letztes Mal durch eine Tür, und er spürte, dass er jetzt in einem Raum war. Die Wachen zwangen Calvyn auf die Knie.

»Zeigt uns das Gesicht dessen, den ihr uns da mitgebracht habt«, befahl eine tiefe und klangvolle Stimme.

»Jawohl, Lord«, antworteten die Wachleute.

Mit groben Griffen zerrten sie Calvyn den Sack vom Kopf und fummelten am Knoten der Augenbinde herum.

»Schneidet sie durch!«, ordnete der, den die Wachleute mit »Lord« angesprochen hatten, ungeduldig an.

Calvyn, der reglos auf dem Boden kniete, spürte, dass jemand mit dem Messer an der Augenbinde säbelte, die sogleich zu Boden fiel. Nach so vielen Tagen in völliger Finsternis waren Calvyns Augen zunächst geblendet, und er musste sie immer wieder zusammenkneifen, bis sie sich an die Helligkeit gewöhnt hatten.

Doch nach und nach nahm seine Umgebung Gestalt an.

Im Halbkreis rund um den Mann, der soeben gesprochen hatte und bei dem es sich, wie Calvyn annahm, um die Gestalt auf dem riesigen Holzthron in der Mitte des Raumes handelte, saßen elf verhüllte Gestalten auf hochlehnigen, kunstvoll verzierten Holzstühlen. Calvyn kniete in der

Mitte dieses Halbkreises und spürte die prüfenden Blicke der Männer, bei denen es sich nur um die »Lords des Inneren Auges« handeln konnte, die der Mann auf dem Wagen erwähnt hatte.

Die reglos dasitzenden Gestalten trugen schwarze Umhänge mit großen Kapuzen, unter denen ihre Gesichter nicht zu erkennen waren. Der Raum war groß, jedoch spartanisch eingerichtet, denn die zwölf Stühle waren das einzige Mobiliar. Mehrere Rundbogenfenster ließen Licht in den Raum, doch weder schmückten Bilder die Wände noch war der Steinboden mit Teppichen belegt. Es war ein ungemütlicher Ort.

Calvyn wendete seine Aufmerksamkeit dem Lord auf dem Thron zu. Er sagte nichts. Man würde ihn bestimmt ansprechen.

Doch da täuschte er sich.

»Ja. Er ist es, dessen bin ich mir gewiss«, sagte die Gestalt auf dem Thron im Brustton der Überzeugung.

»Kein Zweifel, Mylord? Das ist doch noch ein Junge!«, sagte jemand zu Calvyns Linken.

»Stellt Ihr meine Hellsicht infrage, Torvados? Auf diesen Jungen habe ich gewartet. Wir werden über das weitere Vorgehen sprechen, wenn unser junger Freund außer Hörweite ist. Stülpt ihm den Sack wieder über und bringt ihn in die Zelle«, wies der Lord die Wachen an.

»Wartet!«, rief Calvyn überrascht aus. »Was habt Ihr mit mir vor? Warum darf ich nichts sehen, warum werde ich gefesselt?«

Doch da nahm ihm der Sack schon wieder die Sicht und er wurde auf die Füße gezerrt. Gegenwehr war zwecklos, dennoch konnte Calvyn nicht widerstehen, sich dem Griff der Wachen zu entziehen. Ein Schlag in die Nieren raubte ihm den Atem und den Gedanken an jeden weiteren Widerstand.

»Und Wachen – sagt eurem Hauptmann, er kann die Überfälle einstellen. Sie haben ihren Zweck erfüllt«, fuhr die Gestalt auf dem Thron fort. »Nein … wartet. Einen Überfall müssen wir noch machen, einen ganz bestimmten. Ich will eine Handvoll Gefangene aus seiner Truppe haben. Vielleicht brauche ich sie noch.«

»Sehr wohl, Mylord«, erwiderte der ältere der beiden Wachmänner.

Die Lords des Inneren Auges verfolgten unbewegt, wie Calvyn abgeführt wurde. Kaum hatte sich die Tür hinter ihm geschlossen, da nahm der Anführer seine Kapuze ab. Die anderen folgten seinem Beispiel. Umgehend setzte eine erhitzte Auseinandersetzung ein.

»Hoher Lord Vallaine, Ihr glaubt doch nicht ernsthaft, dass dieser *Junge* die Macht hat, unsere Streitkräfte zum Sieg zu führen? Und das gegen seine eigenen Leute«, sagte einer.

»Habt Ihr ihn Euch angesehen? Er ist seinem Land treu ergeben. Es wird schwer sein, ihn für unsere Sache zu gewinnen«, warf ein anderer ein.

»Der wird unsere Streitkräfte doch nicht gegen sein Land führen, nur damit wir das Leben von ein paar Geiseln verschonen. Warum auch? Damit würde er ja mehr Menschen dem Untergang preisgeben als retten.«

Auch andere erhoben die Stimme. Alle Kommentare waren ablehnend oder zumindest kritisch. Der Alte auf dem Thron saß schweigend da und richtete seine tief liegenden, von Runzeln eingerahmten Augen mit einem belustigten Funkeln auf den jeweiligen Sprecher. Nach und nach verstummten die Lords unter seinen Blicken. Er verzog den dünnlippigen Mund zu einem spöttischen Lächeln.

»Ich frage Euch noch einmal: Stellt Ihr meine Hellsicht infrage? Hat sie denn in der Vergangenheit je versagt? Wir haben unsere Macht erlangt, indem wir meine Voraussagungen weise genutzt haben, und ich sage Euch noch einmal, was ich gesehen habe: Dieser junge Mann wird unsere Streitkräfte nach Thrandor führen und sie werden siegreich sein. Das habe ich in jeder Vision gesehen, die ich hatte. Ob Ihr es glaubt oder nicht, dieser junge Soldat wird den Fall Mantors herbeiführen. Es wird nicht einfach werden. Auch wenn der König und seine Truppen im Süden damit beschäftigt sind, die Nomaden aus Kortag zu vertreiben, wird die Bevölkerung von Mantor trotzdem erbitterten Widerstand leisten. Aber die Vision ist eindeutig: Dank dieses jungen Mannes wird Mantor uns gehören.«

Der alte Mann blickte in die misstrauischen Mienen der anderen Lords.

»Ist denn wirklich keinem von Euch aufgefallen«, fuhr Vallaine fort, »wie klar sein Geist ist? Der Junge mag etwas von Magie verstehen, doch sein Verstand ist für die Zauberei wie geschaffen. Mit der richtigen Ausbildung könnte er bald mächtiger sein als jeder von uns, die wir in diesem Raum versammelt sind. Schon jetzt verfügt er über ein bewundernswertes Maß an geistiger Disziplin. Wer von Euch konnte das von sich behaupten, bevor er in die Zauberei eingeführt wurde?«

Niemand antwortete.

»Das dachte ich mir. Die Vision hat mir nicht gesagt, wie wir ihn dazu bringen, uns zu unterstützen. Doch ich glaube zu wissen, wie wir vorgehen müssen. Ihr habt recht, Cillverne, es wird nicht leicht. Wir werden auf ungewöhnliche Mittel zurückgreifen müssen.«

»Mylord?«, fragte Cillverne und brachte damit die Verwirrung aller zum Ausdruck. »Was meint Ihr mit ungewöhnlichen Mitteln?«

»Wir werden ihn nicht mit Zauberei gewinnen können. Die Kraft der Illusion und die Macht über den Geist eines anderen haben ihre Grenzen und erfordern unablässige Anstrengung und Entschlossenheit. Uns einen so starken Geist dauerhaft zu unterwerfen, übersteigt unsere Kraft. Daher habe ich beschlossen, Barrathos mit der leidigen Aufgabe zu betreuen.«

»Den alten Hexenmeister? Ist der denn noch am Leben?«

»Durchaus, Torvados.«

»Aber, Mylord, ich verstehe nicht, wie die Hexerei uns weiterhelfen sollte. Was würde es nützen, einen Dämon oder Geist heraufzubeschwören? Wollt Ihr den Jungen einschüchtern, damit er tut, was Ihr wollt? So leicht wird er sich nicht beeindrucken lassen.«

»Oh ja, da habt Ihr recht ... So ein Plan wäre nicht viel wert. Aber Barrathos soll ja nicht einen beliebigen Dämon rufen, sondern einen Gorvath.«

»Einen Seelenfresser!«, keuchte jemand. Entsetzen und Ehrfurcht lagen über dem Raum.

»Aber der alte Barrathos kann einen Gorvath doch niemals beherrschen ...«

»Allein nicht«, unterbrach ihn Vallaine, »das stimmt. Nur die größten Hexenmeister können einen Gorvath allein lenken. Und obwohl Barrathos zu seiner Zeit mächtig war, bezweifle ich, dass er jemals dazu in der Lage gewesen wäre. Mit unserer Hilfe jedoch ist es möglich.«

»Mit unserer Hilfe?«, fragte Cillverne überrascht. »Ich weiß so gut wie nichts über die Hexenkunst, und ich vermute, den anderen geht es genauso. Was könnten wir ausrichten?«

»Wir könnten ihm unsere Macht und unsere Willenskraft leihen. Soweit ich weiß, hat die Hexenkunst viel mit Geisteskraft zu tun. Wenn wir Barrathos stärken, dürfte er der Aufgabe gewachsen sein.«

»Was ist, wenn wir den Dämon heraufbeschwören

und er sich unserer Gewalt entzieht?«, fragte jemand zaghaft.

»Das wäre mehr als unangenehm«, antwortete Vallaine finster. »Aber das wird nicht geschehen. Und ohne die Last einer Seele wird unser junger Freund wie Wachs in unseren Händen sein. Dann ist es nur noch eine Frage der Zeit, bis Thrandor fällt.«

»Oder anders ausgedrückt: Wenn es uns nicht gelingt, so helfe uns Shand!«, murmelte Torvados, so leise, dass Vallaine es nicht hörte.

◎ ◎ ◎

Hätte sie nur nicht mit Derra gesprochen, dachte Jenna verbittert. Seither war fast eine Woche vergangen und Jenna stand ständig unter Beobachtung. Mittlerweile hatte sie es sich aus dem Kopf geschlagen, unbemerkt aus der Burg zu schlüpfen, denn wo sie ging und stand, hatten die Korporale Alana und Bek oder Sergeantin Derra ein wachsames Auge auf sie.

Ihr blieb nichts anderes übrig, als abzuwarten. Sie musste sich unauffällig verhalten und auf eine gute Gelegenheit hoffen. Bis es so weit war, traf sie die nötigen Vorbereitungen für die anstehende Reise.

Jenna hortete die Kekse, die sie als Marschration erhielt, in ihrem Rucksack. Ein Kletterseil, allerdings nicht sehr lang, kam dazu, ebenso ein Paar gefütterter Handschuhe, die sie sich aus ihrem Besitz beim Quartiermeister holte. Ein kleines Beil, eine Angel, Haken und Bindfaden füllten nach und nach Rucksack und Gürteltaschen.

Falls einer ihrer Beobachter diese heimlichen Vorkehrungen bemerkte, so sprach er sie nicht darauf an. Allerdings fiel ihr auf, dass sie, wenn sie zur Streife eingeteilt war, immer in der Nähe des Truppführers aufgestellt wurde.

Die Stärke der Spähtrupps war seit dem Überfall auf Calvyns Gruppe fast zwei Wochen zuvor verdoppelt worden. Es hatten sich noch ein oder zwei kleinere Scharmützel ereignet, doch im Großen und Ganzen hatten sich die Shandeser kaum blicken lassen. Auf Burg Keevan wunderte man sich über diese Ruhe. Warum hatten die Shandeser ihren Vorteil nicht genutzt? Warum hatten sie den Überfällen keinen Feldzug folgen lassen? Die Gelegenheit wäre günstig gewesen, als die thrandorischen Streitmächte wegen des Nomadeneinfalls nach Mantor gezogen waren. Doch die Shandeser hatten sich nach jedem Überfall einfach wieder zurückgezogen. Es war unbegreiflich. Wie sollte man gegen einen Feind vorgehen, der kein erkennbares Ziel verfolgte?

Diese und viele ähnliche Fragen beherrschten die Gespräche beim Essen. Doch niemand hatte eine Antwort parat. Der Baron kam regelmäßig mit den anderen Heerführern zusammen, um Neuigkeiten auszutauschen und eine Strategie zu entwickeln, aber falls sie mehr wussten als die gemeinen Soldaten, war Jenna nichts davon bekannt.

Allerdings nutzten die Hauptleute die unverhoffte Ruhepause gut. Wenn die Soldaten nicht auf Streife oder mit dem Waffentraining beschäftigt waren, verstärkten sie die Verteidigungsanlagen rund um die Burg. In verschiedenen Entfernungen von der Burgmauer wurden Markierungen angebracht, damit die Bogenschützen ihre Reichweite besser abschätzen konnten. Ein großer Vorrat an Pfeilen wurde hergestellt und in Bündeln rund um die Mauer verstaut und in Gerrans Schmiede entstanden unablässig neue Schwerter, Pfeil- und Spießspitzen und alle möglichen anderen Waffen und Werkzeuge.

Zuletzt wurde der alte Verteidigungsgraben rund um die Burg neu ausgehoben. Die Erde schüttete man dahinter auf, um dem Feind ein weiteres Hindernis in den Weg zu stellen. Die Soldaten murrten über diese letzte Maßnahme, weil sie viel Kraft koste und wenig Nutzen bringe. Man hielt ihnen jedoch entgegen, dass der Erdwall und der Graben den anstürmenden Feind bremsen würde, und zwar genau in der Entfernung, in der die Bogenschützen ihre Geschosse am wirkungsvollsten einsetzen konnten.

Auf Jennas Dienstplan stand am Morgen Waffentraining und für den Nachmittag eine Streife. Hätte sie nicht so darauf gebrannt, ihre Reise anzutreten, hätte ihr das Training bestimmt Spaß gemacht. Eloise war drauf und dran, eine gute Freundin zu werden, und auch mit Fesha, Marcos und den anderen Rekruten war sie gern zusammen, denn sie hatten Humor und einen schier grenzenlosen Tatendrang.

Der Schwertkampf mit der geschmeidigen Eloise war zu einem festen Bestandteil des Trainings geworden und Jennas Umgang mit der Klinge wurde immer besser. Es war ein Jammer, dass die Hauptleute den Rekruten noch nicht gestatteten, mit den regulären Soldaten auf Streife zu gehen, dachte Jenna, als sie nach dem Mittagessen ihren schweren Rucksack zurechtrückte. Die Neulinge konnten ihren ersten »Einsatz« gar nicht erwarten und hätten die anderen mit ihrem Eifer sicher angesteckt und ihnen den mühevollen Marsch durch die Berge so leichter gemacht. So aber schleppten sie sich in der Gewissheit, in den vier oder fünf Stunden nichts Aufregenderes zu sehen zu bekommen als ein paar Schafe und Kühe, über die schmalen Hangpfade.

Von den Shandesern hatten sie seit über einer Woche nichts mehr gesehen und trotz der Ermahnungen vonseiten der Korporale und Sergeanten ließ die Wachsamkeit bereits nach. Etwa auf halbem Wege wünschten Jenna und ihre Kameraden, sie hätten auf sie gehört.

Als der erste Warnruf einen Überfall ankündigte, waren die Angreifer auch schon da. Sie schnitten ihnen, von oben kommend, den Weg ab und boten dem Spähtrupp keine Gelegenheit, in Verteidigungsformation zu gehen.

Es war ein Albtraum. Werwölfe, Kobolde und abstoßende Echsenmänner stürmten neben Trollen und affenähnlichen Wesen mit entstellten Fratzen in riesigen Schritten auf sie zu. Ausgerüstet waren sie mit den verschiedensten Waffen, die mit Spitzen, Stacheln und Haken versehen waren. Die größeren Kreaturen trugen schwere Krummsäbel und Keulen, während andere Peitschen und Wurfnetze dabeihatten, die den Gegner nicht verletzen oder töten, sondern unschädlich machen sollten.

Korporalin Alana reagierte schnell, aber nicht annähernd schnell genug. Der Feind war nur leicht in der Überzahl, doch das Überraschungsmoment hatte verheerende Folgen und die meisten Truppmitglieder wurden innerhalb von Sekunden überrannt.

Um Alana und Demarr bildeten sich zwei Verteidigergruppen. Jenna wurde von beiden getrennt und versuchte, sich zu einer von ihnen durchzukämpfen. Es gelang ihr auch, den Abstand zur einen Gruppe zu verkürzen, doch dann wurde sie wieder abgedrängt. Sie hatte vielleicht eine Handvoll Pfeile abschießen können und war daher froh über das intensive Schwerttraining der letzten Wochen. Trotzdem machten die schauerlichen Gegner ihr schwer zu schaffen.

Dass Jenna das Weite suchte, hatte zum Teil mit ihrem Selbsterhaltungstrieb zu tun, vielleicht auch mit dem Wunsch, dem Heer des Barons zu entkommen. Vor allem aber war es eine praktische Entscheidung, die sie traf, um ihre Fähigkeiten am Langbogen besser zu nutzen.

Jenna duckte sich unter dem mächtigen Schlag einer Keule weg, die ein furchterregender Troll gegen sie schwang, und stieß der Kreatur die Klinge in den Bauch. Der Troll brüllte noch, da machte sie schon auf dem Absatz kehrt und rannte den Abhang hinunter auf ein Wäldchen am Fuß des Berges zu. Sie merkte gleich, dass sie verfolgt wurde, wagte es aber nicht, sich umzusehen.

Im Zickzack jagte Jenna durch Felsen und Gestrüpp den Abhang hinunter. Sie machte große und schnelle Schritte und richtete alle Aufmerksamkeit auf den Weg. Mit dem Rucksack und den Gürteltaschen zu rennen, war schon nicht einfach, doch dass sie darüber hinaus auch noch den Bogen in der einen Hand hatte und das Schwert in der anderen, barg zu viele Gefahren. Jenna hatte nicht die Zeit gehabt, das Schwert in die Scheide zu stecken, und warf es kurz entschlossen weg.

Von dieser Last befreit, flog sie nur so den Hang hinunter. Da trat sie mit einem Fuß in ein Kaninchenloch, stolperte und wurde mit dem Oberkörper nach vorn geschleudert. Jenna streckte unwillkürlich den Arm mit dem Langbogen nach vorne aus, setzte zu einem Hechtsprung an, ging mit der Wendigkeit einer Turnerin in einen Purzelbaum über, kam wieder auf die Beine und rannte weiter, ohne merklich an Geschwindigkeit verloren zu haben.

Als Jenna die Baumlinie erreichte, hatte sie einen kleinen Vorsprung gewonnen, den sie nutzen wollte. Sie benutzte den Stamm eines jungen Baums, um zu ihren Gegnern herumzuwirbeln. Es waren drei und sie alle waren ihr dicht auf den Fersen.

Schwer atmend legte Jenna einen Pfeil ein, spannte und schoss. Der angepeilte Echsenmann sah den Pfeil kommen und konnte sich noch zur Seite drehen, sodass er nur am Arm getroffen wurde. Bei dem Manöver verlor er jedoch das Gleichgewicht, ging zu Boden und kugelte einige Meter den Hang hinab.

Der zweite Pfeil, nur wenige Sekunden nach dem ersten abgeschossen, traf einen grauenvoll aussehenden Kobold mitten in der Brust. Der Aufprall riss die Kreatur zu Boden, wo sie reglos liegen blieb.

Jenna hatte keine Zeit, einen dritten Pfeil abzuschießen, da der letzte Verfolger schon fast bei ihr war, ein Werwolf mit einer langen Schnauze, spitzen Fangzähnen und Fell im Gesicht und an den Händen. Es war größer als die hochgewachsene Jenna und stürzte sich mit der ganzen Wucht, die er auf seiner Verfolgungsjagd bergab gewonnen hatte, auf sie, in einer Hand einen breiten Krummsäbel schwingend.

Instinkt und Ausbildung halfen Jenna, die Ruhe zu bewahren und dem Angriff auszuweichen. Als der Werwolf noch im Sprung war, warf Jenna mit der Linken den Bogen weg, zog mit der Rechten den Dolch und stieß ihn dem Untier tief in den Bauch. Beim Fall des tödlich verwundeten Gegners wurde ihr jedoch der Dolch aus der Hand gerissen, und so stand sie unversehens dem Echsenmann, den sie nur leicht verwundet hatte, unbewaffnet gegenüber.

Jenna hatte keine Zeit, einen Plan zu schmieden. Hier hieß es, töten oder getötet werden. Jenna schüttelte den Rucksack von den Schultern, rannte auf den Gegner zu und schmetterte ihm mit einem Sprungtritt den Absatz ins schuppenbesetzte Gesicht. Der Kopf wurde zur Seite geschleudert, und der Echsenmann brüllte vor Schmerz, ging aber nicht zu Boden – anders als Jenna, die das Gleichgewicht verlor und hinfiel.

Auch Jennas Gegner war unbewaffnet, denn er hatte, als sie ihn mit dem Pfeil traf, seine Waffe verloren. Jetzt stürzte er sich blitzschnell auf sie. Jenna wich ihm aus, indem sie sich zusammenrollte, erhielt dafür aber einen schmerzhaften Schlag auf die Schulter. Ehe der Echsenmann noch einmal nachsetzen konnte, versetzte ihm Jenna einen kräftigen Kinnhaken. Dann floh sie flugs aus seiner Reichweite.

»Schschnell … ganzz schschön schschnell! Dasss wird noch interresssant!«, zischelte es aus dem lippenlosen Mund der schrecklichen Kreatur.

Jenna hielt sich nicht mit einer Antwort auf, sondern griff so schnell an, dass Arme und Beine zu verschwimmen schienen. Manche Schläge fanden ihr Ziel, die meisten aber wurden abgeblockt, und bald war sie ihrerseits gezwungen, sich zu verteidigen. Die Gegenangriffe kamen ebenso schnell wie die ihren, nur dass die Tritte und Schläge heftiger waren. Jenna wurde links unter dem Schulterblatt getroffen, in den Rippen knackte es und sie spürte einen stechenden Schmerz. Ein zweiter Schlag an die Schläfe zwang sie, sich mit einer Sprungrolle Abstand zu ihrem Gegner zu verschaffen.

Jenna biss vor Schmerz die Zähne zusammen und duckte sich vor dem nächsten Hieb. Der ließ nicht lange auf sich warten, und der nun folgende Schlagabtausch endete damit, dass der Echsenmann Jenna erneut einen Hieb versetzte, der ihr die Füße unter dem Leib wegriss. Wie gelähmt blieb sie auf der noch unverletzten Seite liegen.

Mit einem merkwürdigen Zischen, das in Jennas Ohren wie ein Lachen klang, setzte der Echsenmann zum tödlichen Schlag an. Jenna aber hatte etwas anderes vor. Sie rollte sich zu der Kreatur hin und trat mit aller Kraft, die sie noch aufbringen konnte, den Fuß nach oben, dem Echsenmann in den ungepanzerten Unterleib. Der Tritt war gut gezielt und hatte die gewünschte Wirkung. Ein lang gedehntes, zischendes Stöhnen drang aus der Kehle der Kreatur, die sich vor Pein krümmte. Mit einer Wucht, die auch Jenna überraschte, setzte sie noch einen Tritt gegen die Kehle nach.

Der erwies sich als tödlich, denn er zertrümmerte die Luftröhre des Echsenmannes und raubte ihm den Atem. Jenna war allerdings nicht nach Feiern zumute. Die gebrochenen Rippen machten ihr das Atmen schwer, und sie spürte, wie sie im Gesicht und am Körper überall dort anschwoll, wo sie getroffen worden war. Die Knöchel waren blutig und dick, und es würden Tage vergehen, bis sie die Finger wieder richtig würde bewegen können.

Der Hauptkampf oben am Weg war noch in vollem Gange. Jenna erkannte mehrere ihrer Kameraden, die sich tapfer gegen die Übermacht zur Wehr setzten. Mit einem Anflug von Trauer wurde ihr klar, dass sie nicht zu ihnen zurückkehren konnte. Auch wenn es ihr gelänge, sich den Hang wieder nach oben zu schleppen, war sie nicht in der Verfassung zu kämpfen. Sie musste sich entscheiden. Sollte sie zu dem verabredeten Treffpunkt zurückkehren, um zu den Überlebenden des Überfalls zu stoßen? Oder sollte sie die Gelegenheit nutzen und sich auf die ersehnte Reise machen?

Ganz anders, als Jenna vermutet hatte, fiel ihr die Entscheidung unendlich schwer und noch Wochen später fragte sie sich, ob sie die richtige Wahl getroffen hatte.

Jenna setzte den Rucksack wieder auf und zog die Riemen fest. Er fühlte sich doppelt so schwer an wie zuvor. Ächzend hob sie den Akarholzbogen aus dem hohen Gras auf und konnte sich angesichts des Zustands ihrer Hände nicht vorstellen, dass sie ihn je wieder würde spannen können. Als sie den blutigen Dolch aus der Brust des Werwolfes zog und ihn an Farnblättern abwischte, stand ihr Entschluss fest. Sie ging festen Schrittes in den Wald hinein.

»Halt durch, Calvyn. Ich komme«, murmelte sie. Dann setzte sie, etwas lauter und kämpferischer, hinzu: »Ich hoffe für dich, dass es dich wirklich gibt, alter Mann.«

8

Jenna erwachte mit einem Schrei und krabbelte hastig aus dem Schlafsack. Das Herz schlug ihr bis zum Hals. Als das Pferd, das sie mit weichen Nüstern beschnuppert hatte, scheute und wieherte, ließ sie sich erleichtert zu Boden sinken. Obwohl ihr die angeknacksten Rippen wieder schreckliche Schmerzen bereiteten, grinste sie die klapprige Stute an.

»Du hast mir vielleicht einen Schrecken eingejagt, altes Mädchen«, sagte Jenna sanft und setzte sich auf.

Das Pferd beäugte sie misstrauisch und schnaubte, noch zitternd vor Schreck.

»Es tut mir ja leid, dass ich so geschrien habe, aber was erwartest du, wenn du schlafende Leute erschreckst?«, fuhr Jenna fort.

Langsam und bedächtig hob die Apfelschimmelstute das rechte Vorderbein und stampfte mit dem Huf.

»Soll das heißen, ich habe verschlafen?«, sagte Jenna und musste lachen, als das Pferd erneut wieherte und mit dem Kopf nickte. »Oh, bring mich nicht zum Lachen, das tut so weh!«

Stöhnend drückte sie den Rücken durch, rieb sich die Muskeln unterhalb der Nieren und drehte den Kopf hin und her. Als sie vorsichtig ihre Rippen betastete, zuckte sie vor Schmerz zusammen.

Die kalte Nacht war bereits ein Vorbote des nahenden Winters, an den Jenna angesichts der anstehenden Wanderung ins Vortaff-Gebirge mit Schaudern dachte. Obwohl sie sich den Rucksack und die Gürteltaschen vollgepackt hatte, wusste sie nur zu gut, dass sie mit ihrer Ausrüstung denkbar schlechte Chancen hatte, in so einer unwirtlichen Umgebung zu überleben.

»Schade, dass ich dich nicht mitnehmen kann«, sagte Jenna wehmütig zu der Stute und schlug den Segeltuchumhang zur Seite, unter dem sie ihre Habseligkeiten vor dem Morgentau geschützt hatte. »Ein Pferd könnte ich gut gebrauchen. Aber ich kann dich ja wohl kaum deinem Besitzer wegnehmen.«

Nach einem dürftigen Frühstück aus Haferkeksen und einem Becher Dahl, den sie in dem wieder entfachten Feuer vom Vorabend erwärmte, setzte sich Jenna vorsichtig den Rucksack auf und befestigte die Taschen am Gürtel. Die kräftige Apfelschimmelstute hatte ohne sichtbares Interesse gegrast, während Jenna ihre Taschen gepackt, das Feuer ausgetreten und die Feuerstelle mit feuchter Erde abgedeckt hatte.

»Mach's gut, altes Mädchen«, sagte Jenna zu dem Pferd und tätschelte ihm freundlich den Hals. Dann machte sie sich auf den Weg.

Jenna verließ die Baumgruppe, die ihr über Nacht Deckung geboten hatte. Nach und nach gelang es ihr, den Rucksack so zurechtzurücken, dass es einigermaßen bequem war, und ihre Schritte zu beschleunigen. Das Pferd allerdings, so schien es, ließ sich nicht so leicht abhängen. Jenna bemerkte erst nach gut hundert Metern, dass das Tier ihr folgte. Seufzend drehte sie sich um und sagte: »Bleib stehen, wo du bist. Auch ohne einen Pferdediebstahl stecke ich schon tief genug in der Patsche. Geh nach Hause.«

Es war lächerlich, sich mit einem Pferd zu unterhalten, aber seit Jenna sich am Tag zuvor entschlossen hatte, nicht zu ihren Kameraden zurückzukehren, hatte sie mit niemandem mehr gesprochen. Pferde sind ja angeblich ziemlich intelligent, dachte sie. Während sie sich langsam rückwärts gehend entfernte, versuchte es Jenna also mit ein paar Befehlen.

»Halt! Hoh, steh. Bleib stehen«, sagte sie mit fester Stimme. Das Pferd blieb stehen, doch sobald Jenna ihm den Rücken zukehrte, folgte es ihr wieder. Jenna versuchte es noch mehrmals, immer ohne Erfolg. Mit einem Schulterzucken ging sie weiter und versuchte, den Apfelschimmel zu vergessen.

Nach einem halben Tagesmarsch durch offenes Gelände folgte ihr das Pferd immer noch wie ein Hündchen. Jenna wollte sich wahrlich nicht noch mehr Ärger einhandeln, doch ihre Rippen schmerzten mittlerweile so heftig, dass sie sich nicht mehr um die möglichen Folgen scherte.

»Na gut, altes Mädchen. Du hast gewonnen. Komm her.«

Jenna hatte schon geraume Zeit darüber nachgedacht, was sie mit der Stute anfangen konnte. Sie war nicht gesattelt, trug weder Trense noch Halfter. Mit Jennas Verletzungen wäre es schon schwierig gewesen, mit Steigbügeln aufs Pferd zu kommen, aber ohne Sattel und beladen mit dem schweren Gepäck war es nahezu unmöglich. Es sei denn, sie konnte von einer erhöhten Stelle aufsteigen.

Eine Weile schon hatte sie nach einer solchen Aufsteighilfe gesucht und da war sie endlich: In einer Hecke war ein Baum gefällt worden und der Stumpf stand noch da. Mühsam kämpfte sie sich durch das Gebüsch und kletterte hinauf. Nun musste sie das Pferd dazu bringen, zu ihr zu kommen und sich richtig hinzustellen.

»Hier, mein Mädchen. Komm her, hierher. So ist es gut. Und halt. Steh!«

Sie packte die Stute an der Mähne, schwang ein Bein über den breiten Rücken und landete dann mit einem unschönen Plumps auf dem großen Pferd. Die Stute rührte sich auch nicht vom Fleck, als sich Jenna nach hinten legte, um den Rucksack abzusetzen. Rasch verlängerte sie die Riemen, damit das Gewicht auf der Pferdekruppe ruhte statt auf ihrem Rücken. Anschließend richtete sie sich wieder auf und setzte sich zurecht.

»Gutes Mädchen«, sagte sie dankbar und tätschelte das Tier am Hals. »Dann mal los. Wir haben noch einen langen Ritt vor uns.«

◎ ◎ ◎

Korporalin Alana hätte sich Angenehmeres vorstellen können, als nach ihrer Rückkehr zur Burg den Hauptleuten Bericht zu erstatten. Das erbärmliche Häuflein Soldaten, das von dem vierzig Mann starken Spähtrupp noch übrig war, bot keinen schönen Anblick. Keiner war unverletzt, und Alana bereute mittlerweile ihre Entscheidung, mit dem Rest ihres Trupps über Nacht zu bleiben. Die Suche nach Überlebenden am Ort des Überfalls hätte sie rückblickend doch besser einem anderen Spähtrupp überlassen sollen. Doch es war müßig, darüber nachzudenken.

Das Burgtor öffnete sich geraume Zeit, bevor Alana und ihre Leute dort ankamen, und die Helfer aus dem Krankenlager eilten mit ihren Tragen hinaus. Für Alana war die Lage umso unangenehmer, als die Einheiten der anderen Barone, die vor der Burg lagerten, ihre schmachvolle Rückkehr beobachteten.

Alana befahl ihrem Trupp anzuhalten, solange die Schwerverwundeten auf die Tragen gelegt wurden, und ließ sie dann in drei Reihen zum Tor marschieren. Die Träger brachten ihre Patienten derweil im Eilschritt ins Krankenlager.

Alana sah die Sergeanten Derra, Dren und Capello schon am Tor auf sie warten. Hauptmann Tegrani war bei ihnen und empfing sie, wenig überraschend, mit grimmiger Miene.

Alana salutierte vor dem Hauptmann. Er entgegnete ihren Gruß.

»Bist du verwundet, Korporalin?«, fragte er, als ihm die Risse in ihrer Uniform ins Auge fielen.

»Nur ein paar oberflächliche Kratzer, Sir. Nichts Ernstes«, erwiderte sie. Sie wollte die unausweichliche Strafpredigt möglichst schnell hinter sich bringen.

»Gut. Dann lass die Leute abtreten. Diejenigen, deren Wunden versorgt werden müssen, sollen sich sofort in der Krankenstube melden. Wenn ich sie mir so ansehe, dürften das fast alle sein«, sagte er mit einem trübseligen Blick auf die Soldaten. »Dann erstattest du uns in Sergeant Drens Dienststube Bericht, die liegt am nächsten.«

»Jawohl, Sir«, sagte Alana und salutierte erneut.

Sie nahm ihre letzte Kraft zusammen und machte schwungvoll kehrt.

»Spähtrupp, ab-treten!«, brüllte sie.

Die achtzehn verbleibenden Soldaten machten sich humpelnd und hinkend auf den Weg in die Krankenstube.

Alana folgte dem Hauptmann und den drei Sergeanten beklommen in Drens Dienststube. Hauptmann Tegrani setzte sich hinter Drens Schreibtisch und Sergeantin Derra schloss die Tür hinter Alana.

Der Hauptmann kam sofort zur Sache. »Den Bericht, Korporalin«, sagte er ohne eine Gefühlsregung.

»Sir, wie Ihr vermutlich bereits richtig gefolgert habt, sind wir gestern überfallen worden. Der Feind kam von oben, an dem Abhang, wo der Weg nach Rabenheim die Biegung um den Eschenkopf macht …«

»Auf offenem Gelände?«, fragte der Hauptmann überrascht.

Alana nickte. »Ja, Sir. Sie waren getarnt oder mittels Magie unsichtbar. So oder so waren sie bei uns, ehe wir etwas tun konnten. Und, mit Verlaub, sie sahen aus wie einem Albtraum entstiegen.«

Der Hauptmann hob fragend eine Augenbraue. Dren warf Derra einen wissenden Blick zu, aus dem Alana schloss, dass dies nicht unerwartet kam. Doch niemand unterbrach sie.

»Es waren Werwölfe, Echsenmänner und andere befremdliche Geschöpfe, die nur einem krankhaften Geist entsprungen sein konnten. Ich schätze, es waren etwa sechzig oder siebzig. Sie waren natürlich nicht echt, aber ich will nicht vorgreifen. Der Überfall kam so schnell, dass wir keine Verteidigungsformation egal welcher Art bilden konnten. Ich scharte etwa zwölf Leute um mich und Demarr führte eine zweite Gruppe von etwa fünfzehn, doch der Rest wurde versprengt oder getötet. Merkwürdig war allerdings, dass die Angreifer gar nicht töten, sondern Gefangene machen wollten. Ich habe gesehen, wie mehrere unserer Leute in Netzen weggebracht wurden.«

»Das ist in der Tat seltsam«, sagte Tegrani nachdenklich und blickte zu den Sergeanten, die ebenso ratlos wirkten. »Bisher haben die Angreifer nur getötet und sind dann weitergezogen. Der einzige Gefangene, von dem wir wissen, ist Korporal Calvyn, und das wurde nie bestätigt. Wie viele haben sie mitgenommen?«, fragte er.

»Wir glauben, Sir, sie haben acht Gefangene gemacht. Jedenfalls ist der Verbleib von acht Soldaten ungeklärt. Wir standen stark unter Druck, daher habe ich meine Gruppe aus dem Kampf herausgelöst. Da es mir gelang, Demarr meine Absicht mitzuteilen, hat sich seine Gruppe gleichzeitig entfernt. Wir konnten uns so schnell zerstreuen, dass der Feind sich nicht die Mühe machte, uns zu verfolgen. Diejenigen, die entkamen, machten sich auf den Weg zum vereinbarten Treffpunkt. Das waren dreiundzwanzig, einige davon in schlimmem Zustand. Rückblickend meine ich, wir hätten auf direktem Weg zur Burg zurückkehren sollen, aber ich wollte mögliche Überlebende nicht einen ganzen Tag ohne Hilfe zurücklassen.«

»Du hättest zumindest einen Boten zurückschicken sollen, Korporal. Wir hätten andere Spähtrupps warnen können.«

»Das habe ich durchaus erwogen, Sir. Doch dann hoffte ich, Ihr würdet entsprechende Rückschlüsse ziehen, wenn keiner von uns zurückkehrte. Ich brauchte alle einsatzfähigen Soldaten für die Aufgabe vor Ort.«

Der Hauptmann kratzte sich einen Augenblick nachdenklich am Kinn. »Nun«, sagte er vorsichtig, »darüber können wir später noch ausgiebig reden. Fahre mit deinem Bericht fort.«

»Diejenigen, die zu schwer verwundet waren, um noch einmal zum Kampfplatz zurückzukehren, blieben zurück, um sich auszuruhen und ein Lager zu errichten. Der Rest kam mit mir und schlich sich zurück zum Eschenkopf.«

Bei der Erinnerung verlor sich Alanas Blick in der Ferne.

»Wir erklommen den Eschenkopf von der Rückseite und versteckten uns bis zur Dämmerung unter den Bäumen am Gipfel. Da sich bei Sonnenuntergang nichts rührte, stiegen wir den Pfad hinab und suchten nach Überlebenden. Es gab keine. Neun Leichen waren Mitglieder meines Spähtrupps, der Rest Shandeser. Sie trugen eine sonderbare Uniform. Soviel ich sagen kann, waren das keine Soldaten des regulären shandesischen Heers. Vor allem aber sahen sie definitiv nicht aus wie die grässlichen Monster, die uns wenige Stunden zuvor angegriffen hatten. Die grauenhaften Ungeheuer waren nichts als Trugbilder. Aber ich muss schon sagen, sie wirkten *sehr* überzeugend.«

Die Sergeanten hatten bis dahin schweigend zugehört. Daher zuckte Alana zusammen, als Dren barsch dazwischenfragte: »Hast du während des Kampfes einen Magier gesehen, Alana? Eine Gestalt in Schwarz? Vielleicht mit einem langen Kapuzenumhang?«

Alana schüttelte den Kopf. »Nein. Nichts dergleichen, Sergeant, aber ehrlich gesagt war ich auch vollauf damit beschäftigt, am Leben zu bleiben.«

»Wer sind die Toten und wer wird vermisst?«, fragte Sergeantin Derra, deren Stimme an Schroffheit sogar noch Sergeant Drens überbot.

Alana nannte die Namen der Gefallenen und erklärte, man habe sie nicht alle zur Burg tragen können und deshalb an Ort und Stelle begraben.

»Vermisst werden Demarr, Rand, Jenna, Garath, Soffi, Tarkon, Bakra und Fex. Vielleicht haben wir in der Dämmerung einen oder zwei übersehen, aber ich glaube es eigentlich nicht. Wir haben die Umgebung sorgfältig abgesucht und keine Spur von ihnen gefunden.«

Derras Augen hatten sich bei der Erwähnung Jennas verengt, doch sie sagte nichts. Der bohrende Blick, den sie Alana zuwarf, ließ diese allerdings vermuten, dass sie später noch nachhaken würde. Ihr Gefühl sollte sie nicht täuschen.

Alana fuhr fort. Nachdem sie die Toten begraben hätten, seien sie zum Lager zurückgekehrt. Auch diejenigen, die nur leichteste Verletzungen gehabt hätten, seien völlig erschöpft gewesen. Daher seien sie über Nacht dort geblieben, kurz nach Sonnenaufgang aufgebrochen und so bald wie möglich zur Burg zurückgekehrt.

»Wie viele gefallene Feinde hast du gezählt, Korporalin?«, fragte der Hauptmann.

»Wir haben sechsundzwanzig gefunden, Sir«, antwortete Alana.

»Sechsundzwanzig! Und du hast neun verloren. Das ist beeindruckend«, stellte der Hauptmann erfreut fest.

»Na ja, eigentlich sind es siebzehn, Sir. Wenn Ihr die vermissten mitzählt, meine ich«, erwiderte Alana.

»Ja, natürlich«, beeilte sich Tegrani, ihr zuzustimmen. »Aber dafür kann man dich wirklich nicht verantwortlich machen. Die Shandeser haben ja bisher keine Gefangenen gemacht. Wir haben auch keinerlei Hinweise darauf, warum sie es jetzt plötzlich tun. Oder hast du etwas erfahren?«

»Nein, Sir. Leider nicht.«

»Was hast du mit den Leichen der Feinde gemacht?«

»Wir konnten sie nicht alle begraben, am Weg gab es nicht genug Holz für einen Scheiterhaufen, und uns fehlte die Kraft, Holz aus den Wäldern im Tal oder vom Gipfel heranzuschaffen. Deshalb haben wir sie etwas abseits vom Weg auf einen Haufen gelegt. Ich fürchte, mehr konnten wir nicht tun.«

»Das ist verständlich«, pflichtete ihr der Hauptmann bei. »Ich schicke einen Trupp hin, der sich darum kümmert. Die Leichen müssen weggeschafft werden, damit keine Seuchen ausbrechen. Wir haben auch so schon Probleme genug.«

Der Hauptmann dachte einen Moment darüber nach, was er erfahren hatte. Dann stand er energisch auf. »Hast du noch etwas zu deinem Bericht hinzuzufügen?«, fragte er.

»Nein, Sir, zumindest fällt mir im Moment nichts ein«, erwiderte Alana.

»Na gut. Ich kann nicht behaupten, dass ich mit deiner Entscheidung, über Nacht zu bleiben, völlig einverstanden bin, aber ich kann sie nachvollziehen. Wenn du nach einem

Kampf so wenige Leute übrig hast, dass du nicht einmal einen Boten erübrigen kannst, dann kommt künftig nur die Rückkehr in Frage. Habe ich mich klar ausgedrückt?«

»Ja, Sir.«

»Gut. Dann geh in die Krankenstube und zieh dich um. Ich muss mit dem Baron sprechen, aber falls sich noch weitere Fragen ergeben, werde ich dich später wieder holen lassen.«

Hauptmann Tegrani war schneller durch die Tür, als Alana salutieren konnte. Kaum war die Tür hinter ihm ins Schloss gefallen, entfuhr ihr ein Seufzer der Erleichterung. Sie war noch einmal mit einem milden Tadel davongekommen. Die Sergeanten Dren und Capello verließen den Raum unmittelbar nach dem Hauptmann, doch Derra blieb.

»Sag mir eins, Alana«, knurrte sie. »Hast du gesehen, wie sie Jenna gefangen genommen haben? Oder glaubst du, sie hat sich auf diese verdammte Traumgeschichte eingelassen? Die Wahrheit bitte.«

Alana blickte ihr unverwandt in die Augen.

»Die Wahrheit … Ich bin mir nicht sicher. Jenna ist während des Kampfes von beiden Gruppen abgeschnitten worden. Ich habe sie wegrennen sehen und es waren ihr mindestens drei Gegner auf den Fersen. In ihrer Lage war es eine gute Entscheidung, das Weite zu suchen, denn viele andere, die das nicht getan haben, haben mit der Freiheit oder dem Leben dafür bezahlt. Als wir den Hang unterhalb des Weges in dieser Richtung absuchten, fanden wir drei Leichen. Mindestens einer von ihnen wurde definitiv von Jenna getötet, denn einer ihrer Pfeile steckte in seinem Herzen – die Befiederung erkenne ich sofort. Der zweite starb an einer Stichverletzung in der Brust, und der dritte ist offenbar erstickt, denn der Kehlkopf war zertrümmert.

Jenna könnte alle drei getötet haben und dann von einem anderen Grüppchen, das wir nicht gesehen haben, gefangen genommen oder umgebracht worden sein. Das ist natürlich reine Mutmaßung, aber zum vereinbarten Treffpunkt ist sie nicht gekommen.«

Derra dachte lange nach, schüttelte dann den Kopf und sagte mit einem schiefen Lächeln: »Egal, was geschehen ist, an Jenna kommen wir in nächster Zeit so oder so nicht heran. Hoffentlich findet sie, was sie sucht. Und wenn sie bei ihrer Rückkehr nicht eine sehr gute Ausrede hat, wird der Baron sie als Fahnenflüchtige ächten. Komm, Alana. Du bist ja mit deinen Kräften völlig am Ende. Ich gehe mit dir in die Krankenstube. Auf dem Weg kannst du mir noch die eine oder andere Einzelheit erzählen.«

◎ ◎ ◎

Calvyn hatte ein sehr mulmiges Gefühl. Man hatte ihn aus der Zelle geholt, wo er nach seiner Begegnung mit den Lords des Inneren Auges eine gefühlte Ewigkeit mit Augenbinde und Sack über dem Kopf verbracht hatte. Diesmal schleppten ihn die Wachen jedoch nicht in die Kammer der Lords, sondern mehrere Treppen hinab an einen Ort, der tief unter der Erde liegen musste.

Schließlich entfernten die Wachen den Sack und die Augenbinde und Calvyn sah sich in einer geräumigen Höhle erneut den schwarz gewandeten Gestalten gegenüber. Rechts von ihm stand ein Berg von einem Mann, drei Handbreit größer als Calvyn und mächtig wie ein Bulle. Aus dem Mondgesicht ragte eine rote Knollennase und das ergrauende Haar war ungepflegt und zerzaust. Obwohl er sich nicht angestrengt haben konnte, war sein Gesicht gerötet und verschwitzt.

Merkwürdig, dachte Calvyn, dabei ist es hier unten so kühl, dass man ungepökeltes Fleisch mehrere Tage frisch halten könnte.

Fackeln, die in Metallhalterungen an den Höhlenwänden steckten, warfen ihr flackerndes Licht in den Raum. Obwohl die tanzenden Schatten Calvyn geradezu magnetisch in ihren Bann zogen, zwang er sich, seine Aufmerksamkeit auf die schwarzen Gestalten vor sich zu richten.

Calvyn spürte die Gänsehaut auf seinen Armen und zitterte leicht. Es war weniger die Kälte als eine schlimme Vorahnung, die ihn frösteln ließ. Er dachte an Flucht, doch in diesem Augenblick schlug die große Holztür mit hallender Endgültigkeit hinter den Wachleuten zu. Sie bleiben keine Sekunde länger als nötig, dachte Calvyn bei sich, während sein Blick zu dem großen Mann wanderte, der sich die feuchten Wurstfinger am zeltgroßen Umhang abwischte.

»Gut, Barrathos. Fangen wir an«, erklärte der Hohe Lord.

Barrathos rang die Hände. »Wollt Ihr es Euch nicht noch einmal überlegen, Hoher Lord Vallaine? Das ist eine unglaublich gefährliche Beschwörung. Ich kann nicht für Eure Sicherheit bürgen«, sagte Barrathos und wischte sich in dem vergeblichen Versuch, dem Schweißfluss Einhalt zu gewähren, mit dem Ärmel über die Stirn.

»Fürchte nicht um unsere Sicherheit, Barrathos. Wir können schon auf uns aufpassen. Sage uns nur, was wir zu tun haben, dann können wir beginnen«, erwiderte Vallaine mit einer vor Zuversicht strotzenden Stimme.

Barrathos sah die anderen Lords des Inneren Auges einen nach dem anderen an, doch ob er unter den Kapuzen eine Regung erkennen konnte, vermochte Calvyn nicht zu sagen. Dann nahm er einen weichen Stoffbeutel aus seiner Gürteltasche. Vielleicht bildete es sich Calvyn nur ein, aber er hätte schwören können, dass der Hüne ihm einen entschuldigenden Blick zuwarf.

»Hoher Lord Vallaine, geehrte Lords, hört mir bitte genau zu. Während ich den Beschwörungszauber durchführe, könnt Ihr mir kaum helfen – das ist der einfachere Teil. Die vereinte Kraft Eures Willens wird jedoch nötig sein, um den Gorvath zu beherrschen und am Ende wieder zu vertreiben. Ausgenommen seid Ihr, Torvados. Eure Aufgabe wird es sein, dafür zu sorgen, dass sich der junge Mann nicht bewegt. Wenn er oder jemand anders den Kreis durchbricht, während der Dämon hier ist, so sei Euch die Gottheit, die Ihr verehrt, gnädig, denn nur ein Gott könnte einen Gorvath dann noch aufhalten.«

»Du kannst dich auf mich verlassen, Barrathos«, sagte Torvados kurz.

Calvyn kam es vor, als habe ihn jemand am Boden festgenagelt und ihm die Hände gefesselt. Er war vollständig bei Bewusstsein, hatte aber keine Macht mehr über seine Gliedmaßen. Sosehr er sich auch bemühte, er konnte keinen Muskel bewegen. Mit wachsendem Entsetzen beobachtete er, wie Barrathos ein winziges Loch in den Boden des Stoffbeutels schnitt und einen großen Kreis um Calvyn abschritt. Dabei rieselte ein glitzerndes Pulver aus dem Beutel und hinterließ eine merkwürdig schimmernde Linie am Boden.

»Der Kreis ist vollendet«, donnerte Barrathos. Seine Stimme war plötzlich viel voller und lauter. Das Wissen, dass sein Leben vom Gelingen des Unterfangens abhing, schien ihm Kraft zu verleihen. »Solange niemand über die Kreislinie tritt, wird auch der Dämon im Kreis gebunden sein. Gebunden, nicht aber gebändigt. Ihr wollt, dass der Gorvath die Seele dieses jungen Mannes verschlingt, ohne seinem Körper etwas anzuhaben. Ein Gorvath beugt sich den Menschen nicht freiwillig. Seid stark, seid von einem Geist. Noch schwieriger wird es werden, ihn zurückzuschicken, ehe sein Appetit gestillt ist. Bis er satt ist, braucht er mehr als eine Seele. Wir bieten ihm einen schmackhaften Leckerbissen und versagen ihm dann das Festmahl. Wenn Ihr Eure Willenskraft eint, wird es mir gelingen, ihn durch das Tor zurückzustoßen. Gelingt es Euch nicht, so werden einige von uns, wahrscheinlich alle, sterben.«

Calvyns schlug das Herz bis zum Hals. »Dämon … die Seele verschlingt.« Die Worte trafen ihn wie Schwerthiebe, doch so verzweifelt er auch gegen seine unsichtbaren Fesseln ankämpfte, er konnte sich nicht von der Stelle rühren. Die Panik vernebelte ihm den Verstand. Er suchte verzweifelt nach einem magischen Spruch, egal welchem, der ihn aus dieser Zwangslage befreite, und zwar schnell.

»Und eine letzte Warnung«, setzte Barrathos hinzu, »nehmt Euch in Acht vor den Augen.«

Der alte Hexenmeister machte eine wirkungsvolle Pause.

»Seht einem Dämon nie in die Augen, denn dort liegt seine Macht. Wenn er Euren Blick an sich zieht, seid Ihr in seiner Gewalt, und nur ein Geist von unzähmbarer Kraft könnte sich ihm dann noch entziehen. Ich schlage vor, Ihr schließt die Augen oder blickt zu Boden, auf eure Füße oder an die Höhlendecke – irgendwohin, nur nicht auf den Gorvath. Nebenbei bemerkt, ist es ohnehin müßig, ihn anzusehen. Der Gorvath ist ein Gestaltwandler. Er wird wahrscheinlich nicht in seiner wahren Form erscheinen, daher verpasst Ihr nichts.«

Barrathos wischte sich wieder den Schweiß von der Stirn und räusperte sich lautstark.

»Sind alle bereit?«, fragte er.

Calvyn wollte herausbrüllen, er solle aufhören, wollte fragen, warum sie ihm das antaten, wollte dieses groteske

Vorhaben irgendwie aufhalten, doch er war vollkommen machtlos.

»Wir sind bereit«, bestätigte Vallaine.

Barrathos schloss die Augen, streckte die Arme mit gespreizten Fingern zur Seite aus und schloss die Augen. Dann setzte der hünenhafte Mann zu einem tiefen, kehligen Singsang in einer Calvyn gänzlich unbekannten Sprache an.

Zunächst geschah gar nichts. Auf Calvyn hatte der sonderbare Singsang eine hypnotische Wirkung. Er schien sich ständig zu wiederholen, doch in Wahrheit waren keine zwei Strophen gleich. Jede unterschied sich in einer oder zwei Silben von der letzten und diese winzigen Veränderungen gruben sich tief ins Bewusstsein der Zuhörer.

Nach und nach bemerkte Calvyn drei oder vier Schritte von ihm entfernt ein Schimmern in der Luft, etwa wie ein Hitzeflimmern, das allerdings auf eine Stelle beschränkt war. Panik stieg in ihm auf und er suchte verzweifelt nach einem Ausweg. Dann kam ihm die Idee, einen magischen Schutzschild zu errichten wie in der Schlacht bei Mantor. Er hatte nicht viel Zeit. Mit eiserner Entschlossenheit zwang er sich zur Ruhe, sprach im Geiste die Runen und bildete sie innerlich ab. Schon bald tat der Spruch seine Wirkung. Eine leuchtend grüne Hülle aus magischer Kraft umfing ihn, entzog allem, was ihn umgab, die Energie und verstärkte sich mit jeder Rune.

Kaum war der Schutzschild fertig, als sich dort, wo noch wenige Augenblicke zuvor das Flimmern aufgetreten war, ein graues formloses Etwas zu bilden begann. Es wuchs wie ein großer Teigklumpen, der von unsichtbaren Riesenhänden geformt wird und wieder und wieder die Gestalt verändert, bis Calvyn neben ihm zwergenhaft klein war.

Ungeachtet der wogenden grauen Masse lenkte Calvyn seine gesamte Stärke auf den Schutzschild, der bereits so viel Energie gebunden hatte, dass er sprühte und zischte.

Dann, plötzlich und überraschend, verwandelte sich der Klumpen in eine riesige Kreatur, einem Bären ähnlich. Doch statt Fell hatte sie panzerartige überlappende Schuppen und die spitzen Krallen und nach innen gebogenen Zähne suchten in der natürlichen Welt ihresgleichen.

Der Dämon gab ein ohrenbetäubendes Brüllen von sich, das die riesige Höhle zu sprengen schien. So hemmungslos war der Zorn, den der Dämon herausbrüllte, dass Calvyns Blick unwillkürlich zu ihm hinwanderte. Er sah dem Dämon ins Gesicht.

In den Augen glühte orangerot das Böse – das Böse und ein ungestümer, grimmiger Hunger, der mit einer Heftigkeit kochte und wütete, die menschliches Empfinden bei Weitem überstieg.

Calvyn versuchte, sich von den hypnotisch leuchtenden Augen des Dämons loszureißen, doch da war es schon zu spät. Sie waren wie Türen in eine andere Welt, eine brennende, brutale Welt der Glut und der Gier, der Bosheit und der Pein.

Calvyn saß in der Falle, gefesselt von Torvados' Zauber und im geistigen Widerstreit mit einem mächtigen Dämon. Es war eine Schlacht, die er niemals gewinnen konnte.

Der Gorvath kam näher, einen Schritt, dann noch einen. Er brüllte zornig, da die Zauberlords ihn mit ihrem vereinten Willen daran hinderten, sich frei zu bewegen. Doch auch in seiner Raserei entließ der Dämon sein Opfer nicht aus seinem Blick.

Der Dämon rückte Calvyn immer näher zu Leibe. Den zischenden Schild aus glühender magischer Kraft schien er überhaupt nicht zu bemerken. Als der Dämon seine großen

Krallen nach ihm ausstreckte, durchdrangen sie zu Calvyns Bestürzung die Sperre, als sei sie gar nicht da.

Calvyn spürte, dass Torvados seinen Lähmzauber lockerte, doch das spielte nun keine Rolle mehr. In dem Moment, in dem die Krallen ihn berührten, war er verloren. Seine Erinnerungen verschwanden wirbelnd und strudelnd im geöffneten Rachen des gewaltigen grauen Gorvaths.

Vallaine gestattete sich ein feines Lächeln. Die erste Phase seines Plans war aufgegangen. Dieses Monster in Schach zu halten, da hatte der alte Hexenmeister recht gehabt, wäre für einen Einzelnen unmöglich gewesen. Doch da sie zu elft waren und Barrathos ihre vereinte Kraft lenkte, war die Aufgabe nicht so schwierig, wie er es sich vorgestellt hatte. Mit geballter Willenskraft zwangen die Zauberer den Gorvath, von Calvyn abzulassen. Der Dämon kreischte und tobte, weil er sein Opfer nicht töten durfte.

Barrathos setzte wieder mit dem kehligen Singsang ein, während die Lords sich bereitmachten, den Dämon in seine Welt zurückzubefördern.

Da geschah es.

Torvados, der Calvyn der Macht des Dämons ausgeliefert hatte und ohne Aufgabe war, wollte die anderen Zauberer mit seiner Willenskraft unterstützen. Doch damit störte er das Gleichgewicht und sie verloren den Bruchteil einer Sekunde die Macht über den Gorvath. Einer der Lords blickte verwundert auf, das Monster warf den Kopf herum und die Blicke der beiden trafen sich.

»Reth! Nein!«, keuchte Vallaine, der über ihre geistige Verbindung das Entsetzen des Mannes spürte.

Ehe jemand etwas dagegen tun konnte, tat Reth, vom Gorvath geführt, einen Schritt nach vorn. In dem Moment, in dem er über die Kreislinie trat, leuchtete ein Blitz auf und Barrathos' Singsang kam stockend zum Erliegen.

Wieder durchschnitt Gebrüll die Stille, doch diesmal klang es triumphierend. Die vereinte Willenskraft der Lords des Inneren Auges bröckelte, und der Gorvath, von der knebelnden Macht befreit, stürzte sich auf Reth. Eine Sekunde später war der Lord tot und die Krallen des Monsters bohrten sich tief in seinen Körper.

Furcht durchströmte den Raum. Furcht und Panik.

Nur Vallaine bewahrte eine kühlen Kopf. Während die anderen Lords vor der grauenhaften Kreatur davonstoben, rief er: »Bleibt da, ihr Narren! Bannt ihn mit Eurer Willenskraft oder wir sind alle verloren.«

Als Nächster starb Torvados und auch er wurde von den Krallen zerfetzt. Der Gorvath tötete nicht etwa aus Hunger, sondern aus rasender Wut.

»Vereint Euren Geist. Jetzt!«, befahl Vallaine mit einem Anflug von Verzweiflung in der Stimme.

Einer nach dem anderen steuerte seine Kraft bei, um den Gorvath wieder unter Kontrolle zu bringen. Der Dämon spürte, dass sich eine wachsende Macht gegen ihn erhob und er in Gefahr war, erneut in die Gewalt der Männer zu geraten.

Brüllend stürmte er zu der schweren Holztür, dem einzigen Ausgang aus der Höhle. Er warf sich mit ungebremster Wucht gegen die Türflügel, brach durch das Holz und jagte mit einem Tempo die Treppen hinauf, das seine enorme Körpermasse Lügen strafte.

Lord Vallaine seufzte erleichtert auf. Die überlebenden Lords des Inneren Auges kamen zögernd aus den Winkeln der Höhle hervor, in die sie sich geflüchtet hatten. An der Stelle, an der er den Dämon heraufbeschworen hatte, kauerte Barrathos wie ein Häuflein Elend. Er schluchzte, und die großen Tränen vermischten sich mit dem Schweiß, der ihm unvermindert über Stirn und Wangen lief.

Auch Calvyn hatte sich nicht bewegt. Die magische Sperre, die er errichtet hatte, knisterte noch. Vallaine war fasziniert von dieser Energie, der junge Mann jedoch starrte völlig unbewegt ins Leere.

Der Hohe Lord Vallaine stellte sich vor Calvyn. Nur das flimmernde Kraftfeld trennte die beiden. Zunächst schien Calvyn ihn überhaupt nicht zu bemerken. Dann richtete er den Blick auf die Gestalt im dunklen Umhang.

»Wer bin ich?«, fragte Calvyn langsam. »Was tue ich hier?«

Unter der großen Kapuze verzog sich Vallaines Mund zu einem Lächeln.

»Du bist Lord Shanier, Lord des Inneren Auges. Ruhe dich jetzt aus, du hattest einen anstrengenden Tag.«

9

Ein eisiger Windstoß fuhr Jenna durch die Kleider. Die zweiwöchige Wanderung hatte an ihren Kräften gezehrt. Beim Bücken und bei bestimmten Bewegungen zuckte ihr noch immer ein stechender Schmerz durch die Rippen. So war es jedes Mal eine Qual, auf das Pferd zu kommen, das ihr »zugelaufen« war. Die Blutergüsse und Schwellungen, die sie sich im Gesicht, an den Händen und verschiedenen anderen Körperteilen zugezogen hatte, waren mittlerweile verheilt. Doch größere Sorgen als die angeknacksten Rippen machte ihr das Wetter im Vortaff-Gebirge.

Die Kälte war ein hinterhältiger Mörder. Zum Teil

wusste sich noch aus ihrer Rekrutenausbildung um die Gefahren von Unterkühlung und Erfrierungen. Den Rest hatte sie in einem Gespräch in der Schänke erfahren, in der sie vor dem Aufstieg zum Klingenpass übernachtet hatte.

Was man ihr dort erzählt hatte, war alles andere als ermutigend gewesen.

Ein Mann namens Reeve setzte sich zu ihr an den Tisch, als sie nach einem Teller Eintopf, den der Wirt ihr empfohlen hatte, satt und zufrieden am Tisch saß. Die warme Mahlzeit und der Becher Met, den Jenna getrunken hatte, wirkten so entspannend, dass ihr vor Müdigkeit schon der Kopf auf die Brust sackte. Die Flammen des Kaminfeuers leckten an den großen Eichenscheiten und sangen knisternd ein sanftes Schlaflied, und auch das leise Gemurmel der anderen Gäste in der großen Schankstube wirkte einschläfernd auf Jenna.

»Darf ich mich zu dir setzen?«, fragte der Fremde forsch. Jenna schreckte auf, denn sie hatte ihn nicht kommen hören.

»Klar«, erwiderte Jenna argwöhnisch und musterte den schlanken Fremden mit dem verwitterten Gesicht.

»Danke«, sagte er und drehte sich einen Stuhl um, sodass er die Arme auf der Lehne verschränken konnte. »Reeve heiße ich.«

»Jenna«, erwiderte sie und hätte sich am liebsten auf die Zunge gebissen. Vielleicht hätte sie besser einen falschen Namen genannt?

»Du willst in die Berge?«, fragte Reeve und starrte an Jenna vorbei ins Kaminfeuer.

»Und wenn?«

»Ich dachte nur, du brauchst vielleicht einen Führer. Für diesen Teil der Vortaff-Berge bin ich der Beste, da kannst du jeden fragen.«

»Ich brauche keinen Führer, danke. Ich weiß schon, wo ich hin muss. Außerdem könnte ich mir auch gar keinen Führer leisten. Ich fürchte, du verschwendest bei mir deine Zeit.«

Der Mann musterte sie und zuckte die Schultern.

»Na ja, fragen kostet ja nichts. Wenn der Winter kommt, will kaum noch jemand in die Berge. Wer sich zu dieser Jahreszeit ins Vortaff-Gebirge wagt, ist entweder dumm oder nicht kleinzukriegen.«

Reeve hielt kurz inne.

»Ich frage mich, zu welcher Sorte du gehörst?«, fügte er leise hinzu.

»Wie bitte?«

»Oh, es tut mir leid. Das war nicht so gemeint. Es ist mir nur so herausgerutscht.«

»Ist schon gut«, log Jenna. Der überhebliche Bergführer hatte es sich bei ihr bereits gründlich verscherzt.

»Viele, die ich durch die Berge führe, kennen nicht einmal die grundlegenden Gefahren. Natürlich haben sie schon von Lawinen und Steinschlag gehört, aber meistens haben sie keine Ahnung, wie sie sich davor schützen können. Und die wenigsten kennen die heimtückischeren Gefahren, die in der Kälte lauern wie Unterkühlung, Erfrierungen, Fußbrand und Schneeblindheit.«

Jenna erinnerte sich vage daran, was sie in der Rekrutenausbildung gelernt hatte. Von Schneeblindheit war damals jedoch keine Rede gewesen. Jenna entlockte dem Bergführer einige seiner Geheimnisse, indem sie seiner Eitelkeit schmeichelte und ihm ein paar Becher Met ausgab.

Als sie alles Wissenswerte aus Reeve herausgeholt hatte, hatte sie sich rasch verabschiedet und war schlafen gegangen.

»Ich wette, du verfluchst den Tag, an dem du mir begegnet bist«, sagte Jenna zähneklappernd zu der großen Apfelschimmelstute. Das Kletterseil, das sie mitgenommen hatte, diente ihr als Führstrick. Jenna fragte sich, ob es nicht besser gewesen wäre, das Pferd vor dem letzten Aufstieg an einer geschützten Stelle zurückzulassen.

Dass sie den Berg aus ihrem Traum bestieg, dessen war sich Jenna vollkommen sicher. Auf den vielen einsamen Meilen ihrer Wanderung war das ihr einziger Trost gewesen: dass ihr alles so vertraut schien. Natürlich sahen die Landmarken vom Boden besehen anders aus und die Schneeschauer hatten ihr in den letzten Tagen die Orientierung zusätzlich erschwert. Doch gemessen daran, dass sie – zumindest in wachem Zustand – noch nie in ihrem Leben in diesem Teil der Welt gewesen war, kam ihr alles unfassbar bekannt vor. Da sie das Ziel ihrer Reise unmittelbar vor Augen hatte, wollte sie sich auch nur ungern von dem Pferd trennen.

»K … k … komm. G … g … gleich da.«

Sie zog den Mantel noch enger um den Körper und setzte einen Fuß vor den anderen, immer weiter den Berg hinauf. Der eisige Wind schnappte immer wütender nach ihr. Der Pfad wand sich in großen Schleifen dem Gipfel entgegen. Da sie das Pferd dabei hatte, musste Jenna immer den einfacheren, aber auch längeren Weg wählen.

Die Wanderung schien kein Ende zu nehmen. Jedes Mal, wenn Jenna meinte, den Gipfel erreicht zu haben, wartete der nächste Aufstieg auf sie und dann noch einer. Die Kälte war mittlerweile in jede Faser ihres Körpers gekrochen, und sie konnte sich nicht vorstellen, jemals wieder warm zu werden. Doch obwohl der Wind sie grimmiger umtoste denn je und ihr die Schneeflocken wie Nadelstiche ins Gesicht stachen, überkam Jenna plötzlich eine warme Mattigkeit.

In Jenna machte sich Gleichgültigkeit breit und ihr Schritt verlangsamte sich zu einem schwankenden Schleichen. Musik erfüllte sie, einschläfernde, traumartige Musik, und eine innere Stimme forderte sie auf, haltzumachen, sich hinzulegen, diesen sinnlosen, aberwitzigen Aufstieg abzubrechen und sich dem längst überfälligen Schlaf hinzugeben.

Jenna kippte fast um, als das Pferd sie von hinten ins Kreuz stupste. »Du hast recht, altes Mädchen«, murmelte sie. Ihre Lippen waren so kalt, dass sie sich kaum noch bewegen ließen. »Schlafen können wir später. Erst bringen wir es hinter uns.«

Vielleicht war es Minuten später, vielleicht auch Stunden, doch endlich stolperte Jenna über den letzten Absatz des letzten Anstiegs. Vor ihr stand stolz der graue Monolith. Immer noch wirbelten Schneeflöckchen durch die Luft, doch abgesehen von einer kleinen Schneewehe, die sich an der windabgewandten Seite des Felsens gesammelt hatte, lag auf dem Berggipfel kaum Schnee.

Jenna war alles einerlei. Der Schnee, der Wind, die Kälte, ihr Pferd – nichts spielte noch eine Rolle. Der Felsen war ihr Ziel. Hier war er, der Monolith aus ihrem Traum, und wenn sie auf diesem kahlen und einsamen Berggipfel sterben sollte, so war sie zumindest an ihr Ziel gelangt.

Jenna taumelte über den leicht abfallenden Weg zu dem grauen Felsblock, zwang ihre müden Beine über die letzten Meter und warf sich mit einem Schrei gegen den Stein. Ihre Hände konnten die Wucht des Sturzes nur leidlich abfangen, Gesicht und Körper schmetterten gegen den Fels und dann umfing sie den Stein mit ausgebreiteten Armen.

Jenna spürte keinen Schmerz.

Sie war müde, so müde.

Benommen spürte Jenna, wie jemand mit den Händen

gegen ihre stieß und sie auffing, als sie nach hinten umfiel. Unfähig, noch zwischen Wirklichkeit und Traum zu unterscheiden, ließ sie sich bereitwillig in die sanften Arme der Ohnmacht sinken.

Jenna erwachte von einem Gefühl wohliger Wärme. Es war nicht die trügerische Wärme, die ihr Körper ihr in der letzten Phase des Aufstiegs vorgegaukelt hatte. Als sie die Augenlider öffnete, war sie deshalb überrascht, sich in derselben Umgebung wiederzufinden wie in den letzten Sekunden, in denen sie noch bei Bewusstsein gewesen war.

Jenna lag nur wenige Schritte von dem großen Felsbrocken entfernt. Noch immer fegte der Wind den Schnee über den Gipfel, doch nun wurde er um die Stelle, an der sie lag, herumgeleitet. Eine etwa zwölf Schritt große durchsichtige Blase aus gänzlich unbewegter Luft bot ihr einen merkwürdig unnatürlichen Schutz vor dem wütenden Schneesturm. Abgesehen vom Atmen des Apfelschimmels und einem leisen Schnarchen herrschte Stille.

Als Jenna nur ein kleines Stück entfernt die Gestalt entdeckte, die in einen grauen Mantel gehüllt war und friedlich schlief, setzte sie sich ruckartig auf. Noch in der Bewegung fielen ihr die verletzten Rippen wieder ein und sie machte sich innerlich auf den Schmerz gefasst. Zu ihrer großen Überraschung blieb er aus.

Sie stupste versuchsweise gegen die Rippen, erst zaghaft, dann stärker. Es tat nicht weh.

»Das muss ein Traum sein«, sprach sie laut mit sich selbst. »Gleich wache ich im Schlafsaal von Burg Keevan auf. Jemand stößt mich in die Rippen, weil ich zu spät zum Appell komme.«

»Ich fürchte, nein«, sagte eine verschlafene Stimme, und die Gestalt im Mantel stützte sich auf die Ellbogen.

Der Mann war alt, Jenna hätte nicht sagen können, wie alt. Der Kopf war oben kahl und hatte an den Seiten und hinten einen Kranz aus stahlgrauem Haar. Auf dem braunen wettergegerbten Gesicht breitete sich ein sanftes Lächeln aus und die blauen Augen strahlten Freundlichkeit und Wärme aus.

»Ich freue mich, dich endlich kennenzulernen, Jenna«, fuhr der Alte fort, da Jenna noch nicht recht wusste, was sie sagen sollte. »Ich schulde dir großen Dank. Es ist bestimmt alles andere als einfach gewesen herzukommen. Aus den Verletzungen, die du mitgebracht hast, muss ich schließen, dass du einiges mitgemacht hast.«

Jenna war noch immer sprachlos. Sie hatte sich gezwickt, war aber nicht aufgewacht. Es war also kein Traum. Ihr lagen so viele Fragen auf der Zunge, aber es gelang ihr nicht, auch nur eine davon auszusprechen, geschweige denn, einen zusammenhängenden Satz herauszubringen.

»Du hast bestimmt viele Fragen«, sagte der alte Mann, als könne er ihre Gedanken lesen. »Ich werde mich bemühen, sie alle zu beantworten. Aber vorher sollten wir etwas essen und trinken, oder was meinst du?«

Jenna nickte. Sie zog den Rucksack heran und holte Kekse, Wasser, getrocknetes Dahl und einen kleinen Topf heraus, in dem sie das Wasser erwärmen konnte. Erst in diesem Moment sah sie, wo die behagliche Wärme herkam. Es war kein Feuer.

Mehrere kleine, übereinandergesetzte Steine in der Mitte der windstillen Blase glühten rot. Jenna fiel die Kinnlade herunter und sie machte große Augen. Das war Magie.

Der alte Mann lächelte und bat sie um Kekse.

»Es tut mir leid, dass ich im Moment zu unserem Proviant nichts beisteuern kann«, sagte er aufrichtig. »Ich kann nur für Schutz und Wärme sorgen. Sei aber versichert, ich werde mich bei der nächstmöglichen Gelegenheit erkenntlich zeigen, Jenna. Ich schulde dir schon so viel.«

Jenna fand endlich die Sprache wieder.

»Hast du meine Rippen geheilt?«, fragte sie, obwohl sie die Antwort schon kannte.

Der alte Mann nickte.

»Ohne diesen seltsamen Schutzschild und das ungewöhnliche Feuer wäre ich wohl an Unterkühlung gestorben. Also stehe ich auch tief in deiner Schuld. Das bisschen Nahrung und Wasser kann ich leicht entbehren. Es ist das Mindeste, was ich tun kann.«

»Ja, aber du wärst ja nicht in dieser misslichen Lage, wenn ich dich nicht gerufen hätte. Ich bin dir unendlich dankbar, dass du bereit warst, für mich so weit ins Vortaff-Gebirge vorzustoßen. Und du hast auch noch meine alte Freundin Sachte mitgebracht!«

»Nach allem, was ich erlebt habe, sollte ich mich nicht wundern, dass das auch noch dein Pferd ist. Du hast mich also wirklich gerufen? Aber wer bist du und warum hast du mich kommen lassen? Du hast gesagt, Calvyn sei in großer Gefahr. Welche Gefahr und wo ist er?«, wollte Jenna wissen, aus der die Fragen plötzlich nur so heraussprudelten.

Sorge und Schmerz verdüsterten die Miene des alten Mannes.

»Du wirst von mir erfahren, was ich weiß, aber wo Calvyn ist, vermag ich nicht zu sagen. Ich kann mich nicht mehr mit ihm verbinden. Jenna, lass uns erst etwas essen. Du bist bestimmt hungrig, und du kannst dir gar nicht vorstellen, wie lange ich schon nichts mehr gegessen und getrunken habe.«

Jenna hätte zu gern gewusst, was er mit »verbinden« meinte, zwang sich aber zu Geduld.

Der Alte, der sich überraschend geschmeidig bewegte,

stellte Jennas Vorräte auf einen flachen Stein. Mit geübter Hand gab er Dahl und Wasser in den Topf und stellte ihn auf die glühenden Steine, die eine gleichmäßigere Wärme verbreiteten als jedes Lagerfeuer.

Während dieser Vorbereitungen beantwortete er die Fragen, die Jenna besonders beschäftigten.

»Erst will ich dir sagen, wer ich bin«, begann er. »Ich heiße Perdimonn. Ehe uns die Umstände vor etwa einem Jahr trennten, waren Calvyn und ich Weggefährten. Mein Zeitgefühl hat mich ein wenig im Stich gelassen, deshalb verzeih bitte meine ungenauen Angaben. Damals wurde ich verfolgt und wollte Calvyn nicht in eine uralte Fehde hineinziehen.«

»Mit Selkor?«, fragte Jenna.

»Ja, genau. Calvyn hat dir also davon erzählt?«

»Nichts Genaues«, erwiderte Jenna. »Aber Selkor ist bei der Schlacht von Mantor aufgetaucht. Calvyn hat später dem König einen Teil der Geschichte erzählt. Er hat deinen Namen nicht genannt, aber er muss dich gemeint haben.«

»Du hast eine schnelle Auffassungsgabe«, sagte Perdimonn. »Calvyn war allerdings wohl nicht klar, wie gefährlich Selkor ist, besonders jetzt, da er Darkweavers Amulett besitzt. Aber da ist er nicht allein: Niemand scheint zu wissen, wie bedrohlich die Lage ist. Als es zum Kampf mit Selkor kam, war ich ihm schon nicht gewachsen, doch mit dem Talisman hat er eine furchtbare Quelle der Macht dazugewonnen. Aber ich schweife ab. Calvyn und ich haben uns getrennt und Selkor ist mir bis hierher gefolgt. Wir hatten, na ja, eine kleine Meinungsverschiedenheit.«

»Und er hat dich in den Felsen eingeschlossen?«

»Nein, das war meine Idee«, sagte Perdimonn etwas verlegen. »Siehst du, Selkor hat nicht gleich versucht, mich zu töten. Er wollte nur etwas haben, das in meinem Besitz ist.

Hätte ich es ihm gegeben, so hätte er mich vielleicht umgebracht – wer weiß? Da ich mich in den Felsen einschloss, kam er nicht an mich heran. Er hätte den Stein mit seiner Zauberkraft zerschmettern können, doch dann hätte er auch das zerstört, hinter dem er her war.«

»Warum ist er dir nicht in den Felsen gefolgt?«, fragte Jenna.

»Um ehrlich zu sein, ich weiß gar nicht, ob das möglich gewesen wäre«, erwiderte Perdimonn schulterzuckend. »Doch wenn er es getan hätte, so wäre er darin genauso gefangen gewesen wie ich. Ich konnte nur wieder hinaus, indem ich mit jemandem eine Seelenverbindung aufnahm und ihn oder, besser gesagt, sie dazu brachte, den Felsen zu berühren.«

»Dann kannst du zu jedem beliebigen Menschen eine Seelenverbindung herstellen? Wenn es so ist, verstehe ich nicht, warum du mich dafür erwählt hast«, fragte Jenna verwirrt. »Warum hast du dir nicht jemanden ausgesucht, der in deiner Nähe war und sich besser im Gebirge auskannte?«

Perdimonn schüttelte sanft den Kopf und reichte Jenna einen Becher Dahl, ehe er sich selbst etwas in Jennas Ersatzbecher goss. Beide nahmen einen Schluck von dem heißen Getränk und legten die Hände um den warmen Becher. Jenna knabberte, gebannt von Perdimonns Geschichte, an einem Keks.

»Nein, Jenna. Eine Seelenverbindung herzustellen, ist nicht einfach, nicht einmal bei jemandem, den man gut kennt. Ich bin immer noch erstaunt, dass es mir gelungen ist, eine Brücke zu dir, einem mir völlig fremden Menschen, zu schlagen. Möglich war es wohl nur, weil ich mir über die Verbindung zu Calvyn ein so lebhaftes Bild von dir machen konnte und seine Gefühle für dich so stark waren, dass ich fast den Eindruck hatte, dich zu kennen. Ich habe dich gerufen, weil ich niemanden mehr hatte, nachdem Calvyn in shandesische Gefangenschaft geraten war.«

Als Perdimonn von Calvyns Gefühlen sprach, setzte Jennas Herz einen Schlag aus. War es möglich, dass er sie doch liebte? Sie brachte es nicht über sich, Perdimonn danach zu fragen. Andere Fragen, die leichter auszusprechen waren, harrten zudem dringend einer Antwort.

»Warum kannst du dich nicht länger mit Calvyn verbinden? Er ist doch nicht tot?«, fragte Jenna zögernd und fürchtete sich vor der Antwort.

»Nein, er ist nicht tot ... Ich sage das nicht gern, aber gewissermaßen wäre es besser für ihn, er wäre tot.«

Neben der Erleichterung darüber, dass Calvyn noch am Leben war, flackerte Zorn in Jenna auf.

»Warum? Was ist ihm zugestoßen?«, wollte sie wissen. »Hör auf, um den heißen Brei herumzureden, Perdimonn. Ich bin nur hergekommen, weil du mir gesagt hast, Calvyn sei in Gefahr. Ich bin hier und du bist deinem Felsen entkommen. Jetzt erzähl mir endlich, was geschehen ist und wie ich Calvyn helfen kann.«

Perdimonn sah Jenna ernst in die Augen. »Ein Zaubererkreis, die sogenannten Lords des Inneren Auges, haben einen Dämon heraufbeschworen, der Calvyns Seele verschlungen hat«, sagte Perdimonn langsam. »Es ist ein sehr mächtiger Dämon. Um ehrlich zu sein, weiß ich nicht einmal, ob man Calvyn überhaupt helfen kann.«

Jenna öffnete den Mund, um etwas zu sagen, brachte aber keinen Ton heraus. Erst die Magier, und jetzt auch noch Zauberer und Dämonen. Das Ganze wurde immer absonderlicher.

»Es gibt noch ein Fünkchen Hoffnung«, sagte Perdimonn nach einer langen Pause.

»Und die wäre?«, fragte Jenna wie betäubt.

»Ich glaube, der Dämon ist noch nicht in seine Welt zurückgekehrt, denn eine schwache Spur führt noch zu Calvyns Seele. Ich kann nur keine Verbindung aufnehmen, weil sie sich nicht mehr in seinem Körper befindet«, sagte Perdimonn nachdenklich. »Der Dämon muss denen, die ihn gerufen haben, entkommen sein.«

»Warum ist das eine Hoffnung? Das verstehe ich nicht«, sagte Jenna verzagt.

»Weil es vielleicht möglich ist, den Dämon zu töten und Calvyns Seele zu befreien, deshalb. Dann kann sie in seinen Körper zurückkehren«, sagte Perdimonn entschieden. Mit einem aufmunternden Lächeln legte er die rechte Hand auf ihre und drückte sie sanft. »Ich habe das Gefühl, das ist dein Schicksal, Jenna. Hier hat eine höhere Macht ihre Hände im Spiel. Du musst den Dämon verfolgen und töten, ehe er aus freien Stücken in sein Reich zurückkehrt, denn das wird er am Ende tun. In diesem Fall wäre Calvyn für immer verloren.«

Jenna blickte in das freundliche Gesicht des alten Mannes. Das also war die Jagd, das musste sie sein. »Deine Beute ist die gefährlichste aller Zeiten«, hatte die alte Seherin gesagt. Ein mächtiger Dämon kam dieser Beschreibung recht nahe.

»Du meinst wohl ›unser Schicksal‹, Perdimonn. Immerhin war Calvyn dein Schüler. Du wirst ihn doch nicht im Stich lassen, oder?«, fragte Jenna überrascht.

Perdimonn rutschte verlegen hin und her und wich Jennas Blick aus.

»Ich weiß, das wird dir nicht gefallen, aber Calvyn ist im Moment nicht meine einzige Sorge. Selkor hat das Amulett vermutlich bereits ausbessern lassen, und nur Tarmin weiß, was er vorhat. Deshalb muss ich dich mit Calvyns Rettung betrauen, Jenna. Ich wünsche mir nichts sehnlicher, als mit dir zu gehen, aber ich würde es gewiss bereuen und viele andere mit mir. Wenn ich mich nicht sehr täusche, fällt diese Aufgabe dir zu. Du bist auch eine viel bessere Jägerin als ich.«

Jenna sah Perdimonn bei dem Wort »Jägerin« erstaunt an. Doch sie war nicht bereit, sich die Suche nach einem Dämon völlig widerspruchslos aufs Auge drücken zu lassen.

»Du lässt Calvyn im Stich, um dich mit einem Magier anzulegen, der dich wie eine lästige Fliege zermalmen kann? Was bist du eigentlich für ein Lehrmeister? Hat Calvyn das verdient?«, fragte sie verärgert.

Perdimonn lief rosarot an.

»Nein, natürlich nicht, aber ich habe keine Wahl. Ich kann Selkor nicht allein besiegen, deshalb muss ich mich um Hilfe kümmern, und zwar schnell. Wenn Selkor erst in die Tiefen der Macht vordringt, die sich in diesem Amulett verbirgt, dann ist bald die ganze Welt in Gefahr. Glaube mir, Jenna, ich wünschte, es wäre anders, aber ich kann nicht mit dir kommen.«

»Kannst du mir dann wenigstens einen magischen Spruch mitgeben, mit dem ich den Dämon töten kann? Eine Waffe, mit deren Hilfe ich Calvyns Seele befreien kann?«

»Na ja … äh … nein, leider nicht«, sagte Perdimonn verlegen.

Jenna zog die Hand weg und aus ihren Augen blitzten Wut und Enttäuschung.

»Du verstehst nicht«, vor Perdimonn rasch fort. »Bei dem Dämon, der Calvyns Seele verschlungen hat, handelt es sich um einen Gorvath. Zaubersprüche können ihm nichts anhaben. Allerdings könnte ich dir ein magisches Hilfsmittel anfertigen, das dir helfen wird, ihn aufzuspüren.«

Jenna war nicht so schnell zu besänftigen. »Und angenommen, das Ding führt mich zu dem Dämon – wie töte ich ihn?«

»Ehrlich gesagt, Jenna, ich habe keine Ahnung. Ich weiß wenig über Dämonen. Aber eine Warnung möchte ich dir mit auf den Weg geben: Egal was geschieht, sieh dem Gorvath nie, nie in die Augen! Gorvaths unterwerfen sich ihre Opfer mit einer Art Hypnose. Richte den Blick auf Brust, Arme, alles, nur nicht auf die Augen. Sonst bist du verloren. Ach ja, und du musst wissen, dass der Gorvath ein Formwandler ist. Er kann jede von ihm gewünschte Gestalt annehmen. Allerdings nicht zu oft, weil jeder Wandel ihn viel Kraft kostet.«

Jenna sank in sich zusammen und versuchte kopfschüttelnd, diese letzte Wendung der Ereignisse zu verarbeiten. Die alte Frau auf dem Markt hatte Jenna die »Jägerin« genannt und sie gewarnt: »Sei dir deines Zieles sicher, sonst wirst du selbst zur Gejagten.« Die Wahrsagerin hatte noch mehr gesagt, aber es wollte Jenna einfach nicht mehr einfallen. Es war auch nicht weiter wichtig, befand sie. Wichtig war ihr Ziel und das war der Gorvath. Die bloße Vorstellung, dass es so etwas wie Dämonen überhaupt gab, kam ihr geradezu lachhaft vor. Andererseits, überlegte sie belustigt, wenn ihr noch vor Kurzem jemand gesagt hätte, dass sie mit einem Magier auf einem einsamen Berggipfel in einer Blase aus magischer Energie sitzen und sich an magisch erhitzten Steinen wärmen würde, so hätte sie ihn vermutlich auch für verrückt erklärt.

Jenna wappnete sich innerlich für die Aufgabe, die vor ihr lag: einen Dämon aufzuspüren, der seine Gestalt verändern und ihr die Seele rauben konnte, sobald sie ihm auch nur in die Augen sah. Vielleicht hatte der Gorvath auch Fähigkeiten, von denen sie noch gar nichts ahnte. Jenna kam zu dem Schluss, dass ihr nichts anderes übrig blieb, als dem seltsamen Pfad, den sie eingeschlagen hatte, zu folgen. Sie konnte nur hoffen, dass Perdimonn recht hatte und eine höhere

Macht sie leitete. Göttliche Eingebung konnte nicht schaden, wenn sie diesem Biest gegenübertrat.

»Gut, Perdimonn, ich gehe auf die Jagd und du erledigst deine Aufgaben. Ein magisches Hilfsmittel, das mich zu dem Dämon führt, ist bestimmt eine große Hilfe. Mir wäre es lieber, ich hätte eine Zauberwaffe wie Calvyns Schwert, aber ohne ihr Ziel wäre sie ja ziemlich nutzlos.«

Perdimonn nickte und legte den Mantel ab. »Trägst du eine Kette oder einen Armreif?«

»Nein. Ich habe mich nie für Schmuck erwärmen können«, erwiderte Jenna, neugierig, was der alte Magier vorhatte.

Perdimonn brummte und begann, am Kragen seines Mantels zu zupfen. Nach etwa einer Minute hatte er ein Lederbändchen gelöst. Er zog an den Enden, um zu testen, wie stark es war.

»Hm, das müsste gehen«, sagte er. »Hast du vielleicht etwas anderes aus Silber bei dir? Es ist egal, was.«

»Silber«, überlegte Jenna. »Sehe ich aus wie jemand, der mit Silber im Rucksack durch die Lande reist?«

Trotzdem durchwühlte sie ihre Taschen. Eine ihrer Haarspangen war silbern, doch Perdimonn gab sie ihr kopfschüttelnd zurück.

»Ein bisschen Silber ist drin, aber überwiegend ist sie aus Zinn.«

»Woher weißt du das?«

»Silber fühlt sich anders an. Vertrau mir. Ich weiß, wovon ich rede.«

Jenna fand nichts mehr, was auch nur annähernd wie Silber aussah, und Perdimonn seufzte tief.

»Ich hatte gehofft, es wäre nicht nötig, aber es geht nicht anders«, sagte er traurig und streifte einen schweren Silberring vom Mittelfinger seiner linken Hand ab.

Es dauerte eine Weile, bis er den Ring über den Knöchel geschoben hatte, doch dann legte er ihn sich auf die Hand und untersuchte ihn eingehend.

»Das reicht noch nicht«, murmelte er vor sich hin und entfernte einen weiteren schmaleren Ring vom kleinen Finger der rechten Hand.

Nachdem er den kleineren neben den größeren Ring gelegt hatte, schien es Jenna, als verliere sich der alte Mann in der Betrachtung der beiden Schmuckstücke auf seinem Handteller. Für Jenna sah es aus, als durchströmten ihn Erinnerungen an die Herkunft der beiden Ringe oder als hielte er eine Art Zwiesprache mit ihnen. Die Minuten verstrichen. Perdimonn saß regungslos und entrückt da.

Die Zeit kroch dahin.

Was macht er nur, fragte sich Jenna und rutschte unbehaglich hin und her. Wird er den ganzen Tag so dasitzen, als wäre er zu Stein erstarrt? Immerhin war er in dem Felsen eingeschlossen, weiß Tarmin, wie lange.

Gerade als Jenna das Schweigen brechen wollte, begann Perdimonn zu sprechen. Die Worte klangen fremd, wie willkürlich aneinandergereihte Silben, die nicht so sehr wegen einer bestimmten Bedeutung, sondern wegen ihrer Wirkung gesprochen wurden.

So ging es mehrere Minuten lang, während derer Perdimonn völlig reglos die Silberringe anstarrte. Dann lehnte er sich behutsam nach vorn und legte die Ringe auf die ebene Fläche eines der glühenden Steine, immer weiter die seltsamen Worte sprechend. Perdimonn schloss die Augen und legte die Stirn in Falten.

Bald schon begannen die Silberringe, in der Hitze des Steins zu schmelzen. Doch das Metall verflüssigte sich nicht etwa zu einer Lache. Als die Ringe vollständig geschmolzen waren, erzitterte das Material und formte sich in Sekundenschnelle zu einem Pfeil. Auf der Mitte des Schaftes saß eine winzige Öse. In diesem Augenblick veränderte sich Perdimonns Stimme, und obwohl Jenna noch immer kein Wort verstand, war der Befehlston unverkennbar. Könnte sie diesen Tonfall nachahmen, dachte Jenna, würde sie innerhalb einer Woche zur Korporalin aufsteigen.

Der Stein unter dem kleinen Silberpfeil hörte plötzlich auf zu glühen und Perdimonn nahm den kleinen Pfeil an sich. Jenna fürchtete, das Silber müsse doch siedeheiß sein, da es noch Sekunden zuvor geschmolzen gewesen war. Doch der alte Mann wendete den Pfeil ungerührt in den Händen.

Dann nahm er das Lederbändchen und fädelte es durch die Öse. Mit einem zufriedenen Nicken knotete er die Enden zusammen und reichte es Jenna.

»Bitte«, sagte er lächelnd. »Der ideale Talisman für eine Jägerin.«

»Sehr hübsch«, erwiderte Jenna. »Danke schön. Aber ich verstehe nicht recht, wie er mir helfen soll, den Gorvath zu finden.«

»Hier, ich zeige es dir«, sagte Perdimonn und blitzte sie fröhlich mit seinen blauen Augen an.

Er ließ den pfeilförmigen Anhänger am Lederband in der Luft baumeln und stupste ihn dann an. Jenna wurde plötzlich klar, dass sich zwischen dem Pfeil und der Öse ein winziges Drehgelenk befand. Der Pfeil drehte sich mehrmals um die eigene Achse und kam dann zum Halten.

»Die Pfeilspitze zeigt immer in die Richtung, in der sich der Gorvath befindet. Je näher du an ihn herankommst, desto genauer zeigt sie an. Schlau, stimmt's?«

»Schlau und ganz schön nützlich. Danke, Perdimonn.«

»Das war das Mindeste, was ich für dich tun konnte. Hüte dich allerdings, denn der Zauber, mit dem ich den Talisman belegt habe, war nicht so genau, wie es wünschenswert wäre.

Er wird dich zum Gorvath führen, aber was du auch tust, halte dich vom Turm des Hexenmeisters fern, sonst stöberst du womöglich mehr Dämonen auf, als dir lieb ist.«

»Der Gorvath reicht mir vollkommen!«, rief Jenna entsetzt, »Ich habe nicht vor, alle Dämonen dieser Welt zu jagen.«

»Mach dir keine Sorgen«, beruhigte sie Perdimonn. »Es ist unwahrscheinlich, dass es einen Dämon gibt, der den Talisman stärker anzieht als der Gorvath. In diesem Teil der Welt gibt es nur wenige Hexenmeister und meines Wissens war das die größte Beschwörung seit Jahren.«

»Wo gehst du denn jetzt hin, Perdimonn?«

»Nach Terilla. Ich muss den Rat der Magier vor Selkor warnen. Und dann … Na ja, mehr brauchst du eigentlich nicht zu wissen. Es könnte dir nur schaden.«

»Terilla? Liegt das nicht auf der shandesischen Seite des Vortaff-Gebirges?«, fragte Jenna.

»Ja, in Südwestshandar.«

»Dann muss du es wohl noch eine Weile mit mir aushalten«, sagte Jenna mit einem Blick auf den silbernen Pfeil, der eindeutig nach Norden zeigte – tief ins Herz des Gebirges Richtung Shandar.

10

Lord Shanier hatte seinen Spaß an dem Versteckspiel. Wochenlang hatten die überlebenden Lords des Inneren Auges ihn als einen der Ihren gehätschelt und getätschelt, doch Shanier wusste schon lange, dass sie ihn hinters Licht führten. Der einzige gute Lügner in ihren Reihen war Lord Vallaine. Und Shanier war nur bereit, die Scharade mitzumachen, weil Vallaine auch in Bezug auf Shaniers Vergangenheit gelogen hatte.

Mit Lord Vallaine legte man sich besser nicht an. So viel sagte ihm sein Gefühl.

Erste Erinnerungen an seine Vergangenheit kamen ihm bereits ein oder zwei Tage, nachdem er in der gespenstischen Höhle erwacht war, unzusammenhängende Bilder zunächst, die nicht zu seinem gegenwärtigen Leben passen wollten. Dass dort unten etwas Schreckliches geschehen war, stand außer Frage. Er hatte Leichen mit furchtbaren Verletzungen gesehen, und irgendjemand oder irgendetwas hatte die massive Holztür eingeschlagen, um nach draußen zu gelangen. Vallaine aber tat so, als sei nichts geschehen. Er brachte Shanier in seine Gemächer, damit er sich ausruhen konnte. Er schien auch nicht zu befürchten, dass sich eine gefährliche Kreatur im Palast aufhalten könnte.

Die ruhige, gefasste Stimme Vallaines war Balsam auf die Seele des verwirrten Shanier gewesen. Doch da ihm rasch klar wurde, dass der Schein meist trog, schwieg er und behielt seine Fragen für sich.

Der Palast war nichts als Lug und Trug, dachte er und fuhr sich mit den Fingern durchs kurze blonde Haar. Ein Labyrinth aus Illusionen, geschaffen von jungen Zauberschülern, die mit Feuereifer ihre Kunst erlernten. Natürlich gab es Regeln: Bestimmte Bereiche des Palastes waren tabu und die Illusionen durften niemanden ernsthaft gefährden.

Harmlose Streiche wurden jedoch hingenommen, und es verging kaum ein Tag, an dem der Teich mit dem Springbrunnen nicht seinen Standort oder seine Form veränderte. Wer durch die Gärten streifte, ohne mit dem inneren Auge auf die vielen Trugbilder zu achten, war mutig oder einfach nur dumm.

Gleich, nachdem Shanier geruht hatte, begann Lord Vallaine, ihn ‚nochmals' in die Feinheiten der Zauberei einzuweisen. Wären nicht immer wieder bruchstückhafte Erinnerungen zurückgekehrt, hätte Shanier geglaubt, dass er vor dem Zwischenfall genau das gewesen war, was der Hohe Lord behauptete, denn die Illusionszauber fielen Shanier so leicht wie einer Spinne der Netzbau. Jemand anderem seinen Willen aufzuzwingen oder in seinen Geist einzudringen und seine Gedanken zu lesen, war da schon schwieriger. Doch Lord Vallaine hatte ja auch gesagt, Shanier sei wegen seiner Illusionskünste zu einem Lord des Inneren Auges erwählt worden, nicht aufgrund seiner geistigen Macht.

Aber auch das war eine Lüge. Shanier durchschaute die Schwindeleien des gerissenen alten Zauberers. Zu gern hätte er gewusst, was Vallaine mit ihm vorhatte.

Bilder und Gesichter aus der Vergangenheit suchten ihn seit einigen Wochen immer häufiger heim. Es quälte ihn, dass er nicht auf seinen alten Namen kam, seinen Geburtsnamen. Er lag ihm auf der Zunge. Kaltan … Callum … So ähnlich musste er lauten. Nicht dass er Gefühle damit verband. Seine Vergangenheit wollte er ergründen, weil Wissen Macht war. Lord Vallaine und die anderen taten so, als sei Shanier aus gutem Grund einer von ihnen. Und dieser Grund nützte ihnen sicher mehr als ihm. Er musste hinter ihr Geheimnis kommen.

Die Sache war mehr als rätselhaft. Wiederkehrende Erinnerungsfetzen vermittelten Shanier den deutlichen Eindruck, dass er früher Freunde und Kameraden gehabt hatte. Doch nun empfand er für niemanden etwas. Nicht dass er nur an sich dachte, doch er konnte sich einfach für nichts mehr begeistern. Statt Freude empfand er Zufriedenheit und an die Stelle leidenschaftlicher Wut oder ungestümer Rachsucht war eine kalte, berechnende Bosheit getreten.

Shanier hatte seine äußere Beherrschtheit dazu genutzt, den anderen Zauberern vorzugaukeln, sie könnten ihn nach ihrem Willen formen. Mit Ausdauer, Geduld und Hinterlist würde er ihre Beweggründe schon noch aufdecken. So hatte Shanier bereits vor Lord Vallaine verbergen können, wie viel er von den Vorgängen im Palast wusste oder zumindest ahnte. Glücklicherweise hatte Vallaine zu Beginn seiner Zaubererausbildung noch keinen Versuch unternommen, in Shaniers innerste Gedanken zu »blicken«. Als der Hohe Lord dann in einer Übung zur Stärkung der Willenskraft erstmals in die Tiefen seines Geistes vordringen wollte, konnte Shanier schon einen wirkungsvollen illusionären Schutzwall errichten. Ob Lord Vallaine sich davon blenden ließ und annahm, er habe Shaniers tiefste Gedanken gesehen, wusste er nicht. Es spielte im Grunde auch keine Rolle, da Shanier mit jedem Tag an innerer Stärke gewann. Wenn Lord Vallaine eines Tages bemerken sollte, dass Shanier seine wahren Gedanken vor ihm verbarg und über welch große Geisteskraft er verfügte, war er womöglich nicht mehr in der Lage, seinen Schützling noch zu beherrschen.

Den Bildern aus seiner Vergangenheit hatte Shanier entnommen, dass er früher einem Heer angehört, jedoch keinen höheren Rang bekleidet hatte. Deshalb verspürte er durchaus nicht den Wunsch, seine luxuriösen Gemächer im Palast des Inneren Auges aufzugeben und in den schlichten Schlafsaal aus seiner Erinnerung zurückzukehren. Da ihn auch keine Gefühle mit dieser Zeit und den Jahren davor verbanden, hatte er für sich beschlossen, seine Stellung im Palast mit allen Mitteln zu festigen und auszubauen.

Es klopfte an der Tür zu Shaniers Wohngemach.

»Ah! Das Spiel beginnt«, dachte Shanier und zog die große Kapuze über den Kopf, da er die Anwesenheit Lord Vallaines und eines zweiten Mannes vor der Tür spürte.

Vallaines Aura hätte Shanier nach der wochenlangen Ausbildung überall erkannt. Auch sein Begleiter verfügte über große Macht und war sicher kein Zauberschüler: Lord Cillverne, vermutete Shanier, als er die Tür öffnete, und stellte befriedigt fest, dass er recht hatte.

»Seid Ihr bereit?«, fragte Vallaine mit unbewegter Stimme.

»Selbstverständlich, Lord Vallaine, tretet ein«, erwiderte Shanier und bemühte sich um einen ebenso gleichgültigen Ton. »Lord Cillverne«, begrüßte er den zweiten Zauberer, der hinter dem Hohen Lord den Raum betrat.

Cillverne nickte ihm kurz zu, verzichtete aber auf weitere Höflichkeitsformeln.

»Die Aufgabe lautete, einen Gegenstand ansehnlicher Größe nur durch Illusion zu verbergen. Was habt Ihr gewählt?«

»Meinen Stab mit dem Drachenkopf, den Ihr mir habt anfertigen lassen, Lord Vallaine.«

»Eine ausgezeichnete Wahl, Shanier. Ich nehme an, er befindet sich in diesem Raum?«

Shanier nickte.

»Braucht Ihr eine genauere Beschreibung, Cillverne, oder genügt Euch diese Auskunft?«, fragte Vallaine.

»Danke, Lord Vallaine, ich komme schon zurecht«, erwiderte Cillverne mit einem verächtlichen Unterton.

Er sah sich kurz im Raum um und ging dann geradewegs auf einen palmenähnlichen Miniaturbaum zu, der in der Ecke des Raums stand.

»Nicht besonders originell, Lord Shanier«, sagte Cillverne

mit einem triumphierenden Lächeln und streckte die Hand nach dem Stab aus, den er hinter dem, was er für das Trugbild einer Pflanze hielt, zu sehen glaubte.

Sein Lächeln war wie weggewischt, als er den Stamm der Pflanze berührte, um den vermeintlichen Stab aus dem Topf zu heben. Die Pflanze war echt, der Stab aber eine Illusion, eine so hervorragende allerdings, dass nur ein mächtiger Geist sie überhaupt sehen konnte.

Lord Vallaine lachte.

»Netter Trick, Lord Shanier. Sehr pfiffig. Den unvorsichtigen Cillverne konntet Ihr mit diesem Trugbild täuschen, aber ich kenne Euch etwas besser. Bitte Cillverne, versucht es noch einmal.«

Cillverne ärgerte sich, dass Shanier ihn zum Narren gehalten hatte, und bot all seine Kräfte auf, den Stab zu finden. Doch seine Bemühungen blieben ohne Erfolg. Er musste seine Niederlage eingestehen.

Lord Vallaine war zufrieden. »Sehr gut, Shanier, sehr gut. Euer Unsichtbarkeitszauber ist nahezu perfekt. Hier, Cillverne, er war die ganze Zeit direkt vor Eurer Nase.«

Vallaine ging zu einem kunstvoll verzierten Sofa und hob von den Kissen Shaniers Stab auf, der scheinbar aus dem Nichts Gestalt annahm.

»Eure Fortschritte sind sehr erfreulich, Shanier. Sogar ich hatte Schwierigkeiten, Eure Illusion zu entlarven. Ich möchte, dass Ihr heute Nachmittag übt, in den Geist anderer vorzudringen. Eure Aufgabe ist es herauszufinden, welcher Zauberschüler heute für den Schmuck in der Skulpturenhalle verantwortlich ist und welcher Taugenichts dafür gesorgt hat, dass der Springbrunnen alle paar Minuten ins Stottern gerät. Bringt mir die Namen bis zur fünften Stunde.«

Shanier verbeugte sich. »Jawohl, Lord Vallaine. Habt Dank.«

Cillverne konnte beim Abschied seine Abneigung kaum verbergen. Vallaine dagegen drückte Shanier im Hinausgehen gut gelaunt den Stab in die Hand.

Shanier blieb völlig teilnahmslos – bis die Tür hinter den beiden Zauberlords ins Schloss fiel. Dann schlich ein zufriedenes Lächeln über seine Züge. Einen Moment verharrte er regungslos und folgte mit Ohren und Geist den sich entfernenden Schritten. Als er sicher war, dass die beiden weg waren, warf er den Kopf zurück und brach in ein klirrendes Gelächter aus.

Der Stab, den Vallaine ihm gegeben hatte, löste sich in Wohlgefallen auf, und auf dem kleinen Tischchen in der Mitte des Raums tauchte aus dem Nichts das Original auf.

Die Sinneswahrnehmung beschränkte sich nicht auf den Gesichtssinn, und Shanier hatte soeben bewiesen, dass er auch den mächtigsten Zauberer dazu verleiten konnte, etwas, das gar nicht da war, nicht nur zu sehen, sondern sogar zu spüren. Dass nicht einmal Vallaine ahnte, wie viel Macht er bereits besaß, steigerte diese Macht noch.

Es wird interessant sein herauszufinden, was Vallaine damit bezweckt, dass er mich so fördert. Ich kann nur für ihn hoffen, dass es die Sache wert ist, dachte Shanier. *Denn sonst wird er bald herausfinden, dass er sich ein mächtiges Werkzeug geschaffen hat, das er nicht kontrollieren kann. Hoher Lord des Inneren Auges – eine begehrte Stellung, die derjenige bekleiden sollte, der seine Kräfte am wirkungsvollsten einzusetzen weiß. Und das,* überlegte Shanier mit einem zufriedenen Lächeln auf den Lippen, *könnte eines Tages ich sein.*

◎ ◎ ◎

»Langsam, Eloise, langsam! Lass dich im Kampf nicht von deinen Gefühlen leiten. Du musst dich auf die Bewegungen deines Gegners konzentrieren. Wenn dein Ausfallschritt zu groß gerät, weil du wütend bist, dann überlebst du das nicht. Bleib ruhig. Konzentriere dich. Habe Geduld. Deine Schwertführung ist gut, du wirst immer schneller, du bist hervorragend im Gleichgewicht. Konzentriere dich, dann bist du den meisten shandesischen Soldaten haushoch überlegen.«

Bek hatte seit seiner Rückkehr aus Mantor mehrere Rekrutengruppen trainiert. Warum diese ihm die liebste war, lag auf der Hand. Er konnte sich noch so oft einreden, dass Eloise nichts damit zu tun hatte – im Grunde seines Herzens wusste er, dass er sich etwas vormachte.

Doch der Trupp war überhaupt ein netter Haufen. Fesha heiterte mit seinen Witzen das Training auf. Auch im Umgang mit dem Schwert hatte der Spaßvogel in den vergangenen Wochen gute Fortschritte gemacht, obwohl er aufgrund seiner geringen Reichweite wohl nie zu einem richtig gefährlichen Schwertkämpfer werden würde.

Auch Sten, Kedreeve, Marcos und die anderen waren auf ihre Art angenehme Zeitgenossen. Bek wünschte sich nur, dass Matim, Calvyn und Jenna noch da wären. Erst war Matim bei Mantor gefallen, dann war Calvyn bei einem Überfall verschwunden und vor nicht allzu langer Zeit Jenna dasselbe widerfahren. Innerhalb weniger Wochen hatte er drei seiner besten Freunde verloren. Wer solche Verluste erlitten hatte, schloss nicht mehr so leicht Freundschaften, das galt auch für Bek.

»Gut, Eloise, versuch's noch mal. Denk dran: Geduld. Nichts überstürzen.«

Eloise hatte ihm nachdenklich zugehört und machte sich bereit, erneut die Klingen mit dem Korporal zu kreuzen. Schweißperlen glitzerten auf Oberarmen und Stirn, doch ihre Atmung war gleichmäßig und ihre Gesichtszüge gelassen. Als sie angriff, glommen in den grünbraunen Augen Wachsamkeit und Entschlossenheit. Ihre Bewegungen waren für jemanden, der die Kunst des Schwertkampfes erst so kurz betrieb, überaus gewandt.

Bek erlebte den Zweikampf wie einen Tanz mit dem Mädchen seiner Träume auf dem Mittsommerball. Der Rhythmus der aufeinandertreffenden Stahlklingen gab den Takt vor und aus der Harmonie ihrer Schritte sprachen Angriffslust und Vertrautheit gleichermaßen. Das Wissen um den jeweils nächsten Schritt des Gegners, das strikte Befolgen der Regeln für Gleichgewicht, Körperhaltung und Muskelspiel – all das glich auch für Beobachter einem Tanz, der wunderschön anzusehen war.

Nach mehreren Minuten brach Bek ab.

»Gut, Eloise. Das war schon viel besser. Hast du gespürt, dass du bei den Ausfallschritten besser ausbalanciert warst?«

»Ja, Korporal Bek. Danke, das war eine sehr gute Übung. Die Bewegungen kommen fließender. Und ich habe das Gefühl, dass ich die Schritte des Gegners besser voraussehen kann.«

»Das sieht man. Du wirst mit jeder Übungseinheit besser. Du musst nur noch deine Technik etwas verbessern, dann bestehst du auch gegen schnellere und stärkere Gegner. Dein natürliches Talent wird dir helfen. Du lässt dich nur zu oft in die Verteidigung drängen, deshalb musst du den Gegner abblocken oder schneller zum Gegenangriff übergehen. Ich bringe dir noch ein paar nützliche Tricks bei, aber am sichersten besiegt man einen Gegner immer noch mit Schnelligkeit, also werden wir daran weiterarbeiten.«

Eloise nickte nachdenklich. Die Aussicht, im Training auf absehbare Zeit immer unterlegen zu sein, entmutigte sie, doch sie war entschlossen, ihr Bestes zu geben. Immerhin hatte sie Soldatin werden wollen, um zu kämpfen. So leicht ließ sie sich nicht unterkriegen.

Nicht zum ersten Mal fiel Eloises Blick unwillkürlich auf das Heft des Schwertes, das aus der Scheide an Beks rechter Hüfte lugte. Bek folgte ihrem Blick und grinste.

»Ist das …?«, begann Eloise zögernd.

»Ja, das ist Korporal Calvyns Schwert«, sagte Bek und klopfte mit der Hand auf die Schwertscheide. »Ich bewahre es für ihn auf.«

»Ist es wirklich … ein Zauberschwert?«

Bek legte die Stirn in Falten. Er dachte daran, wie die Klinge bei Calvyns großem Zweikampf vor Mantor Flammen gesprüht hatte. Auch während ihrer Ausbildung hatte Calvyn heimlich Magie eingesetzt.

»Nein, das glaube ich nicht«, antwortete Bek schließlich. »Soweit ich weiß, kam die Magie aus Calvyn und er leitete sie durch das Schwert. Er wollte nur gern, dass wir das Schwert als magische Waffe und nicht ihn als Magier betrachten.«

Die Worte waren kaum ausgesprochen, da überkamen Bek Zweifel an dieser Behauptung. Seit er das Schwert zusätzlich zu seinem eigenen am Gürtel trug, verspürte er das dringende Verlangen, nach Shandar zu gehen und seinen Freund zu suchen, damit er das Schwert seinem rechtmäßigen Besitzer zurückgeben konnte. Nur Vernunft und Gehorsam hielten Bek von unüberlegten Schritten ab. »Es ist allerdings merkwürdig«, fügte er nachdenklich hinzu, »erst Jennas Verschwinden und jetzt dieser innere Drang, Calvyn zu folgen. Es liegt etwas Eigentümliches in der Luft.«

»Also war Calvyn wirklich ein Magier?«, fragte Eloise zweifelnd.

»Er ist ein Magier«, verbesserte Bek sie. »Er bestreitet das zwar immer, doch er kann zaubern. Aber ich bin natürlich kein Fachmann auf diesem Gebiet.«

»Du glaubst, er lebt?«, fragte Eloise, überrascht, dass Bek so überzeugt in der Gegenwart von Calvyn sprach.

»So fest, wie ich daran glaube, dass die Sonne morgen früh wieder aufgeht. Frag mich nicht, woher ich diese Gewissheit habe, aber ich weiß, dass er zurückkommt.«

Beks Blick war in die Ferne geschweift, während er diese Worte sprach. Eloises Neugier war endgültig geweckt.

»Darf ich mal?«, fragte sie und streckte die Hand aus.

»Natürlich. Warum nicht?«, erwiderte Beck und zog das Schwert.

Mit einer ausholenden Bewegung übergab er Eloise das Heft. Er hatte schon oft erlebt, welche Wirkung dieses Schwert auf andere Menschen hatte. Balance und Gewicht stimmten einfach nicht, bedingt durch einen Zauber, mit dem Calvyn die Klinge belegt hatte. In Calvyns Hand war es leicht und ausbalanciert. Das behauptete er zumindest und er hatte es ja auch immer wirkungsvoll eingesetzt.

Als Eloise das Heft in die Hand nahm, blitzten die spinnenhaften silbernen Symbole in der Sonne kurz auf. Bek lachte, als er ihren verwunderten Blick bemerkte.

»Seltsam, nicht wahr?«, sagte er.

»Wir müssen es Calvyn bringen«, hauchte sie ehrfürchtig.

»Was hast du gesagt?«, fragte Bek. Sein Lächeln erstarb.

»Das Schwert … es gehört nicht hierher. Wir müssen es Calvyn schleunigst bringen. Kommt, Korporal. Wir holen uns Proviant beim Quartiermeister und brechen gleich auf. Ich weiß, wo wir hinmüssen.«

Bek blickte verblüfft in Eloises entrücktes Gesicht. Ihre Stimme klang traumverloren. Das waren die Worte, die er seit Wochen im Herzen trug. Wenn es aber nicht ihre Gedanken waren, so musste auch er beeinflusst worden sein. Bek standen die Haare zu Berge. Das war Magie, und er hatte keine Ahnung, wie er damit umgehen sollte. Etwas oder jemand versuchte, ihn aus der Burg zu locken. Vielleicht war es das Schwert, vielleicht war es Calvyn, doch auf jeden Fall waren übernatürliche Kräfte im Spiel.

Was sollte er tun?

»Gut, Eloise«, sagte er beschwichtigend. »Damit niemand Verdacht schöpft, müssen wir vorher noch das Waffentraining zu Ende bringen. Ich gehe und packe unsere Sachen und Vorräte zusammen. Gib mir bitte das Schwert, dann brechen wir auf, sobald ich dich unauffällig von den anderen loseisen kann.«

Eloise reichte ihm Calvyns Schwert und ihr Blick wurde wieder klar. Bek rief Marco und Kedreeve.

»Gut, Jungs, ihr kämpft zur Übung zwei gegen einen. Eloise ist eure Gegnerin. Fangt langsam an und steigert allmählich das Tempo. Noch Fragen?«

»Nein, Korporal.«

Bek steckte erst Calvyns und dann sein Schwert in die Scheide.

»Gut. Dann fangt mal an, ich bin gleich wieder da.«

Mit diesen Worten machte er kehrt und ging mit großen Schritten davon. Allerdings führte ihn sein Weg nicht ins Lager des Quartiermeisters, sondern in Sergeantin Derras Dienststube.

Bek klopfte an und trat ein, ohne eine Antwort abzuwarten.

»Korporal Bek, hast du denn überhaupt keinen Anstand?«, knurrte Derra, die hinter dem Schreibtisch saß, und blitzte ihn gefährlich an.

»Doch, Sergeantin, aber der kann warten. In der Burg ist Magie am Werk, und ich brauche Eure Hilfe, um dem ein Ende zu setzen.«

»Sag mir nicht, dass du auch Träume hast?«, fragte Derra, noch immer wütend.

»Nein, Sergeantin, das nicht. Hier – nehmt doch mal bitte Calvyns Schwert, dann seht Ihr, was ich meine.«

»Ich weiß, wie unangenehm es in der Hand liegt, Bek. Wenn das der Grund für deine mangelnde Ehrerbietung ist…«

Derra ließ den Satz unvollendet, doch Bek sprach unbeirrt weiter.

»Ich vermute, Ihr habt es seit Calvyns Verschwinden nicht mehr in der Hand gehabt. Überzeugt Euch selbst. Dann könnt Ihr mir immer noch einen Verweis erteilen, wenn es sein muss.«

Derras Augen verengten sich etwas. Sie stand auf, ging um den Schreibtisch und baute sich, die Hände in die Hüften gestützt, vor Bek auf. Bek zog das Schwert und hielt es ihr hin. Sie beäugte es misstrauisch und blickte dann forschend über Beks Schulter zum Fenster.

»Wenn Ihr Euch Sorgen macht, dass es hier um den traditionellen Streich geht, vergesst es. Ich kann Euch versichern, es ist kein Scherz.«

Derra starrte Bek mit einer geradezu furchterregend finsteren Miene an.

Bek erwiderte ihren Blick ungerührt und wartete gelassen ab.

Schließlich streckte Derra die Hand aus und schloss langsam, fast widerwillig die Finger um das mit Stoff umwickelte Heft. Wieder sprach die Klinge auf die Berührung an. Das plötzliche Aufleuchten der Runen war im trüben Licht der Dienststube nicht zu übersehen.

Genau wie bei Eloise wenige Minuten zuvor beobachtete Bek, wie sich Derras Augen weiteten. Da sie vorgewarnt war, ließ sich die Sergeantin nicht so leicht beeinflussen wie Eloise, doch der magische Ruf übte seine Wirkung auch auf sie aus – Bek sah es ihrem Gesicht an.

»So, so«, sagte sie nachdenklich. »Seit wann macht das Schwert das?«

»Mindestens, seit ich es in meiner Obhut habe, wahrscheinlich aber seit Calvyns Verschwinden«, antwortete Bek. »Zuerst dachte ich, es liegt an mir. Erst als ich das Schwert soeben einem Rekruten gab, wurde mir alles klar. Da habe ich es Euch gleich gebracht.«

»Die Wirkung ist stark. Es ist dir hoch anzurechnen, dass du so lange widerstanden hast. Du musst mehrmals kurz davor gewesen sein, dich auf die Suche zu machen.«

Bek grinste und rieb die Handflächen aneinander. »Ihr könnt Euch gar nicht vorstellen, wie oft«, gluckste er. »Zumal ich wirklich davon überzeugt war, dass ich ihn finden kann.«

»Ja, das Gefühl überkommt mich auch. Das Schwert würde uns führen, das steht fest, aber wohin und zu wem, das ist eine andere Frage. Hat Calvyn dieses Phänomen jemals erwähnt?«, fragte Derra. Sie gab Bek das Schwert zurück, der es sofort in die Scheide steckte.

»Nein, das nicht. Aber ehrlich gesagt hat Calvyn überhaupt sehr wenig darüber erzählt. Wir wussten alle von den Flammen, und er hat einmal gesagt, die Klinge glühe, wenn das Böse nahe sei. Sonst kann ich mich an nichts erinnern.«

Derra kaute einen Augenblick nachdenklich auf der Unterlippe, kam dann aber zu dem gleichen Schluss wie Bek vor ihr. Unwirsch verzog sie das Gesicht.

»Ihn zu suchen, kommt überhaupt nicht in Frage«, erklärte sie entschieden. Bek schien es, als wollte sie mit diesen Worten nicht nur ihn, sondern auch sich selbst überzeugen. »Es wäre reine Dummheit, für ein so unsicheres Unternehmen Kopf und Kragen zu riskieren. Welcher Rekrut war das, der das Schwert in der Hand hatte?«

Bek spürte, dass er rot anlief, als er den Namen Eloise

nannte, hielt aber Derras Blick stand. Sie hob eine ihrer eckigen Augenbrauen und der Hauch eines Lächelns huschte über ihre Lippen.

»Ach ja, das dunkelhaarige Mädchen. Ich habe gehört, sie macht hervorragende Fortschritte. Stimmt das?«

Die Rotfärbung auf Beks Wangen verdunkelte sich.

»Eloise hat Talent und sie lernt schnell. Ihre Grundkenntnisse im Schwertkampf sind hervorragend, es mangelt ihr nur noch an Entschlossenheit.«

»Beim nächsten Training werde ich die Klingen mit ihr kreuzen. Bis dahin müssen wir sie beobachten. Ich möchte nicht, dass sie uns abhandenkommt. Nur interessehalber: Hat Jenna das Schwert je in der Hand gehabt?«

Bek schüttelte den Kopf.

»Nein, Sergeantin. Es hing an meinem Gürtel, seit der Gefreite Jez es vom Ort des Überfalls mitgebracht hat. Glaubt Ihr, Jenna sucht Calvyn?«

Derra drehte sich um, ging um ihren Schreibtisch herum und ließ sich mit einem Seufzer in den schweren Holzstuhl sinken.

»Ich weiß es nicht, Bek. Ich vermute, sie ist dem Ruf aus ihren Träumen gefolgt, doch ihren Worten zufolge kam er nicht von Calvyn. Wo sie wohl ist? Wir müssen jetzt vor allem verhindern, dass sich noch jemand blindlings in ein Abenteuer stürzt. Dass sich die Shandeser in letzter Zeit kaum blicken lassen, beunruhigt mich. Da ist etwas im Gange, und wenn der Sturm losbricht, brauchen wir jeden, den wir auftreiben können.«

»Ich kümmere mich darum, dass niemand das Schwert in die Hand nimmt, Sergeantin.«

»Gut. Und bringe mir morgen nach dem Vormittagstraining Eloise und den Gefreiten Jez her, damit ich mit ihnen reden kann. Bis dahin behältst du Eloise im Auge.«

»Wenn Ihr darauf besteht, Sergeantin« erwiderte Bek mit einem schiefen Grinsen. »Ist das ein Befehl?«

»Mach, dass du rauskommst. An die Arbeit, Korporal!«, knurrte Derra, doch ihre Augen blitzten belustigt.

»Zu Befehl, Sergeantin«, bellte Bek, salutierte zackig und ging zur Tür.

»Oh … und Bek«, sagte Derra, als er schon die Klinke in der Hand hatte.

Er drehte sich um.

»Wegen dem Streich …«

»Tut mir leid, Sergeantin, keine Zeit. Rekruten, Waffentraining, Befehle«, sagte er rasch und war aus der Tür, ehe Derra noch etwas sagen konnte.

11

Jenna hätte fast getanzt vor Glück. Zum ersten Mal seit Wochen lagen nicht mehr nur schneebedeckte zerklüftete Berggipfel vor ihnen, soweit das Auge reichte. Dort, wo Perdimonn und Jenna angehalten hatten, um sich an der neuen Aussicht zu erfreuen, führte der Weg sanft bergab. Verglichen mit den Pfaden, mit denen die beiden Wanderer in den vergangenen vierzehn Tagen hatten vorliebnehmen müssen, sah er geradezu bequem aus.

Der Klingenpass war seinem Namen und seinem Ruf voll und ganz gerecht geworden. Über Meilen fiel der Berg neben dem beängstigend schmalen Pfad mehrere hundert Fuß ab, während auf der anderen Seite steile Felsen den

Weg begrenzten. Mehrmals wurde Jenna von Schwindelanfällen geplagt und musste sich flach gegen den Fels drücken. Nur dem ruhigen und gleichmäßigen Schritt, mit dem Perdimonn sein altes Pferd über den gefährlichen Pfad führte, war es zu verdanken, dass sie sich überhaupt darauf konzentrieren konnte, einen Fuß vor den anderen zu setzen.

Abends schützte Perdimonn sie mit einer Kuppel aus magischer Energie vor dem Absturz und sorgte mit glühenden Steinen für Wärme. So hatten sie es in den Nächten und bei der Rast relativ bequem. Auf der Wanderung dagegen gab es keinen Schutz vor den Elementen, auch wenn Jenna es mehr als einmal bedauerte.

Das Wetter war wechselhaft. Eiskalte Winde fegten oft heftige Schneestürme über die Berge, wichen dann aber unvermittelt herrlichem Sonnenschein und einer milden Brise. Wenn der Pfad in den Wolken verschwand, konnten sie kaum die Hand vor Augen sehen. Doch Perdimonn führte Jenna ohne Zögern durch die Unbilden der Elemente.

Wasser gab es in den Bergen reichlich. Wenn ihre Feldflaschen leer waren, fanden sie an so gut wie jedem Rastplatz Eis oder Schnee, den sie in dem Topf auf Perdimonns magischen Steinen schmolzen. Jenna war allerdings überrascht, wie viel Schnee sie für eine ausreichende Menge Wassers brauchten. Außerdem war das Wasser nie besonders warm, selbst wenn sie es zum Kochen brachten. Perdimonn erläuterte wortreich, das liege an der Höhenlage, doch Jenna konnte seine Erklärung auch nicht ansatzweise nachvollziehen. Daher beschloss sie, dass es leichter wäre, die Tatsache einfach hinzunehmen.

An Lebensmitteln hatte Jenna vor ihrem Aufstieg ins Gebirge so viel eingepackt, wie ihr Rucksack und die Gürteltaschen fassten. Doch das reichte bei Weitem nicht aus, die beiden Wanderer auf Dauer satt zu bekommen. Im Gebirge war das Nahrungsangebot nicht gerade üppig, doch auch dieses Problem löste Perdimonn. Er schien eine Art sechsten Sinn zu haben: Immer wieder blieb er unvermittelt stehen, hieß Jenna, den Bogen zu spannen, und lenkte ihre Aufmerksamkeit mit geflüsterten Anweisungen und Handzeichen auf ein Beutetier, das er ausgemacht hatte. Wenn sie es erst im Blick hatte, enttäuschte sie ihn nicht und traf sicher ihr Ziel.

Meist erlegte sie Schneehasen, manchmal gleich mehrere am Tag. Wenn der Pfad schmal war und am Fels entlangführte, konnten sie keine Beute machen. Doch an einer etwas breiteren Stelle entdeckte Perdimonn einmal eine Bergziege. Zu ihrem Unmut hatte Jenna selbst unter seiner Anleitung Schwierigkeiten, sie zu sehen. Doch dann schickte sie ihren Pfeil auf seine tödliche Flugbahn und streckte das Tier nieder, ehe es fliehen konnte. Der Aufstieg zur toten Ziege, die in der Eiseskälte rasch gefror, kostete Jenna Zeit, und sie verlor sie erneut aus dem Blick. Wieder musste sie sich von Perdimonn die Richtung weisen lassen. Erst, als sie schon fast darüber stolperte, erkannte Jenna das steingraue und weiße Fell der Ziege. Später tröstete sie Perdimonn, dass sogar erfahrene Bergführer Schwierigkeiten hatten, die gut getarnten Bergziegen auszumachen. Es sei nur ein Trick, behauptete er, den er sich in den vielen Jahren seiner Wanderungen angeeignet habe. Jenna war das ein schwacher Trost, denn sie wurde das Gefühl nicht los, dass Perdimonn ohne ihre Fähigkeiten als Bogenschützin auch gut zurechtgekommen wäre.

Hin und wieder nahm Jenna den Talisman in die Hand und überprüfte, ob der Gorvath immer noch in die gleiche Richtung unterwegs war. Der kleine Pfeil deutete unverändert nach Norden, was bedeutete, dass sie das Gebirge überqueren musste. Zunächst hatte es Jenna ihrer Einbildung zugeschrieben, dass sie das Gefühl hatte, der kleine Pfeil zeige jeden Tag ein bisschen weiter nach Westen. Als sie aber am Nordrand der Bergkette standen, war es eindeutig: Der Talisman deutete nach Nordwest.

Diese neue Entwicklung erfüllte Jenna mit einer Woge der Hoffnung, in die sich ein Anflug von Furcht mischte. Wenn die Richtungsangabe der Pfeilspitze immer genauer wurde, bedeutete das, dass sie zu dem Dämon aufholte. Jenna konnte sich nicht vorstellen, dass der Gorvath es besonders eilig hatte. Was sollte er auch vorhaben? Er war gegen seinen Willen in diese Welt gezerrt worden und wahrscheinlich damit beschäftigt, sich Nahrung zu beschaffen.

Die Landschaft, die sich nun vor Jenna und Perdimonn auftat, war fruchtbar und üppig. Obwohl Jenna keine größeren Siedlungen oder Städte ausmachen konnte, waren die Spuren der Landwirtschaft in diesem Teil Südshandars allgegenwärtig. Auf einigen Feldern war wohl Weizen oder Gerste geerntet worden. Soweit sie es aus der Entfernung sehen konnte, grasten auf den eingezäunten Weiden Nutztiere, überwiegend Schafe.

»Na, Jenna, wie gefällt dir Shandar?«, fragte Perdimonn.

»Ein angenehmer Anblick, das will ich nicht bestreiten«, beeilte sich Jenna zu antworten. »Nach der Plackerei der vergangenen Wochen würde es mir gar nichts ausmachen, wenn ich nie wieder in ein Gebirge käme.«

Perdimonn lachte still vergnügt in sich hinein. Jenna legte nachdenklich die Stirn in Falten.

»Aber ich kann mir nicht helfen, ich bin trotzdem ein bisschen enttäuscht«, fügte sie einen Augenblick später hinzu.

»Enttäuscht? Warum?«, fragte Perdimonn.

»Ich habe es mir einfach anders vorgestellt. Ich meine, wir hätten genauso gut einen großen Bogen beschreiben können, dann blickten wir jetzt auf Nordthrandor. Dort sieht es nämlich genauso aus. Nur der Sonnenstand sagt mir, dass das nicht sein kann.« Jenna gingen die Worte aus, deshalb wiederholte sie nur: »Na ja, ich habe es mir einfach anders vorgestellt.«

Perdimonn lachte. »Ich weiß schon, was du meinst. Es wäre doch nützlich, wenn jedes Königreich und jedes Land anders aussähe. Dann würden die Menschen vielleicht aufhören, sich dauernd über Grenzen zu streiten, und die Könige würden sich damit zufriedengeben, über ihr ureigenes Reich zu herrschen. Das Vortaff-Gebirge war immer die natürliche Grenze zwischen Shandar und Thrandor. Es ist nur schade, dass es nicht bis zum Meer reicht. Dann würden sich die beiden Völker vielleicht damit begnügen, miteinander Handel zu treiben, statt sich ständig um das Gebiet zwischen Gebirge und Meer zu zanken.«

Jenna war völlig seiner Meinung, wollte in diesem Fall aber lieber kein Händler sein.

»Aber da es ist, wie es ist, liebe Jenna, können wir dich nicht in diesen Kleidern durch Shandar wandern lassen«, sagte Perdimonn mit einem Blick auf ihren Waffenrock. »Baron Keevans Farben stehen dir gut, aber hier könnten sie dich ins Gefängnis oder gar ins Grab bringen. Wir besorgen dir besser früher als später neue Kleider.«

Perdimonns Blick schweifte über das Land und blieb an einem Wäldchen zu ihrer Linken hängen.

»Unter den Bäumen da kannst du dich ein bisschen ausruhen, währenddessen besorge ich dir passende Kleidung«, sagte er. Ohne Jennas Antwort abzuwarten, setzte er sich in Gang. »Komm, Sachte, altes Mädchen«, forderte er die Stute auf. »Machen wir, dass wir loskommen, sonst schaffen wir es nicht bis Einbruch der Nacht.«

Das Pferd schnaubte und stapfte mit gewohnt sicheren

Schritten los. Jenna blieb noch einen Moment stehen, aufs Neue erstaunt über die scheinbar unerschöpflichen Kräfte des alten Magiers. Jenna schätzte ihn auf mindestens sechzig; wahrscheinlich war er älter. Trotzdem hatte er ihr in den vergangenen Wochen gezeigt, was Marschieren hieß. Und nun sollte sie sich ausruhen, während er die Einkäufe tätigte.

Es waren noch mehrere Stunden Wegs, bis sie den Wald, den Perdimonn für ihr Nachtlager ausgesucht hatte, erreichten. Eine weitere halbe Stunde brauchten sie, um eine gute Stelle zu finden. Sie befand sich neben einer Quelle, aus der das Wasser wunderbar frisch aus dem Boden sprudelte, um in einem steinigen Bachbett durch den Wald zu plätschern.

Perdimonn nahm noch etwas Wasser und ein paar Streifen gekochtes Bergziegenfleisch zu sich, während er Sachte an der Quelle trinken ließ. Dann ermahnte der alte Magier Jenna, den Wald nicht zu verlassen, nahm die Stute am Führseil und machte sich auf den Weg.

Jenna vergeudete keine Zeit.

Perdimonn hatte ihr nicht versprechen können, dass er in der Nacht noch zurückkommen würde, daher baute sie sich als Erstes einen Unterschlupf. Baumaterial gab es genug, und in etwa einer Stunde errichtete Jenna eine Unterkunft mit einem Dach, das sich an den Hang schmiegte. Ein kräftiger Ast, den sie etwa drei Fuß über dem Boden an zwei jungen Bäumen festband, trug das Dach. Zwischen dieser Stütze und dem Boden brachte Jenna Äste an, die sie mit dünneren Zweigen zu einem Gitter verflocht. In dieses Gitter arbeitete sie mehrere Schichten Farnblätter ein. Aus einer weiteren Lage Blätter errichtete sie unter dem Dach ein weiches Bett. Bei Einbruch der Dunkelheit lag Jenna gut eingepackt unter der Decke und wärmte sich die Hände an dem winzigen Feuer, das sie am Eingang ihres Unterschlupfes in einer Kuhle entzündet hatte.

Jenna legte nur trockenes Holz auf, damit kein Rauch sie verraten konnte. Sie hatte keine Zeit gehabt, noch auf die Jagd zu gehen, ging aber davon aus, dass sie bei Tagesanbruch Wild finden würde.

Geistesabwesend spielte sie mit dem magischen Anhänger, drehte den winzigen Pfeil im flackernden Licht des Feuers und beobachtete, wie er sich ein ums andere Mal in derselben Richtung auspendelte. Erstmals seit Wochen erfüllten andere Geräusche die Nachtluft als das Heulen des Windes durch die zerklüfteten Felsen. Sie hörte das leise Wispern fallenden Schnees, das Klappern eines abrutschenden Steinchens und das Knarren der Äste in den Baumwipfeln, die von der nächtlichen Brise sanft gewiegt wurden. Wenn eine Maus über den Teppich aus Zweigen und Kiefernnadeln huschte, so klang das jedes Mal unnatürlich laut, und Jenna sah sich um, wo das Geräusch herkam. Später, als sie schon fast eingeschlafen war, rauschten weiter oben plötzlich die Schwingen einer großen Eule. Die Kleintiere des Waldes schreckten auf, und Jenna war schlagartig wieder munter. Eine Weile lauschte sie herzklopfend in die Nacht, doch da sie nichts weiter hörte, fiel sie schließlich in einen tiefen Schlaf.

Die Sonne war bereits aufgegangen und hüllte auch Jennas Unterschlupf in goldenes Licht, als sie erwachte. Von Perdimonn war noch nichts zu sehen. Jenna wusch sich im eiskalten Wasser der Quelle und legte dann an Wildwechseln einige Fallen aus. Die Tiere des Waldes kannten wohl weder Jäger noch Fallen, denn schon nach einer Stunde wurde Jenna nicht mit einem, sondern gleich mit drei Kaninchen belohnt. Als Perdimonn gegen Mittag zum Lager zurückkehrte, war Jenna noch unterwegs, die restlichen Fallen wieder einzusammeln. Sie wollte nicht mehr Tiere töten als nötig.

Perdimonn war insgeheim beeindruckt von Jennas Lagerbaukünsten. Das Lager war sauber und geordnet, und das bisschen Ausrüstung, das Jenna besaß, hatte sie sorgfältig und sicher verstaut. Als er die Kaninchen sah, die bereits ausgenommen, abgezogen und gesäubert an einem Strick hangen, nickte Perdimonn anerkennend.

»Guten Tag, Jenna. Ich habe dir etwas mitgebracht«, sagte er mit einem müden Lächeln, als sie mit den Fallen ins Lager zurückkehrte. »Es war ein ziemlich langer Weg, aber er war die Mühe wert. Hier, das müsste dir passen.«

Der alte Mann warf ihr ein Bündel zu, das Jenna geschickt auffing und neben ihrem Rucksack auf den Boden legte.

»Setzt dich, Perdimonn. Du siehst erschöpft aus. Ich mache dir einen Becher Dahl und etwas zu essen.«

»Das kann ich nicht ablehnen«, erwiderte er. »Aber ich muss noch Sachtes Packtaschen …«

»Das mache ich«, unterbrach ihn Jenna entschieden. »Setz dich nur, und erzähl mir, wo du gewesen bist. Dann kümmere ich mich zur Abwechslung einmal um dich.«

Jenna nahm Perdimonn das Führseil ab und tätschelte Sachte freundlich am Hals. Der alte Mann ging erschöpft zu einem großen, flachen Fels, der sich als Sitzgelegenheit anbot, und ließ sich mit einem leisen Ächzen darauf nieder.

»Ach, das tut gut«, seufzte er und rieb sich mit beiden Händen das Gesicht, wie um die Müdigkeit wegzuwischen.

Jenna hatte bereits die Gurte der Packtaschen, die Perdimonn dem Pferd umgeschnallt hatte, gelöst und nahm sie ab. Während sie die Packtaschen neben ihre stellte, Sachte das Fell bürstete und dann ihr kleines geschütztes Feuer angefachte, um Wasser für das Dahl zu erwärmen, erzählte Perdimonn, was er erlebt hatte.

»Ich bin über die Jahre immer wieder hier vorbeigekommen«, erzählte der Alte. »Und wenn man so oft über das Vortaff-Gebirge wandert wie ich, dann trifft man Vorkehrungen für Notfälle. An diesem Ende des Passes ist das nächste Dorf der kleine Weiler Sieben Bäume. Das ist ein passender Name, denn abgesehen von den sieben großen Eichen auf dem Dorfplatz gibt es dort nicht viel. Da ich nun schon so oft durch das Dorf gekommen bin, kann ich einige seiner Bewohner als meine Freunde bezeichnen. Besonders der Schmied hat mir in der Vergangenheit große Dienste erwiesen und auch diesmal wieder seine Freundschaft unter Beweis gestellt.«

Perdimonn kratzte sich zufrieden am Kinn.

»Ich habe für besondere Umstände Geld bei ihm hinterlegt. Wenn man in den Bergen unterwegs ist, kann man gar nicht vorsichtig genug sein. Ein falscher Schritt, ein loser Stein kann dich dein Pferd kosten, deine Packtaschen, dein Geld oder dein Leben. Deshalb habe ich auf beiden Seiten der Bergpässe, die ich häufig benutze, Geld bei Freunden hinterlegt. Ich hoffte natürlich, dass ich es nie brauchen würde, aber es war eine gute Vorsichtsmaßnahme. Vor allem, da ich an einen Ehrenmann geraten bin, denn manch einer wäre versucht gewesen, sich in harten Zeiten etwas von dem Geld ›auszuleihen‹. Mein Freund, der Schmied aber hat sich bewährt, und ich konnte alles kaufen, was wir für unsere weitere Reise brauchen.«

Jenna hatte Sachte frei laufen lassen, wie Perdimonn es auch immer tat. Während Sachte auf einer Lichtung graste, setzte Jenna einen kleinen Topf Wasser auf das winzige Feuer.

Perdimonn sah ihr neugierig zu, denn er war überzeugt, dass der Topf das Feuer innerhalb von Sekunden ersticken würde.

»Und wohin geht deine Reise?«, fragte Jenna und lächelte zufrieden, als sie unter dem Topf ein Knacken hörte.

»Nach Süden, am Fuße des Vortaff-Gebirges entlang bis nach Terilla. Ich muss die Bruderschaft der Magier vor Selkor und Darkweavers Amulett warnen. Wenn wir schon von Magie sprechen: Wie in Tarmins Namen hast du es geschafft, dass das Feuer so gut zieht?«, fragte Perdimonn.

»Das ist ein Trick, den uns Sergeantin Derra in der Ausbildung beigebracht hat«, grinste Jenna. »Die Feuerkuhle wird U-förmig in den Boden gegraben und das Feuer unten in einem der vertikalen Schächte entzündet. Wenn man es richtig macht, dann zieht es durch den zweiten, recht schmalen Schacht Luft. So kann man ein Feuer ohne Flammen machen, das für andere nicht zu sehen ist. Wenn man ausschließlich trockenes Holz und Zunder nachlegt, macht so ein Feuerchen auch so gut wie keinen Rauch. Man kann kochen, ohne gesehen zu werden – fast so gut wie Magie«, fügte sie zwinkernd hinzu.

Perdimonn lachte.

»Sehr eindrucksvoll«, sagte er. »Das habe ich noch nie gesehen, aber sei dir gewiss, ich werde es mir merken.«

»Und was, glaubst du, werden sie tun?«, fragte Jenna.

»Wer?«

»Die Bruderschaft der Magier. Meinst du, sie werden Selkor verfolgen?«

Perdimonn schüttelte stirnrunzelnd den Kopf. »Das bezweifle ich sehr, Jenna. Die Bruderschaft ist nicht mehr auf der Höhe ihrer Macht und ihres Wissens. Heutzutage, fürchte ich, besteht sie aus sauertöpfischen alten Männern, die in Erinnerungen an bessere Zeiten schwelgen. Sie sind so mit sich selbst beschäftigt, dass sie vergessen haben, was es heißt zu handeln.«

Er atmete tief ein und ließ einen langen Seufzer hören.

»Trotzdem«, fuhr er fort, »muss ich versuchen, sie zum Einschreiten zu bewegen. Denn trotz ihrer Trägheit, ihrer Gestrigkeit und ihrer Streitsucht kann die Bruderschaft, wenn sie geschlossen auftritt, große Macht ausüben. Wenn sie handelt, bevor Selkor sich die Kräfte des Amuletts erschlossen hat, kann sie noch verhindern, dass er in den Abgrund stürzt. Solange er das Amulett nicht verwendet, ist noch alles offen. Aber wenn er erst in die Dunkelheit hinabsteigt, kann niemand vorhersagen, was er entfesselt.«

»Das verstehe ich nicht«, sagte Jenna. »Du willst Selkor aufhalten, aber du klingst, als wolltest du ihn retten. Warum bringst du ihn nicht einfach um? Ist das nicht die naheliegendste Lösung?«

»Hier spricht das Herz einer wahren Soldatin«, erwiderte Perdimonn mit einem freundlichen Lächeln. »Wenn das Leben doch nur so einfach wäre. Der ist böse, den bringst du um. Der ist gut, dem klopfst du auf die Schulter. Schwarz ist Schwarz und Weiß ist Weiß …«

Perdimonn seufzte erneut.

»Leider, meine junge Freundin, ist das Leben selten so einfach. Die Welt ist voller Graustufen, die man zum Teil kaum voneinander unterscheiden kann. Es ist wahr, dass Selkor in den Schlund des Bösen abzugleiten droht, wo tatsächlich alles schwarz ist. Aber vielleicht könnte sich ja ein kleines Fleckchen Grau mit etwas Hilfe doch noch zu etwas Gutem entwickeln. Der Letzte, der das Amulett trug, war ja auch nicht durch und durch böse, nicht wahr?«

»Wer? Demarr?«, fragte Jenna überrascht. »Nein, ich glaube nicht«, sagte sie, nachdem sie einen Augenblick nachgedacht hatte. »Er hat viel Unheil über die Menschen gebracht, aber ich würde ihn nicht als böse bezeichnen.«

Perdimonn lächelte sie mit strahlenden Augen an.

»Gut, sehr gut. Dann verstehst du auch, warum ich für Selkor immer noch Hoffnung sehe, egal, welches Unrecht er in der Vergangenheit begangen hat?«

Jenna runzelte nachdenklich die Stirn.

»Aber es muss doch einen Punkt geben, an dem keine Umkehr mehr möglich ist. Ein Zeichen dafür, dass jemand wirklich böse ist. Woran merkst du, dass es keinen Zweck mehr hat, jemanden retten zu wollen? Dass du ihn doch töten musst?«

»Das ist, fürchte ich, die entscheidende Frage. Wie ziehe ich eine Trennlinie zwischen Gut und Böse? Das ist sehr schwer. In den Augen vieler Thrandorier hat Demarr wohl die Grenze überschritten und hätte sterben sollen – und trotzdem siehst du noch Gutes in ihm. Viele Magier sind überzeugt, dass Selkor zu weit gegangen ist und den Tod verdient. Man darf aber nicht vergessen, dass der Tod eine unversöhnliche Lösung ist. Wenn ich meinen Feind töte, lösche ich die Bedrohung aus, aber auch das Potenzial, das in ihm steckt. Ich kann auch nicht ausschließen, dass ich mit dem Tod des einen womöglich einem anderen, der noch viel mehr Böses in sich trägt, den Weg ebne.«

Jenna grübelte eine Weile darüber nach und schüttelte dann stöhnend den Kopf.

»Du bist wie unser Ausbilder in Kriegskunst«, sagte sie. »Nimm eine scheinbar einfache Sachlage und sieh sie dir genau an. Je länger du sie betrachtest, desto vielschichtiger wird sie. Aber die einfache Lösung zu einem auf den ersten Blick einfachen Problem kann, meine ich, durchaus auch dann noch die beste sein, wenn die Lage verworren ist. Ich würde ja gar nichts mehr zustande bringen, wenn ich durchs Leben ginge und ständig über alle möglichen Folgen meines Tuns nachgrübeln würde.«

»Ja, aber nicht darüber nachzudenken, ist leichtsinnig«,

sagte Perdimonn ernst und mit erhobenem Finger. »Nicht dass ich dich für leichtsinnig halte, Jenna …«

»Leichtsinnig? Ich? Was für ein Gedanke«, lachte Jenna. »Ich bin ja nur wegen eines Traums aus Baron Keevans Heer geflohen und ohne geeignete Ausrüstung ins Gebirge marschiert. Jeder vernünftig denkende Mensch hätte unter ähnlichen Umständen dasselbe getan, da bin ich sicher.«

Perdimonn lachte mit ihr.

»So betrachtet sollte ich wohl froh darüber sein, dass du ein wenig beherzt zur Tat schreitest. Sonst würde ich immer noch in dem Felsen da oben schmachten.«

Jenna goss heißes Dahl in einen Becher und reichte ihn Perdimonn, der dankbar daran nippte. Da das Feuer schon einmal brannte, verarbeitete sie auch gleich eins der größeren Kaninchen zu einem leckeren Mahl. Beim Aufstellen der Fallen hatte Jenna Pflanzen mit essbaren Knollen und Wurzeln gefunden, und behutsam, um keine Spuren zu hinterlassen, ein paar davon ausgegraben. Da sie nur den einen Topf hatte, kochte Jenna aus dem Kaninchen und dem Gemüse einen Eintopf. Sie schnitt die Wurzeln, die Knollen und das Kaninchenfleisch in kleine Stücke und ließ die Zutaten vor sich hin köcheln. Bald stieg den beiden hungrigen Reisenden ein köstlicher Duft in die Nase.

»Schade, dass ich nicht daran gedacht habe, im Dorf Kräuter zu kaufen«, sagte Perdimonn. »Etwas Tamarat und gemahlene Jate hätten dem Gericht den letzten Pfiff gegeben.«

»Macht nichts, Perdimonn. Du hast mir Kleider mitgebracht, dafür bin ich sehr dankbar.«

»Wo wir gerade davon sprechen …«, sagte Perdimonn und kramte in seiner Gürteltasche herum. Tief in dem ledernen Beutel war das Klimpern von Münzen zu hören. »Hier, nimm das.«

Perdimonn drückte Jenna eine Handvoll Münzen in die Hand. Sie bedankte sich verlegen.

»Das sollte reichen, dass du in den nächsten Wochen nicht im Wald schlafen musst«, sagte er mit einem milden Lächeln.

Jenna warf einen Blick auf die Münzen und rang nach Atem. Sie waren nicht etwa aus Kupfer, Bronze oder Silber, nein, ein Dutzend Goldmünzen glitzerten auf ihrer Handfläche. Jenna hatte noch nie in ihrem Leben so viel Geld gesehen. Dass sie sich davon ein Bett würde leisten können, war stark untertrieben.

»Perdimonn, ich ...«

»Sag nichts«, unterbrach sie Perdimonn. »Ich wünschte, ich könnte dich auf deiner Reise begleiten. Aber da ich anderswo gebraucht werde, ist das Mindeste, was ich tun kann, dir jede mögliche Hilfe zu gewähren. Nun will ich dir aber ein bisschen was über Preise und Währung in Shandar erzählen – es sei denn, du weißt schon Bescheid?«

Jenna schüttelte sprachlos den Kopf und Perdimonn nickte.

»Das sind Goldmünzen, die nennt man Sen. Jeder Sen ist fünfzehn Silber-Senna wert ...«

Perdimonn erklärte Jenna die verschiedenen Münzen und ihren jeweiligen Wert. Die Preise für Nahrung und Unterkunft waren in Shandar etwas höher als in Thrandor. Wenn sie sparsam wirtschaftete, so rechnete sich Jenna aus, würde sie mit dem Geld, das Perdimonn ihr gegeben hatte, mehrere Wochen auskommen.

»Goldmünzen haben den Vorteil, dass sie klein sind«, sagte Perdimonn ernst. »Der Nachteil ist, dass Gold Diebe wie Fliegen anzieht. Zeige es nicht herum, und bewahre es an verschiedenen Stellen auf, damit nicht ein glücklicher Taschendieb alles in die Hände bekommt. Wechsle immer nur eine Münze auf einmal, vorzugsweise in einer Wechselstube, nicht im Gasthaus oder in der Schänke. Ich würde mir schreckliche Vorwürfe machen, wenn ich dir mit diesem Geschenk noch mehr Ärger eingebrockt hätte. Also lasse Vorsicht walten und nutze es klug.«

»Das werde ich tun, Perdimonn, ich verspreche es. Und sei dir gewiss, wenn es mir möglich ist, werde ich mich eines Tages für deine Freundlichkeit und Großzügigkeit erkenntlich zeigen.«

»Wenn du deine Aufgabe meisterst, Jenna, hast du dich mehr als erkenntlich gezeigt. Töte den Dämon und gib Calvyns Seele die Freiheit. Dann hätte sich das Geld gleich mehrfach bezahlt gemacht.«

Der Eintopf war mittlerweile gar und die beiden aßen mit Appetit. Perdimonn hatte aus dem Dorf etwas Brot mitgebracht, mit dem die beiden die letzten Soßenreste genüsslich auftunkten.

Als sie fertig waren, fühlte sich Jenna so wohl wie seit zwei Wochen nicht mehr. Sie spülte das Geschirr in der Quelle, packte ihre Siebensachen und rollte das Bündel Kleider auf, das Perdimonn ihr mitgebracht hatte.

Es waren ein grüner und ein brauner Kittel aus einem weichen, warmen Stoff, je eine farblich passende Hose, ein fester brauner Ledergürtel und ein dunkelgrüner Mantel. Jenna hielt sich den braunen Kittel an und stellte fest, dass Perdimonn ihre Größe richtig geschätzt hatte.

»Stiefel habe ich dir allerdings keine gekauft, weil ich mir wegen der Größe nicht sicher war«, sagte er. »Aber deine sind so unauffällig, dass du sie erst mal weitertragen kannst. Trotzdem schlage ich vor, dass du dir landestypisches Schuhwerk besorgst und das alte unauffällig beseitigst, damit nicht vielleicht doch jemand erkennt, dass sie in Thrandor hergestellt wurden. Deine Uniform solltest du heute noch vergraben. Wenn man dich mit thrandorischer Kleidung erwischt, landest du mit ziemlicher Sicherheit als Spionin im Gefängnis.«

Jenna mochte gar nicht daran denken, hatte sie sich ihre Uniform doch mühevoll verdienen müssen. Doch sie fasste sich ein Herz, ging ein paar Schritte in den Wald hinein und zog sich um. Dann rollte sie die Uniform zu einem Bündel zusammen und vergrub es im Waldboden.

Nach getaner Arbeit betrachtete Jenna die lockere Erde. Da lagen sie also, die feschen blau-schwarzen Kleidungsstücke, das letzte äußere Zeichen, das sie noch mit Baron Keevans Heer verband. Mit einem Mal wurde ihr klar, dass es mit neuen Kleidern nicht getan war.

Ihr Mut sank.

Jenna verstreute ein paar Zweige, Äste und Blätter, um die Stelle zu verbergen, und trottete niedergeschlagen zu Perdimonn zurück, der ebenfalls seine Sachen packte.

»Was machst du denn für ein Gesicht, Jenna? Die Kleider stehen dir doch gut«, sagte Perdimonn aufmunternd.

»Es geht nicht um die Kleider, sondern um mich«, erwiderte sie. »Ich kann ja gar nicht als Shandeserin durchgehen – ich spreche kein einziges Wort Shandesisch.«

»Das macht doch nichts. Viele Shandeser können es auch nicht. Die Gemeinsprache reicht vollkommen«, versicherte ihr Perdimonn lachend. »Vor allem hier im Süden von Shandar. Sag einfach, du seist an der Ostküste in der Nähe der thrandorischen Grenze zu Hause. Dann wird man sich über deinen Akzent nicht wundern. Wenn dich die Leute fragen, warum du unterwegs bist, dann wandelst du die Wahrheit einfach ein bisschen ab. Man kann eine Lüge immer überzeugender vorbringen, wenn sie der Wahrheit nahekommt. Sag den Leuten, dass ein Dämon deinen Bruder getötet hat und du einen Eid geschworen hast, ihn zu rächen. Das ist glaubhaft, und die Leute, die selbst Angehörige an den Gorvath verloren haben, werden dir gern helfen.«

Jenna dachte über den Vorschlag des alten Magiers nach. Er hatte recht. So würde es gehen.

Mit einem dankbaren Lächeln umarmte Jenna den alten Mann und gab ihm einen Kuss auf die Wange.

»Danke, Perdimonn. Danke für alles. Ich wünsche dir, dass die anderen Magier auf dich hören. Pass auf dich auf. Ich werde deine Weisheit und deine Gesellschaft vermissen.«

Perdimonn nahm ihre rechte Hand und lächelte sie an.

»Gesegnet seien du und deine Aufgabe, liebe Jenna. Mögen die Götter des Lichtes deine Schritte leiten und dich vor den Kräften der Dunkelheit schützen. Und möge der Vater der Schöpfung dich beflügeln, die Macht des Gorvaths zu brechen. Lebe wohl, Jenna. Ich weiß, du wirst es schaffen.«

Als hätten die Götter Perdimonns Worte gehört, lugte in diesem Moment die Sonne hinter einer Wolke hervor. Lichtstreifen fielen durch die Baumwipfel und tauchten den Alten bei seinen letzten Worten in ein goldenes Licht. Einen kurzen Moment lang hüpfte Jenna das Herz bis zur Kehle.

Der Moment ging vorüber und die Sonne zog sich wieder hinter die Wolke zurück.

Jenna setzte sich den Rucksack auf und ließ den kleinen Silbertalisman am Lederriemen baumeln. Erneut zeigte die kleine Pfeilspitze klar nach Nordwesten. Jenna sagte noch einmal Lebewohl zu dem alten Magier und machte sich wieder allein auf den Weg.

Sie war schon einige Schritte gegangen, da rief ihr Perdimonn hinterher: »Jenna!«

Sie blieb stehen und drehte sich um.

»Die Augen, Jenna. Vergiss nicht, du darfst ihm nicht in die Augen sehen!«

Jenna winkte ihm ein letztes Mal zu und ging weiter. Jeder Schritt trug sie tiefer nach Shandar hinein.

12

Jenna wanderte tagelang immer in Richtung Nordwesten, tiefer nach Shandar hinein. Schon am zweiten Tag hatte sie eine Wechselstube gefunden und eine von Perdimonns Goldmünzen in Kleingeld gewechselt. Der brummige alte Mann, der sie bediente, jammerte ohne Unterlass, wie schlecht die Geschäfte gingen und dass für einen ehrlichen Geschäftsmann die Zeiten immer härter würden. Er gab Jenna jedoch die richtige Anzahl Münzen und berechnete ihr für seine Dienste lediglich zwei Kupfermünzen.

In dem Dorf, in dem sie die Münze gewechselt hatte, hielt sich Jenna nicht länger auf, weil auch schon eine Goldmünze das Interesse von Langfingern wecken konnte. Zwar ging Jenna davon aus, dass der alte Geldwechsler das Geschäft vertraulich behandeln würde, aber sicher war sicher. Daher wanderte sie weiter bis zum Abend.

Die Gastwirte in Shandar nahmen, nicht anders als ihre Kollegen in Thrandor, jeden Reisenden, der seine Rechnung bezahlen konnte, gern auf. Dass Jenna nicht aus der Gegend kam, stieß zwar hier und da auf Interesse, aber in den Gasthäusern und Schänken, in denen sie haltmachte, wurde sie überwiegend freundlich willkommen geheißen.

Schon mehrmals hatte Jenna die Geschichte von ihrem armen Bruder zum Besten gegeben, der von einem namenlosen Dämon getötet worden war. Nun verfolge sie das Monstrum, um es zu erlegen. Ihre Zuhörer nickten stets mitfühlend, verneinten jedoch die Frage, ob jemand von dem Dämon gehört habe.

Wenn Jenna gefragt wurde, ob sie Anlass zu der Vermutung habe, dass sich der Dämon in der Nähe des jeweiligen Dorfes aufhalte, antwortete sie möglichst vage. Es werde gemunkelt, so sagte sie, dass er in dieser Richtung unterwegs sei.

Dann, eines Abends, in der Schänke Zum lustigen Landmann, suchte sie in der Gestalt eines betrunkenen Dorfbewohners Ärger heim.

Das Wirtshaus unterschied sich nicht von den anderen, die Jenna bis dahin besucht hatte. Der niedrige Schankraum hatte eine schwere Eichenholzdecke und die verputzten Wände waren fleckig vom Rauch. Im offenen Kamin knisterte ein Feuer, auf das die Gäste immer wieder Holzscheite nachlegten. Da der Schlot wohl schon seit Monaten nicht mehr gefegt worden war, zog mindestens so viel Rauch in den Gastraum wie in den Rauchfang. Die alten Männer, die genüsslich ihre Pfeife schmauchten, taten ein Übriges.

Jenna setzte sich an einen Tisch in der Nähe der Theke. Sie wollte möglichst viel von den Gesprächen der anderen Gäste mitbekommen, um vielleicht einen Hinweis auf den Dämon zu erhalten.

Obwohl sie deutlich zu verstehen gab, dass sie lieber allein essen wollte, rückte ihr ein großer, kräftiger Mann mit einer schnapsroten Knollennase zu Leibe. Sein Atem stank nach Bier und sein Körper nach Schweiß, und diese Geruchsmischung stach Jenna unangenehm in der Nase, als er seinen Stuhl so nah neben ihren rückte, dass er ihr fast schon auf dem Schoß saß.

Anfangs versuchte es Jenna mit Höflichkeit und bat ihn freundlich, sie in Ruhe zu lassen. Als das keine Wirkung zeigte, setzte sie sich von ihm weg. Doch auch das brachte sie nicht weiter, denn an der Theke saßen noch ein paar weitere Betrunkene, die das Spektakel lustig fanden und ihren Kumpan, den sie Merklin nannten, anstachelten.

Da versuchte es Jenna mit einer Warnung.

»Hör mal zu, Merklin, wenn du nicht sofort aufhörst, mich zu betatschen und mit deinem stinkenden Atem zu belästigen, werde ich dafür sorgen, dass dein Grinsen zahnloser und deine Nase noch ein bisschen dicker wird. Habe ich mich klar und deutlich ausgedrückt?«

Merklin sah zu seinen Saufkumpanen hinüber und formte die Lippen zu einem gekünstelten »Oooh«, in das diese lautstark einstimmten.

Jenna sah zum Wirt hinüber, der ihrem Blick geflissentlich auswich. Von dieser Seite war keine Hilfe zu erwarten.

Der Schankraum war mittlerweile brechend voll, und die Zechbrüder machten so viel Radau, dass niemandem entgehen konnte, was los war. Doch als Jenna sich in dem großen Raum mit den vielen Tischen und Stühlen umsah, war nicht ein Gast willens, ihr in die Augen zu sehen.

Merklin nahm einen kräftigen Zug aus dem Bierkrug in seiner Rechten, lehnte sich zu Jenna hinüber, legte ihr die linke Hand aufs Knie und rülpste sie lautstark an.

»Isch will doch nur ein büschen mit dir kuscheln«, nuschelte er mit einem breiten Grinsen.

Jenna riss der Geduldsfaden. Sie packte die Hand auf ihrem Knie und drehte sie schnell, bis sie ein Knacken hörte. Noch während sich Merklins Gesicht schmerzvoll verzerrte, sprang sie auf die Füße und versetzte ihm einen stahlharten Faustschlag aufs Kinn.

Die Wucht des Schlages fuhr Jenna bis ins Schultergelenk und in ihren Fingergelenken flammte Schmerz auf. Merklin kippte wie ein Stein bewusstlos zu Boden.

Merklins Stuhl, der mit ihm umfiel, ging zu Bruch, und innerhalb von Sekunden stürzten sich zwei seiner Kumpane wütend auf Jenna. Jenna, der nichts anderes übrig blieb, als sich zu verteidigen, duckte sich unter dem wilden Schwinger des einen weg und rammte ihm den Ellbogen in den Leib. Gleichzeitig trat sie dem zweiten Mann in den Schritt. Beide gingen zu Boden und nahmen im Fallen weitere Stühle mit.

Abgesehen von dem Keuchen des Mannes, dem Jenna mit dem Schlag in den Bauch den Atem geraubt hatte, und dem Stöhnen seines Freundes senkte sich eine entsetzte Stille über den Schankraum.

Jenna strich sich den Kittel glatt, schnippte mit einer ärgerlichen Geste ein paar nicht vorhandene Staubkörnchen weg und ging, die eine Hand am Gürtelmesser, zur Theke. Das Blitzen ihrer Augen und Waffen genügte, dass die Gäste Abstand zu ihr hielten.

»Du, Wirt«, sagt der Jenna gelassen, ohne auch nur die Stimme zu erheben.

»Äh, ja? Glaube ja nicht, dass du, äh, einfach hier reinkommen und, äh, alles zusammen …«, stammelte er nervös.

»Da«, unterbrach ihn Jenna und warf ein paar Silbermünzen auf die Theke. »Für die Mahlzeit und die entstandenen Schäden. Ich bleibe lieber doch nicht. In deiner Schänke kann man als Reisender nicht einmal in Ruhe essen, da will ich es mit dem Schlafen erst gar nicht versuchen. Und denk dran: Bis jetzt habe ich meine Waffe noch nicht gezogen. Doch wenn irgendeiner von euch auch nur den geringsten Mucks macht, während ich den Raum verlasse, werde ich nicht zögern, es zu tun.«

Sie blickte über die Schulter zurück zu den zertrümmerten Stühlen und den drei Männern. Zwei krümmten sich am Boden, während der dritte wohl noch ohnmächtig war.

»Tut mir leid wegen der Unordnung«, murmelte sie. Auf dem Weg zur Tür setzte sie den Rucksack auf. Am Eingang nahm sie den Bogen von der Waffenablage. Dann ging sie in die Nacht hinaus.

Jenna wollte nicht in der Gegend bleiben und verließ deshalb das Dorf, so schnell sie konnte. Ärger mit den Dorfwächtern konnte sie wirklich nicht gebrauchen. Eine Wirtshausrauferei brachte sie womöglich mehrere Tage ins Gefängnis.

In dieser Nacht schlupfte Jenna einige Meilen weiter in einer Scheune unter. Am Morgen stand sie bei Sonnenaufgang auf und machte sich sofort auf den Weg, um möglichst viel Abstand zwischen sich und die Schänke Zum lustigen Landmann zu bringen.

Wie immer ließ sich Jenna, bevor sie aufbrach, von dem kleinen Silbertalisman die Richtung zeigen. Die Pfeilspitze wies nach wie vor in Richtung Nordwesten. Da sie bislang noch niemandem begegnet war, dem etwas Ungewöhnliches aufgefallen war, hatte Jenna keine Ahnung, ob sie dem Dämon näher kam. Er konnte dreihundert Meilen weg sein oder an der nächsten Straßenecke auf sie lauern. Sie konnte nur hoffen, dass sie schneller war als das Monster. Im zackigsten Marschschritt, den sie dauerhaft durchhalten konnte, wanderte Jenna quer über die Felder.

Nach etwa einer Stunde gelangte sie zum nächsten Dorf. Sie überlegte gerade, ob sie weitergehen oder haltmachen sollte, da nahm ihr der Duft frisch gebackenen Brotes die

Entscheidung ab. Es war noch früh am Morgen, als sie in das Dorf kam, und kaum jemand war unterwegs. Kurz entschlossen folgte Jenna dem verlockenden Duft bis zur Bäckerei.

Da Türen und Fensterläden geschlossen waren, klopfte Jenna an. Der Bäcker, gleich zu erkennen am Mehl an der Schürze und an den Händen, öffnete die Tür. Ein strahlendes Lächeln breitete sich auf seinem Gesicht aus.

»Ah!«, rief er erfreut aus. »Du musst das Mädel sein, das gestern Abend Merklin und seinen Kumpanen im Lustigen Landmann eins auf die Nase gegeben hat. Komm nur rein.«

Jenna machte eine reumütige Miene, folgte aber der einladenden Geste des Bäckers und betrat das Haus.

»Neuigkeiten sprechen sich bei euch aber schnell herum«, sagte sie.

»Schneller als der Wind, heißt es«, erwiderte der Bäcker schmunzelnd. »Aber keine Sorge, Mädel, ich übergebe dich nicht den Gendarmen.«

»Suchen sie etwa nach mir?«, fragte Jenna überrascht.

»Aber ja doch«, nickte der Bäcker. »Du bist eine kaltblütige Mörderin, eine Kriminelle, die quer durch Shandar flieht, nachdem sie in ihrer Heimatstadt erst einen Soldaten und danach noch mehrere andere Menschen umgebracht hat. Zumindest hat Merklin das den Dorfwächtern auf die Nase gebunden. Anschließend haben sie die Geschichte vor den Gendarmen noch einmal gewaltig aufgeblasen. Mittlerweile bist du wahrscheinlich eine professionelle Auftragsmörderin, mindestens zwei Meter groß und bis zu den Zähnen bewaffnet.«

Jenna schlug die Hände vors Gesicht und stöhnte.

»Wenn sich das so schnell herumspricht, warum übergibst du mich dann nicht den Gendarmen?«, fragte Jenna argwöhnisch. Sie war sich nicht sicher, ob sie womöglich in eine Falle getappt war.

Der Bäcker war groß und schlank, ja, fast dürr – ungewöhnlich für einen Menschen, der den lieben langen Tag mit Nahrungsmitteln zu tun hatte. Seine Finger waren lang und spirrlig wie Spinnenbeine. Das hagere Gesicht verbreitete jedoch eine Fröhlichkeit, die nicht recht zum Rest seiner Erscheinung passen wollte. Die weit auseinander stehenden Augen, die kleine Stupsnase und der breite Mund fügten sich mit den spitzen Wangenknochen und den eckigen Augenbrauen zu einem freundlichen, warmherzigen Gesicht zusammen.

»Na ja, erstens glaube ich Merklin, Toni oder Bradder kein Wort. Gestern Abend war zufällig auch Tami, die Tochter des Müllers, mit einer Freundin in der Schänke. Sie hat ihrem Vater eine ganz andere Version erzählt und die hat er mir heute Morgen berichtet. Dieser Merklin sitzt ständig in der Tinte und meistens brockt ihm das sein Kumpel Bradder ein. Die trinken mehr, als sie vertragen, eine Schande für ihre Familien und ihr Dorf. Wegen denen würde ich dich ganz bestimmt niemandem ausliefern. Das Problem ist, dass du nicht von hier bist. Und da in Niederfenn ein Mann umgebracht wurde, kann man es den Gendarmen nicht verübeln, dass sie hinter dir her sind. Immerhin hat dich Merklin des Mordes beschuldigt.«

»Umgebracht?«, fragte Jenna heftig. »Wie ist das geschehen?«

»Schwer zu sagen«, sagte der Bäcker nachdenklich. »Der Mann war übel zugerichtet, als man ihn fand. Deshalb wissen sie nicht ob er einem wilden Tier oder einem Verbrechen zum Opfer gefallen ist. «

Jennas Herz setzte bei diesen Worten einen Schlag aus. Das könnte das Werk des Dämons sein.

»Wo ist denn dieses Niederfenn und wann wurde der Mann gefunden?«, fragte sie bemüht beiläufig.

Der Bäcker musterte sie mit einem misstrauischen Blick, so als sei er plötzlich nicht mehr sicher, ob er sie richtig eingeschätzt hatte. In diesem Moment klopfte es laut. Die Augen des Bäckers huschten zur Tür und zurück zu Jenna. Eine Sekunde lang blieb er wie angewurzelt stehen, dann trat ein Ausdruck der Entschlossenheit in sein Gesicht. Er legte einen Finger an die Lippen und deutete auf eine Zimmertür.

»Einen Moment!«, rief er, packte eine der langstieligen Brotschaufeln und ging zur Haustür.

Jenna öffnete leise die Zimmertür, schlüpfte hindurch und zog sie behutsam hinter sich zu. Im Raum war es dunkel, doch dank der schmalen Lichtstreifen, die durch die geschlossenen Fensterläden drangen, erkannte Jenna, dass es sich um das Wohnzimmer des Bäckers handelte. Sie wagte kaum zu atmen, während sie an der Tür lauschte.

Gerade hatte sie die Tür hinter sich zugezogen, da hieß der Bäcker an der Haustür jemanden willkommen.

»Guten Morgen, Schlagetot Malkos. Du bist früh dran heute. Hast du gerade Dienstbeginn oder bist du schon fertig?«

»Ich fange gerade an, Parmon.«

»Und da brauchst du schon Brot? Ihr Dorfwächter kommt doch sonst immer erst nach Dienstschluss«, sagte der Bäcker und betonte fast unmerklich das Wort »Dorfwächter«.

»Wir wollen kein Brot kaufen, Parmon. Uns wurde gesagt, eine fremde Frau habe vor wenigen Minuten deine Bäckerei betreten. Wir müssen sie zu einem Vorfall gestern Abend befragen.«

»Ein Vorfall, Malkos? Das klingt nicht gut. Aber ich

fürchte, ihr habt sie verpasst. Ein freundliches Mädchen mit einem schwarzen Langbogen, die meint er doch?«

»Verkauf mich nicht für dumm, Parmon. So viele fremde Frauen sind früh am Morgen ja wohl nicht unterwegs. Natürlich meine ich die. Wo ist sie?«

»Wie ich schon gesagt habe, Malkos, die ist schon weg. Sie kam herein, kaufte einen Laib Brot und ging wieder. Sie war nicht einmal eine Minute hier. Höfliches Mädchen. Hat mich mit Bäckermeister angeredet.«

»Weißt du, wo sie hinwollte?«

»Das hat sie mir nicht gesagt. Warum? Was hat sie denn getan?«

»Sie ist gestern Abend im Lustigen Landmann auf drei Männer losgegangen.«

Der Bäcker stieß einen gedehnten Pfiff aus.

»Diese halbe Portion? Dann muss sie gefährlicher sein, als sie aussieht. Die bringt doch bestimmt nicht mehr auf die Waage als ich! Wen hat sie denn angegriffen?«

»Merklin, Toni und Bradder«, antwortete eine zweite Stimme.

»Ha! Wirklich?«, lachte der Bäcker. »Na, dann brauche ich wohl nicht zu fragen, ob die drei wieder zu tief ins Glas geschaut haben. Aber selbst wenn sie besoffen waren – so ein schmächtiges Mädchen gegen die drei … da gehört schon was dazu. Hat sie denn einen verletzt?«

»Ziemlich schwer sogar«, sagte Malkos unfreundlich. »Aber wenn sie nicht hier ist, suchen wir besser weiter. Komm, wir gehen.«

»Viel Glück. Weit kann sie ja nicht gekommen sein.«

Jenna hörte die Tür ins Schloss fallen und Sekunden später steckte der Bäcker den Kopf durch die Wohnzimmertür. Er sah sie mit ernster Miene an.

»Komm, du musst verschwinden, und zwar schnell.

Wenn sie dich nicht finden, kommen sie bestimmt zurück. Dann solltest du möglichst weit weg sein. Da drüben ist die Hintertür.«

»Hab Dank, Bäckermeister. Ich stehe tief in deiner Schuld. Aber bevor ich gehe, sage mir doch bitte noch, wo Niederfenn liegt und wann der Mann zu Tode kam. Es ist wichtig. Ich bin hinter einem gefährlichen Tier her. Das könnte den Mann getötet haben.«

Der Bäcker wurde kreidebleich. »Ein gefährliches Tier! Dafür brauchst du also den Langbogen! Was ist das für ein Tier? Ist es etwa eine große Bergkatze? Eine Seherin hat mir einmal geraten, Bergkatzen aus dem Weg zu gehen. Wenn ich eine zu Gesicht bekäme, hätte mein letztes Stündlein geschlagen.«

Jenna schüttelte den Kopf. »Nein, keine Bergkatze, aber mindestens so gefährlich. Bitte, wo ist das Dorf? Und wann hat man den Mann gefunden?«

Der Bäcker stieß einen Seufzer der Erleichterung aus. »Natürlich. Niederfenn liegt etwa zehn Meilen nordwestlich, und der Mann wurde … also … das war vor vier Tagen, ja, vor vier Tagen wurde er gefunden, am Abend. Jetzt musst du aber wirklich gehen. Schnell, hier entlang.«

Der Bäcker nahm Jenna bei der Hand und führte sie durch die Backstube zu einer Tür, die in eine, wie Jenna in der Eile feststellte, blitzblank geputzte Küche führte. Durch eine weitere Tür liefen sie in einen schmalen Flur und zur Hintertür der Bäckerei.

Parmon bedeutete Jenna, sich flach an die Wand zu drücken, und öffnete die Tür, die auf einen kleinen Garten mit einem niedrigen Zaun hinausging. Der Bäcker sah sich rasch um und winkte Jenna dann heraus.

»Nimm das«, sagte er und drückte ihr einen Laib Brot in die Hand. »Wenn sie dich schnappen, kann der Dorfwächter wenigstens nicht behaupten, ich hätte ihn angelogen.«

»Danke schön, Parmon. Warte …«, sagte Jenna und griff in ihren Geldbeutel.

»Keine Zeit. Geh, und möge der Schöpfer dich beschützen.«

Jenna nickte ihm dankbar zu, rannte durch den Garten, sprang über den Zaun und verließ das Dorf. Dabei nutzte sie jede Deckung, die sie finden konnte, um nicht doch noch von einem Frühaufsteher erwischt zu werden.

Das Glück war auf ihrer Seite. Soweit sie es beurteilen konnte, beobachtete niemand ihren hastigen Aufbruch. Während sie weitermarschierte, kam ihr aber der unangenehme Gedanke, dass sie in nächster Zeit wieder im Freien würde übernachten müssen, zumindest bis sie den Bezirk verlassen hatte. Da in dieser Gegend jeder jeden kannte, machte sie besser einen großen Bogen um menschliche Behausungen.

Kein weiches Bett, keine saubere Bettwäsche, keine Abendessen in der Schänke. Wie ärgerlich, dass sie die Geduld verloren hatte. Sie hätte genauso gut aufstehen und gehen können, dann hätte sie den Dorfwächtern und Gendarmen keinen Grund gegeben, nach ihr zu suchen. Sie hätte ihren Eintopf stehen lassen müssen, aber dafür wäre ihr nicht ausgerechnet jetzt, da sie den ersten Hinweis auf den Dämon erhalten hatte, die örtliche Gerichtsbarkeit auf den Fersen.

Im Rückblick war Derras Ratschlag, unnötigen Streitigkeiten aus dem Weg zu gehen und sich zu beherrschen, völlig vernünftig gewesen. Doch hinterher war man immer schlauer. Und nun brachte sie die späte Einsicht auch nicht weiter.

Der beste Verbündete, dachte Jenna, war jetzt ein schnelles Marschtempo. Lästig war allerdings, dass sie die Wege meiden musste. Auch fürchtete Jenna, in der Eile unvorbereitet auf den Dämon zu treffen. Doch diese Gefahr musste sie in Kauf nehmen.

Jenna wanderte immer an den Hecken der Ackerränder entlang, um nicht gesehen zu werden, und bediente sich damit einer Marschtechnik, die sie in der Rekrutenausbildung erlernt hatte. Am frühen Nachmittag schätzte sie, dass sie ungefähr neuneinhalb Meilen zurückgelegt hatte. Sie ließ nun größere Vorsicht walten, denn nach Niederfenn konnte es nicht mehr weit sein.

Sanfte Hügel prägten die Landschaft, die nach Westen hin immer stärker bewaldet war. Schon allein der Name des Dorfes ließ Jenna vermuten, dass es in einer Senke lag und aus der Entfernung nicht unbedingt zu sehen war. Parmons Anweisung, zehn Meilen nach Nordwesten zu gehen, war auch reichlich ungenau, denn schon bei einer geringfügigen Abweichung konnte sie das Dorf leicht verfehlen.

Jenna nahm den silbernen Talisman zur Hand und glich die Richtung der Pfeilspitze mit dem Stand der Sonne ab. Noch immer zeigte er in etwa nach Nordwesten. Da sie in Niederfenn ohnehin kaum etwas erfahren würde, sondern im Gegenteil Gefahr lief, von der örtlichen Gendarmerie gefasst zu werden, folgte Jenna dem Pfeil.

Als sich die Sonne dem Horizont näherte, machte sich Jenna auf die Suche nach einem Lagerplatz für die Nacht. Sie war sich sicher, Niederfenn hinter sich gelassen zu haben, wusste aber nicht, ob sie nördlich oder südlich daran vorbeigewandert war. Es spielt auch keine Rolle. Der Dämon war noch immer vor ihr, und falls er den Mann in Niederfenn tatsächlich getötet hatte, holte sie rasch auf.

Jenna schlief nicht gut in dieser Nacht. Sie übernachtete in einem niedrigen Wäldchen in einem selbst gebauten Unterschlupf. Mehrmals wurde sie von einer Bewegung oder einem Geräusch wach. Die natürlichen Laute der Nacht klangen in ihren Ohren plötzlich bedrohlich, und Jenna wurde das Gefühl nicht los, dass sie beobachtet wurde. Dennoch verging die Nacht ohne Zwischenfälle, und als sie am nächsten Tag die Umgebung des Lagers absuchte, fand sie nichts Ungewöhnliches.

Als sie den magischen Pfeil auspendeln ließ, schien es ihr, als zeige er diesmal stärker nach Westen als nach Nordwesten. Eine so große Richtungsänderung in so kurzer Zeit ließ vermuten, dass Jenna nicht mehr weit vom Gorvath weg sein konnte.

Noch immer hatte sie keine Ahnung, in welcher Gestalt der Dämon auftrat und ob sie mit ihren Waffen etwas gegen ihn ausrichten konnte. Trotzdem war Jenna entschlossener denn je, den Gorvath zu töten und Calvyns Seele zu befreien. Sie war so weit gekommen, da wollte sie sich von ihrer Angst nicht in Bockshorn jagen lassen.

Jenna nahm die Sehne ihres Akarholzbogens zur Hand, drückte den Bogen behutsam zusammen und hängte die Sehne auf beiden Seiten ein. Anschließend sah sie nach, ob die Sehne die richtige Spannung hatte.

Mit der gleichen Sorgfalt überprüfte sie, ob die Befiederung und die Pfeilspitzen fest mit dem Schaft verbunden waren. Ein Pfeil, der nicht völlig in Ordnung war, verfehlte leicht sein Ziel.

Jenna wünschte, sie hätte ein paar von Perdimonns Goldmünzen für ein neues Schwert ausgeben können. Sie hätte gern Ersatz gehabt für die Klinge, die sie beim Überfall auf ihren Spähtrupp verloren hatte. Doch weil die Leute sie schon wegen ihres Langbogens misstrauisch beäugt hatten, hatte sie es nicht gewagt, ihr Waffenarsenal weiter aufzustocken.

Da sie daran nun nichts mehr ändern konnte, sorgte sie

dafür, dass die Waffen, die sie hatte, einsatzbereit waren. Nachdem sie auch noch das Gürtelmesser gewetzt hatte, marschierte Jenna weiter, gen Westen, wie der Talisman es ihr vorgab.

Wieder wanderte sie den ganzen Tag, machte nur kurz Halt und aß von den rasch schwindenden Vorräten in ihrem Rucksack. Schon am nächsten Tag würde sie ein Dorf ansteuern müssen, um sich mit Nahrungsmitteln einzudecken, wenn sie ihre Zeit mit der Jagd auf den Dämon und nicht auf Wild verbringen wollte.

Sie war nah dran, das spürte sie.

Als die Sonne schon fast hinter dem Horizont verschwunden war, sah sich Jenna nach einem geeigneten Platz für die Nacht um. Sie war müde, passte aber weiter auf wie ein Luchs, denn der Dämon konnte nicht weit sein. Da tauchte im Wald ein kleines Dorf vor ihr auf. Noch war es nicht so dunkel, dass die bereits entzündeten Laternen weithin zu sehen gewesen wären.

Obwohl Jenna eine gute Strecke zwischen sich und den Lustigen Landmann gebracht hatte, wusste sie nicht, ob man hier wohl von dem Zwischenfall gehört hatte. Deshalb wollte sie lieber nicht im Dorf nach einem Bett für die Nacht fragen. Da es östlich des Dorfes keine geeignete Stelle für ein Lager gab, ging sie um die Ortschaft herum und suchte auf der anderen Seite einen Lagerplatz. Dank der einbrechenden Dunkelheit und dem dichten Unterholz konnten die Dorfbewohner sie nicht sehen.

Ein plötzliches Prickeln an ihrem Hals veranlasste Jenna, den kleinen Silbertalisman unter dem Kittel zurechtzurücken. Doch das Kribbeln blieb. Überrascht holte Jenna den kleinen Pfeil hervor und ließ ihn vor sich in der Luft baumeln. Die Sicht war schlecht, doch der Anblick raubte ihr den Atem.

Der Pfeil zitterte nicht nur aufgeregt, sondern er zeigte auch genau auf das Dorf.

Jenna stellten sich die Nackenhaare auf. Ein eiskalter Schauer lief ihr über den Rücken.

Der Gorvath war hier.

»Ganz ruhig«, sagte sie und zwang sich, langsam und gleichmäßig zu atmen. »Ich bin nicht den weiten Weg gekommen, um dann vor lauter Anspannung danebenzuschießen.«

Aber so einfach war es eben auch nicht.

Als sie einen Pfeil aus dem Köcher zog und einlegte, zitterten ihr die Hände und der Pfeil schlug klappernd gegen den Bogen. Rasch legte sie die Hand darauf und bemühte sich, keine weiteren verräterischen Geräusche zu machen.

Wenn der Dämon im Dorf war, konnte er jede mögliche Gestalt haben, überlegte sie. Sie konnte nicht gleichzeitig den Talisman hochhalten und schießen und entschloss sich, mit dem magischen Silberpfeil den genauen Aufenthaltsort des Gorvaths auszumachen und darauf zu warten, dass er sich wieder weiterbewegte, um ihn zu töten. Der Gorvath zog seit mehreren Wochen nach Westen, daher war anzunehmen, dass er diese Richtung auch weiter beibehalten würde. Wenn sich Jenna westlich vom Dorf auf die Lauer legte, hatte sie die beste Chance auf einen Schuss.

Jenna kroch weiter um das Dorf herum, nun noch vorsichtiger, damit niemand sie bemerkte. Zwischen den Bäumen war es nicht so einfach, einen Punkt zu finden, der ihr freie Sicht bot. Doch dann fand Jenna einen Felsblock, der ihr bis zur Taille reichte und nicht mehr als fünfzig Schritt von den Häuschen am westlichen Dorfrand entfernt war.

Während Jenna das Dorf umrundet hatte, hatte auch die Pfeilspitze die Richtung geändert. Sie zeigte unbeirrt ins Herz der Siedlung.

Der Gorvath war wirklich dort.

Hinter dem Felsen setzte Jenna ihren Rucksack ab und entfernte die Gürteltaschen. Falls sie schnell handeln musste, wollte sie Bewegungsfreiheit haben. Allein das Messer blieb am Gürtel hängen, obwohl sich Jenna darüber im Klaren war, dass sie, sollte sie es tatsächlich brauchen, schon so gut wie tot war.

Die Sonne war untergegangen und die Dämmerung wich langsam der Nacht.

Jenna biss sich auf die Lippe. Bei dieser Tageszeit konnte man mit Pfeil und Bogen nichts jagen, und sei es noch so groß. Sie konnte bald die Hand vor Augen nicht mehr sehen, und es würde noch Stunden dauern, bis der Mond sein silbernes Gesicht zeigte. Bis dahin blieb ihr nichts anderes übrig, als den Blick von den gelben Laternen des Dorfes abzuwenden, um im Dunkeln besser sehen zu können.

Lautlos verstaute Jenna den Rucksack und die Taschen in einem Hohlraum unter dem großen Felsblock und deckte sie mit Blättern ab.

Kaum war das geschehen, wurde die abendliche Stille von einem Schrei zerrissen, der ihr das Blut in den Adern gefrieren ließ.

Jennas schlug das Herz bis zum Hals. Hinter dem Felsblock kauernd, hielt sie den silbernen Talisman hoch und versuchte, in der Dunkelheit auszumachen, in welche Richtung die Pfeilspitze ausschlug. Aus dem Dorf hörte sie ein Gewirr entsetzter und verwirrter Stimmen. Die Dorfbewohner suchten wohl nach der Quelle des Schreis.

Jenna beobachtete, wie sich der Pfeil langsam drehte. Der Dämon bewegte sich, wenig überraschend, irgendwo zu ihrer Rechten. Mehr konnte Jenna bei diesen Lichtverhältnissen nicht erkennen.

Sie spähte angestrengt hinter dem Fels hervor in die Dunkelheit.

Nichts.

»Verdammt!«, fluchte sie unterdrückt. Sie konnte unmöglich gleichzeitig den Talisman und den Bogen bedienen. Doch sie war auf Führung angewiesen, wenn sie den Gorvath mit einem gut gezielten Pfeil überraschen und nicht etwa von ihm überrascht werden wollte.

Im Dorf waren noch immer das hysterische Schreien einer Frau, Stimmengewirr und die Schritte hin und her eilender Menschen zu hören.

Wenn sie jetzt nicht handelte, kamen ihr womöglich Menschen aus dem Dorf in die Schusslinie.

Doch noch immer sah sie im Wald keinerlei Bewegung.

Jenna fasste sich ein Herz, kroch hinter dem Felsen hervor und ging vorsichtig Schritt für Schritt in die Richtung, in der der Dämon das Dorf verlassen hatte. Den Bogen gespannt, schlich sie mit zusammengekniffenen Augen und gespitzten Ohren durch die Bäume und versuchte etwas auszumachen, das nichts mit dem Vielklang der Geräusche aus dem Dorf zu tun hatte.

Da … dort bewegte sich etwas.

Es war eine Gestalt auf zwei Beinen, groß und vornübergebeugt wie ein Bär. Sie entfernte sich vom Dorf und war im Dunkel des Waldes fast nicht zu erkennen.

Jenna blieb regungslos stehen.

Bei dem schlechten Licht war schwer abzuschätzen, wie weit der Gorvath weg war. Jenna schätzte aber, dass es durchaus möglich war, den massigen Körper zu treffen.

Sie hatte nur eine Chance. Mit größter Behutsamkeit spannte Jenna den Bogen an und nahm ihr Ziel ins Visier.

»He, du! Was machst du da?«

Von rechts nahten Schritte und der Dämon blieb stehen.

Zwei orangerote Augen, erfüllt mit einem Hass und einer Bösartigkeit, die für Jenna unfassbar waren, durchbohrten sie geradezu hypnotisch.

Jenna schoss den Pfeil ab.

Das Surren der Sehne und das Zischen des Pfeils hallten in Jennas Sinnen wider, und sie spürte fast körperlich, wie das Geschoss in sein Ziel eindrang.

Doch der Blick des Dämons änderte sich nicht.

Jenna wurde grob am Arm gepackt, jemand riss ihr den Bogen aus den Händen, bedeutungsleere und zusammenhangslose Fragen prasselten auf sie ein.

Sie aber sah nur die glühenden Augen. Sie hielten Jenna in ihrem Bann und nichts anderes zählte.

Dann verschwanden sie plötzlich in der Dunkelheit, und Jenna wurde bewusst, dass man sie gewaltsam ins Dorf zerrte.

13

»Sehr gut, Shanier. Hervorragend.«

Lord Vallaine war hoch zufrieden. Sein Schützling hatte bei der Erfüllung der ihm gestellten Aufgaben wieder einmal sämtliche Erwartungen übertroffen. Mit mehr Zeit, so dachte der Hohe Lord des Inneren Auges, hätte er den jungen Thrandorier durchaus zum mächtigsten Zauberer des Jahrhunderts machen können. Der junge Mann verfügte über eine außerordentliche Willenskraft und hatte seine Fähigkeiten noch lange nicht ausgeschöpft, das spürte Vallaine.

Vielleicht hat es etwas damit zu tun, dass ihm die Seele fehlt, überlegte der verschlagene alte Zauberer. Da er kein Gewissen hat, kümmert ihn nicht, wie sich seine Taten auf andere auswirken, und seine Sinne werden nicht von Gefühlen benebelt. So schöpft er seine inneren Kräfte voll und ganz aus und beherrscht jetzt schon Zaubertechniken, für die andere Jahre brauchen.

Leider war Zeit genau das, was Vallaine nicht hatte. Seine Macht über den Kaiser von Shandar bröckelte, und wenn er jetzt nicht zuschlug, würde er die Südeinheiten des kaiserlichen Heers nicht nutzen können. Nach seiner siegreichen Rückkehr aus Thrandor würde er aber noch reichlich Gelegenheit haben, Shaniers Fähigkeiten weiterzuverfeinern.

Nun musste Shanier vollbringen, wofür man ihn ausgebildet hatte: das shandesische Heer gegen Thrandor zu führen.

Bevor Vallaine den jungen Mann ins Vertrauen zog, wollte er ihn aber noch einer letzten Prüfung unterziehen. Das würde auch die Lords in der Runde beruhigen, die noch immer meinten, Vallaine verschwende mit der Ausbildung des Thrandoriers seine Zeit und könne den Oberbefehl ebenso gut einem von ihnen übertragen.

Shanier würde die Prüfung bestehen, dessen war sich Vallaine sicher. Trotzdem war er neugierig, wie er sich verhalten würde.

»Kommt, Shanier, geht ein paar Schritte mit mir. Ich möchte Euch jemanden vorstellen«, sagte Vallaine lächelnd und bedeutete Shanier, mit ihm zu kommen.

»Selbstverständlich, Lord Vallaine. Was immer Ihr erwünscht«, erwiderte Shanier.

Vallaine schritt, begleitet von Shanier, durch die Flure des Palastes. Der Hohe Lord trug seine Kapuze nicht, was ungewöhnlich war, denn in den öffentlich zugänglichen Bereichen des Palastgeländes hatte er den Kopf stets bedeckt. Lord Shanier sprach ihn lieber nicht darauf an. Stattdessen »spielte« er nebenbei mit dem illusionären Dekor.

Die karg eingerichtete Kammer des Auges mit den thronartigen Stühlen ließ Shanier jedes Mal frösteln. Es war weniger Angst als eine ungute Vorahnung, die sich wie ein kalter Knoten um sein Herz legte.

Diesmal war es nicht anders.

Als Vallaine und Shanier durch die große zweiflüglige Tür traten, waren zehn der zwölf Stühle bereits besetzt. Die Lords des Inneren Auges hatten sich versammelt, ohne dass man Shanier vorab über den Anlass der Sitzung unterrichtet hätte. Lord Shanier nahm Platz, äußerlich ruhig und unbeteiligt, doch innerlich schäumte er vor Wut. Wissen war Macht und in diesem Moment war Shanier der Schwächste im Raum. Er schwor sich, dass ihm das nicht noch einmal passieren würde.

Als Shanier und Vallaine die Kammer betreten hatten, waren die übrigen Lords aufgestanden und hatten ihre Kapuzen ehrerbietig abgesetzt. Der Hohe Lord nahm Platz und die anderen taten es ihm gleich.

Alle warteten nun darauf, dass Vallaine die Sitzung eröffnete.

Zum Teufel mit Vallaine und seinen dramatischen Pausen, entrüstete sich Shanier im tiefsten Winkel seines Innern. Der Narr hat in seiner Selbstüberschätzung völlig vergessen, dass seine Stellung als Hoher Lord nur so lange sicher ist, wie keiner von uns sie ihm wegnimmt.

Die anderen zehn Lords des Inneren Auges waren wie immer damit beschäftigt, im Geist der anderen nach etwas zu stöbern, das ihnen bei ihren Machtspielchen von Nutzen sein könnte. Mehrmals spürte Shanier Vorstöße in den Teil seines Geistes, den zu erforschen er den anderen gestattete.

Einige glichen einem schwachen Flüstern, das selbst der Geübte für reine Einbildung halten konnte, andere bedienten sich eher der Holzhammermethode. So oder so fanden sie alle dasselbe vor: Loyalität gegenüber Lord Vallaine und die tiefe Überzeugung, dass dieses Treffen den Lords des Inneren Auges wichtige Einblicke verschaffen werde.

Shanier entschied sich, lieber nicht im Geist der anderen nach dem Grund für die Zusammenkunft zu suchen. Scheinbares Desinteresse war die beste Haltung.

Endlich brach Lord Vallaine das Schweigen.

»Wachen, bringt die Gefangenen herein«, befahl er mit einem durchtriebenen Lächeln.

Die Türflügel schwangen auf und fünf verdreckte und übel zugerichtete Soldaten wurden in die Kammer getrieben.

Shanier musste sich zusammenreißen, damit sein Gesicht und seine Gedanken, zu denen er den anderen Zutritt gewährte, nicht verrieten, dass er die Leute kannte. Denn dies waren Soldaten aus seiner alten Einheit, dessen war er sich sicher.

Das ist gewiss wieder ein Test, überlegte er. Aber worum geht es?

Die Soldaten mussten sich vor den Lords hinknien. Sie waren nicht nur übersät mit blauen Flecken und Beulen, sondern auch blass und abgemagert. Wenn sich seit der Zeit, da Shanier mit ihnen Dienst getan hatte, nicht sehr viel geändert hatte, so waren sie schon eine Weile von ihrer Einheit getrennt. Wahrscheinlich, überlegte Shanier, hielt man diese Soldaten schon seit Wochen in den unterirdischen Zellen gefangen.

Die fünf blickten die zwölf Gestalten in den Umhängen, die im Halbkreis um sie herumsaßen, mit großen Augen an. Obwohl ihnen wohl klar war, dass sie mächtige Zauberer vor sich hatten, wirkten sie nicht übermäßig verängstigt.

»Calvyn? Korporal Calvyn? Bist du das wirklich?«

Shanier verbarg mit aller Macht das Hochgefühl, das in ihm aufwallte. Calvyn! Das war der Name, der ihm die ganze Zeit auf der Zunge gelegen hatte. Er fügte sich hervorragend in das Mosaik der Erinnerungen ein. Die Freude darüber drohte die geistigen Schutzmauern, die Shanier mit so viel Mühe errichtet hatte, einzureißen.

»Lord Vallaine, wünscht Ihr, dass ich dieser … Person … antworte?«, fragte Shanier mit ausdrucksloser Stimme.

»Ja bitte, Lord Shanier«, erwiderte der Hohe Lord höflich.

Shanier stand auf, ging langsam zu den Soldaten hinüber und stellte sich vor sie hin.

»Calvyn! Du bist es! Bitte, kannst du uns hier rausbringen? Die halten uns seit Wochen gefangen, vielleicht schon seit Monaten, das ist schwer zu sagen, wenn man ständig im Dunkeln ist. Soffi ist gestorben, weil sie ihre Wunden nicht behandelt haben, und wir konnten ihr nicht helfen. Am Ende hatte sie keine Kraft mehr und hörte einfach auf zu atmen. Aber bei Tarmin, es ist so schön, dich zu sehen, Calvyn.«

Garath, dachte Shanier, der Mann heißt Garath. Er hat mit mir die Ausbildung gemacht. Nach außen hin zeigte Shanier jedoch keine Anzeichen des Wiedererkennens, und auch im tiefsten, abgeschlossenen Teil seines Inneren weigerte er sich, sich selbst als Calvyn zu begreifen. Kein leichtfertiger Gedanke, kein unüberlegtes Wort durfte ihm herausrutschen.

»Ich fürchte, du täuschst dich. Ich heiße nicht Calvyn und ich bin auch kein Korporal. Ich bin Shanier, Lord des Inneren Auges«, erklärte Shanier kalt. »Oder will einer von euch meinen Namen oder Titel in Zweifel ziehen?«, fügte er drohend hinzu.

Keiner der Gefangenen antwortete. Dann sagte Garath: »Nein, Lord«, obwohl er ganz offenkundig anders dachte.

»Das ist vernünftig«, erwiderte Shanier und wendete sich Lord Vallaine zu.

Das also war der Anlass für die Zusammenkunft gewesen. Shanier war stolz auf sich: Es war ihm nicht nur gelungen, vor den anderen Zauberern zu verbergen, dass er die fünf Soldaten kannte, sondern er hatte auch seinen wahren Namen erfahren, ohne dass jemand etwas bemerkt hatte.

Das traurige Häuflein hatte seinen Zweck erfüllt und war nun entbehrlich.

»Ihr hattet recht, Lord Vallaine. Das war eine interessante Begegnung. Doch weiß ich nichts über diese Leute. Sie bedeuten mir nichts. Muss ich noch etwas tun? Wünscht Ihr, dass ich in ihren Geist eindringe und erkunde, warum sie fälschlicherweise behaupten, mich zu kennen?«

Lord Vallaine lächelte und blickte in die Runde.

»Seid Ihr zufrieden, Lords des Inneren Auges? Seid Ihr jetzt damit einverstanden, dass er die Aufgabe wie besprochen übernimmt? Wer Einwände hat, möge sich von seinem Platz erheben.«

Es folgte eine kurze Pause, dann standen zwei Lords auf.

»Sehr wohl. Die Mehrheit ist dafür, daher werden wir vorgehen wie geplant. Lord Cillverne, Lord Dakreth, Euer Widerspruch ist zur Kenntnis genommen. Lord Cillverne, Ihr werdet Lord Shanier begleiten und darüber wachen, dass er seine Mission gewissenhaft erfüllt. Wird das auch Euch besänftigen, Lord Dakreth?«

»Jawohl, Mylord«, erwiderte Dakreth, nahm wieder Platz und lächelte dem glücklichen Cillverne verkrampft zu.

»Gut«, sagte Vallaine zufrieden. Er schien jede Sekunde

des Kampfes zwischen den rangniederen Lords zu genießen. »Nun, Shanier. Was sollen wir mit den Gefangenen machen?«

»Tötet sie, Mylord«, sagte Shanier lässig. »Es sei denn, sie sind noch zu etwas zunutze.«

Die Antwort gefiel dem Hohen Lord und auch die anderen warfen ihm anerkennende Blicke zu. Einer der Gefangenen stöhnte.

»Ich wüsste nicht so recht, wofür. Fällt Euch etwas ein?«, fragte Vallaine.

Shanier dachte einen Moment nach.

Es konnte sich um einen weiteren Test handeln, daher ließ er sich Zeit und überlegte. Er hegte keinerlei Gefühle für die Gefangenen, es schien ihm jedoch unlogisch, sie einfach so umzubringen.

»Mylord, ihren Uniformen nach zu urteilen, sind diese Leute Berufssoldaten. Warum nutzen wir nicht ihre Fähigkeiten? Ich schlage vor, dass Ihr sie dem Zauberernachwuchs überlasst, damit sie Kämpfer aus ihnen machen. Das wird nicht leicht sein, denn sie sind ihrem Herrn und ihrem Land treu ergeben. Doch wenn die jungen Zauberer an ihnen scheitern, so haben sie wenigstens etwas dabei gelernt. Dann könnt Ihr die Gefangenen immer noch töten.«

Lord Vallaines Mund verzog sich langsam zu einem Lächeln. »Eine elegante Lösung, Lord Shanier. Hat jemand Einwände?«

Niemand regte sich.

»Sehr gut. Wachen! Nehmt die Gefangenen mit. Die Jungzauberer können sie später aus den Zellen holen.«

»Du Verräter!«, knurrte Garath und stürzte sich von hinten auf Shanier.

Doch Shanier spürte bereits im Voraus, was er vorhatte, und wirbelte mit wehendem Mantel herum. In derselben

Bewegung streckte Shanier die Hand aus, um seinen Gegner zurückzustoßen. Doch nicht Shaniers Hand traf Garath, sondern seine geballte geistige Kraft. Garath wurden die Füße unter dem Leib weggerissen, er fiel rückwärts um und landete zwischen seinen Kameraden am Boden.

Es folgte eine verblüffte Stille.

Einige der Lords waren überrascht aufgesprungen.

Die Wachen zerrten die anderen vier thrandorischen Soldaten aus dem Raum. Dann kniete sich einer neben den bewusstlosen Gareth und fühlte seinen Puls.

»Ist er tot?«, fragte Vallaine unsicher. Er schien nicht weniger erschüttert als die anderen Lords.

»Nein, Lord Vallaine. Aber so schnell wird er nicht zu Bewusstsein kommen«, sagte der Wachmann, sichtlich beeindruckt von dem, was er soeben gesehen hatte.

»Gut. Bring ihn mit den anderen in die Zelle.«

»Ja, Mylord.«

Der Wachmann lud sich den bewusstlosen Thrandorier auf die Schulter, stand auf und verließ, gebeugt unter seiner Last, die Kammer.

Shanier stand noch immer dort, wo Garath auf ihn losgegangen war. Er untersuchte die Innenfläche seiner Hand und kratzte sie wie einen Insektenstich.

»Was habt Ihr mit dem Mann gemacht, Shanier?«, fragte Vallaine, sobald sich die Türen hinter dem Wachmann geschlossen hatten.

Shanier sah sich verwirrt um.

»Ich weiß es nicht, Lord Vallaine. Ich wusste, er wollte mich angreifen, und habe ihn mit dem Geist fortgestoßen.«

»Könntet Ihr das wiederholen?«, fragte Lord Dakreth.

»Ich … ich weiß es nicht«, erwiderte Shanier langsam. »In einer ähnlichen Situation vielleicht. Wenn Ihr verlangtet, dass ich es jetzt gleich jetzt tue, müsste ich passen. Ich habe völlig unbewusst gehandelt.«

»Schade«, bemerkte Lord Vallaine nachdenklich. »Wenn Ihr die shandesischen Einheiten nach Thrandor führt, wäre es eine nützliche Waffe.«

»Mylord?«

»Ihr befehligt ein Heer, mit dem Ihr Thrandor erobern werdet, Lord Shanier. Euer Befehl lautet, direkt gegen die Hauptstadt zu marschieren. An einer befestigten Burg, die den Namen Burg Keevan trägt, lagert eine ansehnliche thrandorische Streitmacht. Die werdet Ihr vor Eurem Marsch nach Süden außer Gefecht setzen müssen, damit sie Euch nicht bis nach Mantor folgt. Zeigt keine Gnade. Haltet Euch aber sonst möglichst nicht mit Kleinstädten und Festungen auf. Denkt daran, wenn Ihr Mantor einnehmt, gehört Euch Thrandor. Die Nomaden aus der Wüste Terachim waren mit ihrem Angriff auf Mantor auf der richtigen Spur, sie konnten nur ihren Vorteil nicht hinreichend nutzen. Ich bin fest davon überzeugt, dass Ihr diese Aufgabe bravourös bewältigt.«

◎ ◎ ◎

»Halt! Wer da?«

Die schattenhafte Gestalt machte einen Schritt nach vorn, sodass der Wachmann sie im Licht einer Wandfackel sehen konnte.

»Sergeantin Derra! Verzeiht, Sergeantin, man hat mir zum Ende meines Wachdienstes in etwa eineinhalb Stunden niemanden angekündigt.«

»Das geht schon in Ordnung, Gefreiter. Rühren! Man hat dir nichts von meinem Kommen gesagt, weil absolutes Stillschweigen geboten ist. Du sollst das Tor gerade so weit öffnen, dass mein Spähtrupp und ich hinauskönnen. Wir sind im Geheimauftrag unterwegs, deshalb kein Wort zu niemandem! Verstanden?«

Der Gefreite runzelte unsicher die Stirn. »Hm … ja, Sergeantin«, sagte er zögernd. »Ich habe nur den Befehl, …«

»… niemanden aus der Burg zu lassen«, unterbrach ihn Derra. Sie hatte die Stimme zu einem gefährlichen Knurren gesenkt, das keinerlei Widerspruch duldete. »Natürlich kenne ich deine Befehle. Wer, meinst du, hat sie wohl ausgegeben? Jetzt ändere ich sie. Öffne das Tor, lass uns hinaus, bewahre absolutes Stillschweigen. So einfach ist das.«

»Jawohl, Sergeantin«, sagte der Gefreite unglücklich, kam aber der Aufforderung nach.

Aus der Dunkelheit tauchten drei weitere Gestalten auf. Jeder, einschließlich Derra, trug einen leichten Rucksack und war bewaffnet. Der Trupp wollte schnell vorankommen und war auf Feindbegegnung gefasst, dachte der Wachmann bei sich, als er die nunmehr entriegelten Flügel des Tores gerade so weit öffnete, dass die vier einer nach dem anderen hinausschlüpfen konnten.

»Danke, Gefreiter. Und denk dran – kein Wort«, sagte Derra leise, als sie als Letzte durch den Spalt glitt.

Der Gefreite antwortete nicht, sondern schloss leise das Tor hinter Derra und legte pflichtbewusst die Riegel und die Sperrhölzer wieder vor.

Die vier Soldaten bewegten sich lautlos wie Geister im Schatten der Mauer. An der nächsten Ecke, dort, wo das Zeltlager vor der Burg aufgebaut war, verließen sie den Schutz der Burgmauer und schlichen geduckt in die Nacht hinaus.

Sie hatten den Ausflug von langer Hand vorbereitet, überlegte Derra, die Bek, Eloise und Jez in Richtung der shandesischen Grenze folgte. Bei den ersten Gesprächen war es zunächst darum gegangen zu verhindern, dass einer der vier genau das tat, was sie in dieser Nacht taten. Doch mit jedem Treffen wuchs der Drang in ihnen, Calvyn das Schwert zurückzubringen. Bald hatten ihre Treffen nur noch ein Ziel: einen Plan für die Reise zu entwerfen.

Alle wussten, dass sie den Befehlen ihrer Vorgesetzten zuwiderhandelten. Gleichzeitig war jeder felsenfest davon überzeugt, das Richtige zu tun, denn das Schwert musste zu Calvyn zurückgebracht werden – nur so konnten sie Thrandor im Kampf gegen Shandar helfen.

Allen war klar, dass Magie im Spiel war. Doch hatte nicht das Schwert in Calvyns Händen die Schlacht bei Mantor zu Thrandors Gunsten gewendet? Sicher würde die Magie des Schwertes, wenn es erst wieder in Calvyns Händen wäre, erneut für ihr Land wirken.

Dass Calvyn nicht tot, sondern dem Feind in die Hände gefallen war, stand für alle fest. Sie würden ihn finden, davon waren sie überzeugt, auch wenn keiner zu sagen vermochte, wie weit sie würden wandern müssen. Deshalb hatten sie so gepackt, dass sie zwar für den Ernstfall gerüstet waren, jedoch möglichst wenig tragen mussten, damit sie zügig vorankamen.

Bek gab das Tempo vor, das er zunächst niedrig hielt, dann aber langsam steigerte, als sich ihre Augen an die Dunkelheit gewöhnt hatten.

◎ ◎ ◎

Jenna schnallte sich das Schwert um. Es fühlte sich ungewohnt an, nachdem sie so lange keines getragen hatte, vermittelte ihr aber eine gewisse Sicherheit: Wenn sie das nächste Mal auf den Gorvath stieß, war sie zumindest ausreichend bewaffnet.

Eins war klar: Jenna musste den Gorvath schnell einholen und töten. Sie galt wahrscheinlich mittlerweile als vogelfrei und man suchte landauf, landab nach ihr.

In der Nacht, in der sie dem Dämon zum ersten Mal begegnet war, hatten sie die Männer gewaltsam ins Dorf gezerrt. Der Gorvath hatte ein weiteres Opfer gefordert, das war völlig klar, aber die Leute wussten nichts von einem Dämon. Sie wussten nur, dass einer von ihnen auf bestialische Art und Weise ermordet worden war und dass in nächster Nähe des Tatorts eine bewaffnete Fremde herumschlich.

Hätten nicht zwei der Dorfbewohner einen kühlen Kopf bewahrt, so wäre Jenna womöglich auf der Stelle gelyncht worden. Zu ihrem Glück genossen die Besonnenen, der Schmied und der Besitzer der Dorfschänke, im Dorf die größte Hochachtung. So konnten sie die Menge mit knapper Not besänftigen.

Im Dorf gab es keine Dorfwächter oder Gendarmen, doch der Schmied und der Wirt bestanden darauf, dass Jenna festgenommen und befragt wurde. Sie brachten sie vor dem aufgebrachten Mob in Sicherheit, konnten allerdings nicht verhindern, dass man sie zuvor anspuckte und ihr mehrere Fußtritte und Faustschläge verpasste.

Jenna hatte schreckliche Angst.

Als Jennas Retter sie mit der Unterstützung von einigen kräftigen Männern in einen kleinen Raum in der Dorfschänke brachten, war sie kreidebleich und zitterte am ganzen Körper. Keiner der Männer wollte ihr wehtun, doch ihr Griff war so fest, dass sie am nächsten Tag blaue Flecken an beiden Oberarmen hatte.

Der Raum hatte keine Fenster, sondern nur eine Tür. Daneben stand ein alter Holzstuhl und an der Wand gegenüber lagen ein paar schmuddelige Kissen und eine verschlissene Decke auf dem Boden.

Als die Tür hinter ihr zuschlug, blieb Jenna im Dunkeln zurück. Durch eine Ritze unter der Tür gelangte nur ein dünner Lichtstrahl in den Raum. Jenna rümpfte angewidert die Nase, als ihr der Geruch von Urin und Erbrochenem in die Nase stieg. Der Raum wurde wahrscheinlich als Arrestzelle für randalierende Saufbrüder benutzt. Das Klappern des Schlüssels im Schlüsselloch machte ihr unmissverständlich klar, dass sie hier nicht so schnell wegkam.

Jenna fand kaum Schlaf in dieser Nacht. In den kurzen Phasen, in denen sie wegdöste, verfolgten sie düstere Träume von orangerot leuchtenden Augen und wütenden Menschen, die nach ihrem Blut lechzten. Die Nacht wollte kein Ende nehmen.

Am nächsten Morgen wurde Jenna von mehreren Dorfbewohnern befragt. Es war niederschmetternd, denn die Leute hatten ihr Urteil bereits gefällt. Jenna versuchte, ihnen eine Geschichte aufzutischen, die glaubhaft und möglichst nah an der Wahrheit war, hatte damit aber wenig Erfolg. Am Ende brach der Schmied, ein stämmiger, dunkelhaariger Mann, den die anderen Cal nannten, das Verhör ab. Er schien angewidert von seinen Mitbürgern.

»Keine Bange«, sagte Cal, »morgen kommt ein Gendarm und der ist unvoreingenommen. Ich habe Dolbans Leiche gesehen und kann mir nicht vorstellen, dass irgendein menschliches Wesen ihm diese Wunden hätte zufügen können.« Er wollte sie wohl trösten, doch seine Worte spornten Jenna dazu an, sich nun eingehend mit der Flucht zu befassen.

Ihre Waffen hatte man ihr weggenommen, der Raum war abgeschlossen und bewacht, und sie wusste, dass sie bis zum Eintreffen des Gendarms weniger als einen Tag Zeit hatte.

Doch dann kam ihr das Glück zu Hilfe.

Niemand im Dorf hatte von dem Vorfall im Lustigen Landmann gehört. Nur so war es zu erklären, dass man bloß einen Mann zu ihrer Bewachung abgestellt hatte.

Als der Wachmann ihr am Abend das Essen brachte, war er völlig arglos. Jenna tat er hinterher leid, denn er hatte keinerlei Chance gegen sie und sie wollte sich gar nicht erst ausmalen, welche Vorwürfe ihm die anderen Dorfbewohner gemacht hatten, als sie ihr Verschwinden bemerkten.

Als der Mann ihr das Essen brachte, krümmte sich Jenna stöhnend am Boden und hielt sich den Bauch. Der besorgte Wachmann stellte das Tablett neben der Tür auf dem Stuhl ab und eilte an Jennas Seite, um nachzusehen,was ihr fehlte. Als er sich über sie beugte, rollte sich Jenna auf den Rücken und streckte den Mann mit einem Fausthieb gegen die Kehle nieder, gefolgt von einem kräftigen Haken an die Schläfe.

Der zweite Schlag war nicht so kräftig wie beabsichtigt, doch beide zusammen brachten das erwünschte Ergebnis. Jenna sprang auf die Füße und schickte den Wachmann mit einem beidhändigen Hieb auf den Hinterkopf in die Bewusstlosigkeit.

Glücklicherweise war draußen, abgesehen vom Aufschlagen des Schwertheftes auf dem Holzfußboden, nichts von dem Kampf zu hören gewesen. Jenna rannte zur Tür und sah rasch nach rechts und links in den Flur. Es war niemand da. Sie konnte ihr Glück kaum fassen, als sie den Bogen, den Köcher und den Gürtel samt Gürtelmesser vor der Tür liegen sah. Man hatte die Sachen wohl dort abgelegt, um sie am nächsten Tag dem Gendarm zu zeigen.

Jenna vergeudete keine Sekunde. Sie nahm dem Wachmann das Schwert ab, schlüpfte in den Flur, schnallte sich den Gürtel um und nahm Bogen und Köcher mit.

Den Geräuschen nach, die von rechts an ihr Ohr drangen, befand sich dort am Ende des Flurs der Schankraum mit dem Tresen. Der Geräuschpegel verriet ihr, dass die Schänke an diesem Abend gut besucht war.

Jenna nahm daher den anderen Weg. Sie widerstand der Versuchung, eine der ersten Türen auf dem Gang zu öffnen, denn, so überlegte sie, je weiter sie sich vom Schankraum entfernte, desto geringer war die Gefahr, jemandem zu begegnen.

Wieder war das Glück auf ihrer Seite. Die Tür am anderen Ende des Flures entpuppte sich als Hinterausgang zum Stall. Zum Öffnen brauchte sie keinen Schlüssel, denn die Tür war nur mit einem Riegel verschlossen. Sekunden später war Jenna schon im Hinterhof neben dem Stall, flitzte von einer Deckung zur nächsten und verschwand im Schutz der Bäume.

Sie brauchte einen Moment, um sich in der Dunkelheit zurechtzufinden, doch dann rannte sie zu dem Felsen, unter dem sie ihre Habseligkeiten versteckt hatte.

Rasch setzte sie den Rucksack auf, befestigte die Taschen am Gürtel, ließ sich vom Talisman den Weg weisen und marschierte in die Nacht hinein. Als sie die erste Rast machte, kündigte sich am östlichen Horizont bereits die Morgendämmerung an.

Das Schwert, das Jenna dem Wachmann abgenommen hatte, war länger und etwas schwerer als die Waffen, mit denen sie trainiert hatte. Als sie übungsweise ein paar Bewegungen damit vollführte, fühlte es sich zunächst merkwürdig an. Doch sie übte nun jedes Mal, wenn sie haltmachte, und zur Strafe dafür, dass sie in den vergangenen Wochen nicht mit dem Schwert trainiert hatte, bekam sie Muskelkater im Unterarm und Handgelenk. Doch schon nach wenigen Tagen ging es erheblich besser. Jenna war zuversichtlich, dass sie im Falle eines Nahkampfes gut mit der Waffe zurechtkommen würde.

Drei Tage waren seit ihrer Flucht vergangen und Jenna hatte seither keine menschliche Stimme mehr gehört. Sie hatte sich an die Wälder gehalten. Der Niederwald wich nach und nach einem dichten Wald aus hohen Laubbäumen. Jenna vermutete, dass sie sich mittlerweile im Großen Wald im Westen befand. Der Gedanke beunruhigte sie, denn dieses Waldgebiet erstreckte sich über Hunderte, wenn nicht gar Tausende von Quadratmeilen. Schon die Vorstellung, dass es im Süden bis zur Südgrenze Thrandors reichte und Jenna nicht einmal wusste, was nördlich und westlich des Waldes lag, vermittelte ihr das Gefühl, in einem Ozean aus Bäumen zu schwimmen, der sie zu verschlingen drohte. Im Großen Wald im Westen war der Gorvath nicht die einzige Gefahr, die ihr drohte.

Jenna überprüfte den silbernen Talisman, dessen Pfeil noch immer nach Westen zeigte. Schicksalsergeben ließ sie ihn über dem Kittel auf ihre Brust gleiten und marschierte weiter. Für eine Umkehr war es jetzt zu spät. Die Spur hatte sie bis hierher geführt, und sie folgte ihr, egal was geschah. Calvyn brauchte sie, das war ihr Antrieb.

Als hätte der Gedanke an Calvyn ihn aus dem Nichts heraufbeschworen, meinte Jenna kurz darauf seine Stimme zu hören. Sie hielt an, legte den Kopf zur Seite und horchte.

Da war nichts.

Zu hören war allein das Gezwitscher der Waldvögel, die ihr Revier abgrenzten. Abgesehen davon war es im Wald völlig still.

»Jetzt bilde ich mir auch noch Stimmen ein«, murmelte Jenna ärgerlich und ging weiter.

Kurz darauf hielt sie erneut an.

Kein Zweifel, vor ihr ging jemand durch den Wald, und dieser Jemand rief ihren Namen.

Jenna versteckte sich hinter einem großen Baum und

blieb reglos stehen. Vorsichtig nahm sie einen Pfeil aus dem Köcher, legte ihn ein und spannte die Sehne.

»Jennn-aaa! Jennn-aaa!«, rief die Stimme erneut.

Jenna gefror das Herz in der Brust. Diese Stimme würde sie überall erkennen. Es war wirklich Calvyn! Überrascht, aber immer noch vorsichtig, spähte Jenna am Stamm vorbei.

Er war noch etwa fünfzig Schritte von ihr entfernt. Es gab überhaupt keinen Zweifel, das war Calvyn, wie er leibte und lebte. Er trug noch seine blau-schwarze Uniform, die allerdings schon bessere Tage gesehen hatte. Selbst aus dieser Entfernung sah Jenna die Prellungen in seinem Gesicht. Seine Stimme klang müde, so als rufe er schon lange nach ihr. Ständig drehte er den Kopf und suchte die Umgebung nach ihr ab.

Er war es!

»Jennn …«

»Hier bin ich!«

Die Worte waren heraus, ehe sie nachdenken konnte. Sie senkte den Bogen und trat hinter dem Baum hervor. Calvyn drehte ruckartig den Kopf zu ihr. Seine Augen, die soeben noch die tiefblaue Farbe gehabt hatten, die sie so liebte, brannten nun in einem bösartigen Orangerot, das Jenna erstarren und ihr das Herz gefrieren ließ.

Warum habe ich nicht daran gedacht, nach dem Talisman zu sehen?, tadelte sie sich. Hätte ich ihn wie sonst auch unter das Hemd geschoben, hätte er mich mit einem Prickeln gewarnt, dass ich dem Dämon zu nahe komme.

Doch es war alles zu spät.

Der Dämon hatte die Gestalt des Menschen angenommen, den Jenna mehr als jeden anderen sehen wollte. Er hatte ihre Liebe missbraucht, um sie in die Falle zu locken. Ein cleverer Schachzug, für Jenna vernichtend.

Mit aller Willenskraft, die sie aufbringen konnte, wehrte sich Jenna gegen die Macht des Dämons. Schweißperlen liefen ihr über die Stirn, während sie darum rang, den Arm mit dem großen Akarholzbogen zu heben.

Schritt für Schritt kam der Dämon näher.

Calvyns Gesicht war zu einer unmenschlichen Grimasse boshafter Vorfreude verzerrt und seine glühenden Augen waren unverwandt auf Jenna gerichtet.

Jenna wollte schreien, doch selbst das war unmöglich.

Die Welt um sie herum begann, sich zu drehen. Das einzig Beständige waren die Augen. Das Ende war nah. Jenna wusste, dass sie gescheitert war. Der Gorvath stand nun direkt vor ihr und ihre Umgebung löste sich auf in ein wildes, wirbelndes Chaos.

Mitten in diesem Chaos hörte Jenna in der Ferne eine Stimme – eine Stimme, die ihr bekannt vorkam.

Den Bruchteil einer Sekunde wurde der Dämon abgelenkt und wendete sich von ihr ab.

Unvermittelt löste sich das Chaos auf. Jenna schwankte, denn der Schock, dem bösartigen Blick entkommen zu sein, erschütterte sie fast mit derselben Macht, wie es der Gorvath getan hatte. Doch während sich Jennas Geist langsam klärte, sah sie, wie der Dämon sich veränderte. Die Hände, die soeben noch Calvyns Hände gewesen waren, verwandelten sich in gewaltige Pranken. Auf den Stummelfingern saßen gefährlich gebogene, messerscharfe Krallen, und ehe Jenna etwas tun konnte, schlug eine dieser grausamen Pranken zu.

14

Das feindliche Lager war unglaublich groß.

Derra bedeutete ihren drei Begleitern mit einer Geste, in den Schutz der Bäume zurückzukehren. Lautlos schlichen sie in den Wald. Dort blieb Derra stehen und zog die drei zu sich heran.

»Das wird mehr als ein einfacher Überfall«, flüsterte sie. »Die Shandeser ändern ihre Taktik. Selbst wenn Thrandor alle Kräfte zusammenzöge, käme es mit allem Glück der Welt nicht gegen dieses Heer an. Ich spüre, dass Calvyn da irgendwo ist.«

»Ich auch«, bestätigte Bek, der die Hand aufs Calvyns Schwert gelegt hatte, mit leerem Blick.

Die anderen beiden stimmten ihm zu.

»Vorschläge?«, zischte Derra.

»Müssten wir nicht zurückkehren und dem Baron von dem Heer erzählen?«, fragte Eloise. Ihre Augen glitzerten im Mondlicht, das schwach durch die Bäume trat.

Derra nickte. »Geht einer von euch freiwillig?«

Niemand regte sich.

»Das habe ich mir schon gedacht. Sind wir mal ehrlich: Wir stecken auch so schon ziemlich in der Klemme. Erledigen wir, was wir uns vorgenommen haben. Dann gehen wir zurück und baden die Sache aus.«

Die anderen nickten, dankbar, dass Derra nicht einem von ihnen befahl, zur Burg zurückzukehren. Allen war aber auch klar, dass sie bei dem Versuch, Calvyn zu befreien, in Gefangenschaft geraten oder gar getötet werden konnten.

»Als Erstes müssen wir uns shandesische Uniformen beschaffen«, flüsterte Bek. »In diesen Kleidern kommen wir nicht weit, nicht einmal in der Dunkelheit. Würde ich das Heer dort befehligen, würde ich jede Menge Spähtrupps und Spähreiter ausschicken. Wir müssen einen Trupp überfallen oder ein paar Wachleute …«

Die vier berieten sich und suchten sich dann einen Unterschlupf, in dem sie sich bis zum Einbruch der Dunkelheit verstecken konnten. Doch auch dort verlangte Derra absolutes Schweigen.

Das letzte Licht des Tages wollte lange nicht weichen, doch schließlich brach die Nacht herein. Dicke Wolken verdunkelten die Sterne. Der Mond hatte sein silbernes Haupt noch nicht erhoben, als die Gefährten einer nach dem anderen zum shandesischen Lager zurückkehrten. Jeder hatte die Zeit im Versteck genutzt, um sich den Plan, aber auch mögliche Schwierigkeiten noch einmal zu vergegenwärtigen.

Und derer gab es viele.

Schattenhaft und geräuschlos glitten sie zum Rand des Lagers. Jeder wusste, dass es Wahnsinn war, doch alle folgten demselben Drang. Das Schwert und Calvyn mussten wieder vereint werden, und wenn das hieß, ihn aus dem Heer des Todfeindes zu retten, so wollten sie es tun.

Derra und Bek überwältigten gemeinsam die ersten beiden Wachen. Die Männer hatten sich an einem Wachfeuer die Hände gewärmt und miteinander geplaudert. Beide standen mit dem Gesicht zum Feuer und waren sich keiner Gefahr bewusst. Wer würde es schon wagen, eine Streitmacht dieser Größenordnung anzugreifen?

Sie starben fast zeitgleich.

Derra legte dem einen den Arm um die Kehle, Bek dem anderen. Als sie den Männern das Genick brachen, war ein widerwärtiges Knacken zu hören. Eloise und Jez tauchten sofort aus dem Dunkel auf und halfen, die Leichen beiseitezuschaffen.

Jez und Bek zogen die Waffenröcke der Wachmänner an, legten sich die Umhänge um und setzten die Helme auf. Dann gingen sie auf die Suche nach passenden Uniformen für Derra und Eloise.

Bald wurden sie fündig.

Kurze Zeit später trugen auch die Frauen shandesische Uniform. Forsch marschierten sie den Hügel hinauf, mitten ins Herz des feindlichen Lagers.

Sie hatten einen gut ausgearbeiteten Plan, wie sie durchs Lager kommen wollten, und wahrscheinlich wäre er auch aufgegangen, wenn sie nicht eine Kleinigkeit übersehen hätten. Leider bemerkten sie ihren Fehler erst, als sie schon mittendrin waren.

»He, ihr da! Halt«, rief eine raue Stimme.

Die Thrandorier blieben stehen.

»Macht euch bereit«, flüsterte Bek den anderen zu, drehte sich um und marschierte auf den Shandeser zu. »Ja, Sir? Was können wir für Euch tun?«

»Als Erstes kannst du mich anständig anreden, Wachmann. Ich bin kein *Sir*!«

Der Mann hustete und spuckte aus, als hätte das Wort einen unangenehmen Beigeschmack hinterlassen. »Ich habe nicht jahrelang auf den Kolonnenführer hingearbeitet, nur damit du mir mit *Sir* kommst«, sagte der Mann und klopfte sich auf die Abzeichen an seiner Schulter.

»Nein, Kolonnenführer. Verzeiht, Kolonnenführer«, gab Bek den zerknirschten Untergebenen.

»Also, Wachmann, erklärst du mir jetzt wohl, was die beiden Frauen hier zu suchen haben und warum sie Uniform tragen?«

Bek und die anderen waren einen Augenblick sprachlos.

Wie hatten sie nur so dumm sein können? Die Shandeser hatten weder im stehenden Heer noch in der Ersatztruppe Frauen. In Shandar war das Kämpfen Männersache. Derra und Eloise versuchten, als Soldatinnen eines Heers durchzugehen, in dem es gar keine Soldatinnen gab.

Beks Gedanken rasten.

»Also, Kolonnenführer«, begann Bek und sah sich um, ob noch jemand in der Nähe war. Dann sagte er in vertraulichem Ton: »Ich soll die beiden Damen auf den Berg bringen. Der Herr, der sie zu sich bestellt hat, hat sehr spezielle Vorlieben. Er hat darum gebeten, dass sie Uniform tragen, und das nicht nur, damit sie im Lager nicht auffallen, wenn Ihr versteht, was ich meine.«

Der Kolonnenführer verzog angewidert das Gesicht. »Du brauchst mir gar nicht zu sagen, wer es ist, das kann ich mir schon denken.«

Bek grinste innerlich über den Erfolg seines Tricks. »Dass die da oben gern über die Stränge schlagen, ist ja bekannt«, sagte er.

Hinter seinem Rücken hatte er den anderen bereits ein Zeichen gegeben, dass sie den Kolonnenführer endgültig beiseiteschaffen mussten. Mit verschwörerischer Miene winkte er den Kolonnenführer näher. Der konnte seiner Neugier nicht widerstehen.

»Nur so zwischen uns beiden, die Damen hier haben recht außergewöhnliche Talente … *seht* mal.«

Bei dem Wort »seht« machte Bek flugs einen Schritt zur Seite und Derra und Eloise warfen blitzschnell mit dem Messer auf den glücklosen Kolonnenführer. Derras Klinge drang ihm tief in die Brust, während Eloise genau in die Kehle traf. Bruchteile von Sekunden nach dem Angriff legte sich Beks Linke auf den Mund des Mannes, um seinen Todesschrei zu ersticken.

Lautlos trugen sie die Leiche hinter eins der am nächsten gelegenen Zelte. Für eine Änderung ihres Plans war es jetzt zu spät, daher setzten sie ihren Weg fort.

Das Glück war auf ihrer Seite. Auf dem Weg durchs Lager begegnete ihnen niemand mehr. Sie hielten auf ein besonders großes Zelt zu, das oben am Berg stand. An der letzten Reihe kleinerer Zelte angekommen, versteckten sie sich hinter einem davon. Vorsichtig spähte Bek um die Ecke und kundschaftete die Umgebung aus. Nach wenigen Sekunden ging er wieder in Deckung.

»Er ist in dem großen Zelt«, flüsterte Bek. »Seid ihr auch der Meinung?«

Alle drei nickten.

»Es sieht aus wie das Zelt des shandesischen Befehlshabers. Am Eingang stehen, soweit ich sehen kann, zwei Wachen. Im Zelt könnten noch mehr sein, aber das konnte ich nicht erkennen.«

»Wir haben jetzt keine Zeit herauszufinden, wie die Wachen eingeteilt sind«, sagte Derra leise. »Je länger wir uns hier aufhalten, desto größer ist die Wahrscheinlichkeit, dass sie uns schnappen, ehe wir mit Calvyn sprechen können. Ich bin dafür, dass wir sofort loslegen. Was sagt ihr?«

Eloise machte eine besorgte Miene. »Was hat denn Korporal Calvyn im Zelt des Befehlshabers zu suchen?«, flüsterte sie unsicher.

»Wer weiß?«, flüsterte Bek zurück. »Vielleicht wird er ja verhört. Egal, was sie da mit ihm machen, es kann nichts Gutes sein. Wir müssen ihn da rausholen.«

»Ich bin dafür, nicht lange zu fackeln «, murmelte Jez. »Mir ist das Ganze sowieso schon unheimlich.«

Die anderen stimmten ihm zu und bald marschierten alle vier tapfer auf den Haupteingang des großen Zeltes zu.

Bek und Jez gingen voran und gaben den beiden Frauen

Deckung, die sich dicht hinter ihnen hielten. Die beiden Wachmänner hatten Piken in der Hand und sahen aus wie Garden, die steif und reglos vor einem Königspalast Wache standen.

Jez beäugte beim Näherkommen argwöhnisch die Langspieße und hoffte, dass sie Wachmänner im Umgang mit ihren Furcht einflößenden Waffen nicht allzu gut ausgebildet waren. Ein Schwert war gut und schön, aber mit einer Pike dieser Länge konnte man es schon allein wegen ihrer Reichweite nicht so leicht aufnehmen.

In dem großen Zelt flackerte Licht, und man konnte menschliche Schatten erkennen, es war jedoch unmöglich zu sagen, wie viele. »Halt! Wer stört Lord Shanier und Lord Cillverne?«

Die Wachmänner drehten sich akkurat um neunzig Grad und bildeten mit ihren Piken ein Kreuz, das den Eingang versperrte. Die vier waren darauf nicht so schnell gefasst gewesen, daher blieb ihnen nur die Flucht nach vorn. Sie zogen blitzschnell ihre Schwerter und stürzten sich auf die Wachleute.

Die Wachen schwangen ihre Piken zur Seite, um den Angriff abzuwehren, waren aber nicht schnell genug. Dem einen schlug Bek mit dem Schwert die Waffe aus der Hand, woraufhin Eloise durch die entstandene Lücke brach und den Wachmann mit dem Schwert durchbohrte. Derra packte die Waffe des anderen und hielt sie fest, sodass Jez ebenfalls zum tödlichen Schlag ausholen konnte. Der Kampf hatte jedoch reichlich Lärm gemacht und in den Zelten unterhalb waren bereits Rufe zu hören.

Nun war Eile geboten. Vor allem galt es, rasch aus dem Lager zu kommen.

Beks betrat das Zelt als Erster, dicht gefolgt von den anderen dreien. Kaum waren sie durch den Eingang, blieben alle vier wie angewurzelt stehen. Es war, als wären sie plötzlich sämtlicher Energie beraubt. Mit hängenden Schultern, müde und niedergeschlagen standen sie da.

»Calvyn«, murmelte Bek tonlos.

Das große Zelt war unglaublich luxuriös eingerichtet. Dicke Teppiche mit Mustern, die angelegt schienen, den Geist zu verwirren und das Auge zu täuschen, bedeckten den Boden. Vier hochlehnige Stühle aus wertvollem Akarholz standen um einen großen Tisch. Große Holzvitrinen, gefüllt mit Kristallgläsern und Ziergegenständen von unglaublicher Vielfalt und Kostbarkeit, reihten sich an Bücherregale mit prächtigen Lederbänden. Ein Sekretär mit Schreibfeder, Tintenfass und einem halb beschriebenen Blatt Papier füllte eine Ecke des Zeltes, ein kleiner Baum in einem Topf eine andere. Die Thrandorier hatten jedoch nur Augen für die beiden schwarz gekleideten Gestalten, die sich rechts und links des massiven Akarholztisches gegenüberstanden.

»Was war denn das, Shanier?«, fragte Cillverne. »Hat Euch *schon wieder* jemand Calvyn genannt?«

Cillverne war neugierig, das konnte Shanier sehen, und er wollte ihn wohl auch ärgern.

»Und wenn schon, Cillverne«, erwiderte er, um eine unbewegte Miene bemüht. »Immerhin ist das mein Geburtsname.« Er weidete sich an dem kaum vernehmlichen Laut des Erstaunens, der dem anderen Zauberer bei diesem Eingeständnis entfuhr. »Was wollt ihr guten Leute von mir?«

»Wir bringen dir dein Schwert«, sagte Derra mit zusammengebissenen Zähnen, noch immer wie erstarrt.

»Ah! Mein Schwert, wie freundlich. Es war wohl eher die Magie, mit der ich es belegt habe, als euer freier Wille, die euch hierhergeführt hat, nicht wahr? Aber alle Achtung, dass ihr es bis ins Herz des Lagers geschafft habt, ohne geschnappt zu werden.«

In diesem Moment trat hinter den vier Thrandoriern ein Soldat in blank polierter Rüstungsuniform ins Zelt.

»Kommandeur Chorain, gut, dass Ihr kommt«, sagte Shanier kühl.

»Mylord, wir haben Kampfgeräusche gehört und die toten Wachen gefunden. Ich habe etwa vierzig Männer um das Zelt gestellt, doch als ich Eure und Lord Cillvernes Stimmen hörte, nahm ich an, dass Ihr die Lage im Griff habt«, stellte der Kommandeur nüchtern fest.

»Gut, Chorain. Ihr könnt bis auf zehn Leute alle abziehen. Dann möchte ich alle Männer sehen, die in den letzten, sagen wir, zwei Stunden Wachdienst hatten. Zwanzig Peitschenhiebe für jeden, das soll ihnen eine Lehre sein. Der diensthabende Offizier bekommt fünfzig – die Männer sollen nicht denken, sie müssten die Schuld allein auf sich nehmen. Und ich will nicht noch einmal erleben, dass Besucher einfach unangemeldet in mein Zelt spazieren. Ist das klar?«

»Jawohl, Mylord.«

»Gut. Schick mir die zehn Soldaten in etwa fünf Minuten herein. Die guten Leute hier haben sich solche Mühe gegeben herzufinden, da ist es wohl das Mindeste, dass wir uns noch ein wenig unterhalten.«

»Jawohl, Mylord. Ich kümmere mich darum.«

»Das will ich hoffen, Chorain, denn andernfalls landest du mit denen Wachleuten am Schandpfahl.«

Chorain verbeugte sich und zog sich zurück.

»Seit wann kennt Ihr Euren früheren Namen, Shanier? Lord Vallaine war sicher, Ihr würdet Euch nie daran erinnern«, sagte Cillverne, wohl unschlüssig, wer hier eigentlich wen hinterging.

Shanier schlenderte lässig zu Bek und zog das Schwert aus der Scheide an seiner Hüfte. Die Klinge leuchtete einen

Augenblick auf und wurde dann wieder stahlgrau. Die silbernen Runen waren im Licht der Lampen deutlich zu sehen.

»*Ardeva*«, befahl Shanier.

Flammen leckten hungrig am Stahl der Klinge. Shanier betrachtete das Heft in seiner Hand, erfreute sich an der herrlichen Handwerkskunst und musste plötzlich lachen. Das Geräusch ließ die vier Soldaten frösteln.

»Ich weiß schon seit jenem Tag in der Kammer des Inneren Auges, dass ich nicht Shanier heiße. Damals habe ich den Namen Calvyn als den meinen erkannt. Aus irgendeinem Grund hat mich Vallaine völlig falsch eingeschätzt. *Damok*«, sagte er beiläufig. Die Flammen erloschen aufs Wort. Shanier legte das Schwert auf den großen Tisch hinter sich und gab ihm einen lässigen Schubs, sodass es in die Mitte der glänzenden Tischplatte rutschte.

»Wie habt Ihr dieses Wissen verborgen?«, fragte Cillverne, unfähig, seine Neugier zu zügeln.

»Das müsstet Ihr schon selbst herausfinden«, erwiderte Shanier, wendete Cillverne den Rücken zu und sah seine alten Freunde und Kollegen an. »Ihr seid also Sergeantin Derra, Korporal Bek, Gefreiter Jez und Rekrutin Eloise. Oder bist du schon Gefreite?«

»Noch immer Rekrutin, Korporal Calvyn.«

»Aha! Dann kann ich noch nicht so lange weg sein. Wie ihr seht, erinnere ich mich an vieles, aber nicht an alles, und das ärgert mich schon ein wenig. Schade, dass Jenna nicht bei euch ist. Aus einem Grund, der mir nicht einfallen will, vermisse ich sie sehr.« Shaniers Blick glitt in die Ferne und er machte eine gedankenversunkene Pause. Dann wendete er seine Aufmerksamkeit wieder Eloise zu. »Pech für euch, dass ich nicht mehr Korporal Calvyn bin. Ich bin Shanier, Lord des Inneren Auges, und trotz des freundlichen Geschenks und eurer guten Absichten fürchte ich, ihr seid meine Feinde …«

»Ihr seid nicht *Lord* Shanier«, unterbrach Cillverne. »Ihr seid nichts als Vallaines Marionette, ein Niemand, der in Shandar nichts zu suchen hat. Ihr hättet Euer jämmerliches Leben schon lange aushauchen sollen, zusammen mit dem Rest des erbärmlichen thrandorischen Heers. Aber es ist schließlich nie zu spät.«

Ein Lächeln breitete sich auf Shaniers Gesicht aus, als er sich zu Cillverne umdrehte, der neben dem Akarholztisch stand. Das Schwert war in seiner Hand.

»Endlich gebt Ihr mir einen Grund, mich Eurer ein für alle Mal zu entledigen, Cillverne. Ich habe eine gefühlte Ewigkeit auf diesen Augenblick gewartet«, sagte Shanier ruhig, machte ein paar Schritte auf den Mann im schwarzen Umhang zu, beugte sich über den Tisch und brachte aus dem Nichts ein Schwert zum Vorschein, das genauso aussah wie das in Cillvernes Händen.

»Das Trugbild eines Schwertes wird Euch nichts nützen, Cillverne«, sagte Shanier.

Mit diesen Worten löste sich das Schwert in Cillvernes Hand in Luft auf. Shanier machte einen Schritt nach vorn und stieß ihm die Klinge in die Brust.

Der entgeisterte Ausdruck auf Cillvernes Gesicht wäre komisch gewesen, hätte nicht sein letztes Stündlein geschlagen.

»Wie?«, krächzte er und sank auf die Knie. Blut rann ihm aus dem Mundwinkel.

»Das werdet Ihr nie erfahren, aber falls es Euch tröstet: Vallaine ist auf einen ähnlichen Trick hereingefallen«, sagte Shanier kalt. Dann, kurz bevor Cillvernes entsetzter Blick brach und er kopfüber zu Boden fiel, zog ihm Shanier die Klinge aus der Brust.

»Ihr könnt euch gar nicht vorstellen, wie froh ich bin,

Euch los zu sein«, sagte Shanier. Der Teppich um Cillvernes Leiche verfärbte sich rot. »Seit dem Tage, an dem wir uns das erste Mal begegnet sind, juckt es mich in den Fingern.«

Shanier drehte sich zu seinen vier Möchtegernrettern um und salutierte mit dem blutverschmierten Schwert.

»Danke, dass ihr es mir zurückgebracht hat. Seht ihr, es hat sich als nützlich erwiesen, auch für euch. Ein Zauberer weniger, das müsste euch doch freuen«, sagte er spöttisch. »Leider wird euch wenig Zeit zum Feiern bleiben, denn ich muss euch wohl auch töten lassen.«

Bek überhörte die Drohung und zwang sich zu einer Frage: »Wie hast du die Schwerter vertauscht, Calvyn? Wir haben alle gesehen, dass er dein Schwert genommen hat. Aber jetzt hältst du es in der Hand.«

»In der Zauberei geht es vor allem um Trugbilder, Bek. Pech für Cillverne, dass ich darin geschickter bin, als er es jemals war. Als ich das Schwert auf den Tisch legte, ließ ich es unsichtbar werden, nur eine Illusion natürlich, und gleichzeitig erschuf ich an derselben Stelle ein falsches Schwert. Das Schwert, das ich über den Tisch geschoben habe, war die ganze Zeit ein Trugbild. Hätte er sich als Zauberschüler mehr angestrengt, hätte Cillverne das gemerkt. Aber aus einem mir unverständlichen Grund sind die shandesischen Zauberer nicht in der Lage, ihren Schimären auch Stofflichkeit zu verleihen. Wenn man ihre Illusionen anfassen will, hat man nichts als Luft in der Hand oder eben das, was darunter liegt.«

Bei diesen letzten Worten marschierten mehrere Soldaten in Reih und Glied ins Zelt.

»Kolonnenführer, lass die Leute hier entwaffnen und nimm sie mit. Ich fürchte, Lord Cillverne war ein Verräter. Ich war gezwungen, ihn zu töten. Beseitigt seine Leiche an einer geeigneten Stelle.«

»Ja, Mylord.«

Auf ein Zeichen des Kolonnenführers nahmen die Männer Derra, Bek, Jez und Eloise alles ab, was ihnen als Waffe hätte dienen können. Einer brachte die Sachen sofort aus dem Zelt.

»Du hast jetzt die volle Verantwortung, Kolonnenführer. Stell sie unter schwere Bewachung, bis ich entschieden habe, was mit ihnen geschehen soll.«

Die vier Thrandorier entdeckten innerhalb von Sekunden ihren Kampfgeist wieder. Derra und Bek handelten als Erste, Jez und Eloise nur einen Wimpernschlag später. Kurz darauf lagen mehrere shandesische Soldaten, von der Wucht und Geschwindigkeit des Angriffs völlig überrascht, am Boden. Die übrigen Soldaten zogen noch ihre Waffen, als die vier Angreifer schon ohnmächtig zu Boden sanken.

»Ist es denn zu viel verlangt, dass ihr zu neunt vier unbewaffnete Männer und Frauen in Schach haltet?«, sagte Shanier verärgert.

»Äh … nein, Mylord«, erwiderte der Kolonnenführer schuldbewusst.

»Bringt sie weg.«

»Jawohl, Mylord.«

Die unverletzten Shandeser luden sich die Thrandorier auf die Schultern und verließen das Zelt.

»Kolonnenführer!«, rief Shanier, als die letzten Männer Lord Cillvernes Leiche wegschafften.

»Ja, Mylord?«

»Stimmt es, dass sich der Kaiser für die Kämpfe in der Arena begeistert?«, fragte Shanier und rieb sich sanft die Schläfen. Mit dem letzten Stoß geistiger Energie, mit dem er Derra und den anderen das Bewusstsein geraubt hatte, hatte er sich rasende Kopfschmerzen eingehandelt.

»Ja, Mylord. Es heißt, dass er fast jede Woche die Arena von Shandrim aufsucht.«

»Gut. Dann lass die beiden Männer fesseln und noch heute nach Shandrim bringen. Und diesmal keine Fehler, hörst du? Bringt sie in die Arena, da sollen sie zur Unterhaltung des Kaisers kämpfen. Behaltet die Frauen vorerst hier.«

»Ja wohl, Mylord.«

Der Kolonnenführer wandte sich zum Gehen.

»Und, Kolonnenführer …«

»Ja, Mylord?«

»Wenn jemand diese Frauen auch nur anfasst, ohne dass ich es befehle, stirbst du einen Tod, den du deinem schlimmsten Feind nicht wünschen würdest.«

»Jawohl, Mylord«, erwiderte der Kolonnenführer, der bei dem Gedanken erblasste.

◎ ◎ ◎

Jenna öffnete langsam die Augen. Sie sah alles verschwommen und eine matte Wärme umgab sie. Muskeln, die sie normalerweise anspannte, wenn sie morgens aufstand, sprachen nicht an, und es fiel ihr sogar schwer, die Tränen aus den Augen zu blinzeln.

Sie lag im Bett, so viel war sicher, aber in welchem?

Die Decke des niedrigen Raums wurde von schweren Holzbalken getragen, zwischen denen eine weiß gestrichene Bretterdecke angebracht war. Burgunderrote Vorhänge, die vor einem kleinen quadratischen Fenster hingen, schwächten das Tageslicht ab.

Alles war Jenna fremd.

Auf einem ebenfalls schlichten, aber soliden Holztischchen befanden sich ein Krug Wasser und ein Stapel weißer

Leinenstreifen. Auch die restliche Einrichtung der Kammer – eine kleine Kleiderpresse und ein Holzstuhl – gaben Jenna keinerlei Hinweis darauf, wo sie war. Nur ihren Bogen, der mit schlaffer Sehne an der Kleiderpresse lehnte, erkannte sie wieder.

Als Jenna versuchte, sich auf die Ellbogen zu stützen, zuckte ihr ein stechender Schmerz durch den Bauch. Sie stöhnte und sank zurück auf das weiche Lager. Wieder füllten sich ihre Augen mit Tränen.

Da öffnete sich die Tür am Fußende des Bettes einen Spaltbreit und das Gesicht eines Mädchens lugte um die Ecke.

»Ma! Sie ist wach, Ma. Die Bogendame ist wach«, rief das Mädchen über die Schulter und schlüpfte dann ganz in den Raum.

»Stör sie jetzt nicht, Alix. Sie braucht Ruhe, also renn nicht dauernd rein und raus«, antwortete eine ältere Stimme in einem melodischen Singsang.

Beim Klang der freundlichen Stimmen musste Jenna unwillkürlich lächeln. Aber auch die beiden waren ihr gänzlich unbekannt. Und trotz der heimeligen Atmosphäre des Raums kam sie gegen ihren Argwohn nicht an.

»Ich störe sie doch gar nicht, Ma. Sie ist ja schon wach«, rief das Mädchen eifrig. Dann sprach sie Jenna an. »Wie geht es dir?«, fragte sie freundlich. »Möchtest du etwas zu trinken?«

Jenna wollte antworten, doch ihre Kehle war so trocken, dass sie nur eine Art Krächzen herausbrachte.

Die Frau, die sie »Ma« genannt hatte, kam mit einem leeren Glas in der Hand ins Zimmer. Jenna, die ihre Augen endlich frei geblinzelt hatte, fiel gleich die große Familienähnlichkeit zwischen Mutter und Tochter auf. Beide hatten dunkle Haare und blaue Augen und glichen sich auch von der Gestalt her. Sie waren nicht hübsch, strahlten aber Herzlichkeit und Güte aus.

»Mädchen, ist das gut, dass du wach bist«, sagte Ma glücklich. »Ein- oder zweimal habe ich wirklich gedacht, wir würden dich nicht durchbringen.«

»Ma, ich glaube, sie ist durstig. Sie bringt ja keinen Ton heraus.«

»Dann wollen wir ihr mal helfen, Alix.«

Ma nahm den Wasserkrug vom Tisch und schenkte das Glas voll. Das Plätschern des Wassers war Musik in Jennas Ohren. Sie versuchte, den Kopf zu heben, um etwas zu trinken.

»Nein, nein! Nicht bewegen, sonst machst du alles wieder zunichte. Ich hebe dir den Kopf leicht an und lege dir ein zweites Kissen unter. So ist es gut, wunderbar. Alix, gib ihr etwas zu trinken. Ich sehe mal nach, wie die Wunde heilt.«

Ma hob die Decken an und sagte missbilligend: »Na, na. Du hast doch nicht etwa versucht, dich umzudrehen? Man kann es ja verstehen, aber bitte tu das erst, wenn ich es dir erlaube. Dein Bauch sah schlimm aus, als Gedd dich hergebracht hat. Aber sei unbesorgt, ich habe heilende Hände, heißt es. Ehe du dich's versiehst, bringen Alix und ich dich wieder auf die Beine und du kannst jagen gehen. Nicht wahr, Alix?«

»Natürlich, Ma«, bestätigte Alex und hielt Jenna das Wasserglas an die Lippen. »Wir bringen dich wieder auf die Beine, ehe du dich's versiehst.«

Während Alix Jenna half, das Glas zur Hälfte zu leeren, machte sich Ma an den Bandagen zu schaffen, die um Jennas Bauch geschlungen waren.

Was war geschehen? Wie war sie hergekommen? Wer waren diese Leute? Die Fragen schwirrten in Jennas Kopf umher.

Sie hatte den Dämon verfolgt und konnte sich noch vage erinnern, dass sie zwischen den Bäumen Calvyn gesehen hatte, wie im Traum, und danach … nichts. Nichts, bis auf … Jenna schauderte.

Die Augen, orangerot leuchtend und hasserfüllt.

»Was ist denn?«, fragte Alix besorgt. »Sie zittert, Ma, aber kalt fühlt sie sich nicht an.«

»Der Dämonenbann lässt schon nach, Alix. Keine Sorge, Kind, das Zittern geht vorüber.«

Jenna wusste nicht recht, ob Ma den zweiten Satz an Alix oder an sie gerichtet hatte, aber dass die Frau etwas über Dämonen wusste, war schon beruhigend. Sie wendete den Kopf ab, um Alix zu bedeuten, dass sie genug getrunken hatte, und zwang sich zu sprechen.

»Dämon … wo?«, krächzte sie. Ihre Stimme war wie eingerostet.

»Jetzt mach dir darüber mal keine Sorgen, junge Dame. In nächster Zeit wirst du keine Dämonen jagen, und wenn es so weit ist, wird Gedd dir ein paar Überlebenstipps mit auf den Weg geben«, sagte Ma freundlich. »Du ruhst dich jetzt am besten aus. Wenn es dich beruhigt, schicke ich später Gedd vorbei, dann kann er ein paar Takte mit dir reden. Hier bist du jedenfalls sicher.«

Jenna nickte schwach.

»Gut«, sagte Ma. »Jetzt schlaf noch ein bisschen. Komm, Alix. Du kannst sie später noch einmal besuchen.«

Mit diesen Worten schleuste Ma das Mädchen durch die Tür, die sie leise hinter sich schloss. Jenna ließ sich tief ins weiche Kissen sinken. Die Augen des Gorvaths verfolgten sie noch eine Weile, doch dann zog sie der Schlaf in seine warme Umarmung und schon nach wenigen Minuten schlief Jenna tief und traumlos.

Das nächste Mal wachte sie von einem Klopfen an der

Tür auf und sah diesmal Mas Kopf in der Tür. Als Ma erkannte, dass Jenna wach war, kam sie mit einem großen Mann in die Kammer.

Er war schlank, fast hager und sein Gesicht mit den haselnussbraunen Augen sah ausgezehrt aus, als habe er schwere Zeiten hinter sich. Doch seine Bewegungen waren kraftvoll und geschmeidig. Jenna hatte das deutliche Gefühl, dass dies ein Mann war, der auch den widrigsten Umständen die Stirn bot.

»Darf ich vorstellen? Das ist mein Mann Gedd. Er möchte mit dir über den Dämon reden, der dir im Wald begegnet ist. Glaubst du, du schaffst das?«

»Ja«, krächzte Jenna. »Wasser … bitte.«

Ma schenkte ein Glas Wasser ein und hielt es Jenna hin, sodass sie daran nippen konnte. Schon nach wenigen Schlucken fühlte sich ihre Kehle besser an.

»Das reicht, danke«, brachte sie heraus, diesmal erheblich klarer. »Jenna. Mein Name ist Jenna«, fügte sie hinzu.

»Tja, Jenna, du hast unheimlich Glück gehabt«, sagte Gedd langsam. Seine Stimme war tiefer, als Jenna es erwartet hätte, und er betonte jedes Wort sorgfältig. »Ich möchte dich nicht ermüden, da du ohnehin noch so schwach bist, aber ich muss mehr über den Dämon erfahren. Zuerst dachte ich, es sei ein großer Krill gewesen oder vielleicht ein Gralten. Aber das Monstrum da im Wald hat sich anders bewegt als alles, was ich bisher gesehen habe. Wenn ich die Zeichen nicht völlig falsch gedeutet habe, dann hast du versucht, ihn zu erlegen. Weiß der Dämon, dass du ihm auf den Fersen bist?«

Jenna nickte.

»Weißt du, was für ein Dämon es ist?«

»Man hat mir gesagt, es sei ein Gorvath«, erwiderte Jenna.

Ma schnappte hörbar nach Luft. »Der Schöpfer bewahre uns! Was für ein Schafskopf von Hexenmeister lässt sich auf so ein Ungeheuer ein?«

Gedd achtete nicht auf seine Frau, sondern konzentrierte sich ganz auf Jenna. Bei ihrer Antwort hatten seine braunen Augen nicht einmal gezuckt.

»Ein Gorvath? Bist du sicher?«

»Ich kenne mich mit Dämonen nicht so gut aus«, gab Jenna zu, »aber man hat mir gesagt, dass dieser Dämon die Seele meines … Freundes an sich gerissen hat. Ich bin ihm schon seit Wochen auf der Spur. Ein Magier sprach von einem Gorvath. Mir ist es ganz egal, wie er heißt, Hauptsache, ich töte ihn und befreie die Seele meines Freundes.«

Gedd kratzte sich nachdenklich am Kinn und fuhr sich dann mit den Fingern durchs wellige Haar.

»Ein Magier, sagst du? Der müsste es eigentlich wissen. Ein Gorvath. Viele Geschichten ranken sich um dieses Biest, aber ich wusste nicht, ob es wirklich existiert. Dass ein Hexenmeister so verrückt sein kann! Der Gorvath ist mächtiger und gefährlicher als alles, was wir bislang zu sehen bekommen haben.«

Gedd und Ma wechselten einen wissenden Blick.

»Oh, Gedd! Geh nicht. Bitte, nicht schon wieder. Lass es jemand anders erledigen. Um Shands willen, Gedd, ein Gorvath! Wenn er dich umbringt, wer sorgt dann für Alix und mich? Bitte, Gedd!«

Gedd sah sie mit festem Blick an.

»Kerys, du weißt doch, was jetzt geschieht. Eine Zeitlang sind wir hier sicher, aber wenn er erst einmal eine Weile im Turm ist, beginnt er zu jagen. Bis sich der Gorvath auf die Suche nach dem Hexenmeister macht, der ihn heraufbeschworen hat, leben wir hier in ständiger Gefahr. Sorge dich nicht, Kerys. Ich gehe diesmal nicht allein. Wenn mich nicht alles täuscht, hat Jenna schon mehr als eine Begegnung mit dem Dämon überlebt, obwohl sie nichts über Dämonen weiß. Ich warte, bis sie kräftig genug ist, um mitzukommen.«

»Oh, Gedd«, schluchzte seine Frau und warf ihm die Arme um den Hals. »Warum kann nicht Sam gehen oder Dreythus? Warum bleibt das immer an dir hängen?«

Gedd gab keine Antwort, sondern hielt seine Frau fest umschlungen. Er wusste, dass sie es nicht ernst meinte. Sam fehlte die Erfahrung, gegen einen so mächtigen Dämon zu kämpfen, und Dreythus war einfach zu alt. Es gab in der Gegend keinen außer ihm, der auch nur die geringste Chance gegen einen Gorvath hatte.

Jenna wollte mehr erfahren. Dieser Mann wusste viel mehr über Dämonen als sie und sie hatte noch so viele Fragen.

»Entschuldigt bitte. Ich möchte nicht aufdringlich sein, aber es hört sich so an, als hättest du schon Dämonen getötet. Darf ich fragen, wie du das gemacht hast? Ich könnte schwören, dass ich bei meinem ersten Zusammentreffen mit dem Gorvath einen tödlichen Schuss auf ihn abgegeben habe. Aber es kam mir vor, als hätte er ihn nicht einmal gespürt. Hat er vielleicht eine Schwachstelle, die man kennen muss?«

Gedd drückte seine Frau noch einmal fest an sich und löste sich dann von ihr.

»Eine Schwachstelle nicht, abgesehen vielleicht von den Augen. Doch wer auf die Augen zielt, fällt ziemlich sicher dem Dämonenblick zum Opfer. Nein, aber es gibt eine wirkungsvolle Waffe. Es ist ein seltener Kristall, den die Leute hier Dämonstod nennen. Der Kristall ist so ziemlich das Einzige, das durch die Haut eines Dämons dringt, zumindest in unserer Welt.«

»Und du besitzt ein Stück von diesem Kristall?«, fragte Jenna aufgeregt.

»Du redest wohl nicht lange um den heißen Brei herum?«, sagte Gedd mit einem Lächeln. »Ja, nicht viel, aber aus einem kleinen Splitter, den ich entbehren kann, habe ich dir die hier gemacht.«

Gedd ging zu Jennas Langbogen, der noch an der Kleiderpresse lehnte, und hob etwas vom Boden auf, das Jenna bis dahin nicht hatte sehen können. Es war einer ihrer Pfeile, doch an der Stelle der üblichen Metallspitze saß ein spitz zulaufender facettenreicher Kristall.

»Schieß nicht daneben«, sagte Gedd, noch immer lächelnd. »Du hast nur den einen Schuss.«

15

In den folgenden Tagen lernte Jenna die kleine Familie näher kennen. Alix war schwer beeindruckt, dass Jenna den Dämon gejagt hatte. Immer wenn es ihre Mutter erlaubte, saß sie an Jennas Bett und fragte sie aus. Jenna spielte ihre Erlebnisse herunter, denn sie merkte schnell, dass das Mädchen sie zu einer Art Heldin verklärte. Das Letzte, mit dem sie ihr Gewissen belasten wollte, war, dass Alix Reißaus nahm, um ihr nachzueifern.

Umgekehrt erfuhr Jenna nach und nach, was bei ihrer letzten Begegnung mit dem Dämon geschehen war. Die Geschichte, die Alix ihr erzählte, stimmte zwar sicher nicht bis in die letzte Einzelheit, weckte aber in Jenna eigene Erinnerungen an den schrecklichen Tag.

Die Verwandlung des Gorvaths von einem Menschen in einen Bären und das Bild von den entsetzlichen Krallen, die sie fast das Leben gekostet hätten, verfolgten Jenna bis in den Schlaf. Von Alix wusste sie auch, dass Gedd eine Stimme gehört hatte. Zuerst dachte Jenna, der Gorvath habe sie gerufen, doch dann erwachte tief in ihrem Inneren die Erinnerung an eine Männerstimme und es war nicht Calvyns Stimme gewesen. Stundenlang zermarterte sie sich das Gehirn, aber als sie Gedd danach fragte, zuckte er nur die Achseln.

»Ich weiß es auch nicht«, sagte er. »Der Mann klang, als wollte er die Aufmerksamkeit des Dämons auf sich ziehen. Wer so etwas tut, hat entweder von Dämonen keine Ahnung oder ist lebensmüde. Als ich zu dir kam, waren beide verschwunden, der Mann und der Gorvath. Ich konnte nicht hinterher, denn du brauchtest dringend meine Hilfe.«

Jenna kramte tief in ihren Erinnerungen, wo sie die Stimme schon einmal gehört hatte. Sie war ihr so bekannt vorgekommen. Vielleicht war es jemand aus einem der Dörfer, durch die sie gereist war? Nein. Aber es würde ihr schon noch einfallen, sie musste sich einfach gedulden.

Die Bauchverletzungen heilten unter Kerys' fürsorglicher Pflege so rasch, dass es Jenna schon fast wie Magie vorkam. Trotzdem ging es ihr nicht schnell genug, denn am liebsten hätte sie gleich wieder die Fährte des Gorvaths aufgenommen, zumal sie nun eine Erfolg versprechende Waffe hatte.

Kerys wurde dem Ruf als Heilerin, den sie in der Gegend genoss, vollauf gerecht, fand Jenna, als sie vorsichtig den Verband betastete. Zum Glück mussten die klebrigen Breiumschläge nicht mehr regelmäßig aufgetragen werden, und Kerys erlaubte Jenna mittlerweile, sich frei im Haus zu bewegen.

»Hände weg!«, schimpfte Kerys jetzt. »Willst du nun

gesund werden oder nicht? Also wirklich! Du bist ja fast so schlimm wie ein Mann! Es wird wunderbar heilen, wenn du nicht ständig daran herumtatschst.«

»Tut mir leid, Kerys«, murmelte Jenna zerknirscht.

Gedd lächelte ihr hinter Kerys Rücken belustigt zu, legte aber die Stirn sofort in missbilligende Falten, als Kerys sich zu ihm umdrehte.

»Und du brauchst nicht glauben, dass du mich auf den Arm nehmen kannst, Gedd Arissalt«, warnte sie ihn. »Ab mit dir! Besorg uns was zum Abendessen.«

Gedd schüttelte ungläubig den Kopf, folgte ihrer Anweisung aber unverzüglich. Er zog sich die Stiefel an, nahm den Bogen zur Hand und befestigte eine Schlinge am Gürtel. »Die Frau hat Augen im Hinterkopf«, grummelte er gutmütig.

Nachdem sie etwa eine Woche bei den Arissalts gewesen war, kam Jenna zu dem Schluss, dass es in der Gegend entweder vor Wild nur so wimmelte oder Gedd ein begnadeter Jäger war. Er war selten länger als eine halbe Stunde weg und kehrte stets mit ausreichend Fleisch für vier Personen zurück. Fette Tauben, Hasen und einmal ein junger Dammhirsch waren der Lohn für seinen geschickten Umgang mit Bogen und Schlinge. Mit Gemüse und Kräutern aus dem kleinen Hausgarten verwandelte Kerys Geflügel und Wildbret in ein schmackhaftes Mahl. Hätte Jenna nicht darauf gebrannt, ihre Mission zu erfüllen, so wäre ihr Aufenthalt bei der Familie Arissalt dank der hervorragenden Verköstigung wie im Flug vergangen.

Als Jenna sich so weit erholt hatte, dass sie im Haus helfen konnte, verging das ungute Gefühl, der Familie zur Last zu fallen. Normalerweise hätte sich Jenna nun, da es ihr besser ging, auf den Weg gemacht und der Familie für ihre Hilfe und Gastfreundschaft etwas Geld dagelassen. Doch sie war auf Gedd und seine Erfahrung mit Dämonen angewiesen und wollte ohne sein und Kerys' Einverständnis nicht aufbrechen. So musste sie ihre Ungeduld weiter zügeln.

Fast zwei Wochen, nachdem sie das erste Mal im Häuschen der Arissalts aufgewacht war, fühlte sich Jenna stark genug, ihren großen Akarholzbogen wieder zur Hand zu nehmen. Beim Spannen der Sehne spürte Jenna jeden einzelnen ihrer verletzten Bauchmuskel. Schuld war allerdings nicht nur die Verletzung, sondern auch das mangelnde Training. Das wollte Jenna ändern. Kerys schüttelte zwar missbilligend den Kopf, als sie mit dem Bogen in die Küche kam, sagte aber nichts.

Alix dagegen jubelte begeistert und bekniete Jenna, ihr beim Training zusehen zu dürfen. Jenna versprach Kerys, dass sie nur auf unbewegte Ziele schießen und darauf achten würde, dass Alix nicht in die Schusslinie geriet. Widerwillig ließ Kerys ihre Tochter ziehen.

Jenna zeichnete mit Kreide einen Kreis auf einen Baumstamm und schoss aus geringer Entfernung darauf. Abgesehen von dem Stechen, das sie beim Abschießen der Pfeile verspürte, bestand das Hauptproblem darin, die Pfeile hinterher wieder aus dem Holz zu ziehen. Nachdem sie einen Pfeil dabei zerbrochen hatte, beschloss Jenna, sich ein anderes Ziel zu suchen.

Alix hatte die rettende Idee, auf ein altes Stofftier zu schließen, das sie an einen mit Stroh gefüllten Sack band. Diese Methode bewährte sich und in den folgenden Tagen wurde das arme Tier mit Pfeilen durchbohrt.

Jenna nahm auch das Schwerttraining wieder auf und kräftigte mit den entsprechenden Schritten und Bewegungen die geschwächten Muskeln. Im Verlauf einer Woche verbesserte sich ihre körperliche Verfassung zusehends. Der Verband wurde leichter, bis Kerys schließlich erlaubte, ihn ganz wegzulassen. Die Narbe auf Jennas Bauch war immer noch dunkelrot, doch die Schwellung war abgeklungen und das Gewebe fest, egal wie sehr Jenna den Körper verdrehte. Nur magische Heilkräfte würden die Male der Dämonenklauen ganz verschwinden lassen. Jenna wollte sich wenigstens dafür rächen.

Beim Abendessen erzählte Alix begeistert, wie gut Jenna geschossen und wie flink sie mit dem Schwert gekämpft hatte.

»Der Dämon ist schon so gut wie tot«, sprudelt es aus dem Mädchen heraus.

»Genug, Alix!«, brachte ihr Vater sie in scharfem Ton zum Schweigen. »Einen Dämon zu töten, ist kein Kinderspiel. Und ein Gorvath ist besonders gefährlich, denn er ist ein arglistiger Meister der Täuschung. Jäger, denen ihr Leben lieb ist, feiern ihren Erfolg erst, wenn die Beute sicher tot ist. So würde es sogar ein *Dem-takat* halten. Nur mit einer Waffe aus Dämonstod und dem Segen der Götter ist der Gorvath zu besiegen. Natürlich kann Jenna gut mit dem Bogen umgehen. Das Schwert allerdings ist in diesem Kampf kaum mehr wert als ein dürrer Ast. Im Moment stärkt sie damit ihre Muskeln und das ist richtig. Aber bitte sieh das Ganze nicht zu rosig, Alix. Ich schlage vor, dass du heute Abend für Jenna und mich betest, denn morgen brechen wir auf. Immerhin wollen wir die gefährlichste Kreatur zur Strecke zu bringen, die es seit dem Krieg der Götter in dieser Gegend gegeben hat.«

Alix brach in Tränen aus, stürzte aus dem Zimmer und knallte die Tür hinter sich zu, sodass die ganze Küche erbebte.

»Musste das sein, Gedd? Alix wird sicher Albträume haben heute Nacht. Ich hätte ihr gewünscht, dass sie diesen Abend in guter Erinnerung behält«, sagte Kerys traurig. Die

Möglichkeit, dass es ihr letzter gemeinsamer Abend war, schwang in ihrer Stimme mit.

»Das Mädchen muss doch mal erwachsen werden, Kerys. Ich hoffe und bete, dass wir bald wieder da sind. Aber es ist auch nicht ausgeschlossen, dass es anders kommt. Dann muss sie sich der harten Wirklichkeit stellen.«

Beklommene Stille senkte sich über den Raum. Jenna brach schließlich das lange Schweigen.

»Gedd, es ist vielleicht eine dumme Frage, aber was ist ein *Dem-takat*?«

»Ein sagenhafter Krieger, ein begnadeter Schwertkämpfer. Einer, der in seiner Generation und zehn Generationen nach ihm Seinesgleichen sucht. Im Lauf der Geschichte hat es nur wenige gegeben. Derkas Silberklinge, Mannion der Axtmeister und Thurin Schwerttänzer kommen mir da in den Sinn. Viel mehr waren es auch nicht.«

Jenna nickte. In Thrandor sang man Lieder über alle drei Helden. Der Ruf jener, die von den Dichtern besungen wurden, ging offensichtlich über die Landesgrenzen hinaus. Auch wenn sie von Publikum zu Publikum die Herkunft wechselten, denn nicht einmal die Gelehrten schienen zu wissen, wo sie nun eigentlich herkamen. Doch ihre Taten waren in jedermanns Gedächtnis.

Jenna stand nach dem Essen rasch auf. In der Küche herrschte eine gespannte Stimmung. Außerdem wollte Jenna vor dem Aufbruch am nächsten Morgen früh schlafen gehen. Sie entschuldigte sich, spülte Teller und Besteck und zog sich dann zurück.

Das Einschlafen fiel ihr schwer. Eine Mischung aus Angespanntheit, Erregtheit und Nervosität hielten sie eine ganze Weile vom Schlafen ab. Doch dann trug die Müdigkeit den Sieg davon, und Jenna dämmerte hinweg in die Welt der Träume, in der ein *Dem-takat* mit dürren Ästen gegen

Dämonen kämpfte und Calvyn sie mit orangerot leuchtenden Augen ansah.

Obwohl sie sich alles andere als ausgeruht fühlte, war Jenna am Morgen fast froh, dass die Nacht vorüber war. Das Ende ihrer Suche stand unmittelbar bevor. Bald, so viel war sicher, entschied sich alles.

Gedd hatte ihr erzählt, dass der Turm, der die Dämonen anlockte, etwa eineinhalb Tagesmärsche entfernt im Wald stand. Niemand wusste genau, warum er eine solche Anziehungskraft ausübte. Es hieß, einst habe ein mächtiger Hexenmeister dort gelebt, der viele gefährliche Dämonen heraufbeschworen habe. Ob er noch lebte, war nicht bekannt. Wenn aber ein Hexenmeister einen Dämon entfesselte, sei es absichtlich oder versehentlich, so fand dieser früher oder später den Weg zu diesem Turm.

Vor dem Aufbruch hatte Jenna noch einiges zu erledigen. Zuerst schlüpfte sie in Alix' Zimmer, um sie mit sanften Worten und einer langen Umarmung zu beruhigen. Dann versicherte sie sich mittels ihres silbernen Talismans, welche Richtung sie einschlagen mussten. Und schließlich gab sie sämtliche Münzen aus den verschiedenen Taschen und Beuteln in ihren Geldbeutel und reichte ihn Kerys.

»Sollte ich nicht zurückkehren, dann behalte dies mit meinem Dank und Segen. Aber auch, wenn es gut ausgeht, möchte ich, dass du die Hälfte behältst. Ich verdanke deiner Pflege mein Leben und schulde dir für deine gütige Gastfreundschaft noch weit mehr als das.«

Kerys protestierte, doch Jenna weigerte sich aufzubrechen, ehe sie das Geld angenommen hatte.

»Ich bewahre es für dich auf«, gab Kerys schließlich nach. »Pass auf dich auf und komm unbeschadet zurück.«

Nachdem sie die Rucksäcke mit Vorräten gefüllt und sich

verabschiedet hatten, waren Jenna und Gedd abmarschbereit.

»Der Turm liegt wohl in dieser Richtung?«, fragte Jenna und deutete in die Richtung, die der Pfeil ihr angezeigt hatte.

Gedd hob überrascht die Augenbrauen und Jenna konnte sich ein Lachen nicht verkneifen.

»Du hast doch wohl nicht geglaubt, dass ich dem Dämon bis hierher gefolgt bin, ohne eine Ahnung zu haben, wo ich hinmuss?«, fragte sie unschuldig.

Gedd zuckte mit den Schultern und bedeutete ihr voranzugehen. Der Jäger und die Jägerin winkten Kerys und Alix noch ein letztes Mal zu und marschierten dann flinken Fußes in den Wald hinein.

◎ ◎ ◎

Burg Keevan war umzingelt.

Die Verteidiger hielten die Mauern, doch die Zeltlager vor der Burg waren bereits in der Hand der shandesischen Einheiten. Lord Shanier blickte zu den Tortürmen empor, wo er als gemeiner Soldat viele Tage und Nächte Wachdienst geschoben hatte. Nun führte er sein eigenes Heer und stand kurz vor dem vernichtenden Schlag gegen die Burg, die ihm, wenn auch nur ein Jahr lang, ein Zuhause gewesen war.

Doch Shanier wollte die Burg ohnehin nicht zerstören – er hatte andere Pläne.

Die Kommandeure der shandesischen Verbände standen in einer Gruppe zusammen und wunderten sich über die Verzögerung, die die Leidenszeit doch nur verlängerte. Der Angriff auf eine Festung ging stets mit dem Verlust vieler Menschenleben einher. Alle, die gemeinen Soldaten wie ihre Vorgesetzten, wussten, dass eine blutige Schlacht vor ihnen lag. Die Warterei machte die Männer nur noch nervöser.

Lord Shanier konnte in ihnen lesen wie in einem offenen Buch: Die Kommandeure glaubten an ihren Sieg und brannten nur so darauf, ihre Männer in die Schlacht zu schicken. Doch diesen Gefallen wollte ihnen Shanier nicht machen. Da ein Kampf seine Streitkraft erheblich schwächen würde, wollte er den Sieg mit Scharfsinn und Zauberei davontragen.

»Kommandeur Chorain.«

»Ja, Mylord?«

»Bring mir die Frau, Derra, in mein Zelt. Ich habe einen Plan, wie wir die Burg erobern können, ohne auch nur einen Mann zu verlieren.«

Aus Chorains Miene sprach Unglauben.

»Sofort, Mylord«, beeilte er sich dennoch zu sagen, machte auf dem Absatz kehrt und eilte davon.

Shanier zog sich in sein Zelt zurück und wartete.

Wenige Minuten später brachten Kommandeur Chorain und sechs Soldaten Derra zu ihm.

»Du kannst jetzt gehen, Kommandeur. Ich komme schon zurecht.«

»Sehr wohl, Mylord«, sagte Chorain, der seine Zweifel nicht verbergen konnte. »Ich lasse die Männer draußen warten.«

»Gut, Kommandeur. Und sag den anderen Befehlshabern, dass ich ihnen in Kürze meine Pläne darlegen werde.«

Chorain verließ das Zelt und stellte zusätzlich zu den diensthabenden Wachleuten Soldaten vor dem Zelteingang ab. Die anderen Kommandeure fragten ihn neugierig nach Lord Shaniers Plänen. Da er nicht mehr wusste als sie, schossen bald allerlei Vermutungen ins Kraut.

»Die Burg einnehmen, ohne einen Mann zu verlieren, hat er gesagt«, meinte ein Kommandeur nachdenklich.

»Wie, in Shands Namen, will er das anstellen?«

»Es heißt, er ist ein mächtiger Zauberer«, sagte ein anderer.

»Das mag ja sein, aber mit zwei Zauberlords hätten wir bestimmt bessere Chancen als mit nur einem«, erklärte ein Dritter. »Dass Lord Cillverne ein Verräter gewesen sein soll, klingt für mich reichlich an den Haaren herbeigezogen.«

»Der Kaiser selbst hat Lord Shanier durch Lord Vallaine ernennen lassen. Wenn Lord Shanier Cillverne des Verrats bezichtigt, dann war es so«, sagte Chorain überzeugt.

»Was hat er denn dann mit dieser feindlichen Kämpferin vor?«

»Wer weiß? Wir werden es bald erfahren, er hat eine Besprechung angesetzt«, versuchte Chorain, die Gemüter zu beruhigen.

»Pah! Besprechung! Audienz wäre wohl eine passendere Bezeichnung. Diese Zauberer sind doch alle gleich. Sie haben keinerlei militärische Erfahrung und trotzdem sollen wir ihren Befehlen wie die Schafe folgen. Das ist doch Wahnsinn! Wofür haben wir uns jahrelang mit Strategie und Taktik befasst, wenn wir uns dann auf jemanden verlassen müssen, der keine militärische Ausbildung besitzt? Dieser Zauberer mag ja mächtig sein, aber vom Kämpfen hat er doch keinen blassen Schimmer. Beim Zahne Shands, der ist ja so jung, dass er noch ins Bett macht.«

Mehrere der anderen Kommandeure murmelten zustimmend, doch alle waren sich bewusst, dass keiner von ihnen es wagen würde, Lord Shaniers Entscheidungen offen infrage zu stellen. Sie waren ja nicht lebensmüde.

Kurze Zeit später wurden sie in Shaniers Zelt beordert. Der Lord erwartete sie bereits. Er saß auf einem der Akarholzstühle, den rechten Knöchel über das linke Knie gelegt und das Schwert auf seinem Schoß.

Die Kommandeure setzten sich im Halbkreis um ihn und warteten, während Shanier abwesend das Schwert hin und her drehte. Shanier sah jünger aus denn je, denn er hatte seinen langen schwarzen Umhang mit der großen Kapuze gegen Hosen, Stiefel und ein weites Hemd getauscht, alles in Schwarz. Das blonde Haar und die durchdringenden blauen Augen waren für einen Shandeser ungewöhnlich, aber als Zauberer war er ja von vornherein schon anders als die anderen.

»Meine Herren«, begann Shanier. »wir werden heute nicht kämpfen. Ein Blutvergießen ist nicht nötig.«

Shanier schwieg einen Moment lang.

»Wollt Ihr aufgeben, Mylord?«

Shanier blickte auf und lächelte. »Nein, meine Herren. Sie werden zu uns überlaufen.«

Es folgte eine verblüffte Pause.

»Ich habe vor, in den nächsten Wochen ein Kunststück zu vollbringen, das in jüngerer Geschichte seinesgleichen sucht. Ich werde mehrere Tausend feindliche Soldaten dazu bringen, uns beim Angriff auf ein Ziel unserer Wahl zu unterstützen. Dazu bin ich aber auf eure Hilfe und euer Vertrauen angewiesen. Deshalb wäre ein kleiner Beweis meiner Kampfkunst wohl angebracht.«

Shanier stand auf. In einer fließenden Bewegung zog er das Schwert und legte die Scheide behutsam hinter sich auf den Tisch.

»Keiner von euch ist so weit aufgestiegen, ohne einigermaßen geschickt mit dem Schwert umzugehen. Ich weiß, Ihr glaubt, ich sei zu jung und nicht kampferprobt genug. Deshalb gebe ich euch die Gelegenheit, euch vom Gegenteil zu überzeugen. Einer von euch soll sich bis zum ersten Blutstropfen mit mir messen. Ich werde völlig auf Zauberei verzichten. Dann werden wir sehen, ob ich wirklich so wenig vom Kämpfen verstehe. Wer will mit mir die Klingen kreuzen?«

Es folgte eine kurze Pause, doch dann trat der Kommandeur vor, der wenige Minuten zuvor so abschätzig über Shaniers jugendliches Alter gesprochen hatte.

»Komm, Simion, wir gehen nach draußen. Vor dem Zelt ist genügend Platz.«

Shanier schritt vor den Kommandeuren her selbstbewusst ins Freie. In der Mitte des großen Platzes vor dem Zelt blieb er stehen, drehte sich um und stellte sich vor seinen Gegner. Die übrigen Kommandeure bildeten einen Kreis um die beiden.

»Nimm dich nicht zurück«, befahl Shanier. »Wenn du mich tötest, weil ich unfähig war, hast du mehr als genug Zeugen, die dich von jeglicher Schuld freisprechen werden. Denk aber daran: Es geht nur um den ersten Blutstropfen. Chorain, du bist Schiedsrichter.«

»Jawohl, Mylord«, antwortete Chorain und trat vor. »Kämpfer, macht Euch bereit.«

Shanier und Simion vollführten den in Shandar üblichen Salut mit den Schwertern. Danach kreuzten sie die Klingen und waren bereit für den Kampf.

»Los«, sagte Chorain und trat einen Schritt zurück.

Simion ließ es langsam angehen. Seine Hiebe kamen zunächst zögernd und vorsichtig und trafen auf eine sichere Abwehr. Nach und nach steigerte der Kommandeur das Tempo, griff mal hoch, mal tief, mal links, mal rechts an. Shanier wehrte jeden Vorstoß ab, ohne jedoch seinerseits anzugreifen.

Als Simion meinte, genug über seinen Gegner zu wissen, ging er unvermittelt zu abwechslungsreicheren Angriffen über. Seine Klinge blitzte in der geschickten Abfolge verschiedenster Hiebe, die listenreich Shaniers Abwehr zu überwinden suchten. Shanier wich aus und verteidigte sich. So rasch die Schwerthiebe auch auf ihn herabprasselten, er wehrte sie mühelos ab.

Dann, von einer Sekunde auf die andere, schaltete Shanier auf Angriff, und der Kampf drehte sich um. Mit jedem Schlag sprühten nun Funken von den Schwertern, und Simion konnte gerade so verhindern, dass er getroffen wurde.

Es war klar, dass sich der Kampf nun schnell für den einen oder anderen Gegner entscheiden konnte. Einer unzulänglichen Parade Simions hatte es Shanier zu verdanken, dass er den Kommandeur am Unterarm traf.

»Halt«, rief Kommandeur Chorain. »Der erste Blutstropfen für Lord Shanier. Kämpfer, den Gruß.«

Diesmal sah Shanier beim Salut die Anerkennung in Simions Augen, dieselbe Anerkennung, die sich in den Mienen der Zuschauer widerspiegelte.

»Ein guter Kampf, Kommandeur Simion. Nun, da feststeht, dass ich etwas vom Kämpfen verstehe, können wir fortfahren. Folgendes erwarte ich von euch: Erstens sollen sich unsere Verbände von der Nordmauer so weit zurückziehen, dass die thrandorische Streitkraft die Burg ungehindert verlassen kann. Ich möchte, dass sie anschließend an der Spitze marschiert. Dort habe ich sie im Auge und mein Zauberbann trifft nicht etwa unsere eigenen Männer. Derra ist als Unterhändlerin für uns tätig. Ich werde sie schon bald in die Burg entsenden.«

Shanier blickte in die Gesichter der Kommandeure. Er hatte sie auf seiner Seite.

»Zweitens sollen die Männer die doppelte Wassermenge und eine größere Nahrungsration erhalten. Wir werden in den nächsten Wochen viel marschieren, und ich möchte nicht, dass sie verdurstet und ausgezehrt in Mantor ankommen.«

Diese Worte wurden von mehreren Kommandeuren mit einem beifälligen Nicken bedacht.

»Und schließlich«, befahl Shanier, »soll mir jeder, der schon einmal in Mantor war, zur Befragung vorgeführt werden. Wir müssen möglichst viel über unser Ziel erfahren, damit wir Schwächen zu unserem Vorteil nutzen können. Wir werden wie üblich Spähtrupps vorausschicken. Da uns keine größere feindliche Streitmacht folgt, wird für den Schutz des Nachschubs eine leichte Bewachung ausreichen. Hat jemand Einwände gegen eine dieser Maßnahmen?«

Die Kommandeure schüttelten den Kopf. Shanier spürte ihre Hochachtung.

»Gut«, sagte er. »Wenn der Feind aus der Burg kommt, werde ich die Anführer zu mir kommen lassen und mit einem besonders starken Zauber belegen. Ich baue darauf, dass ihr die alltäglichen Abläufe regelt, denn ich brauche meine gesamte innere Kraft, um die Thrandorier auf den Angriff auf Mantor vorzubereiten. Behelligt mich nur, wenn es unvermeidlich ist. Habt ihr verstanden?«

»Ja, Mylord«, erscholl es aus dem Kreis um Shanier.

»Hervorragend! Nun denn, meine Herren … stocken wir unser Heer noch ein wenig auf!«

◎ ◎ ◎

Die Straßen von Terilla waren breit, blitzsauber und von quadratischen Häusern gesäumt. Ein Torbogen führte jeweils auf eine große offene Veranda, auf der die Bewohner im Sommer saßen und die Welt an sich vorbeiziehen ließen. Nun, da der Winter schon seine eisigen Klauen ausstreckte, lagen sie verlassen da. Abgesehen von einer Handvoll Kindern, die mit einem faustgroßen Ball aus buntem Stoff spielten, war die Straße, durch die Perdimonn seine alte Stute Sachte führte, still und verlassen.

Dieser Teil der Stadt war schon immer recht beschaulich gewesen, auch damals, als die Magier hier ihre Akademie gegründet hatten. Die Bruderschaft der Magier blieb lieber unter sich und verhielt sich unauffällig. Deshalb hatte sie sich ja auch Terilla als Stützpunkt ausgesucht. Die Stadt lag abgeschieden in der Südwestecke Shandars, eingekeilt zwischen dem Vortaff-Gebirge im Süden und dem Großen Wald im Westen. Terilla war eine typische Provinzstadt, entstanden mit den Kupfer- und Eisenerzminen, aus denen die Schmieden des Reichs versorgt wurden. Weiter oben in den Bergen hatte man auch kleinere Edelsteinfunde gemacht, doch da sich der Abbau als zu gefährlich erwies, hatte man ihn nicht weiterbetrieben.

Das Akademiegebäude war groß, aber nicht so groß, dass es in der Nachbarschaft aufgefallen wäre. Es hatte die typische Bauform, quadratischer Grundriss mit großer Veranda und Eingangstür aus Holz. Nichts deutete äußerlich auf seine Bewohner hin. Die Fassade unterschied sich nicht von den umliegenden Gebäuden, die erheblich jünger waren, und Perdimonn fragte sich, wie oft man sie der Umgebung wohl schon angepasst hatte.

Perdimonn ging mit Sachte bis zur Haupttreppe, die zur Eingangstür führte.

»Warte hier, altes Mädchen«, sagte er, tätschelte ihr den Hals und ließ das Führseil fallen. »Ich besorge dir nur rasch einen gemütlichen Stall und etwas Leckeres zu Fressen.«

Die Apfelschimmelstute schnaubte, als wollte sie sagen: »Das glaube ich erst, wenn ich es sehe«, blieb aber auf dem gepflasterten Gehsteig stehen, während Perdimonn die Treppe hinaufging und, oben angekommen, kräftig anklopfte. Schon nach wenigen Sekunden öffnete sich die Tür nach innen. Ein Berg von einem Mann füllte die Türöffnung aus.

»Ja?«, sagte er gedehnt. Die Stimme schien irgendwo aus der Tiefe des fassartigen Rumpfes zu dröhnen.

»Ich komme in Frieden, meine Brüder zu besuchen und ihnen zu dienen«, sprach Perdimonn die Worte, die seit Urzeiten vom Magiermeister zum Lehrling weitergereicht wurden.

»Als Diener beginnen wir alle«, kam die überlieferte Antwort. »Komm, Bruder Perdimonn. Ein Lehrling wird sich um dein Pferd kümmern. Folge mir bitte. Aber sicher kennst du den Weg noch.«

»Ich war länger nicht mehr hier, Bruder Lomand«, erwiderte Perdimonn. »Da bin ich dankbar, wenn du mich führst. Die Akademie ist für mich immer ein bisschen wie ein Labyrinth.«

Lomand nickte schmunzelnd. Er wusste sehr wohl, dass Perdimonn keinen Führer brauchte, doch der alte Magier hatte wohl einen Grund, ihn von seinem Türdienst wegzulocken. Der hünenhafte Mann nahm eine Silberglocke von dem Tischchen, das neben dem Eingang stand, und läutete zweimal. Umgehend sausten zwei junge Burschen um die Ecke und kamen rutschend vor ihm zum Stehen.

»Ja, Bruder Lomand?«, riefen sie im Chor.

»Du bringst Bruder Perdimonns Pferd in den Stall, und du bleibst an der Tür und passt auf, bis ich zurückkehre«, befahl Lomand und deutete jeweils mit dem Finger auf den betreffenden Jungen.

Die beiden Burschen taten, wie ihnen geheißen, und Lomand machte sich mit Perdimonn auf den Weg.

»Wie ich sehe, hat sich nicht viel verändert«, sagte Perdimonn, in Richtung der beiden Jungen nickend.

»Ach, ich weiß nicht«, erwiderte Lomand. »Die Neuen

kommen mir jedes Jahr jünger vor und sie sind immer noch ein bisschen ungeduldiger als die davor.«

»Du wirst eben alt, Bruder Lomand«, lachte Perdimonn und klopfte dem Magier freundschaftlich auf den Rücken.

»Ha! Bleib doch mal eine Weile hier, dann wirst du schon sehen, wer hier alt ist.«

»Das geht nicht, das weißt du doch. Nur Abgänger der Akademie dürfen in diesem Haus dienen und ich habe hier keine Ausbildung genossen.«

»Das ist doch Unsinn, Perdimonn. Die Brüder würden doch einen Hüter nie abweisen. Es ist völlig egal, wie er seine Stellung erlangt hat.«

»Na ja, es ist müßig, sich darüber den Kopf zu zerbrechen, denn ich kann ohnehin nicht lange bleiben«, sagte Perdimonn seufzend.

»Ich weiß. Dass du gerade jetzt kommst, ist … interessant. Die Brüder sind bestimmt hocherfreut, dich zu sehen. Im Moment unterrichten die meisten von ihnen, aber Bruder Akhdar ist in seinem Zimmer.«

Perdimonn dachte einen Augenblick nach. Lomand deutete da etwas an, doch er wollte ihm nicht alles aus der Nase ziehen. Die Neuigkeiten, die er brachte, waren wichtig, und er wollte sie allen sechs Großmagiern des Hohen Rates mitteilen, der über die Bruderschaft wachte. Wenn er schon einen nach dem anderen aufsuchen musste, so konnte er ebenso gut bei Akhdar anfangen. Großmagier Akhdar war seit über vierzig Jahren Mitglied des Hohen Rats. Sein Gedächtnis für magische Sprüche ließ zwar mittlerweile nach, doch er war scharfsinnig und charakterstark wie eh und je.

»Gut, Lomand, dann suche ich Bruder Akhdar zuerst auf. Aber wärst du so nett, auch den anderen fünf Ratsmitgliedern mitzuteilen, dass ich da bin?«, fragte Perdimonn. Lomand musste seinen Dienst tun, doch das sollte Perdimonn nicht davon abhalten, sich bei den Großmagiern baldmöglichst Gehör zu verschaffen.

»Selbstverständlich, Bruder Perdimonn, ich gebe ihnen sofort Bescheid. Da sind wir. Ich lasse dich jetzt allein. Schön, dass du mal wieder da bist. Wenn du es einrichten kannst, komm noch mal vorbei, damit wir ein bisschen plaudern können, ja?«

»Natürlich, Lomand. Vielen Dank.«

Während sich der Riese mit großen Schritten entfernte, klopfte Perdimonn an die Tür. Aus dem Zimmer kam ein schwaches »Herein« und Perdimonn drückte die Eisenklinke.

Obwohl in dem Raum, den Perdimonn betrat, alles seinen Platz hatte, wirkte er voll. Sein Bewohner war ganz offensichtlich Sammler, und die Objekte seiner Leidenschaft waren Bücher – Bücher, Pergamente verschiedenster Größe, aber auch sauber zusammengerollte Landkarten.

»Perdimonn! Das ist ja eine Woche voller Überraschungen!«

Großmagier Akhdar sah aus, wie man sich einen Magier gemeinhin vorstellte. Er war von zartem Körperbau, schlank, mittelgroß und, nun, da er stand, etwas gebeugt. Das lange Haar, der Bart und der Schnurrbart waren schneeweiß. Unter den buschigen Augenbrauen blickten stechend blaue Augen hervor und die schlanken Hände mit den langgliedrigen Fingern wirkten trotz seines fortgeschrittenen Alters sehr beweglich.

»Komm herein, alter Freund, komm herein«, hieß Akhdar seinen Magierkollegen willkommen.

»Akhdar, wie schön, dich zu sehen. Ich wünschte nur, die Umstände wären angenehmer. Ich bringe schlechte Nachrichten«, sagte Perdimonn ernst.

»Ich glaube, in der Akademie ist man auf deine Nachricht bereits gefasst, Perdimonn. Ich vermute, du willst mir von

Darkweavers Amulett berichten. In diesem Fall kommst du zu spät. Selkor war vor dir hier.«

Akhdar schüttelte seufzend den Kopf.

»Was ist geschehen?«

»Er kam, nahm sich, was er haben wollte, und verschwand. Wir konnten ihm nichts entgegensetzen. Auf die gewaltige Macht, über die Selkor verfügte, waren wir einfach nicht vorbereitet. Es ist furchtbar: Er hat den Ring des Nadus mitgenommen und den Umhang des Merridom. Wenn man bedenkt, dass er ja auch noch das Amulett hat, verfügt Selkor jetzt wohl über mehr Macht, als Darkweaver sie je besaß.«

16

»Um Tarmins willen, Brüder! Es ist doch nur dem Zufall zu verdanken, dass ihr den Stab des Dantillus noch habt. Hätte Bruder Jamal ihn nicht auf einer Exkursion dabeigehabt, dann hättet ihr sämtliche Symbole der Macht eingebüßt, die die Bruderschaft seit mehr als fünfhundert Jahren ihr Eigen nennt. Seht ihr denn nicht, dass ihr etwas unternehmen müsst? Und zwar sofort!«

Perdimonn war außer sich. Seit Stunden saßen die sechs Großmagier des Hohen Rats mit ihm nun schon zusammen und stritten darüber, was in Sachen Selkor und Darkweavers Amulett zu unternehmen sei. Perdimonn kam mit seinen Argumenten einfach nicht an sie heran. Die Magier waren alt und völlig festgefahren in ihren Ansichten. Statt der Tatsache ins Auge zu sehen, dass ein mächtiger Magier drauf und dran war, den Weg des Bösen zu beschreiten, saßen sie hier herum und zankten.

»Perdimonn, du bist der Hüter einer Elementarkraft, die größer ist als alles, was wir hier mit unserem Wissen und unserer Magie ausrichten können. Trotzdem musstest du dich seiner Macht beugen, und das war, bevor er das Amulett an sich riss. Nun hat er auch noch den Ring und den Umhang. Wie sollen wir ihn denn jetzt noch aufhalten?«

»Akhdar, du weißt so gut wie ich, dass ich die Erdkraft nicht gegen Selkor einsetzen durfte. Damit hätte ich gegen den Eid verstoßen, den ich leistete, als ich zum Hüter wurde. Für die anderen Hütern gilt das genauso: Auch sie dürfen ihre Kräfte nicht zu ihrer Verteidigung und erst recht nicht zum Angriff einsetzen. Einzeln sind wir schwach. Selkor hat unmissverständlich klargemacht, dass er die Schlüssel zu allen Elementarkräften an sich reißen will. Könnt ihr euch vorstellen, was er mit so einer Macht anfangen könnte? Hätte er zusätzlich zu den anderen Kraftquellen, die er jetzt schon besitzt, auch nur einen Schlüssel, würden die Götter selbst davor zurückschrecken, sich mit ihm anzulegen. Wir müssen ihn rasch aufhalten, sonst ist alles verloren.«

»Wenn wir ihn aufspüren und gegen ihn kämpfen, Perdimonn, würdet ihr Hüter uns dann beistehen?«

»Mein Wort habt ihr, Brüder. Für die anderen Hüter kann ich nicht sprechen. Aber da ich sie unverzüglich vor der Gefahr warnen muss, werde ich sie um Hilfe bitten. Mehr kann ich nicht versprechen.«

Immer wieder kreiste der Hohe Rat um dieselben Fragen. Die ganze Rederei hatte lediglich bewirkt, dass das Problem den Magiern immer mächtiger und schließlich unlösbar vorkam. Die Wahrheit starrte ihnen ins Gesicht, doch sie verschlossen die Augen davor. Je früher sie sich Selkor stellten, desto größer war die Chance, dass er die magischen Gegenstände, die nun in seinem Besitz waren, noch nicht vollständig beherrschte. Mit jeder Stunde, die sie redeten, wurde Selkor mächtiger.

Perdimonn wurde es schließlich zu bunt. »Brüder, wenn ihr mich entschuldigt, werde ich euch euren Überlegungen überlassen. Ich habe euch die Nachricht überbracht. Nun muss ich schleunigst die anderen Hüter vor Selkor warnen. Euch flehe ich an: Denkt nicht mehr allzu lange nach. Es muss bald etwas geschehen.«

»Mit wem sprichst du zuerst, Perdimonn?«, fragte Jabal unsicher. »Was geschieht, wenn du einen Hüter warnst und Selkor in der Zeit die anderen aufspürt?«

»Belaste dich nicht mit meinen Sorgen, Bruder Jabal. Überlass das mir. Ich kenne Selkor und weiß, wen er als Erstes aufsuchen wird. Nehmt ihr euch nur in Acht, dass er nicht zurückkehrt und seine Sammlung mit dem Stab des Dantillus vervollständigt.«

Perdimonn stand auf und verbeugte sich vor der ehrenwerten Gesellschaft. »Euer Diener, Brüder.«

»Durch Dienen erwirb Wissen«, antworteten sie wie aus einem Mund.

»Gute Reise, Bruder«, fügte Akhdar hinzu.

Perdimonn verließ den Raum und durchmaß mit großen Schritten den Flur und die Eingangshalle. An der Tür war Lomand wieder auf seinem Posten.

»War es ein erfolgreiches Gespräch, Bruder Perdimonn?«, fragte er. Seine Stimme erfüllte die Eingangshalle wie ein Donnergrollen.

»Das werden wir sehen, Lomand. Hör zu, alter Freund, ich möchte dich um einen Gefallen bitten. Ich habe eine lange Reise vor mir und brauche ein schnelles Pferd – das schnellste, das du hast. Meine alte Stute Sachte ist für so etwas nicht geeignet. Der Hohe Rat wird nichts dagegen haben, denn man weiß um die Dringlichkeit meiner Mission. Wenn du dich darum kümmern könntest, dass meine Stute während meiner Abwesenheit versorgt wird, wäre ich sehr dankbar. Sie ist eine gute alte Seele. Wenn es mir möglich ist, komme ich zurück und hole sie wieder ab.«

Lomand legte Perdimonn eine Hand auf die Schulter und drückte sie freundlich.

»Kein Problem, Bruder Perdimonn. Ich kümmere mich um dein Pferd und besorge dir Ersatz. Gibt es noch etwas?«

»Nein … warte, doch, eine Sache wäre da noch. Falls es sich ergibt, möchte ich einen jungen Mann zum Studium herschicken. Würdet ihr ihn auf meine Empfehlung hin aufnehmen?«

»Selbstverständlich, Bruder. Warum nicht? Wie heißt er?«

»Calvyn, Sohn des Joran. Er ist Thrandorier, ein Bauernsohn aus einem abgelegenen Dorf. Ein oder zwei der Meister hier fänden ihn vielleicht ganz erfrischend. Er lernt *überaus* schnell.«

»Calvyn, ein eingängiger Name. Wo willst du jetzt eigentlich hin, Perdimonn? Oder darf ich das nicht wissen?«

Perdimonn dachte einen Moment nach und sein Blick verlor sich in der Ferne.

»Zuerst nach Kaldea. Selkor ist wahrscheinlich auf dem Weg zu Arred. Feuer liebte er schon immer. Wenn er den Schlüssel zur Feuermacht erhielte, könnte das schreckliche … Ich will gar nicht daran denken.«

◎ ◎ ◎

Lord Shanier war blass und wirkte erschöpft. Die Wochen, in denen er die Thrandorier mit einem Zauber hatte belegen müssen, hatten ihren Tribut gefordert.

Die Kommandeure hatten sich in seinem Zelt eingefunden und erstatteten Bericht.

»Mylord, die Späher berichten, dass sich in Mantor erheblich mehr Soldaten aufhalten, als man uns glauben ließ. Wir wissen nicht, wo sie alle herkommen, aber möglicherweise ist der König mit seinem Heer aus Kortag zurückgekehrt. Die Mauern seien stark, aber nicht uneinnehmbar. Wir können dort vorgehen wie immer.«

Lord Shanier seufzte tief.

»Also keine idealen Bedingungen, aber mit den Kräften, die wir haben, werden wir siegen«, sagte er langsam. Er fuhr sich mit den Fingern durchs Haar und kratzte sich dann nachdenklich am Kinn.

»Äh … Mylord, da ist noch etwas.«

»Ja, Kommandeur?«

»Ein paar Meilen nördlich der Stadt scheint eine weitere shandesische Einheit zu lagern, Mylord. Viel wissen wir nicht. Die Späher haben sich nicht näher herangewagt, weil sie eine Falle vermuteten.«

Shanier lächelte und ein entschlossener Ausdruck trat in sein Gesicht.

»Gut«, erwiderte er, »dann ist die Verstärkung auf der Westroute schneller vorangekommen als wir.«

»Verstärkung, Mylord?«, fragte Kommandeur Simion.

»Ja, Kommandeur, eine Einheit aus dem Norden. Ich habe sie schon vor Wochen angefordert, weil ich befürchtete, dass der König zurückkehren würde. Wenigstens das läuft wie geplant. Jetzt können wir angreifen. Allerdings müssen wir meinen ursprünglichen Plan noch leicht abändern.«

Lord Shanier stand kraftlos auf und begann, tief in Gedanken versunken, vor den Kommandeuren auf und ab zu schreiten. Die leitenden Offiziere warteten geduldig. Der

Zauberlord hatte fünf Einheiten quer durch feindliches Territorium geführt und dafür gesorgt, dass alle, auch die Thrandorier, kampfbereit waren. Damit war er in ihrem Ansehen enorm gewachsen. Dass er auch Lösungen für Probleme anbot, von denen sie gar nichts geahnt hatten, überraschte sie nicht. In der Brust dieses ungewöhnlichen jungen Mannes, davon waren sie mittlerweile überzeugt, schlug das Herz eines militärischen Genies.

»Ich brauche einen Großteil meiner Geisteskräfte dafür, die thrandorische Streitmacht aus Burg Keevan zu beherrschen«, gestand Shanier ein. »Ich könnte sie als Erste angreifen lassen, aber es wäre mir unmöglich, sie gleichzeitig zu steuern und mit einer Illusion zu schützen. Der Feind würde sie abschlachten, und die ganze Mühe, sie herzubringen, wäre umsonst gewesen. Ich schlage deshalb vor, sie so einzusetzen, dass sie von der Stadt aus nicht zu sehen sind. So bräuchte ich nur ein Minimum an Konzentration für den Bann und könnte die Stadt mit einem Nebelmeer umgeben. Unsere Leute kämen dann so nah an die Stadt heran, dass sie vernichtend angreifen können. Ich kann allerdings nicht versprechen, dass nur die Thrandorier der Illusion erliegen. Das Gebiet ist so groß, dass ich kaum zwischen Freund und Feind unterscheiden kann. Die Verteidiger werden uns nicht kommen sehen, aber wir werden ebenso blind sein.«

»Das ist beim Angriff ist nicht so schlimm, Mylord. Wenn wir das Überraschungsmoment auf unserer Seite haben, werden wir die Stadtmauer einnehmen. Trotz der zusätzlichen Verbände, die der König aus Kortag hergebracht hat, sind wir noch stark in der Überzahl«, sagte der Kommandeur Chorain aufmunternd. »Lasst uns angreifen, Mylord. Wir werden Euch nicht enttäuschen.«

Die anderen Kommandeure murmelten zustimmend.

»Na gut, dann beginne ich morgen kurz vor Sonnenaufgang mit dem Illusionszauber. Ihr bringt die Einheiten in Stellung. Wenn der Angriff im Gang ist und der Nebel nicht mehr benötigt wird, schicke ich die Thrandorier zu eurer Unterstützung in die Schlacht.«

»Ein vernünftiger Plan, Mylord.«

Die anderen Kommandeure nickten. Nun, da die Entscheidung getroffen war, entspannte sich Shanier sichtbar.

»Nur eines noch, Mylord«, warf Kommandeur Simion ein.

»Ja, Simion? Was gibt es?«

»Die Einheit aus dem Norden, Mylord, wird sie uns beim Angriff auf die Stadt unterstützen?«

»Gute Frage, Kommandeur. Nein, sie ist ausschließlich als Reserve hier. Wenn der Angriff ins Stocken gerät, werde ich sie natürlich einsetzen, aber ich möchte sie nicht beim ersten Vorstoß dabeihaben. Wir wollen doch nicht, dass die Jungs aus dem Norden uns die Schau stehlen, nicht wahr, meine Herren? Stellt euch doch mal vor, wie die sich die Hände reiben würden, wenn sie den Einheiten aus dem Süden aus der Patsche helfen müssten. Das würden sie uns noch jahrelang aufs Brot schmieren. Ich hoffe deshalb, dass ich sie gar nicht einsetzen muss. Ist der Plan für euch so annehmbar? Ich bin offen für Alternativen, wenn ihr welche anzubieten habt.«

»Nein, Mylord. Euer Plan klingt überaus vernünftig. Habt Dank. Und die Einheit aus dem Norden brauchen wir sicher nicht, wartet nur ab.«

»Dann machen wir es so. Bei Morgendämmerung greifen wir an, und wenn alles gut geht, wird Mantor bis zum Mittag unser sein.«

Die Kommandeure wurden entlassen, um die Anweisungen nach unten weiterzugeben, bis sie die Befehlskette hinab den gemeinen Soldaten erreichte. Trotz der guten Moral in der Truppe war die Anspannung greifbar. Die erfahreneren Männer verbargen sie hinter Witzen und einer betonten Lässigkeit, während andere hitzig über die richtige Taktik stritten und wieder andere zum wiederholten Male ihre Waffen schärften.

Kaum jemand schlief gut in dieser Nacht.

Eine Stunde vor Einbruch der Morgendämmerung standen alle fünf Einheiten bereit, bewaffnet und mit Leitern und Haken ausgestattet. Lord Shanier war bereits mit dem Illusionszauber befasst. Aus den dünnen Nebelfetzen, die von den mit Tau benetzten Wiesen aufstiegen, entwickelten sich zusehends große Schwaden, die von Minute zu Minute dichter wurden.

Bei Sonnenaufgang hatte sich der Nebel zu einer weißen Decke verdichtet, die die Stadt vollständig einhüllte. Als der Befehl erging, krochen die Shandeser so leise, wie es zehntausend Soldaten eben möglich war, auf die Stadtmauer zu.

Lord Shanier stand in einiger Entfernung zur Stadtmauer. Trotz der morgendlichen Kühle rannen ihm Schweißperlen über Stirn, Nase und Wangen. Der Illusionszauber kostete ihn sämtliche Kraft. Die nächsten Stunden würden über die Zukunft Thrandors entscheiden.

Niemand außer Derra und Eloise wagte es, sich ihm zu nähern. Und sie taten es nicht aus freiem Willen. Die Aura, die Shanier umgab, schüchterte selbst die Unerschrockensten ein.

Die Anspannung stieg.

Nicht weit von Shanier entfernt, hinter der Nebelwand, ging die Einheit aus dem Norden in Stellung. Rasch und präzise stellten sich die Männer in Reih und Glied auf. Ihre Waffen glitzerten im morgendlichen Sonnenlicht.

Es war alles bereit.

Aus dem Nebel ertönte ein kurzer Ruf. Zehntausend shandesische Stimmen antworteten brüllend. Die Schlacht begann.

◎ ◎ ◎

Gedd und Jenna hatten am ersten Tag eine große Strecke bewältigt. Am Abend war Jenna völlig erledigt, auch wenn sie versuchte, es vor Gedd zu verbergen. Die Narben auf ihrem Bauch spannten und schmerzten und die Beine waren ihr nach dem ungewohnten Marsch steif und schwer.

»Du bist sehr gut gelaufen, Jenna. Dir tut bestimmt alles weh«, sagte Gedd anerkennend, als sie einen Platz fürs Nachtlager gefunden hatten. »Aber wir müssen morgen am Turm sein, solange die Sonne noch hoch am Himmel steht. Ich möchte dem Dämon nicht in der Dunkelheit gegenübertreten.«

»Da bin ich völlig deiner Meinung«, erwiderte Jenna mit einem erschöpften Lächeln.

»Setz dich hin und ruh dich aus. Ich mache ein kleines Feuer und koche uns etwas. Ich habe ganz schön Hunger. Du hast sicher auch nichts gegen eine Mahlzeit einzuwenden.«

»Ganz und gar nicht«, stimmte Jenna zu, ging in die Knie und setzte den Rucksack ab. Dann lehnte sie sich dagegen und streckte langsam die Beine aus. Es war gut, von der schweren Last und der Anstrengung des langen Marsches befreit zu sein.

Gedd erledigte seine Aufgaben mit einer ungeheuren Leichtigkeit. In kürzester Zeit hatte er das Lager aufgebaut. Zwischen zwei Bäumen spannte er ein Segeltuchdach, das er an einer Seite bis zum Boden zog, um die Feuchtigkeit fernzuhalten. Neben der kleinen Feuerstelle stapelte er feuchtes Holz zum Trocknen und dahinter trockene Äste. Näher ans Feuer kamen außerdem zwei runde Steine, die den beiden später beim Schlafen die Füße wärmen sollten.

»Die Steine speichern die Wärme«, sagte Gedd, und seine Miene war ernst, wie so oft. »Es geht doch nichts über ein bisschen Luxus, wenn man unter freiem Himmel schläft.«

Jenna hatte ihre Zweifel. Theoretisch klang es ja ganz gut, doch ob es wirklich funktionierte?

Gedd begann mit der Zubereitung des Abendessens. Er holte seine kleine Bratpfanne hervor und briet in Kräuteröl Fleischstreifen an, die er noch zu Hause in aromatische Blätter eingewickelt und im Rucksack mitgebracht hatte. Bald erfüllten ein würziger Duft und ein appetitanregendes Brutzeln die Luft und Jennas Magen rumorte wenig vornehm. Gedd zog einen kleinen Laib Brot aus dem Rucksack, sprach ein kurzes Gebet an den Schöpfer, brach dann den Laib entzwei und reichte die eine Hälfte Jenna.

»Danke«, sagte sie. Gedds Beispiel folgend, spießte sie das Fleisch aus der Pfanne mit dem Messer auf und nahm abwechselnd einen Bissen Brot und Fleisch.

Die beiden genossen schweigend das köstliche Mal. Als Jenna mit dem letzten Stückchen Brot das Öl aus der Pfanne auswischte, brach sie das Schweigen.

»Gedd, es ist vielleicht eine dumme Frage und deshalb habe ich es auch vor Kerys und Alix nie angesprochen, aber dieser Schöpfer, den ihr da anbetet, ist das ein anderer Name für Shand?«

Gedd verschluckte sich fast an seinem letzten Bissen. »Dämonenhauch, nein!«, rief er überrascht aus. »Soll das heißen, dass du noch nie vom Schöpfer gehört hast?«

»Nein, das nicht«, sagte Jenna verlegen, »aber ich dachte, es sei ein anderer Name für die Gottheit, nach der euer Volk benannt ist.«

»Dem entnehme ich, dass du doch nicht aus Südshandar kommst«, sagte Gedd und verzog die Lippen zu einem feinen Lächeln.

»Thrandor«, gab Jenna zu und spürte, wie ihr das Blut in die Wangen stieg.

Gedd nickte.

»Das dachte ich mir«, sagte er und sein Lächeln wurde noch breiter, »aber es ist gut, es aus deinem Munde zu hören. Deine Herkunft ist mir egal. Mich interessiert nur, dass du hinter dem Dämon her bist. Es überrascht mich allerdings, dass man in Thrandor den Schöpfer nicht kennt.«

»Ich habe dort nie von ihm gehört. Was ist das denn nun für eine Gottheit?«

»Das kann ich dir nicht sagen, denn niemand kennt Seinen wahren Namen und dennoch trägt Er deren viele. Wenn du aus Thrandor kommst, dann kennst du die Götter Tarmin und Ishell. Shand wird von der Mehrheit der Bevölkerung hier in Shandar verehrt. Seit einigen Jahren nehmen auch die Anhänger des Redieral zu, und eine Minderheit der Bevölkerung huldigt von jeher dunklen Göttern, deren Namen ich nicht aussprechen möchte. Jede dieser Gottheiten ist mächtig, doch keine kann für sich beanspruchen, das Weltall, in dem wir alle leben, erschaffen zu haben. Das war der Schöpfer. Deshalb wird Er bisweilen Göttervater genannt. Ich halte die Bezeichnung Schöpfer für zutreffender.«

»Dann verehrst du nur den Schöpfer? Oder hast du noch andere Götter?«, fragte Jenna.

»Na ja, ›verehren‹ ist vielleicht etwas übertrieben. Anerkennen trifft es vielleicht besser. Kerys und ich erkennen den Gott an, der das Weltall erschuf, obwohl wir im Grunde keiner Religion anhängen. Man könnte wohl sagen, dass wir eine Art Kompromiss gefunden haben. Wir danken dem Schöpfer bei den Mahlzeiten und zu Beginn und am Ende eines Tages. Damit wollen wir aber nicht so sehr einen Gott erreichen, der uns wahrscheinlich sowieso nicht zuhört, als uns unsere Sterblichkeit ins Gedächtnis rufen. Das ist vielleicht töricht, aber eins ist für mich völlig klar: Diese wunderschöne, vielfältige und immer wieder überraschende Welt ist nicht zufällig entstanden. Da liegt es doch nahe, dass es einen Schöpfer gibt.«

Jenna schwieg. Bislang hatte sie Gedd nur als wortkargen Menschen kennengelernt und diese neuen Einblicke gaben ihr zu denken. Was er sagte, ergab irgendwie Sinn, obwohl sie seine Überzeugung nicht teilte. Ein Wirrwarr an Fragen schwirrte ihr im Kopf herum, ließ sich aber nicht in verständliche Worte fassen.

Gedd unterbrach ihre Gedanken mit einer Frage.

»Verehrst du denn einen Gott, Jenna? Du hast geduldig unsere Gebete vor den Mahlzeiten angehört. Pflegst du auch religiöse Rituale?«

»Nein«, antwortete Jenna, ohne zu zögern. »Meine Familie hat sich zu keinem der Götter bekannt. Ich glaube, wir werden geboren, leben, sterben, und was wir aus unserem Leben machen, hängt überwiegend von uns ab. Glück und Schicksal spielen natürlich mit, aber das meiste bestimmen wir selbst.«

Gedd schmunzelte, und Jenna fragte sich, was so lustig an ihren Worten war.

»Ich schätze, das siehst du in ein paar Jahren anders«, sagte er immer noch lächelnd. »Wenn du dann zurückblickst, erkennst du vielleicht doch eine leitende Hand in deinem Leben, Jenna. Für mich steht das völlig außer Frage, aber ich habe dir ja auch einige Jahre voraus. Ich möchte dich nicht zu einem Glauben bekehren, aber ich bin davon überzeugt, dass wir von höheren Mächten umgeben sind, die uns und auch dich lenken. Dies Reise zum Beispiel, hast du sie wirklich aus freiem Willen angetreten?«

Bilder von der alten Seherin auf dem Markt blitzten vor Jennas innerem Auge auf, an jenem Tag, an dem Derra sie überredet hatte, sich die Zukunft weissagen zu lassen. Konnte es Zufall gewesen sein, dass die alte Frau etwas über die Geschehnisse der letzten Wochen und ihre Mission gewusst hatte? War es Jennas Schicksal? Oder war es tatsächlich ein höheres Wesen, das sie wie eine Marionette nach seinem Willen tanzen ließ? Jenna erschauderte bei dem Gedanken.

»Wie dem auch sei, junge Dame«, unterbrach Gedd plötzlich ihre Tagträume, »würdest du mir das Geheimnis deiner Halskette verraten? Ich habe heute gesehen, wie du sie in der Hand hattest, und dachte zuerst, sie sei ein Geschenk von einem geliebten Menschen. Aber das ist nicht alles, oder?«

Jenna blickte auf und begegnete Gedds fragendem Blick.

»Du hast recht. Es ist mehr als ein Schmuckstück. Ich hätte dir schon längst erzählen sollen, wozu es gut ist.«

Jenna gab ihm einen kurzen Bericht von ihrer Reise. Sie ließ vieles weg, blieb aber bei der Wahrheit. Immerhin hatte sich Gedd ihrer Sache angeschlossen und wusste auch schon, dass sie aus Thrandor kam.

Als sie fertig war, schweiften Gedds haselnussbraune Augen in die Ferne.

»Ein Magier namens Perdimonn, sagst du? Schütteres Haar? Blaue Augen? Hat einen großen Apfelschimmel, den er Sachte nennt?«, fragte er bedächtig.

Jenna nickte. Die Überraschung darüber, dass Gedd den alten Magier kannte, war ihr ins Gesicht geschrieben.

»Hm, das erklärt manches. Wenn Perdimonn dir das Amulett gemacht hat, können wir uns darauf verlassen.

Und er hat auch gesagt, dass es sich um einen Gorvath handelt?«

Als Jenna dies ebenfalls bejahte, schüttelte Gedd verwundert den Kopf. »Erst sagst du, du hättest dein Schicksal selbst in der Hand, und jetzt erzählst du mir, dass Perdimonn dich auf den Weg geschickt hat. Ich frage mich, warum du nicht gleich mit verbundenen Augen hergekommen bist. Aber egal: Du bist hier, du bist am Leben und du willst dem Gorvath eines drittes Mal gegenübertreten. Eine innere Ahnung sagt mir, dass eine schützende Hand über dir liegt. Hoffen wir, dass es dein Schicksal ist, dein Ziel zu erreichen.«

In Jennas Kopf wirbelten so viele Gedanken durcheinander, dass ihr ganz schwindlig wurde. Schließlich gab sie es auf, sie ordnen oder begreifen zu wollen, und stellte stattdessen eine einfach zu beantwortende Frage.

»Woher kennst du Perdimonn, Gedd?«, fragte sie.

»Woher? Von hier natürlich«, antwortete er mit einem Grinsen. »Wer, glaubst du, hat Kerys die Heilkunst beigebracht? Es ist ein merkwürdiger Zufall, das gebe ich zu, aber merkwürdige Zufälle sind bei jemandem wie Perdimonn ganz normal. Ich bin mir sogar ziemlich sicher, dass einige von den Heilsalben, mit denen Kerys deine Wunden behandelt hat, von Perdimonn stammen … Es muss vier oder vielleicht sogar fünf Jahreszeiten her sein, dass er da war. Der gute Perdimonn kommt mit seiner alten Stute ganz schön herum.«

»Scheint so«, erwiderte Jenna.

Gedankenverloren nahm Jenna den Silberpfeil in die Hand und ließ ihn im Licht des Feuers baumeln. Er zeigte immer noch nach Westen. Doch etwas war merkwürdig.

»Stimmt was nicht?«, fragte Gedd und legte instinktiv die Hand auf seinen Dolch.

»Wahrscheinlich ist es nur das Gerede, dass wir manipuliert und kontrolliert werden. Gerade kam es mir so vor, als würden wir beobachtet.«

»Ich sehe mich noch einmal um«, sagte Gedd leise und stand auf. »Es wird nicht lange dauern. Bleib wach, bis ich zurückkehre.«

Jenna nickte und Gedd verschwand flink und geräuschlos in der Nacht.

Minuten schleppten sich dahin, in denen Jenna das Knistern und das Knacken des Feuers unnatürlich laut erschienen. Auch der Flügelschlag einer Eule, das Schwirren eines Nachtfalters, das Rascheln eines kleinen Nagers zwischen den Blättern und Zweigen, die den Waldboden bedeckten, verstärkten sich um ein Vielfaches, während sie auf Gedd wartete. Doch nichts geschah, und schließlich tauchte Gedd, scheinbar aus dem Nichts, wieder auf.

»Wenn jemand in der Nähe lauert«, sagte er nachdenklich, »dann beherrscht er die Kunst des Jagens mindestens so gut wie ich. Im Dunkeln ist nichts zu erkennen. Mir wäre es lieb, wenn wir uns gleich bei Tagesanbruch auf den Weg machen. Für alle Fälle halten wir besser Wache. Leg dich hin und nimm eine Mütze Schlaf. Ich wecke dich dann in ein paar Stunden. Hier, nimm dir einen heißen Stein.«

Gedd schlug einen der runden Steine, die er neben dem Feuer erwärmt hatte, in ein altes Stück Stoff und reichte ihn Jenna. Jenna bedankte sich und mummelte sich in ihre Decke ein, die Füße an den warmen Stein gelegt. Ehe sie einschlief, war ihr letzter Gedanke, dass sie auf diese Idee schon lange hätte kommen können.

Gedd weckte sie zwar wie versprochen, doch Jenna vermutete, dass es nur noch wenige Stunden bis zum Morgen waren. Er bat sie, ihn bei Anbruch der Dämmerung zu wecken, und legte sich schlafen. Jenna saß, die Decke um die Schultern, am Feuer und legte immer wieder Holz nach, bis die Vögel des Waldes die aufgehende Sonne im Osten begrüßten.

Nach einem eiligen Frühstück, das aus einem Becher Dahl und einem Stück Brot bestand, brachen die beiden das Lager ab und marschierten wortlos weiter durch den Wald, jeder innerlich völlig auf sein Ziel konzentriert.

Jenna ging an diesem Morgen voran, machte hin und wieder halt, um den silbernen Talisman zu befragen, und achtete sorgfältig darauf, dass der Pfeil auf ihrer Haut lag, wenn sie ihn nicht benutzte. Fehler konnte sie sich nicht mehr leisten.

Auf Eichen folgten Ulmen, dann hochgewachsene Kiefern und wieder Eichen. Hin und wieder trafen sie in dem Meer von Kiefern auf einzelne Buchen oder Ebereschen, manchmal überragte ein einzelner Riesenschwarzholzbaum den Wald. Der Natur schien die Ordnung und die Verteilung der Baumarten gleichgültig zu sein, und Jenna fand es beunruhigend, dass sich die Umgebung von einer Minute auf die andere dermaßen krass verändern konnte.

Am Vormittag fiel Jenna auf, dass deutlich weniger Wild zu sehen und zu hören war. Hatten sie zuvor hin und wieder einen Hasen oder ein Kaninchen durch den Wald huschen, eine aufgestörte Taube aufflattern oder einen Hirsch davongaloppieren hören, herrschte nun Stille. Kein Vogelgesang, kein pickender Specht, keine raschelnde Maus – nichts. Bis auf das Knarren der Äste in den Baumwipfeln, die sanft in der Brise hin und her wogten, war alles still.

Als Jenna wieder einmal den silbernen Pfeil überprüfte, legte ihr Gedd die Hand auf die Schulter. Sie schrak zusammen. Er legte den Finger auf die Lippen und flüsterte ihr ins Ohr: »Über den Bach und dann den Abhang hinauf. Der Turm steht oben auf der Anhöhe in einer kleinen Lichtung, etwa vierhundert Schritt vom Wasser entfernt.«

Jenna nickte und ging weiter zu dem Wasserlauf, der sich in dem kleinen Tal einen Weg durch den Fels gebahnt hatte und über die Steine plätscherte. Vorsichtig, um auf dem glitschigen Untergrund nicht auszurutschen, überquerten sie den Bach und krochen am anderen Ufer auf allen vieren die Böschung hinauf.

Oben angekommen gab Jenna Gedd ein Zeichen, dass sie ihren Rucksack abnehmen wolle. Er nickte zustimmend und stellte auch seinen an den Stamm einer großen Eiche. Jenna zog behutsam den Pfeil mit der Dämonstodspitze aus dem Köcher und legte ihn ein. Ein Blick auf Gedd zeigte ihr, dass er ähnlich bewaffnet war.

Er lächelte ihr ermutigend zu und ließ sie mit einem Handzeichen wissen, dass er die letzten Meter zum Turm vorausgehen würde.

Vorsichtig schlichen sie durch den Wald. Der Talisman begann beim Anstieg, an Jennas Hals zu kribbeln. Sie war versucht, stehen zu bleiben und die Pfeilrichtung zu überprüfen, doch dafür hätte sie den Bogen absetzen müssen. So verließ sie sich lieber auf Gedds Erfahrung mit Dämonen und folgte ihm zu dem geheimnisvollen Turm.

Die letzten etwa hundertfünfzig Schritt krochen sie auf dem Bauch, dann kam das Gebäude in Sicht, in dem angeblich einst ein Hexenmeister gehaust hatte.

Dass der Turm mittlerweile unbewohnt war, sah Jenna auf den ersten Blick. Das dichte Astwerk wild wuchernder Büsche bildete einen Ring um den Fuß des rötlichen Bauwerks. Auch der Eingang war fast vollständig zugewachsen, doch soweit Jenna erkennen konnte, war die Tür aus den Angeln gehoben, sodass der Turm zugänglich war. Das gedrungene Gebäude selbst glich so gar nicht dem hoch aufragenden Bauwerk, das sich Jenna nach Gedds Beschreibung vorgestellt hatte. Doch eines war sicher: Der Gorvath war nicht weit. Das Kribbeln an Jennas Hals ließ sich nun nicht mehr verleugnen.

Jenna sah Gedd fragend an, woraufhin er leicht mit der Schulter zuckte. Schweigend bedeutete er ihr, hinter dem Baum rechts neben ihm zu warten. Sie lagen gut in der Zeit, denn es war erst kurz nach Mittag. Wenn sich der Gorvath zeigen sollte, waren sie bereit.

Jenna konnte dem Kribbeln des Silberpfeils nicht mehr widerstehen. Sie senkte den Bogen und nahm den magischen Talisman zur Hand. Zu ihrer Erleichterung deutete er direkt auf den Turm und zeigte mit seinem Zittern zudem an, dass der Dämon in nächster Nähe war.

»Jetzt heißt es warten«, dachte sie grimmig.

17

Bis zum Nachmittag war alles ruhig. Doch dann verriet ein kratzendes Geräusch Jenna, dass im Turm Bewegung war, und als sie hinaufsah, stand die Bestie bereits im Eingang. Jenna fluchte innerlich, weil sie für einen Schuss auf die Tür nicht richtig stand. Sie hatte doch gewusst, dass der Gorvath im Turm war. Als sie nun den großen Bogen spannte und ihr Ziel anpeilte, wurde ihr klar, dass sie den tödlichen Schuss nur abgeben konnte, wenn sich der Dämon nach rechts wendete und um den Turm herum auf sie zuging.

Der Gorvath ging nach links.

Jenna warf Gedd einen enttäuschten Blick zu. Er machte eine Geste, die zu besagen schien, sie solle sich in Geduld üben. »Leichter gesagt als getan«, dachte sie verärgert, wusste sie doch, dass ihr Pfeil bereits in der Brust des Gorvaths stecken könnte, wenn sie von Anfang an besser geplant hätte.

Sie war versucht, sich nach einem anderen Standort umzusehen. Wenn der Turm dem Dämon als Zufluchtsort diente, würde er dorthin zurückkehren, und dann wollte Jenna so stehen, dass sie ihn erlegen konnte. Zu ihrer Freude und Verwunderung war das jedoch gar nicht nötig.

Der Gorvath tauchte auf der anderen Seite des Turms wieder auf und bewegte sich stetig auf den Punkt zu, an dem er für Jenna das beste Ziel bot. Jenna konnte ihr Glück kaum fassen.

Ganz langsam stand sie auf und spannte die Sehne des großen Akarholzbogens. Sie fasste eine Flugbahn von etwa sechzig Schritt ins Auge, atmete ruhig und gleichmäßig und schoss den Pfeil ab.

Das Surren der Sehne ließ den Dämon den Kopf zu ihr herumwerfen, doch in diesem Moment drang ihm der Pfeil schon tief in die Brust. Er griff mit den Klauen nach dem Schaft und stieß einen gellenden Schrei aus.

Einen Augenblick lang dachte Jenna, er würde losrennen, den Abhang herunter, auf sie zu. Er senkte noch den Kopf, doch kaum trafen sich ihre Blicke, da erlosch das bösartige Glimmen in den Augen.

Langsam, sehr langsam sank der Dämon zu Boden und mit einem letzten Heulen hauchte er sein Leben aus.

Jenna konnte kaum fassen, dass es so einfach gewesen war, den Dämon zu erlegen. Ihre Knie schlotterten vor Erleichterung. Ihre Aufgabe war getan. Gedd kam und legte ihr die Hand auf die Schulter.

»Guter Schuss«, gratulierte er gelassen. »Schon als du den Bogen gespannt hast, wusste ich, dass ich meinen Pfeil nicht brauchen würde. Komm. Sehen wir uns den Dämon an. Ich habe noch nie einen Gorvath gesehen. Von Weitem sieht er eher aus wie ein großer Krill.«

Jenna nickte, und während sie hinter ihm zum Turm hinaufstieg, traten ihr Tränen in die Augen.

Mit jedem Schritt verstärkte sich das Kribbeln des Talismans an ihrem Hals. Übelkeit überfiel sie.

»Gedd, halt!«, warnte sie ihn.

»Was ist denn, Jenna? Du brauchst keine Angst zu haben. Er ist tot, sieh nur.«

Gedd ging zu dem Dämon hin und stupste ihn mit dem Stiefel an. Nichts geschah.

»Siehst du, du hast ihn unschädlich gemacht. Ich ziehe nur den Pfeil heraus, und dann schauen wir, dass wir hier wegkommen. Ich finde es immer un …«

Gedd sprach nicht weiter, denn unvermittelt stürzte sich aus den Büschen am Fuß des Turms ein riesiger grauer Dämon auf ihn. Die Wucht des Angriffs riss Gedd die Füße unter dem Körper weg. Jenna hatte den Gorvath nie von Nahem gesehen. Ihre erste Begegnung hatte in der Dunkelheit stattgefunden und bei der zweiten hatte er Calvyns Gestalt angenommen. Jetzt sah sie auf den ersten Blick den Unterschied zwischen dem Krill, den sie soeben getötet hatte, und diesem Monstrum, das noch sehr lebendig war.

Gedd hatte bei dem Zusammenprall mit dem Gorvath das Bewusstsein verloren und Jenna hatte keinen Dämonstodpfeil mehr.

Der Gorvath stieß ein triumphierendes Brüllen aus, wandte sich von Gedd ab und stapfte langsam auf Jenna zu. Entschlossen blickte sie auf die Brust des Dämons, damit er sie nicht wieder mit seinem Blick bannte. Ihr Schwert mochte nicht mehr wert sein als ein dürrer Ast, aber es war die einzige Waffe, mit der sie sich nun noch verteidigen konnte.

In einer schwungvollen Bewegung warf Jenna mit der Linken den Bogen beiseite und zog mit der Rechten das Schwert. Wirbelnd und tänzelnd hieb und stieß sie auf die ausgestreckten Arme des Gorvaths ein, immer darauf bedacht, nicht in seine Reichweite zu kommen. Den Blick auf die Brust des Dämons geheftet und seine Bewegungen fest im Auge, kämpfte Jenna wie eine Furie.

Er spielt mit mir, dachte Jenna grimmig, wie mit einer Beute, die er gleich erlegt. Auch die härtesten Schwerthiebe, die sie ihrem Gegner beibrachte, perlten von der harten schuppenartigen Haut ab. Verzweifelt machte sie einen Ausfallschritt nach vorn und versuchte, ihm die Klinge in den Leib zu stoßen. Doch es war, als träfe sie auf massiven Stein. Der Aufprall stauchte Jennas Arm bis zur Schulter. Sie duckte sich, und als sie sich wegrollte, spürte sie noch den Luftzug über sich. Die Klauen des Dämons hatten sie nur um Haaresbreite verfehlt.

Der Gorvath verhielt sich wie ein verärgerter Gast in der Schänke, auf dessen Teller sich eine freche Fliege niedergelassen hat. Jenna konnte nur hoffen, dass sie ihn ablenken konnte, bis Gedd wieder zu Bewusstsein kam oder sie sich dessen Pfeil mit dem Dämonstod holen konnte.

In einem Veitstanz aus rasch aufeinanderfolgenden Schwerthieben versuchte Jenna, in die Nähe der Stelle zu gelangen, wo Gedd noch immer reglos am Boden lag. Doch der Gorvath schien zu merken, was sie vorhatte, und verstellte ihr den Weg.

Die Narben in Jennas Bauch dehnten sich durch die Anstrengung so sehr, dass Jenna übel wurde. Wenn sie den Kampf nicht schnell entschied, konnte ihr die alte Verletzung noch zum Verhängnis werden.

Dann war sie da, ihre Chance. Für einen Herzschlag ließ die Aufmerksamkeit des Gorvaths nach, und statt sich wegzuducken und den Angriffen auszuweichen, sprintete Jenna los – nicht etwa zu Gedd, sondern zu dem toten Krill. Mit einem riesigen Hechtsprung setzte sie über den toten Körper des Dämons, drehte sich um und griff nach dem Schaft des Pfeils in seiner Brust.

Der Gorvath folgte ihr mit grimmigem Gebrüll.

Jenna zerrte mit aller Kraft an dem Pfeil und stieß ihrerseits einen wütenden Schrei aus, als der Schaft abbrach und die Pfeilspitze aus Dämonstod tief in der Brust des Krills stecken blieb.

In ihrer Verzweiflung schleuderte sie das gefiederte Ende des Pfeils dem anstürmenden Gorvath entgegen. Dabei sah sie versehentlich in seine grässliche Fratze. Es war nur ein flüchtiger Blick, doch er reichte ihrem Gegner, sie erneut mit den glühenden Augen in seinen Bann zu ziehen. Sein Maul öffnete sich zu einem bösartigen Grinsen, das mehrere Reihen gebogener, messerscharfer Zähne freigab.

Der Gorvath blieb vor Jenna stehen, als kostete er seine Überlegenheit aus. In diesem Moment traf ihn ein Stein, so groß wie Jennas Faust, seitlich am Kopf. Sein Kopf zuckte instinktiv zur Seite und der Blickkontakt wurde unterbrochen. Sie sah, wie sich jemand, das Schwert mit beiden Händen schwingend, auf den Gorvath stürzte.

»Demarr!«, keuchte Jenna überrascht.

Doch zum Nachdenken war jetzt keine Zeit. Sie stürzte sich in den Kampf und griff von der anderen Seite an. Der Gorvath schäumte vor Wut. Seine Bewegungen wurden immer schneller, und Jenna und Demarr hatten größte Mühe, seinen Klauen auszuweichen. Da sie keine Waffen hatten, mit denen sie dem Dämon etwas anhaben konnten, drohten sie den Kampf zu verlieren.

»Gib mir Deckung, Demarr«, schrie Jenna und sprintete zu dem noch immer bewusstlosen Gedd, dessen eine Gesichtshälfte geschwollen war, das Auge blutunterlaufen.

Jenna zog Gedd fieberhaft das Dämonstodmesser aus dem Gürtel, riss die Pfeile aus dem Köcher und warf verzweifelt alle weg, die keine Kristallspitze hatten. Nur einer blieb übrig. Das alles dauerte nur wenige Sekunden, doch als sie sich zu Demarr umdrehte, sah sie, dass er gewaltig in der Klemme saß. Gedds Bogen war nicht auffindbar und Jennas zu weit weg, um Demarr noch rechtzeitig zu Hilfe zu eilen, daher stürzte sie, aus vollem Halse brüllend, zu dem Dämon zurück.

Der Gorvath drehte sich zu ihr um und schlug mit den Klauen nach ihr. Er legte ein unglaubliches Tempo an den Tag, doch Jenna, aufgeputscht von der Anspannung, war schneller. Sie traf ihn mit dem Messer am Unterarm, wo sich eine breite Wunde öffnete. Der Dämon heulte vor Schmerz. Jenna warf Demarr den tödlichen Pfeil zu.

»Benutz ihn als Dolch. Etwas Besseres habe ich nicht«, keuchte sie, warf sich beim nächsten Tatzenhieb des Gorvaths zur Seite, schlitzte im Fallen dem Untier das Bein auf, rollte sich ab und stand wieder auf den Füßen.

Demarr fackelte nicht lange. Er tänzelte um seinen Gegner herum und rammte ihm mit jedem Ausfallschritt, den er auf ihn zumachte, die Pfeilspitze in den Leib. Der Dämonstodkristall schlitzte durch die schuppige Haut wie ein heißes Messer durch Butter. Doch für einen lebensbedrohlichen Treffer war die Pfeilspitze einfach zu dünn.

Plötzlich verschwamm die Kontur des Dämons und er verlor seine bärenartige Gestalt. Sekunden später fanden sich die beiden Kämpfer einem Wesen gegenüber, das sie sich in ihren schlimmsten Albträumen nicht hätten ausmalen können: Es hatte einen Echsenkörper und einen langen

Schwanz, der rechts und links mit je einem rasiermesserscharfen Horn bewehrt war. Die Beine waren kurz und stämmig, und der Oberkörper teilte sich nach oben hin in drei lange, sehnige Hälse, auf denen jeweils ein dick gepanzerter Kopf saß. In der langen Schnauze saßen mehrere Reihen dolchartiger Reißzähne, aus den Nüstern zuckten Flammen und auf dem Kopf saß ein Ring aus knochigen Hörnern. Unverändert blieben allein die Augen, denen auszuweichen nun noch schwieriger war, da sie in dreifacher Ausführung glühten.

Mit seinen drei Köpfen war der Gorvath jetzt scheinbar überall gleichzeitig. Er stieß so schnell zu, dass es fast unmöglich war, seinen Angriffen auszuweichen.

Was dann folgte, geschah so schnell, dass Jenna es kaum wahrnahm. Einer der drei Köpfe stürzte sich auf Demarr und verbiss sich in seiner linken Schulter. Das Rachen war so riesig, dass Demarrs linker Oberkörper von der Brust bis unter das Schultergelenk darin verschwand. Demarr schrie vor Schmerz und stieß die Pfeilspitze mit der rechten Hand in die Kehle des Kopfes, der sich in ihm verbissen hatte. Der Gorvath warf den Schädel hoch, riss Demarr in die Luft und warf ihn direkt auf Jenna, die sich schnell genug wegducken konnte, um den Zusammenprall zu verhindern.

Als Demarr und Jenna zu Boden stürzten, fiel Jenna das Messer aus der Hand. Beide rollten sich instinktiv zur jeweils anderen Seite ab, um den restlichen Köpfen des Gorvaths auszuweichen, die schon nach ihnen schnappten.

Demarr war zu Jennas Überraschung sofort wieder auf den Beinen. Er stürzte sich unter die wild um sich schnappenden Köpfe des überraschten Gorvaths, rollte sich zwischen die Vorderbeine und trieb dem Monstrum das Messer, das Jenna nur wenige Sekunden verloren hatte, tief in die Brust.

Der Dämon stieß ein ohrenbetäubendes Heulen aus.

Wieder verschwammen seine Umrisse, und da stand Calvyn, das Messer in der Brust. Doch gleich darauf verwandelte er sich in einen großen Wolf, eine Wildkatze, einen Braunbären. Immer wieder verwandelte er sich, bis er am Ende die bärenartige Gestalt annahm, in der er den Kampf mit ihnen aufgenommen hatte. Das Heulen, das sich mit einer Vielzahl verschiedener Stimmen zu vermischen schien, brach unvermittelt ab, der Gorvath sank über Demarr zusammen und verendete.

Jenna war sofort auf den Beinen und stürzte zu Demarr, dessen Kopf und Schultern unter dem massigen Körper des Untiers hervorragten. Seine Augen waren offen, sein Blick wirkte jedoch entrückt. Jenna kniete sich neben ihn und versuchte mit aller Kraft, den Körper des Gorvaths wegzuschieben. Er war zu schwer.

»Jenna …«, flüsterte Demarr und hustete mühsam. Blut rann ihm aus dem Mundwinkel.

»Es wird alles gut, Demarr. Ich schaffe das Ding hier gleich weg. Wie in Tarmins Namen bist du überhaupt hierhergekommen?«, keuchte sie und drückte mit der Schulter gegen den Gorvath.

»… dir gefolgt … verrücktes Mädchen … hast dich nie umgesehen … keine Sorge … zu spät«, hauchte Demarr, unterbrochen von Hustenanfällen.

»Komm mir jetzt nicht so dramatisch daher, Demarr. Du schaffst das, das weiß ich«, sagte Jenna. Doch ihre Augen füllten sich mit Tränen, denn sie wusste, wie leer ihre Worte waren.

Demarr lächelte sie schwach an und hustete erneut. Unablässig rann ihm Blut aus dem Mund.

»… sag Calvyn«, flüsterte er.

»Ja?«

»… sag Calvyn …«

Demarrs verstummte und sein Kopf sank zur Seite. Jenna streichelte sein Gesicht. Die Tränen strömten ihr über die Wangen.

»Ich glaube, er weiß schon, was du heute für ihn getan hast«, schluchzte sie. »Aber ich sage es ihm, versprochen.«

◎ ◎ ◎

»Komm schon, Shanier. Halt ihn zusammen, um Shands willen!«, fluchte Kommandeur Chorain, als ein großes Loch in der Nebelwand seinen Soldaten einen Pfeil- und Steinhagel von der Stadtmauer her bescherte. Soweit er es beurteilen konnte, waren die Shandeser jedoch trotz der schweren Verluste drauf und dran, die Mauer einzunehmen.

Mantor würde fallen, da war sich Chorain sicher, es war nur eine Frage der Zeit. Offen war nur, wie viele Menschen dabei ihr Leben verlieren würden.

Den Schild über dem Kopf, um sich vor herabregnenden Wurfgeschossen zu schützen, suchte Chorain auf der Stadtmauer nach dem König von Thrandor. Wenn seine Leute ihn töten oder, besser noch, gefangen setzen konnten, so wäre das ein unglaublicher Schlag gegen ihre Gegner.

Doch vom königlichen Banner war nichts zu sehen.

»Verdammt!«, murmelte er. »Hoffentlich bekommt ihn Simion nicht vor mir zu fassen.«

Schon der Gedanke war unerträglich. Doch Chorain blieb für den Moment nichts anderes übrig, als möglichst viele Männer möglichst lange am Leben zu halten, damit sie seinen Abschnitt der Stadtmauer einnahmen. Die Ehre würden wie immer die einheimsen, die zur richtigen Zeit am richtigen Ort waren und Selbsterhaltungstrieb genug besaßen, um zu überleben.

Das Loch im Nebel schloss sich und beide Seiten waren wieder blind.

Seit über einer Stunde tobte die Schlacht rund um die Stadtmauer nun schon. Schlachtrufe und die Schreie der Verwundeten und Sterbenden erfüllten die Luft. Allseits herrschte Verwirrung und keiner der Kommandeure konnte Genaues über den Schlachtverlauf sagen. Sie hatten keine andere Wahl, als ihren Männern Mut zu machen und darauf zu vertrauen, dass Lord Shanier den Überblick hatte und rechtzeitig Verstärkung einsetzte.

Oben auf der Stadtmauer lehnte sich Kommandeur Simion fluchend gegen die Brustwehr. Aus einer klaffenden Stichwunde oberhalb der Hüfte sickerte Blut. Seine Männer hatten sich auf der Mauer festgesetzt. Um ihn herum wütete der Kampf. Er wusste, er würde kaum noch etwas dazu beitragen können, denn er wurde zunehmend schwächer.

Die Wunde war tief. Sie musste rasch behandelt werden, sonst kostete sie ihn womöglich das Leben. Doch mitten im Schlachtgetümmel gab es keine Hilfe.

Langsam, aber sicher wurden seine Männer zurückgeschlagen. Wenn nicht schnell Nachschub kam, überlegte Simion, würden sie die Stellung, für die sie so viele Menschenleben hatten hingeben müssen, wieder verlieren. Dann müssten sie wieder von vorn beginnen und sich erneut unter schweren Verlusten den Weg nach oben erkämpfen. Das musste Simion verhindern. Der Kommandeur beugte sich weit über die Brustwehr und brüllte den Männern unter ihm Anweisungen zu, so laut, dass sie das Kampfgetöse übertönten. Dann sammelte er alle Kraftreserven, die er noch in sich hatte, und stürzte sich noch einmal in den Kampf.

Wie rasend stürzte sich Simion auf die Verteidiger, die vor dem selbstmörderischen Angriff des Kommandeurs entsetzt zurückwichen. Die shandesischen Soldaten folgten mit neuer Zuversicht seinem Beispiel und warfen sich brüllend auf ihre Gegner.

Sekunden später stürzte Simion, tödlich getroffen vom Schwerthieb eines verzweifelten Gegners, von der Stadtmauer. Sein Angriff hatte jedoch das Schlachtenglück für den Moment gewendet und immer mehr shandesische Soldaten strömten auf diesen Teil der Stadtmauer.

Den ganzen Vormittag wütete die Schlacht und beide Seiten hatten unzählige Tote zu beklagen. Keine der Parteien konnte sich einen nennenswerten Vorteil verschaffen. Die Angreifer waren zahlenmäßig überlegen, dafür hatten die Verteidiger die bessere Stellung und brachten den Shandesern daher große Verluste bei. Entscheidend war, wer die Stadtmauer beherrschte. Nach und nach zeichnete sich ab, dass die Shandeser dank ihrer großen Überlegenheit den Sieg davontragen würden.

Gegen Mittag verzog sich unvermittelt der Nebel. Klare Sicht herrschte nun überall in der Stadt, die jedoch immer noch von einem weißen Nebelring umgeben war. In kürzester Zeit überwältigten die shandesischen Streitkräfte die letzten Verteidiger und besetzten die gesamte Stadtmauer.

Eine einsame Gestalt im wehenden schwarzen Umhang trat aus der Nebelwand und schritt zielstrebig auf das Stadttor zu. Kommandeur Chorain war entsetzt, wie wenige seiner Männer noch lebten, stimmte jedoch in das Siegesgeschrei der Shandeser ein, die den Zauberlord an der Stadtmauer begrüßten.

»Öffnet das Tor«, befahl Chorain. »Lasst Lord Shanier in die Stadt.«

Die Männer gehorchten umgehend. Die riesigen Türflügel öffneten sich und gaben dem siegreichen Zauberlord den Weg in die eroberte Stadt frei.

Shanier ging mit großen Schritten in die Stadt hinein. Über dem einen Arm trug er ein Stoffbündel. Immer zwei Stufen auf einmal nehmend, erklomm er die Treppe zur Stadtmauer und dann den Torturm, auf dem die königliche Flagge von Thrandor schlaff an der Fahnenstange hing. Shanier ließ sie herunter und hisste stattdessen die Flagge des Kaisers von Shandar. Shanier lächelte, als sie oben am Mast wehte.

Wieder erhob sich Jubel unter den shandesischen Soldaten. Sie stürmten von der Stadtmauer und ergossen sich über die Stadt, um zu plündern.

Kommandeur Chorain war nicht nach einem Beutezug zu Mute. Er stand auf der Stadtmauer und starrte gedankenverloren die Flagge an, die über dem Wachturm sanft in der Brise wehte. Sie hatten es geschafft. Mantor war eingenommen, das Reich Thrandor in shandesischer Hand. Trotz der Verluste, die sie hatten hinnehmen müssen, schmeckte der Sieg süß und Chorain spürte einen überwältigenden Stolz.

Da sah Chorain, dass Lord Shanier die Stadt schon wieder verließ.

»Was macht er nur?«, murmelte Chorain und folgte Shanier mit den Augen.

Just in dem Augenblick, da Shanier die weiße Wand erreichte, die noch immer vor der Stadt lag, löste sich der Nebel plötzlich auf. Zu Chorains Verblüffung stand dort das Heer aus Nordthrandor, sauber aufgestellt neben der Reserveeinheit aus Shandar.

»Kein Wunder, dass es so eng zuging«, rief Chorain wütend aus. »Er hat die Thrandorier gar nicht eingesetzt, ganz zu schweigen von der Reserve!«

Chorain wurde schwarz vor Augen und er taumelte benommen gegen die Brustwehr. Als der Schwindel nachließ, schüttelte sich der Kommandeur und nahm einen tiefen Zug aus seiner Feldflasche.

Er setzte die Flasche gerade an die Lippen, da fiel sein Blick ein zweites Mal auf die Streitkräfte vor der Stadt. Chorain ließ die Flasche sinken und klappte ungläubig den Mund auf. Entsetzen überkam ihn.

Die Soldaten der Reserve trugen gar keine shandesische Uniform. Nein, das waren thrandorische Verbände. Dort, mitten im Heer, wehte das Banner des Königshauses Thrandor.

Chorain blickt sich um: Die Stadtmauer, auf der er stand, glänzte auch nicht mehr golden wie am Vormittag, sondern war staubgrau. Und die gefallenen Verteidiger trugen nicht etwa thrandorische Uniform, sondern die Tracht der Wüstenbewohner. Die gesamte Schlacht war eine riesige Täuschung gewesen, eine völlig andere allerdings, als er es vermutet hatte. Chorain setzte die Puzzlestücke zusammen: Sie waren gar nicht in Mantor. Das musste Kortag sein.

In diesem Augenblick stürmte die thrandorische Kavallerie los.

»Bei Shand! Das Tor!«, keuchte Chorain. Gleich war ihm klar, dass er nichts mehr ausrichten konnte. Die überlebenden shandesischen Soldaten zogen plündernd und brandschatzend durch die Stadt und ahnten nichts vom drohenden Verhängnis. Chorain konnte sie unmöglich zu einer schlagkräftigen Truppe vereinen, die das anstehende Gemetzel noch verhindern konnte.

Chorain war hin und her gerissen. Was sollte er tun? Er kam nicht an seine Männer heran, doch wenn er jetzt floh und seine eigene Haut rettete, musste er sich den Rest seiner Tage vorwerfen, sein Heer im Stich gelassen zu haben.

»Sei verdammt, Shanier! Dafür wirst du büßen, das schwöre ich«, fluchte er und spuckte über die Stadtmauer.

Während die Kavallerie die Stadttore sicherte und die Infanterie geordnet in die Stadt einmarschierte, löste sich eine kleine Reitergruppe und schnitt Lord Shanier den Weg ab. Der Zauberer verbeugte sich. Die Gruppe bestand aus niemand Geringerem als dem König, Baron Anton und einem kleinen Gefolge aus Adligen.

»So sehen wir uns also wieder, Majestät.«

»Gefreiter Calvyn, für einen, der noch so jung ist, steckst du voller Überraschungen. Erst wendest du in der Schlacht von Mantor mit deinem magischen Feuerwerk das Glück zu unseren Gunsten, und nun dies! Eine feindliche Streitkraft tief nach Thrandor zu führen, sie dort eine zweite feindliche Streitmacht angreifen zu lassen und auf die Art beide lahmzulegen – ich kann den Göttern nur danken, dass du auf unserer Seite stehst!«

Calvyn lächelte und verbeugte sich erneut.

»Eure Majestät, nach der Schlacht von Mantor wurde ich zum Korporal befördert«, sagte er mit einem Grinsen. »Allerdings spielt mein Rang wahrscheinlich kaum noch eine Rolle, denn ich werde nicht so bald in Baron Keevans Heer zurückkehren können. Ich muss noch manches erledigen, deshalb bitte ich um Freistellung.«

»Ach so?«, sagte der König überrascht. »Nun, eine Beurlaubung hast du dir mit Sicherheit verdient, egal was du vorhast. Großer Tarmin, dieser Tag ist ein Fest für die Hofsänger des Reichs! Ich kann es noch gar nicht fassen. Die Terachiten waren durch die mangelnde Versorgung schon ziemlich zermürbt, aber ohne dich hätten wir sie trotzdem nicht besiegen können. Sag mir, wie in Tarmin Namen hast du die fünf shandesischen Einheiten dazu gebracht, einen geschlagenen Monat nach Süden zu marschieren und gegen einen Volk zu kämpfen, mit dem sie nicht verfeindet sind?«

»Das ist eine lange Geschichte, Eure Majestät. Ich kann sie, wenn Ihr wünscht, in groben Zügen umreißen, aber die Einzelheiten sind ein wenig vertrackt.«

»Ich bitte darum. Ich vermute, unsere Soldaten kommen im Moment auch allein zurecht. Die Nomaden haben uns die meiste Arbeit ja abgenommen.«

»Die Lage, in der sich die Shandeser befinden, haben sie Lord Vallaine zu verdanken, dem Anführer eines shandesischen Zaubererkreises, der sich Lord des Inneren Auges nennt. Er hatte die Vision, dass ein Thrandorier das shandesische Heer bei Mantor zum Sieg führen und die Macht über Thrandor erobern würde. Da andere Visionen Lord Vallaines schon eingetroffen waren, war er wie besessen davon. Er sah das Reich des Kaisers von Shandar im Niedergang und wollte es durch die Eroberung benachbarter Reiche wieder stark machen.«

»Aber warum Thrandor?«, fragte der König. »Wir sind nicht verfeindet und haben die Auseinandersetzung mit den Shandesern stets gescheut.«

»Vallaine war das völlig einerlei, Eure Majestät. Dass wir Scharmützeln aus dem Weg gingen, betrachtete er als Schwäche, und nach dem Einfall der Wüstennomaden hielt er den Zeitpunkt für günstig. Aber alle diese Erwägungen spielten wahrscheinlich nur eine untergeordnete Rolle, denn es war die Vision, die ihn antrieb, die Vision, nach der das shandesische Heer Mantor einnahm. Sie bedeutete ihm alles.«

»Aber dann war die Vision also doch falsch, und Vallaine war töricht, ihr zu folgen«, sagte Baron Anton abfällig. »Das beweist ja nur, dass diese Prophezeiungen nichts als Humbug sind.«

Calvyn lachte.

»Nun, Mylord, so ist es auch wieder nicht«, erklärte Calvyn. »Seht Ihr, Vallaine hat Mantor nie gesehen und sein Wissen über die Stadt stammte aus zweiter Hand. Als ich gefangen genommen und den Lords des Inneren Auges vorgeführt wurde, erkannte er in mir den Thrandorier aus seiner Vision und entwickelte einen ausgeklügelten Plan, um mich für seine Zwecke einzuspannen. Vallaine ließ einen Hexenmeister einen mächtigen Dämon heraufbeschwören, der mir die Seele entreißen und damit mein Gedächtnis und meine Loyalität zu Thrandor auslöschen sollte. Dann machte er sich daran, mich gemäß dem Bild in seiner Vision zu formen und auszubilden. Zu seinem Pech hatte der Plan große Lücken, die er, da er sich so darauf versteift hatte, nicht wahrhaben wollte.«

Calvyn schloss kurz die Augen und dachte an die ersten Tage nach seiner Begegnung mit dem Gorvath zurück.

»Das Erste, was er nicht ahnte, war, dass mit dem Verlust meiner Seele mein Gedächtnis durchaus nicht getilgt war, zumindest nicht vollständig.«

»Du meinst, er hat das wirklich gemacht? Er hat einen Dämon heraufbeschworen, der dir deine Seele entrissen hat?«, unterbrach der König entsetzt.

»Oh ja, Eure Majestät, obwohl ich voller Dankbarkeit sagen darf, dass ich sie jetzt wiederhabe. Seelenlos war ich nicht gerade ein angenehmer Zeitgenosse. Aber ich greife voraus. Von Anfang an hatte ich Erinnerungen an meine Vergangenheit und täglich kamen mehr dazu. Daher wusste ich, dass Vallaine mir Lügen auftischte. Doch nach dem Verlust meiner Seele fühlte ich mich niemandem verpflichtet. Ich behielt deshalb mein Wissen für mich, denn ich sah, dass er mir zu einer Macht verhelfen wollte, die mich durchaus lockte. Still und heimlich verfolgte ich meine eigenen Ziele, stärkte meine Stellung und häufte möglichst viel Wissen an. Als Vallaine mir dann offenbarte, für welche

Aufgabe er mich auserkoren hatte, und mir seinen Geist öffnete, um mir seine Vision zu zeigen, wusste ich gleich, dass die Stadt, die er sah, nicht Mantor war.«

»Aber das hast du ihm nicht gesagt …«

»Nein, Eure Majestät, natürlich nicht. Wissen ist Macht, und ich setzte alles daran, Vallaines Stellung zu untergraben, um sie eines Tages selbst zu übernehmen.«

»Warum hast du dann aber den Oberbefehl über das Heer übernommen, wenn du doch wusstest, dass seine Vision nicht zutraf?«, fragte Anton verwirrt.

»Mylord, wie ich schon sagte: Was Vallaine sah, stimmte, aber die Stadt war nicht Mantor. Zugegeben, als ich den Oberbefehl übernahm, dachte ich zunächst daran, Mantor einzunehmen. Ich verspürte weder Loyalität zu Euch, Eure Majestät, noch zu Vallaine, sondern strebte nur nach Macht. Ich hätte es wohl auch geschafft. Gegen die fünf shandesischen Einheiten hättet ihr nichts ausrichten können. Doch dann geschahen mehrere Dinge, die mich umdenken ließen. Erstens brachten mir alte Freunde aus Baron Keevans Heer mein magisches Schwert. Die Berührung mit diesem Schwert brachte in meinem Herzen etwas in Bewegung. Dann, kurze Zeit später, wurde alles schlagartig anders: Ich erhielt meine Seele zurück.«

Der König, Baron Anton und die Adligen hatten gebannt Calvyns Geschichte gelauscht. Als er nun eine Pause machte, fragte der König ungeduldig: »Deine Seele? Hat der Dämon sie dir etwa zurückgegeben?«

»Nein, Eure Majestät. Zumindest nicht freiwillig. Der Dämon wurde von Demarr getötet, der, wie ich befürchte, dabei sein Leben verloren hat. Wäre das nicht geschehen, hätte ich Thrandor wahrscheinlich aus lauter Machtgier eingenommen.«

»Wie um Himmels willen kam es dazu, dass Demarr den

Dämon umbrachte?«, fragte Anton, dessen Verblüffung mit jeder Minute wuchs. »Der König hat doch Keevan befohlen, Demarr als Gefreiten in sein Heer aufzunehmen!«

»Ich weiß nicht, wie es dazu kam, Mylord. Doch Thrandor wurde durch seine Tat gerettet. Er kämpfte nicht allein, doch durch seine Hand starb der Dämon. Ein Teil von mir war dort. Es war eine merkwürdige Erfahrung, die ich nicht noch einmal erleben will. Doch ich schweife ab. Mit dem Tod des Gorvaths hatte ich meine Seele wieder und begann, einen Plan für das große Täuschungsmanöver auszuarbeiten. Da Sergeantin Derra und Rekrutin Eloise aus Baron Keevans Heer meine Gefangenen waren, war ich nicht allein. Als sie merkten, dass ich wieder der Alte war, waren sie bereit zu vermitteln. Sie überzeugten Euch, dass ich die Heere, die ich durch Euer Land führte, auch wirklich beherrschte. Ich wiederum musste den Shandesern weismachen, dass Ihr die shandesische Reserve wart, dass die Wüstennomaden Thrandorier waren und dass Kortag die Stadt aus Vallaines Vision war. Dank des Nebels musste ich bei meinen Illusionen nicht ins Detail gehen und konnte die Schlacht recht gut lenken. Ich brachte die beiden Streitkräfte so ins Gleichgewicht, dass sie sich gegenseitig den größten Schaden zufügten, verhalf aber den Shandesern zum vorhergesagten Sieg. Das Hissen der shandesischen Flagge war in Vallaines Vision besonders klar gewesen, und ich verhalf ihm zu dem Moment, den er sich so gewünscht hatte – nicht, dass er etwas davon hätte.«

König Malo schüttelte ungläubig den Kopf.

»Da sind wir also«, sagte er langsam. »In wenigen Stunden wird Kortag wieder unser sein, Demarr ist ein Held, und mir wird nichts anderes übrig bleiben, als dich erneut zu bestrafen, weil du schon wieder gegen das Verbot von Magie verstoßen hast!«

Calvyn grinste.

»Diesmal war es keine Magie, Eure Majestät, sondern Zauberei.«

»Zauberei! Das ist ja noch schlimmer«, seufzte der König. »Ich sollte dich sofort in Ketten legen lassen.«

»Natürlich, Eure Majestät«, lachte Calvyn, »aber vielleicht könnt Ihr damit noch ein wenig warten? Ich habe das Gefühl, das Schlimmste steht uns noch bevor.«

Der König und Baron Anton machten überraschte Gesichter.

»Was meinst du?«, fragte der König verständnislos.

Calvyn wurde wieder ernst.

»Eure Majestät, Selkor ist wahrscheinlich noch immer im Besitz von Darkweavers Amulett. Ich habe seit der Schlacht von Mantor nichts mehr von ihm gehört, aber das muss nicht heißen, dass er untätig geblieben ist. Ich habe keine Ahnung, was er vorhat, fürchte aber, er führt nichts Gutes im Schilde.«

Der König nickte nachdenklich.

»Dafür also die Beurlaubung? Du willst diesen shandesischen Magier verfolgen?«

»Äh, nein, Eure Majestät, jedenfalls nicht gleich. Zuerst muss ich noch zwei Freunde befreien, die ich in tödliche Gefahr gebracht habe. Als ich noch keine Seele hatte, habe ich sie nach Shandrim schicken lassen, wo sie zur Belustigung des Kaisers in der Arena kämpfen sollten. Nun, da ich wieder ein Gewissen habe, kann ich sie nicht einfach ihrem Schicksal überlassen. Ich muss sie befreien.«

»Ich merke schon, es gibt noch manches zu erzählen, Calvyn. Doch diese Geschichte kann jetzt warten. Komm, erobere mit uns die Stadt. Ich besorge dir ein Pferd, dann kannst du mit uns reiten.«

»Wenn Ihr es befehlt, Eure Majestät. Aber noch lieber

würde ich mich ausruhen, wenn Ihr gestattet. Der letzte Monat war sehr anstrengend, ich habe kaum geschlafen.«

Jetzt erst bemerkte König Malo die dunklen Ringe unter Calvyns Augen. »Gut, Korporal Calvyn, dann ruh dich aus. Bevor du aber zu weiteren Abenteuern aufbrichst, bestehe ich darauf, dass du uns noch nach Mantor begleitest. Ich will die ganze Geschichte hören. Und wenn ich mich nicht täusche, können es die Hofsänger auch gar nicht abwarten.«

Hier endet Band zwei von *Das Vermächtnis von Thrandor*. Band drei, *Die silberne Klinge*, erzählt von den Prüfungen, die Bek und Jez in der Arena zu bestehen haben und von Perdimonn, der die anderen Hüter vor Selkor warnen will, nachdem dieser geschworen hat, die magischen Schlüssel an sich zu reißen.